上 神异志怪

[唐] 段成式 著
陈绪平 译注

【叶落成鱼】

河阳城南百姓王氏,有小池,池边巨柳数株。开成末,叶落池中,旋化为鱼,大小如叶,食之无味。

【鲙化蝴蝶】

进士段硕,尝识南孝廉者,善斫鲙。縠薄丝缕,轻可吹起……忽暴风雨,雷震一声,鲙悉化为蝴蝶飞去。

【瓶中旱魃】

忽见物中流流下,小儿争接,乃一瓦瓶,重帛幂之。儿就岸破之,有婴儿,长尺余,遂走。群儿逐之,顷间,足下旋风起,婴儿已蹈空数尺。近岸,舟子遽以篙击杀之。发朱色,目在顶上。

【月光盐】

昆吾国陆盐周十余里无水,自生末盐,月满则如积雪,味甘;月亏则如薄霜,味苦,月尽亦全尽。

【度朔山，鬼门开】

沧海之中，有度朔之山，上有大桃木。其枝间东北曰鬼门，万鬼所出入也。上有二神人，一曰神荼，一曰郁垒，主阅领万鬼。

酉阳杂俎

上部 神异志怪

目录

目录

上部 神异志怪

卷一 诸神纪

诺皋记上（神的真相） …… 〇〇三

卷二 妖鬼奇谭

诺皋记下（妖鬼之渊） …… 〇四五
支诺皋上（鬼魅精怪） …… 〇七七
支诺皋中（精怪异事） …… 一〇五
支诺皋下（奇人异事） …… 一三九

目录

上部 神异志怪

卷三

天人法师

卷四

古刹高僧

天尺（天上星辰）……一七七

玉格（道法自然）……一八七

壶史（壶中天地）……二二九

《金刚经》鸠异（佛经感应）……二五一

贝编（我佛世界）……二八三

寺塔记上（古刹高僧）……三三一

寺塔记下（浮屠禅师）……三六七

目录

上部 神异志怪

卷五

幽冥与灵异

事感 …… 四五七
（天人感应）

梦 …… 四四五
（幻里无常）

雷 …… 四三七
（雷雨夜灵异）

祸兆 …… 四三三
（血光物怪）

喜兆 …… 四二七
（大吉大利）

物革 …… 四二一
（物之奇变）

尸穸 …… 四〇三
（盗墓奇谭）

冥迹 …… 三九五
（幽冥裂缝）

目录

上部 神异志怪

卷六
江湖与异域传说

物异（诡物档案）……五三三

境异（绝国殊俗）……五一三

怪术（术士江湖）……四八九

诡习（奇技淫巧）……四八一

盗侠（侠客行）……四六三

诸神纪

诺皋记上 ○○三

诺皋记小序 / 帝之下都 / 灵山十巫 / 天山之神 / 汉祭天神 / 太一君 / 易天翁 / 北斗七星名 / 东王公 / 西王母 / 灶神 / 河伯 / 甲子神和甲戌神 / 鬼仙名 / 古波斯王筑城 / 阿主儿降龙 / 手印当乳 / 历山铁锁链 / 崖山 / 华不注泉 / 荆州卧石 / 流钱 / 虎窟山 / 王子义之船 / 杜林河伯 / 妒妇津 / 驱除大将军 / 圣公讨旧宅 / 长颈国遭难 / 屠勃律城 / 代公题警句 / 何怪作恶 / 相公设计得陈粟 / 猎人得鹿 / 夜叉姻缘 / 脊筋修车鞅 / 屏妇下屏 / 智圆总持勅勒 / 王清本 / "灵境"蛛怪 / 蛛丝止血

妖鬼奇谭

诺皋记下 ○四五

恶鲶 / 蛇酒 / 蛇骨啮鼻 / 槐树三杈 / 白将军遇龙 / 八角井通渭河 / 张评事遇害 / 飞天夜叉 / 入石得乐 / 席帽奇缘 / 叶龙显威 / 金色龟 / 太岁墙界 / 山萧 / 伍相奴 / 紫狐 / 疥狐 / 风狸 / 别有天地 / 还半身 / 焚壁虎穴 / 菌怪卖油 / 磐石乞饼 / 驴债 / 乳母钮氏 / 荒冢忌厕 / 贝母克疮 / 旋风害马

支诺皋上 ○七七

旁它得金锥 / 智通除树精 / 叶限得鱼骨 / 王超见"毕" / 李鹄遇怪 / 木勺鬼 / 熏陆香 / 人鬼殊日 / 入画改图 / 除鬼头 / 明经梦成 / 石守宫 / 天降异物 / 盲骡腹中石 / 赟牒相召 / 道士仙官 / 蓬瀛仙丐

支诺皋中 一○五

蚯蚓挂树 / 树上小人 / 契宗除怪 / 新妇食夫 / 梦诗卒 / 亚秦除杉怪 / 冥司使者 / 擖气袋 / 以虱卜病 / 雷穴捕鱼 / 石函现人 / 渔夫网石 / 王恽托梦 / 阴曹借吏 / 僧瞻除怪 / 小飞人 / 负笈入罅 / 弊帚婴儿 / 根精 / 范璋逐怪 / 马图通灵 / 太岁忌掘 / 王用变虎 / 信夫与五娘 / 军将夺囊 / 脉望 / 轮片成精 / 蜀地奇姥 / 鼠粪幻形 / 白石浴斛 / 滴沥成像 / 滕王图

天人法师

支诺皋下　一三九

借尸托生 / 义本还俗 / 石枕还债 / 琼罗诉冤 / 三尺蚯蚓 / 杀蚓招祸 / 韩确入释 / 尼房遗骨 / 邵南一梦 / 石佛冥报 / 异虫 / 凶兆三怪 / 寐熟喉声 / 魏溪供麕 / 坊正张和 / 城固舐女 / 蚁城 / 玄武 / 炼形濯魄 / 开元寺真容阁 / 先知严七师 / 惟谅葬鬼 / 悟空遇仙记 / 除婴怪 / 修此不吉 / "驴"咒 / 畸孩 / 韦氏兄弟 / 玄微护花神

天咫　一七七

吴刚伐桂 / 树影入月 / 北斗重见 / 乐神下凡 / 金背虾蟆 / 月中凿月者

玉格　一八七

三界诸天 / 阳季阴蚀 / 名山福地 / 罗酆山 / 洞天六宫 / 鬼神六宫 / 重思稻 / 四明公 / 炎帝甲 / 罪恶簿 / 鬼官品阶 / 老君西行 / 《释老志》 / 方诸山 / 闱编郎 / 仙相特征 / 三尸 / 仙药 / 药草异号 / 符图籍 / 老君降生 / 尸解 / 尸解有别 / 句曲灵芝 / 子干尸解 / 青鸟修仙 / 金石为开 / 半途而废 / 李班遇仙 / 天上一日地上一年 / 鸣石山 / 韶石飞仙 / 玉女山奇遇 / 旌阳斩巨蛇 / 千金仙方 / 武都雄黄 / 裴沆得道 / 赵业《魂游上清记》 / 仙桃奇遇记

壶史　二二九

攸绪归隐 / 玄宗习隐 / 石堂山邢和璞 / 异人王皎 / 三峡翟天师 / 神道灰袋 / 权秀才奇遇 / 卢山人二三事 / 纸月朗照 / 南人奇遇

古刹高僧

金刚经鸠异　二五一

题记 / 齐丘诵经 / 虞候读经 / 梦游冥地 / 冥王讯 / 放还 / 卒学念经 / 冥证 / 勉灵峃 / 替死 / 获救 / 病愈 / 法正还阳 / 道荫遇虎 / 神人引渡 / 刘氏生化 / 番狗抱背 / 经函震裂 / 王翰出家 / 对质 / 幅《经》显灵 / 法尚应舍

贝编	二八三

题记／十住处／象迹天／四天王天／箜篌天／三十三天／夜摩天／失坏／色界落石／异哉阎浮提洲／郁单越／瞿陀尼／弗婆提／四洲人之庄严处／托生异秉／阿修罗／饿鬼有类／畜生有种／地狱有处／地狱别处／黑绳地狱／地狱有苦／号叫地狱／地狱舌头／别处地狱／燋热地狱／阿鼻地狱／八寒地狱／地狱研判／牛头无情／僵冷赴狱／器毁无狱／观见池／天树反观／星宿祭礼／四星大忌／轸角女宿之生人／日夜刹那／天狗星／白马寺／量佛足／佛顶骨／大佛塔／没顶法失／树灭法灭／青白袈裟／比丘函缚／崇一获赏／文帝有表／武帝赞礼／长明灯／金榆山／宝公灵卜／磬恋光政／佛丹青——玄奘西行／巨蝇群聚／名副其实的万回／万回识诈／不空止雨／不空祈雨／不空轶事／古镜真龙／狂僧点恶役／义师神迹／玉佛开言

寺塔记上	三三一

柯古题记／优填像／不空三藏塔／双松图／曼殊堂／发塔舍利／时非时经／曲池／素和尚院／蛤中佛像／于阗玉像／天王阁／二十字连绝句／蛤像连二十字绝句／圣柱连句／六牙生花／安国寺／木塔院／光明寺弥勒像／利涉像／鬼子母和惠文太子像／山庭院／上座璘公院／红楼院／穗柏连句／题璘公院／佛门僻事／赵景公寺／宝池之画／执炉天女／卢舍立像／舍利塔／安国寺／吴画连句／禅师佳语／题约公院／云花寺／观音堂／圣画堂／伐刺柏为殿材／甘露门／韩幹画佛／齐公画墙／僧房连句／写真连句／玄法寺／西北角院／曼殊院／征禽事／征兽事／征马事／菩萨寺／佛骨舍利／束草师／书事连句

	寺塔记下	三六七
		奉慈寺 / 释门衣事 / 光宅寺 / 曼殊堂 / 七宝台 / 普贤堂画 / 影堂连句 / 保寿寺 / 石桥图 / 先天菩萨像 / 先天帧赞连句 / 事征 / 静域寺 / 万菩萨堂 / 金刚有灵 / 西座蕃神 / 阶院连句 / 招福寺 / 僧伽像 / 赠诸上人连句 / 佛门古今谜字 / 释门佳谱 / 崇济寺 / 袈裟绝句 / 奇松 / 永寿寺 / 闲中好 / 资圣寺 / 寺院名画 / 诸画连句 / 楚国寺 / 地狱事征 / 地狱征 / 慈恩寺 / 慈恩寺树
幽冥与灵异	冥迹	三九五
		亡夫探妻 / 十年之约 / 判冥者 / 举人殡宫 / 托生自家
	尸穸	四〇三
		丧礼入殓 / 漆棺止哭 / 送死者 / 乌灵 / 送亡者 / 魌头 / 忌狗见尸 / 上天衣 / 不费镜奁盖 / 发冢弃市 / 矢贯弓 / 竞厚葬 / 驱罔象 / 弗述 / 丧妇面衣 / 哭丧 / 墓多狐 / 齐景公墓 / 崔涵谈柏棺 / 赠予以密 / 先贤臣冢 / 开棺还家 / 盗墓险遇 / 墓中机关 / 王生入地 / 棺中得裤 / 闻乐尸舞 / 上人责怪 / 蜀先主墓
	物革	四二一
		塔影忽倒 / 石破鸟飞 / 孝廉封刀 / 池冰如缬 / 叶落成鱼 / 蔓菁化莲
	喜兆	四二七
		奇人奇兆 / 郑细拜相 / 烛兆平安
	祸兆	四三三
		慎矜礼佛 / 妙妓成枯骨 / 萧浣制幡竿
	雷	四三七
		包超招雷 / 王幹打雷 / 霹雳车 / 栲栳人头 / 运斤造雷车 / 坠物如獲 / 油瓮列于梁上 / 猪首怪啮蛇

梦	四四五	
	元慎解梦 / 梦盗羊入狱 / 于董占梦 / 梦失威骨 / 女道生须 / 柳梦欠柴 / 合土尊师 / 笞殿说梦 / 释道谈梦 / 小弟戏叩门 / 梦女遗樱桃 / 至精之梦 / 韩泉解梦 / 昼梦洗白马 / 白炊无妇	
事感	四五七	
	坠水之囊 / 功曹洞 / 酹祝钓诏	

江湖与异域传说

盗侠	四六三
	着屐登缘 / 盗跖冢 / 年少弄阁 / 玉精碗 / 韦行规夜行 / 黎幹杖老者 / 韦生逢僧 / 卢生示警 / 光火贼食人肉
诡习	四八一
	乞儿脚书 / 蝇虎列阵 / 张氏竹弓 / 纵马击钱 / 片瓦成龟 / 水獭绕膝
怪术	四八九
	摩诘问疾图 / 难陀幻术 / 秀才治僧 / 日行八百 / 费鸡师解难 / 起死回生 / 七政法术 / 铜佛驱邪 / 希遁养生 / 石旻画符 / 常人奇艺 / 厌鼠之法 / 主夜神咒 / 掷骰之咒 / 乾祐治滩 / 神僧一行
境异	五一三
	五方之民 / 死而再生 / 土别人迥 / 四方之名 / 射摩缘绝 / 突厥事神 / 坚昆部落 / 西屠染齿 / 牂牁獠族 / 木耳夷人 / 天泉之州 / 木濮龟尾 / 阿萨部落 / 孝亿国 / 仍建国 / 婆弥烂国 / 拨拔力国 / 昆吾国 / 龟兹国 / 婆罗遮舞 / 焉耆国 / 拔汗那国 / 夜叉洞窟 / 马留人 / 刺北斗 / 雁翅泊 / 乌耗国 / 千里盐田 / 飞头獠子 / 解形之民 / 黑漆匙箸

物异　　　五三三

照骨宝 / 风声木枝 / 青玉灯 / 烽火树 / 无劳石墨 / 黄色蝌蚪文 / 田公泉 / 萤火芝 / 虎倒石人前 / 冬瓜眼 / 豫章千人船 / 铜驼生毛开花 / 万匠筷 / 趺龟负碑入水 / 陆盐 / 六字生金 / 盘龙泉 / 水腻如漆 / 五色虫 / 玉龙之声 / 古树木字 / 涌井木筒 / 宗庙赤木 / 红沫浸石 / 镜石照物 / 承受石 / 汉锥 / 实心釜石 / 石鱼山 / 略塘铜神 / 河伯纳材 / 阳山鼓杖 / 黄井金粥 / 建城燃石 / 石鼓鸣殃 / 半汤湖 / 伞子盐 / 芦葭泉 / 伏苓 / 古镬 / 君王盐 / 道敏相板 / 逐鼠丸 / 梧桐木囚 / 苏秦金 / 报德寺梨 / 甑上生花 / 官金 / 玄金 / 柱生芝草 / 棠梨三龟 / 长安薰雪 / 陈留雨木 / 金轮王齿 / 劫比他国石柱 / 白马驮鼓 / 刹利寺石靴 / 石有禄马迹 / 舍利 / 啮石成佛 / 粳米焦者 / 辟支佛靴 / 石驼溺水 / 枝上化生人首 / 异域奇马 / 海上石人 / 天降铜马 / 蛇原五百里 / 众僧礼石鼍 / 神厨出物 / 天降毒樂 / 锁子甲 / 蟾蜍屎 / 鬼屎 / 石栏干 / 影透壁上 / 毁巢得醯石 / 桃核扇量米 / 断足如新 / 瓯中小人 / 铁镜照人 / 蝾螈皮 / 僬侥人腊 / 牛黄 / 罽宾国上清珠 / 高祖斩白蛇剑 / 智一得玉 / 金兔 / 师古得禁物

序

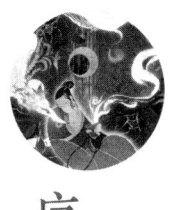

　　《周易·象传》之"载鬼一车",这是近于怪诞之言;《诗经》之"南淇之奥",则近于戏谑。儒生在著书立说之余,笔涉怪诞和戏谑,是无损儒家之学的。本书既不像《诗经》《尚书》等味如大羹,也不像史部味如肴烝,更不像子部味如肉酱。这部书在儒家人物看来犹如炙鸮羞鳖之野味,岂肯动筷呢!我之所以努力于此,且不以为耻,或许是我喜欢这种志怪小说。本人所学,杂乱无章,蔓延无归,也不曾做深入思考。没有崔驷的"真龙之誉",却有陈琳"画虎类犬"的嘲笑。饱食之余,偶录所记,以《酉阳杂俎》为名,共三十篇,合二十卷。在这本书里,我就不记录大羹、肴烝之类的正味了。

　　夫《易·象》"一车"之言,近于怪也;诗人"南淇之奥①",近乎戏也。固服缝掖②者肆笔之余,及怪及戏,无侵于儒。无若《诗》《书》之味太羹③,史为折俎④,子为醯醢⑤也。炙鸮羞鳖⑥,岂容下箸乎。固役而不耻者,抑志怪小说⑦之书也。成式学落词曼,未尝覃思⑧,无崔骃真龙之叹⑨,有孔璋⑩画虎之讥⑪。饱食之暇,偶录记忆,号《酉阳杂俎》,凡三十篇,为二十卷⑫,不以此间录味也。

---

① 南淇之奥:出《诗经·卫风·淇奥》,郑笺云:"君子之德,有张有弛。故不常矜庄,而时戏谑。"
② 缝掖:也作"逢掖"。
③ 太羹:祭祀时所用肉羹。
④ 折俎:这里指宴礼所设之肴烝。俎,盛放牲肉的礼器。
⑤ 醯醢(xī hǎi):肉酱。醯,醋。醢,鱼肉等制成的酱。
⑥ 炙鸮(xiāo)羞鳖:指野味,与正味相对。
⑦ 志怪小说:记录神仙、鬼怪、妖异之类的故事之书。
⑧ 覃(tán)思:深思。
⑨ 崔骃真龙之叹:故事见《后汉书·崔骃传》。崔骃有文采,为汉章帝赏识。侍中窦宪重视班固而不识崔骃。
⑩ 孔璋:"建安七子"之一,即为陈琳,其字孔璋。
⑪ 画虎之讥:典自曹植《与杨德祖书》一文。曹植认为:陈琳不擅辞赋,却常自夸可比肩司马相如。故说他"画虎不成反为狗"。
⑫ 其篇卷之数,与今本相较会有出入。特此说明。

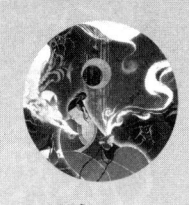

诺皋记上

神的真相

本篇首条为小序,余下内容载鬼神名号及其异事,其余各条记载历代传闻,以唐代为最,兼有些许异域传说。概言之,诺皋诸篇想象尤特,引人入胜,堪称本书的文学精华之所在耳。

◎诺皋记小序

度朔山神荼、郁垒司掌刑罚，通过这些可以想见治鬼的情形；登葆山群巫执掌巫祀，由此可以明白人和鬼神的感应是基本相通。人生实为幻梦，游魂变化为物。正因为如此圣人才会制定观测天象的仪器，设立巫祝一类的官职，考察太阳十晕的祸祥吉凶，改变人与神之间互相侵渎的混乱状态。在天下有道的时代，鬼神不会伤人；在重视仁德的时代，鬼神以天下百姓为主人。像列子所说灶下的驹掇，庄周所说户内的雷霆，申公子培争抢楚庄王射中的随兕以便灾祸转移到自己身上，齐桓公看见委蛇而知道自己可以称霸因而病愈，吉凶妖祥诸般变化，它们一直都是存在的，只要鬼神不伤害人、不缺少主人就行了。我因阅览历代志怪之书，偶然抄录并分类记下了种种怪事，整理成卷，并题名叫作《诺皋记》。街谈巷议的俚俗之事，大众舆论的市井流言，并不足以用于商讨国是，自然也不会对朝政有所广益；然而在交游休憩的闲暇之时，这些是完全可以作为人们茶余饭后的谈资的。

夫度朔司刑①，可以知其情状；葆登掌祀，将以著于感通。有生尽幻，游魂为变。乃圣人定璇玑②之式，立巫祝之官，考乎

---

① 度朔司刑：传说东海中有山名度朔山，上面住着神荼、郁垒二神，善治鬼（故后世以之为门神）。
② 璇玑（xuán jī）：指观测天文星象的仪器中能运转的部分。也指整个仪器。

十煇[1]之祥，正乎九黎之乱。当有道之日，鬼不伤人；在观德之时，神无乏主。若列生[2]言灶下之驹掇，庄生言户内之雷霆，楚庄争随兕[3]而祸移，齐桓睹委蛇而病愈，征祥[4]变化，无日无之，在乎不伤人，不乏主而已。成式因览历代怪书，偶疏所记，题曰《诺皋记》。街谈鄙俚，舆言[5]风波，不足以辩九鼎之象，广七车之对[6]，然游息之暇，足为鼓吹耳。

◎帝之下都

昆仑山是上帝在人间的都城，是众神的居所、汇集的地方。

昆仑之墟，帝之下都[7]，百神所在也。

◎灵山十巫

大荒之中有一座灵山，这里面住有十位巫师，分别名为巫咸、巫即、巫盼、巫彭、巫姑、巫真、巫礼、巫抵、巫谢、巫罗，都从这里升降。

大荒中有灵山，有十巫：咸、即、盼、彭、姑、真、礼、

---

[1] 十煇（yùn）：太阳的十种不同的光气。煇，通"晕"。
[2] 列生：即为列御寇。著有《列子》一书。
[3] 随兕：恶兽名。
[4] 征祥：祸福吉凶的征兆。
[5] 舆言：舆论。
[6] 七车之对：指君臣议对朝政。
[7] 下都：上帝在人间的都城。

抵、谢、罗，从此升降。

◎天山之神

天山有位名叫浑澂的神。其身形的样子就像个大口袋，散发出犹如火焰般的光芒，有六只脚，双重翅膀，没有面孔，会歌舞，实际上它就是帝鸿氏。刑天和天帝争当天神，天帝砍下刑天的头葬在常羊山，刑天就用双乳当作眼睛，肚脐当作嘴巴，手执盾牌和大斧挥舞作战。

天山有神，是名浑澂。状如橐①而光，其光如火，六足，重翼，无面目，是识歌舞，实为帝江②。形天与帝争神，帝断其首，葬之常羊山，乃以乳为目，脐为口，操干戚③而舞焉。

◎汉祭天神

汉代竹宫用紫泥来建造祭坛，皇帝祭天时，天神纷纷从天而降如同满天的流星一般，天际顿时熠熠生辉。用玉饰器具七千件、舞女三百人。又说：汉代祭祀天神用一万二千杯，所用的牛养了五年，重达三千斤。

汉竹宫④用紫泥为坛，天神下若流火。玉饰器七千枚，舞女三百人。一曰：汉祭天神用万二千杯，养牛五岁，重三千斤。

---

① 橐（tuó）：口袋。
② 帝江：帝鸿，即黄帝。
③ 干戚：盾和斧。
④ 竹宫：用竹建造的宫室。

◎ 太一君

太一君名腊,天秩一万二千石。

太一君讳腊,天秩①万二千石。

◎ 易天翁

天翁原本姓张,名坚,字刺渴,渔阳人。张天翁在年轻时曾放荡不羁,无所忌惮。有一天张设罗网,捕到一只白雀,觉得很喜欢,于是就养着玩。张坚梦到刘天翁怒斥他,每当刘天翁要杀他时,白雀就会提前告诉他。这样一来,他就能提前想出各种办法来应对,因此刘天翁始终无法加害,就下界来想看个究竟。张坚设下丰盛的酒宴款待刘天翁,他却偷偷地坐上刘天翁的车,驾着白龙,挥着鞭子登上了天,刘天翁发现了,驾着剩下的龙追赶,却没有能追上。张坚到了天宫后,立即撤换百官,堵塞北天门,封白雀为上卿侯,让它的后嗣不再出生于下界。刘天翁弄丢了天宫,就往来五岳之间制造灾祸。张坚对此很担心,就安排刘天翁去做泰山太守,主管人间的生死。

天翁②姓张名坚,字刺渴,渔阳人。少不羁,无所拘忌。尝张罗,得一白雀,爱而养之。梦天刘翁责怒,每欲杀之,白雀

---

① 秩:俸禄。因是天神,故名"天秩"。
② 天翁:即道教所称玉皇大帝。

辄以报坚。坚设诸方待之，终莫能害，天翁遂下观之，坚盛设宾主，乃窃骑天翁车，乘白龙，振策①登天，天翁乘余龙追之不及。坚既到玄宫②，易百官，杜塞北门，封白雀为上卿侯，改白雀之胤③，不产于下土。刘翁失治，徘徊五岳作灾。坚患之，以刘翁为泰山太守，主生死之籍。

◎北斗七星名

北斗七星，第一星神名为执阴，第二星神名为叶诣，第三星神名为视金，第四星神名为拒理，第五星神名为防仵，第六星神名为开宝，第七星神名为招摇。

北斗魁，第一星神名执阴，第二星曰叶诣，第三星曰视金，第四星曰拒理，第五星曰防仵，第六星曰开宝，第七星曰招摇。

◎东王公

东王公名倪，字君明。在凡间还没有人类的时候，他的俸秩是二万六千石。他常常佩戴着杂色的绶带，绶带长六丈六尺。侍女有九千人。他在丁亥日这天死去。

东王公④讳倪，字君明。天下未有人民时，秩二万六千石。佩杂色绶，绶长六丈六尺。从女九千。以丁亥日死。

---

① 策：鞭子。
② 玄宫：天宫。
③ 胤（yìn）：后嗣。
④ 东王公：又称"木公""东华帝君""扶桑大帝"，神话传说中的男神。

◎ 西王母

西王母姓杨,名回,统治昆仑山西北一角。她死在丁丑日这天。又名婉妗。

西王母姓杨,讳回,治昆仑西北隅。以丁丑日死。一曰婉妗。

◎ 灶神

灶神名叫隗,样子像美女。也有一种说法姓张名单,字子郭。灶神的夫人字卿忌,他们有六个女儿,名字都叫察洽。灶神在每月最后一天上天,奏报人们的罪状:罪重的削夺一纪寿命,一纪为三百天;罪轻的削夺一算寿命,一算为一百天。所以灶神是天帝的督察使,下到凡间做地祇。己丑日,日出卯时上天,将近中午时才会回到他在人间的行署,这一天祭祀灶神就会得福。灶神的属下神祇有天帝娇孙、天帝大夫、天帝都尉、天帝长兄、硎上童子、突上紫宫君、太和君、玉池夫人等。另外还有一种说法,灶神又名壤子。

灶神①名隗,状如美女。又姓张名单,字子郭。夫人字卿忌,有六女,皆名察洽。常以月晦日上天,白人罪状,大者夺纪,纪三百日,小者夺算,算一百日。故为天帝督使,下为地

---

① 灶神:又称"灶君",后来又称"灶王",为主管饮食之神。

精。己丑日，日出卯时[1]上天，禺中[2]下行署，此日祭得福。其属神有天帝娇孙、天帝大夫、天帝都尉、天帝长兄、硎[3]上童子、突[4]上紫宫君、太和君、玉池夫人等。一曰，灶神名壤子也。

◎河伯

河伯，长着人的面孔，他的座架是两条龙。河伯的名字一种说法是叫冰夷，另一种说法是叫冯夷。又说他的样子是人面鱼身。《金匮》中说他名叫冯修，《河图》中说他姓吕名夷，《穆天子传》中说他名叫无夷，《淮南子》中说他名叫冯迟。《圣贤冢墓记》记载："河伯服食丹药，成了水仙。"《抱朴子》记载："他原本是八月上庚日因渡河溺水而亡，被天帝任命为河伯。"

河伯，人面，乘两龙。一曰冰夷，一曰冯夷。又曰人面鱼身。《金匮》言一名冯修，《河图》言姓吕名夷，《穆天子传》言无夷，《淮南子》言冯迟。《圣贤记》言："服八石[5]，得水仙。"《抱朴子》曰："八月上庚日，溺河。"

---

[1] 卯时：早晨五时至七时。
[2] 禺中：也作"隅中"，将近正午的时候。
[3] 硎（xíng）：磨刀石。
[4] 突：烟囱。
[5] 八石：道家炼丹用的矿物质原料，包括朱砂、雄黄、雌黄、空青、硫黄、云母、戎盐、硝石等八种。

◎甲子神和甲戌神

甲子神名为弓隆，若是要下水，只要呼唤着甲子神的名字，河伯九千导引，下水就不会被淹死了。甲戌神名为执明，呼唤他的名字，进入火中则不会被烧伤。

甲子神名弓隆，欲入水内，呼之，河伯九千导引，入水不溺。甲戌神名执明，呼之，入火不烧。

◎鬼仙名

《太真科经》列举鬼仙：丙戌日鬼名叫䶕生。丙午日鬼名叫挺㺔。乙卯日鬼名叫天陪。戊午日鬼名叫耳述。壬戌日鬼名叫遵。辛丑日鬼名叫诞。乙酉日鬼名叫聂左。丙辰日鬼名叫天避。辛卯日鬼名叫憨。酉虫鬼名叫发廷迌。厕鬼名叫项天竺。语忘、敬遗是两种鬼的名字，妇女分娩的时候呼唤它们，它们就不伤害人，它们长三寸三分，全身穿黑衣。马鬼名叫赐。蛇鬼名叫俶石圭。井鬼名叫琼。衣服鬼名叫甚遼。神荼、郁垒统领人世间所有的鬼。以前的傩词上说："甲作吃殃，狒胃吃虎，雄伯吃魅，腾简吃祥，揽诸吃咎，伯奇吃梦，强梁、祖名一起吃磔死、寄生，穷奇、腾根一起吃蛊。"王延寿所梦到的鬼，有游光、髎毅、诸渠、印尧、夔瞿、伦狞、将剧、摘脉、尧岘等。

《太真科经》说有鬼仙：丙戌日鬼名䶕生。丙午日鬼名挺㺔。

乙卯日鬼名天陪^①。戊午日鬼名耳述。壬戌日鬼名遳。辛丑日鬼名㳂。乙酉日鬼名聂左。丙辰日鬼名天邌。辛卯日鬼名㯓。酉虫鬼名发廷迋。厕鬼名项天竺。语忘、敬遗二鬼名，妇人临产呼之，不害人，长三寸三分，上下乌衣。马鬼名赐。蛇鬼名俐石圭。井鬼名琼。衣服鬼名甚遼。神荼、郁垒领万鬼。旧傩^②词曰："甲作食䄃，狒胃食虎，雄伯食魅，腾简食祥，揽诸食咎，伯奇食梦，强梁、祖名共食磔^③死、寄生，穷奇、腾根共食蛊。"王延寿所梦，有游光、欓毅、诸渠、印尧、夔瞿、伧狞、将剧、摘脉、尧岘等。

◎古波斯王筑城

吐火罗国的缚底野城，是古波斯王乌瑟多习修筑的。开始筑城的时候，筑到二三尺高就倒塌了，波斯王叹息说："我大概是没有德行吧，所以上天让我筑不起这座城啊！"他有个小女儿名叫那息，见父亲忧心忡忡，就问："父王是忧虑邻国敌军吗？"波斯王说："我是波斯国王，统领一千多个国家，现在到了吐火罗国，想要修筑这座城，使我的功勋能够万古流芳。可现在筑城的事情进展不顺利，所以忧虑。"小女儿说："希望父王不要忧虑，明天一早让筑城的工匠沿着我走过的路线筑城，就一定会修好的。"波斯王感到很诧异。到天明，那息走到西北方向，自己截断右手

---

① 陪：音àn。
② 傩（nuó）：驱鬼逐疫的巫术仪式。起初一年举行数次，后来逐渐固定在除夕举行。
③ 磔：音zhé。

小指，滴血连成一线，让工匠沿着血迹筑城。那息跟随太阳的位移路线绕行一周，然后就化为了海神。那海子至今还在城堡下面，海水清澈如镜，周长五百多步。

吐火罗国[①]缚底野城，古波斯王乌瑟多习之所筑也。王初筑此城，高二三尺即坏，叹曰："吾应无道，天令筑此城不成矣！"有小女名那息，见父忧恚，问曰："王有邻敌乎？"王曰："吾是波斯国王，领千余国，今至吐火罗国中，欲筑此城，垂功万代。既不遂心，所以忧耳。"女曰："愿王无忧，明旦令匠视我所履之迹筑之，即立。"王异之。至明，女起步西北，自截右手小指，遗血成踪，匠随血筑之。逐日转踪，匝，女遂化为海神。其海神至今犹在堡子下，澄清如镜，周五百余步。

◎阿主儿降龙

古龟兹国王阿主儿，有神异的力量，能降伏毒龙。当时有商人买了市人的金银宝物，至晚上，那些钱全都变成了炭。国境之内几百户人家都丢失了金银宝物。国王有个儿子，早先已经出家，修成了阿罗汉。国王向他问起这件事，阿罗汉说："这是龙干的，那条龙就住在北山上，头长得像老虎，此刻正在某处睡觉呢。"国王就换上了神衣，拿上了神剑，悄悄地离开王宫来到这条龙睡觉的地方。他看见龙正静卧熟睡着，就准备斩杀它，转念一想："我若杀了睡着的龙，就没人认为我有神力了。"于是对着龙大声呵

[①] 吐火罗国：西域古国名。大致位置在今阿姆河以南及兴都库什山以北一带。

斥。龙从熟睡中惊醒，立刻变成了一头狮子，国王就骑在它的背上。龙发出雷鸣般的怒吼，腾空而起，一直飞到城北二十里的地方，国王对龙说："如果你再不投降，我就砍下你的头！"龙害怕国王的神力，就口吐人言说："不要杀我，我能给你当坐骑，以后你想到哪里，只要你心所有想，我就能带你转眼即到。"国王同意了龙的请求。他后来经常骑着这条龙四处飞行。

古龟兹国王阿主儿者，有神异力，能降伏毒龙。时有贾人买市人金银宝货，至夜中，钱并化为炭。境内数百家，皆失金宝。王有男，先出家，成阿罗汉果①。王问之，罗汉曰："此龙所为，龙居北山，其头若虎，今在某处眠耳。"王乃易衣持剑，默出至龙所。见龙卧，将欲斩之，因曰："吾斩寐龙，谁知吾有神力。"遂叱龙。龙惊起，化为师子，王即乘其上。龙怒，作雷声，腾空。至城北二十里，王谓龙曰："尔不降，当断尔头！"龙惧王神力，乃作人语曰："勿杀我，我当与王乘，欲有所向，随心即至。"王许之。后常乘龙而行。

◎ 手印当乳

乾陀国以前有位国王，神勇无比，而且还足智多谋，名为伽色伽王，他征讨各国所向披靡，都向他俯首称臣。他征战到了五天竺国，得到了两条上好的细綖，他自己留

---

① 阿罗汉果：即阿罗汉果位。为小乘佛教中的最高果位，指断尽三界见、思之惑，证得尽智，而堪受世间大供养之圣者。

用一条，另一条给了妃子。于是妃子披戴着这条细緤拜见他，伽色伽看见妃子双乳的部位有郁金香染的手印，感到非常吃惊，就对妃子说："你为什么穿一件带手印的衣服？"妃子说："这就是国王您先前所赐的细緤。"国王大怒，召问负责保管收藏细緤的大臣，大臣说："这緤原本就有这种手印，并非臣的过错。"国王就找来一位商人问个究竟，商人说："南天竺国娑陀婆恨王发有宿愿，每年征收的细緤，都重叠放在一起，然后把手染上郁金香染料，再印到緤上，即使緤有千万重，手印也能印透。男子穿上后，手印在背部；妇女穿上后，手印在双乳上。"国王则让左右侍从披上细緤查验，果然如商人所说。国王于是叩击着宝剑说："我如果不用这把剑砍下娑陀婆恨王的手脚，将寝食难安！"他就派遣使者到南天竺，索要婆陀婆恨王的手脚。使者到了南天竺，娑陀婆恨王和他的大臣们欺骗使者说："我国虽然有娑陀婆恨这个王名，但并没有真王，只有用金铸造成的国王像摆放在殿上。所有统领国家教习文武的事，都是臣子们去做。"伽色伽王就发动象马兵南下征讨南天竺。南天竺人就把他们的国王藏在地窟里，铸造了一座金像来对付。伽色伽王当然一眼就识破，知道这是他们的骗局，但他自恃有神佑之力，就砍断了金像的手脚。而躲在地窟里的娑陀婆恨王，手脚也随之断落了。

乾陀国，昔有王神勇多谋，号伽当①，讨袭诸国，所向悉降。

---

① 伽当：和后面的"伽色伽王"为同一人。

至五天竺国①，得上细緤②二条，自留一，一与妃。妃因衣其緤谒王，緤当妃乳上，有郁金香手印迹，王见惊恐，谓妃曰："尔忽着此手迹之服，何也？"妃言："向王所赐之緤。"王怒问藏臣，藏臣曰："緤本有是，非臣之咎。"王追商者问之，商言："南天竺国娑陀婆恨王有宿愿，每年所赋细緤，并重叠积之，手染郁金，拓于緤上，千万重手印悉透。丈夫衣之，手印当背。妇人衣之，手印当乳。"王令左右披之，皆如商者言。王因叩剑曰："吾若不以此剑裁娑陀婆恨王手足，无以寝食！"乃遣使就南天竺，索娑陀婆恨王手足。使至其国，娑陀婆恨王与群臣给报曰："我国虽有王名娑陀婆恨，原无王也，但以金为王，设于殿上。凡统领教习，在臣下耳。"王遂起象马兵，南讨其国。其国隐其王于地窟中，铸金人来迎。伽色伽王知其伪，且自恃福力③，因断金人手足。娑陀婆恨王于窟中，手足亦自落也。

◎历山铁锁链

齐郡城靠着历山，山上有一条古老的铁锁链，有人的手臂那么粗，绕山峰两圈。据说这座山本是大海里面的山，山神喜欢随时移动，所以海神就把它锁上，山神挣断了锁链，这山连同锁链一起就飞到了这里。

齐郡接历山，上有古铁锁，大如人臂，绕其峰再浃④。相传

---

① 五天竺国：古印度之境分东、西、南、北、中五方天竺。简称"五天"。
② 緤（xīng）：麻缯。
③ 福力：神灵福佑之力。
④ 浃（jiā）：周匝。

本海中山,山神好移,故海神锁之,挽锁断,飞来于此矣。

◎崖山

太原郡东边有座山,名叫崖山,天旱的时候,当地人经常用烧山的法子来求雨。传说崖山神娶了河伯的女儿,所以河伯只要看见崖山上有山火就一定会降雨施救。至今崖山上还长着很多水草。

太原郡东有崖山,天旱,土人常烧此山以求雨。俗传崖山神娶河伯女,故河伯见火,必降雨救之。今山上多生水草。

◎华不注泉

华不注泉,是春秋时齐顷公取水的地方,它方圆约有一百多步。北齐时,有人拿一根一千尺长的绳子系着石头沉下去想试试这泉究竟有多深,最终也没能探到底,等到把石头拉上来一看,石头上面红如鲜血。而那人没过多久就因事获罪被处死了。

华不注泉[1],齐顷公取水处,方圆百余步。北齐时,有人以绳千尺沉石试之,不穷,石出,赤如血。其人不久坐事[2]死。

---

[1] 华不注:山名。
[2] 坐事:因事获罪。

◎ 荆州卧石

荆州永丰县东乡里有一方卧石，它长达九尺六寸。形状与人形相似，而通体青黄凸起，看上去就像雕刻的一样。如果永丰县县境发生天旱了，大家就一齐动手把卧石举起来，举得低些就下小雨，举得高些就下大雨。相传这方石头是突然出现在这里的，原来只有九尺长，到如今还增长了六寸。

荆州永丰县东乡里，有卧石一，长九尺六寸。其形似人，而举体①青黄隐起，状若雕刻。境若旱，便齐手而举之，小举小雨，大举大雨。相传此石忽见于此，本长九尺，今加六寸矣。

◎ 流钱

义熙十二年，荆州涓水宛口旁有一群儿童游泳玩水。忽然岸边冒出钱，如同流沙一般，源源不断地涌出来，小孩子们都争着去拿，手里拿不下就放在地上，钱随即又流走了，于是他们用衣襟兜着，最后大家都得到了不少钱。在涌动出来的钱流中有一辆铜牛拉的铜车，奔驰迅疾。小儿们追着撑，拽下来一个直径约五寸的车轮，车轮是猪鼻轮毂，有六根辐条，全是青色的，轮毂内是明黄色，看上去像是经常在转动。当时沈敬出守南阳，他想办法弄到了这个车轮。钱流涌动时，将钱穿到草上就会停止流动，可最后谁也不知道这

---

① 举体：全体。

些钱到底流到什么地方去了。

荆之清水宛口傍，义熙十二年，有儿群浴此水。忽然岸侧有钱，出如流沙，因竞取之，手满置地，随复去，乃衣襟结之，然后各有所得。流钱中有铜车，以铜牛牵之，势甚迅速。诸童奔逐，掣得车一脚，径可五寸许，猪鼻毂①有六幅②，通体青色，毂内黄锐，状如常运。于时沈敬守南阳，求得车脚。钱行时，贯草辄便停破，竟不知所终往。

◎虎窟山

虎窟山，相传在南燕建平年间，济南的太守胡谙在这地方的一处山洞中捉到一只白虎，因以此命名此山。

虎窟山，相传燕建平中，济南太守胡谙于此山窟得白虎，因名焉。

◎王子义之船

乌山下没有水。曹魏末年，有人在这里挖井，挖到五丈深的时候，挖到一个石函，石函里有一只乌龟。乌龟体形如马蹄般大小，石函旁边还有五根木炭。这人又继续挖了三丈，这次他挖到一方巨石，巨石下有汹涌奔腾的激流声，于是就凿穿巨石，看见下面是一条暗河，河水向北流

---

① 猪鼻毂（gǔ）：一种形如猪鼻的车轮。猪鼻又为一种小型车名。
② 幅：通"辐"。辐条。

动，水流十分湍急。没过多久，有一只船顺流而来，碰到石头被迫停了下来，匠人瞅那船上，看到一块杉木板，板上刻着"吴赤乌二年八月十日，武昌王子义之船"。

乌山下无水。魏末，有人掘井五丈，得一石函，函中得一龟，大如马蹄，积炭五枝于函傍。复掘三丈，遇盘石①，下有水流汹汹然，遂凿石穿，水北流甚驶②。俄有一船，触石而上，匠人窥船上，得一杉木板，板刻字曰"吴赤乌二年八月十日，武昌王子义之船"。

◎杜林河伯

在离平原县西边十里的地方，原本有一片甘棠林。南燕太上年间，有个名叫邵敬伯的人，家住长白山。在某天，有人寄给敬伯一封信，信中说："我是吴江的使者，奉命前去济伯那里访问，现在要经过长白山，麻烦您帮我把这封信带去。"信中还告诉敬伯说只要他在甘棠林中拾片树叶投入济水，就会有人从河中出来接应他。敬伯便按照他说的做了，果然出来一个人要接他进去。敬伯怕水，那人让敬伯闭上眼睛。敬伯感觉好像在水中行进，一睁眼，只见出现在面前的是一座壮丽的宫殿。宫殿里一位老人，大约八九十岁，坐在水精床上，打开书信，念道："裕兴超灭。"侍卫都长着圆鼓鼓的眼睛，身着铠甲。敬伯告辞离去，老

---

① 盘石：巨石。
② 驶：疾，快。

人送给敬伯一把刀,说:"慢走,只要有这把刀,你就不会遭遇水害了。"敬伯从济水里出来,回到甘棠林中,可衣裳一点也没有打湿。果然就在这一年,刘裕灭掉了南燕的慕容超。敬伯在两河之间的地带居住了三年,一天夜里忽然发大水,全村都被淹没了,只有敬伯感觉自己好像是坐在一张坐榻上漂浮着,到天明靠了岸。敬伯下来一看,原来坐榻是只大鳖。敬伯死后,那把刀子也随之消失。据说甘棠林下面其实是河伯的家。

平原县西十里,旧有杜①林。南燕太上时,有邵敬伯者,家于长白山。有人寄敬伯一函书,言:"我吴江使也,令吾通问②于济伯③,今须过长白,幸君为通之。"仍教敬伯但于杜林中取树叶投之于水,当有人出。敬伯从之,果见人引入。敬伯惧水,其人令敬伯闭目。似入水中,豁然宫殿宏丽。见一翁,年可八九十,坐水精床,发函开书,曰:"裕兴超灭。"侍卫者皆圆眼,具甲胄。敬伯辞出,以一刀子赠敬伯曰:"好去,但持此刀,当无水厄矣。"敬伯出,还至杜林中,而衣裳初无沾湿。果其年宋武帝灭燕。敬伯三年居两河间,夜中忽大水,举村俱没,唯敬伯坐一榻床,至晓着岸。敬伯下看之,乃是一大鼋也。敬伯死,刀子亦失。世传杜林下有河伯家。

---

① 杜:也称"甘棠""棠梨",落叶乔木。
② 通问:互相往来访问。
③ 济伯:济水的河神。

◎ 妒妇津

临济有个妒妇津，相传在晋朝泰始年间，刘伯玉的妻子段氏，字明光，她天生就好妒忌。有一次，伯玉当着妻子的面朗诵《洛神赋》，并对妻子说："要是我平生能娶到洛神这样的女子为妻，那就没有什么遗憾了。"明光说："郎君怎么能因为水神貌美而看不起我，轻贱我呢？我死了，也不愁成不了水神。"当晚就投水淹死了。死后第七天，她托梦告诉伯玉说："郎君希望有个水神样的妻子，我现在就是水神了。"伯玉从梦中惊醒，于是终身不再渡河。凡有妇女要从这渡口过河的，都要弄乱自己的衣服妆饰才敢渡河。要是不这样的话，就会风浪大作。面丑的妇女，即便精心打扮后渡河，水神也不会嫉妒。妇女渡这条河没起风浪的，都心想是因为自己貌丑，引不起水神的嫉妒。于是就有丑妇忌讳这个，索性把自己也弄得蓬头垢面的才渡河，以免旁人嗤笑。所以齐人有俗话说："欲求美貌媳妇，只须立在渡口。妇女水边一站，美丑自然分辨。"

临济有妒妇津，相传言，晋泰始中，刘伯玉妻段氏，字明光，性妒忌。伯玉常于妻前诵《洛神赋》，语其妻曰："娶妇得如此，吾无憾矣。"明光曰："君何得以水神美而欲轻我？吾死，何愁不为水神。"其夜乃自沉而死。死后七日，托梦语伯玉曰："君本愿神，吾今得为神也。"伯玉寤而觉之，遂终身不复渡水。有妇人渡此津者，皆坏衣枉妆①，然后敢济。不尔，风波暴发。丑妇虽妆饰而渡，其神亦不妒也，妇人渡河无风浪者，以为己丑，不致水神怒。丑妇讳之，无不皆自毁形容，以塞嗤笑也。故齐人语曰："欲求好妇，立在津口。妇立水傍，好丑自彰。"

◎驱除大将军

晋朝义熙年间，虞道施在山间乘车出行。忽然有一个黑衣人径直就坐上了虞道施的车，说捎他一段路。这人头上发光，嘴巴和眼睛都是红色的，满脸是毛。搭了有十里路才下车离去。临别时，这人对虞道施说："我是驱除大将军，感谢你让我搭乘你的车。"于是赠送给虞道施一双银环作为留念。

虞道施，义熙中乘车山行。忽有一人，乌衣，径上车，言寄载。头上有光，口目皆赤，面被毛。行十里方去。临别，语施曰："我是驱除大将军，感尔相容。"因留赠银环一双。

◎圣公讨旧宅

在晋朝的隆安年间，吴兴有个年轻人，年龄在二十岁左右，自称圣公，姓谢。他死去一百年后，忽然有一天到了陈氏的宅院，说这是他的老宅："你们最好把宅子还给我，如若不还，我会一把火给你烧了。"果然，有一天晚上，陈宅莫明其妙就着了火，宅子被烧得精光。之后有鸟

---

① 枉妆：乱其妆饰。

羽插在地上，将宅地环绕了好几圈。于是当地百姓就在原址新修建了一座庙宇。

晋隆安中，吴兴有人年可二十，自号圣公，姓谢。死已百年，忽诣陈氏宅，言是己旧宅："可见还，不尔，烧汝。"一夕火发，荡尽。因有鸟毛插地，绕宅周匝数重。百姓乃起庙。

◎长须国遭难

大足初年，有位士人跟随新罗国的使节乘船，他们被大风刮到了一个陌生的地方。那里的人都长着长长的胡须，语言和唐朝相通，号称长须国。这里人口众多，物产丰富，房屋、服饰和大唐稍微有点差异。此地地名叫作扶桑洲，官府设有正长、戢波、目役、岛逻等职官名号。士人走访了几个地方，该国之人无不敬重。忽然有一天，来了几十辆车马接他，说是本国国王召见客人。走了两天，才到了一座大城池，那里有身着盔甲的卫士把守城门。使者领着士人进去拜见国王，但见宫殿宏伟宽敞，有仪仗护卫着一个看着像是国王的人。看到士人拜伏在地行大礼，国王略略欠身回礼。并拜士人为司风长兼驸马。该国公主天生丽质，虽然也长着几十根胡须。士人声势显赫，财富充盈，但每次回家一见到他的妻子就开心不起来。国王经常在月圆之夜大宴群臣，后来士人遇上一次宴会，看见国王的宫女和嫔妃全都长着胡须，于是赋诗一首："花无蕊不美，女无须就丑。丈人试让拔完，未必不如有须。"国王听了大笑，说："驸马竟然还是这么在意小女脸上的胡须吗？"过了十多年，士人有了一儿二女。忽然有一天，长须国君臣上下忧心忡忡，恐惧不安。士人很奇怪，就问他们。国王流着泪对士人说："我国将大难临头了，祸在旦夕之间，除了驸马，没有人能相救。"士人大吃一惊，说："只要能够消灾避祸，我愿拼死相救。"国王就让人备好船只，命两位使者跟随士人，对他说："烦请驸马去拜见东海龙王，就说是东海第三汊第七岛长须国有难求救。我国实在是太渺小，你要再三恳求才行。"于是两人挥泪惜别。士人上了船，很快就到了海岸。海岸沙滩全是七宝，那里的人都峨冠博带，身材高大。士人就上前请求拜见龙王。龙宫的样子就像佛寺里所画的天宫，光芒四射，令人眼花缭乱。龙王走下台阶迎接士人，并一同拾级上殿。问士人因何事造访，士人把事情的前因后果叙说了一遍，龙王当即命人速去查核，并如实汇报。过了很久，有一人从外进殿报告说："境内并没有这个国家。"士人又苦苦恳求，说长须国在东海第三汊第七岛。龙王再次喝命使者细细查寻，快快禀报。又过了一顿饭的工夫，使者回报说："这岛上的虾是正好供给大王本月的食物，前天就已捕来了。"龙王笑着说："客人的确是被虾精迷惑了。我虽然身为龙王，食用的东西都遵从上天的旨意，不会随便乱吃，残害无辜的。今天看在您的份上，就尽量少吃吧。"于是让人带着士人前去察看，只见几十口有屋子那么大的铁锅，里面装满了虾。有五六只虾全身通红，大如手臂，见到士人就蹦跳起来，像是在向他求救的样子。引路的侍从说："这就是虾王。"士人不由得伤感悲痛起来，哭得泪流满面。龙王命人把装有虾王的那一锅全部放走,又派两位使者护送士人返回中土。一夜时间,士人就到达了登州。士人上岸后,回头看两位使者,原来是两条巨龙。

大足初,有士人随新罗使,风吹至一处。人皆长须,语与唐言通,号长须国。人物茂盛,栋宇衣冠,稍异中国。地曰扶桑①洲,其署官品,有正长、戢波、目役②、岛逻等号。士人历谒数处,其国皆敬之。忽一日,有车马数十,言大王召客。行两日,方至一大城,甲士守门焉。使者导士人入,伏谒,殿宇高敞,仪卫如王者。见士人拜伏,小起。乃拜士人为司风长,兼驸马。其主甚美,有须数十根。士人威势烜赫,富有珠玉,然每归见其妻则不悦。其王多月满夜则大会,后遇会,士人见姬嫔悉有须,因赋诗曰:"花无蕊不妍,女无须亦丑。丈人试遣总无,未必不如总有。"王大笑曰:"驸马竟未能忘情于小女颐③颔间乎?"经十余年,士人有一儿二女。忽一日,其君臣忧戚。士人怪,问之。王泣曰:"吾国有难,祸在旦夕,非驸马不能救。"士人惊曰:"苟难可弭④,性命不敢辞也。"王乃令具舟,命两使随士人,谓曰:"烦驸马一谒海龙王,但言东海第三汊⑤第七岛长须国有难求救。我国绝微,须再三言之。"因涕泣执手而别。士人登舟,瞬息至岸。岸沙悉七宝,人皆衣冠长大。士人乃前,求谒龙王。龙

---

① 扶桑:指东洋海域中的古国,相沿为日本的代称。
② 伇:"役"的古字。
③ 颐(yí):面颊。
④ 弭(mí):消除。
⑤ 汊:河与湖海的交汇处。

宫状如佛寺所图天宫，光明迭激①，目不能视。龙王降阶迎士人，齐级升殿。访其来意，士人具说，龙王即令速勘。良久，一人自外白曰："境内并无此国。"士人复哀祈，言长须国在东海第三汊第七岛。龙王复叱使者细寻勘，速报。经食顷，使者返曰："此岛虾合供大王此月食料，前日已追到。"龙王笑曰："客固为虾所魅耳。吾虽为王，所食皆禀天符②，不得妄食。今为客减食。"乃令引客视之，见铁镬数十如屋，满中是虾。有五六头，色赤，大如臂，见客跳跃，似求救状。引者曰："此虾王也。"士人不觉悲泣。龙王命放虾王一镬，令二使送客归中国。一夕至登州。回顾二使，乃巨龙也。

◎屠勃律城

天宝初年，安思顺进献五色玉带，还另在左藏库里找到了五色玉杯。玄宗想起西域各个蕃国近来进贡的物品中没有五色玉，感到事情有点奇怪，就派使者去责问安西诸蕃国。诸蕃国回奏说："我们一直在进贡，但都被小勃律沿途劫走了，没能送到长安。"玄宗大怒，准备征讨小勃律。群臣多数进言谏阻，只有右相李林甫赞同圣上旨意，并且说武臣王天运有勇有谋，可以为将担当起征讨的重任。于是玄宗命令王天运率兵四万，同时统领诸蕃国兵马讨伐小勃律。大军兵临勃律城下，勃律国君因恐惧而请罪，并把所藏宝玉全部交出，同时表示还愿意每年向大唐进贡。可

---

① 迭激：闪烁。
② 天符：上天的旨意。

王天运不同意，于是下令屠杀全城，俘虏三千人马，带着珠玉宝物凯旋。勃律国一位术士说："将军残忍屠城根本不讲道义，这是做不吉祥之事，很快将会有暴风雪降临的。"走了几百里，忽然四面八方狂风大作，雪花大如鸟翅，暴风卷起小河中的水冻成冰柱，又拦腰吹断。这样的天气持续了半天，小河里的水涨了，汹涌上岸，四万名士兵一时之间全被冻死，只剩蕃、汉各一人活着回来。玄宗得知事情的经过，大为震惊诧异，立刻派遣中使跟随这两个人前去察看。一行人来到出事的小河边，坚冰还堆积如山，峥嵘矗立，隔着冰块看到士兵的尸体，有站着的、有坐着的，晶莹透明，历历可数。可就在中使将要返回的时候，坚冰忽然消融了，那些尸体也全都不见了。

天宝初，安思顺进五色玉带，又于左藏库①中得五色玉杯。上怪近日西贡无五色玉，令责安西诸蕃。蕃言："比常进，皆为小勃律所劫，不达。"上怒，欲征之。群臣多谏，独李右座林甫赞成上意，且言武臣王天运谋勇可将。乃命王天运将四万人，兼统诸蕃兵伐之。及逼勃律城下，勃律君长恐惧请罪，悉出宝玉，愿岁贡献。天运不许，即屠城，虏三千人及其珠玑而还。勃律中有术者言："将军无义，不祥，天将大风雪矣。"行数百里，忽惊风四起，雪花如翼，风激小海水成冰柱，起而复摧。经半日，小海涨涌，四万人一时冻死，唯蕃、汉各一人得还。具奏，玄宗大惊异，即令中使随二人验之。至小海侧，冰犹峥嵘如山，隔冰见

---

① 左藏库：唐代国库分左、右藏库。左藏库主要存放金银珠玉、宝货钱币。

兵士尸，立者坐者，莹澈可数。中使将返，冰忽消释，众尸亦复不见。

◎ 代公题警句

郭代公曾在山间隐居，半夜时，忽然出现一张人脸，这张脸大如圆盘，在灯光下眨巴着眼睛。代公对此丝毫不畏惧，慢悠悠地以笔蘸墨，在它面颊上题写："久戍人偏老，长征马不肥。"这是代公的警句。题写完毕又反复吟诵，那怪物就立刻消失了。几天后，代公跟随着樵夫闲步山间，看见一棵大树上长着白耳，有数斗之大，而他题写的诗句就在那大白耳上面呢。

郭代公尝山居，中夜有人面如盘，瞋目出于灯下。公了无惧色，徐染翰题其颊曰："久戍人偏老，长征马不肥。"公之警句也。题毕吟之，其物遂灭。数日，公随樵闲步，见巨木上有白耳，大如数斗，所题句在焉。

◎ 何怪作恶

大历年间，有个士人的庄园在渭南，他在京城里生病去世以后。妻子柳氏于是就住到田庄去了，他们夫妻俩还有个十一二岁的儿子。一个夏夜，他儿子忽然心里惊恐以致睡不着觉。三更以后，这孩子忽然看见一位白衣老者，两颗獠牙露出嘴外，瞪眼看着他。过了很久，白衣老者慢慢靠近他床前。床前有一个婢女正在熟睡，白衣老者就扼住她的喉咙，只听得咯咯作响，婢女的衣服全被撕破，老者抓住婢女就吃。很快婢女的骨头就露出来了，于是又举起婢女来吞噬她的五脏，只见这老者的嘴大如簸箕。孩子一声惊叫，白衣老者一下子竟消失得无影无踪，床前只剩下婢女的骨头。后面几个月内，也没有再发生其他异常的情况。士人去世一周年的那天傍晚，柳氏露天乘凉，有只胡蜂绕着她的头和面颊飞来飞去。柳氏用扇子将胡蜂打落在地，一看原来是枚胡桃。柳氏就拾起来拿在手中玩耍，不料胡桃开始变大。先是像拳头那么大，然后像碗那么大，柳氏对此惊惶不已，只能盯着看那枚胡桃，转眼的工夫就大如盘子。嘭的一声裂成两扇，在空中转如飞轮，声音就像蜂群纷飞。两扇胡桃突然一下合在柳氏的头上，把她的头夹得四分五裂，血肉横飞，牙齿都崩到树上去了。然后那东西就飞走了，最终也没有搞明白那东西到底是个什么怪物。

　　大历中，有士人庄在渭南，遇疾卒于京。妻柳氏因庄居，一子年十一二。夏夜，其子忽恐悸不眠。三更后，忽见一老人，白衣，两牙出吻外，熟视之。良久，渐近床前。床前有婢眠熟，因扼其喉，咬然有声，衣随手碎，攫①食之。须臾骨露，乃举起饮其五脏，见老人口大如簸箕。子方叫，一无所见，婢已骨矣。数月后，亦无他。士人祥斋②，日暮，柳氏露坐逐凉，有胡蜂绕其首面。柳氏以扇击堕地，乃胡桃也。柳氏遽取玩之掌中，遂

---

① 攫（jué）：抓取。
② 祥斋：丧满周年的祭仪。

长。初如拳，如碗，惊顾之际，已如盘矣。㶿①然分为两扇，空中轮转，声如分蜂。忽合于柳氏首，柳氏碎首，齿着于树。其物因飞去，竟不知何怪也。

◎ 相公设计得陈粟

贾耽相公在滑州的时候，州境大旱，秋粮颗粒无收。贾耽召来两员大将，并对他们说："今年大旱灾荒，烦请两位拯救三军将士和本州百姓。"二将回答说："只要有利于全州军民，我俩出生入死，在所不辞！"贾耽笑着说："只得委屈两位化装成健卒，明天会有两个骑马的人，穿着浅红色衣服，骑着步子迈得很小、颈毛长得很长的马，穿过街市出城，你们就悄悄跟踪他们，在他们消失的地方做上记号，我要你们办的事情就告成了。"二将就备好干粮，穿上黑衣扮成健卒去寻找贾耽所说的这两人。真如贾耽所讲，分毫不差，那两人从城里走到野外，走了两百多里路，走到一座大墓前就消失了。二将就在那里垒上石头作为记号。又走了两晚才得以返回城里向贾耽复命。贾耽获报大喜，命令几百个军士健卒都备好撮箕和铁锹，跟随两位大将前往那里。他们掘开大墓，在那里找到了几十万斛陈粮，人们都猜不透这究竟是怎么回事。

贾相公耽在滑州，境内大旱，秋稼尽损。贾召大将二人，谓曰："今岁荒旱，烦君二人救三军百姓也！"皆言："苟利军州，

---

① 㶿（bó）：拟声词。

死不足辞。"贾笑曰："君可辱为健步①，乙日②，当有两骑，衣惨绯③，所乘马蕃步④鬣长，经市出城，君等踪之，识其所灭处，则吾事谐矣。"二将乃裹粮，衣皂衣寻之。一如贾言，自市至野，二百余里，映大冢而灭。遂垒石标表志焉。经信而返。贾大喜，令军健数百人，具畚锸⑤，与二将偕往其所。因发冢，获陈粟数十万斛，人竟不之测。

◎ 猎人得鹿

胡珦在虢州的时候，有个猎人猎杀了一头鹿，体重竟有一百八十斤。鹿的蹄子下穿着铜镮，铜镮上刻有篆字，但即便是博物多知的人也认不出那上面究竟是什么字。

胡珦为虢州时，猎人杀得鹿，重一百八十斤。蹄下贯铜镮，镮上有篆字，博物者不能识也。

◎ 夜叉姻缘

博士丘濡说：五十年前，汝州邻县有一个村庄的一个村民的女儿失踪了。过了几年，这个失踪的小姑娘忽然自己又回了家，说当年在睡梦中被某个东西牵走，很快到了一个地方，天亮一看，原来是在一座古塔里。女子看见了

---

① 健步：健卒。
② 乙日：第二天。
③ 惨绯：浅红色。惨，浅。
④ 蕃步：细碎而散乱的步子。
⑤ 畚锸（běn chā）：撮箕和铁锹之类挖运泥土的工具。

一位美男子,美男子对她说:"我是神人,缘分注定要以你为妻,但是这段姻缘有个年限,你不必猜疑也不要害怕。"并且告诫她不要向外看。每天只能往返两次下塔去取食物,有时饭食还是热的。过了一年,女子趁他外出时,悄悄察看。只见他在空中腾飞,火红的头发,蓝色的皮肤,竖着两只耳朵就像驴耳一样,到了地面又变回了人形,女子又惊又怕,浑身直冒冷汗。那怪物回来便有所察觉,对她说:"你到底还是偷看我了,我实际上是个夜叉。因为和你有缘分,所以我绝不会害你。"女子本来贤惠,带着歉意说:"我身为您的妻子,哪会有恶意呢?您既有神通,为何不居住在人间,让我能时时见到父母呢?"那怪物说:"我们这一类身负罪业,如果和人杂处,就会引发瘟疫。现在我形迹既已败露,就任随你看,不多久就会让你回去的。"那座古塔距离世人聚居区很近,女子经常往下看,并每天等着那怪物回到塔里来。那怪物在空中不能化为人形,落到地上则与人杂处。若遇到尘世俗人,那怪物就闪到一边避开。若遇到一般的普通人则是摇动行人的脑袋,并朝他们的脸上吐唾沫,而行人全都没有什么感觉。等到回去后,女子便问他:"先前看见您在街市中,对有的人很敬重,又拿有的人开玩笑捉弄他们,这是为什么?"怪物笑着说:"世上有吃牛肉的人,我见到就欺负捉弄他们。遇到那些忠诚正直孝养亲人的人,以及佛道两家持戒守箓的人,如果我误犯了他们,就会遭天杀,所以得小心回避。"又过了一年,忽然有一天,那怪物悲切流泪地对女子说:"我们的缘分已经到头了,等有风雨的时候就送你回去。"于是给她一枚青石，有鸡蛋大，并说："到家后把这个磨成粉服下，才能够驱除你体内的毒气。"后来一个风雷之夜，那怪物就牵着女子说："可以离开了。"就像佛经所说的弯臂伸手的工夫，女子已经回到她的家，平安降落在庭院里。她母亲把青石磨成粉让她服下后排泄出一斗多青泥样的秽物。

博士丘濡说：汝州傍县，五十年前村人失其女。数岁，忽自归，言初被物寐中牵去，倏止一处，及明，乃在古塔中。见美丈夫，谓曰："我天人①，分合得汝为妻，自有年限，勿生疑惧。"且戒其不窥外也。日两返，下取食，有时炙饵犹热。经年，女伺其去，窃窥之。见其腾空如飞，火发蓝肤，磔②磔耳如驴焉，至地乃复人矣，惊怖汗洽③。其物返，觉曰："尔固窥我，我实野叉。与尔有缘，终不害汝。"女素惠，谢曰："我既为君妻，岂有恶乎？君既灵异，何不居人间，使我时见父母乎？"其物言："我辈罪业④，或与人杂处，则疫疠作。今形迹已露，任尔纵观，不久当尔归也。"其塔去人居止甚近，女常下视，其物在空中，不能化形，至地，方与人杂。或有白衣⑤尘中者，其物敛手侧避。或见揜⑥其头，唾其面者，行人悉若不见。及归，女问之："向见君街中，有敬之者，有戏狎之者，何也？"物笑曰："世有吃牛

---

① 天人：神人。
② 磔（zhé）：裂，张开。
③ 洽：沾湿。
④ 罪业：佛教术语。指身、口、意三者犯罪的活动。
⑤ 白衣：佛教称呼在家修行的世俗之人。
⑥ 揜（yǎn）：动，摇。

肉者，予得而欺之。或遇忠直孝养、释道守戒律法箓者，吾误犯之，当为天戮。"又经年，忽悲泣语女："缘已尽，候风雨送尔归。"因授一青石，大如鸡卵，言："至家可磨此服之，能下毒气。"后一夕风雷，其物遽持女曰："可去矣。"如释氏言屈伸臂顷，已至其家，坠之庭中。其母因磨石饮之，下物如青泥斗余。

◎ 脊筋修车鞅

李公佐，大历年间在庐州。有个名叫王庚的书吏请假回家，夜晚在城外荒野赶路，忽然碰到导骑正在喝道开路，王庚赶紧躲在大树后偷看，心下纳闷此地并没有听说有什么高官呀。导骑先走过之后，只见一位身着紫衣的人，看那仪仗侍卫，像是节度使一类。后来有一辆马车正要渡河，驾车的侍从上前报告说："车鞅绳断了。"紫衣人吩咐道："翻簿子。"只见几名吏员赶紧翻检簿册，回答说："应该取庐州某里坊张某妻子的脊筋修缮。"他们口中说的人竟然就是王庚的姨妈。片刻吏员就回来了，拿着两条白色的东西，每条长有几尺，然后系好车马渡河而去。王庚到家后，他姨妈还好好的。只过了一个晚上，姨妈突然说背疼，只有半天的工夫就去世了。

李公佐，大历中在庐州，有书吏王庚请假归，夜行郭外，忽值引骑①呵避，书吏遽映大树窥之，且怪此无尊官也。导骑后，一人紫衣，仪卫如节使。后有车一乘，方渡水，御者前白：

---

① 引骑（zōu）：主驾车马负责前导的仆役。

"车軛①索断。"紫衣者言:"检簿。"遂见数吏检簿,曰:"合取庐州某里张某妻脊筋修之。"乃书吏之姨也。顷刻吏回,持两条白物,各长数尺,乃渡水而去。至家,姨尚无恙。经宿,忽患背疼,半日而卒。

◎ 屏妇下屏

元和初年,有位士人,记不清他的姓名了,醉卧在厅堂里。酒醒后,发现古屏风上所画的妇女等一干人等从画里走出来全都出现在他床前踏歌。歌道:"长安女儿踏春阳,无处春阳不断肠。舞袖弓腰浑忘却,蛾眉空带九秋霜。"其中一位梳着双鬟的美女问:"什么是弓腰?"领唱的人笑着说:"你没看见我正在弓腰吗?"就仰面向后弯曲身体,发髻触到地面,腰肢柔软环曲就像一个圆。士人惊怕不已,就大声呵斥她们。这些妇女一下子全都回到屏风上去了,之后也没再发生其他异常。

元和初,有一士人,失姓字,因醉卧厅中。及醒,见古屏上妇人等,悉于床前踏歌②。歌曰:"长安女儿踏春阳,无处春阳不断肠。舞袖弓腰浑忘却,蛾眉空带九秋③霜。"其中双鬟④者问曰:"如何是弓腰?"歌者笑曰:"汝不见我作弓腰乎?"乃反首,

---

① 軛(qú):车辕两端用来夹住牲口颈部的曲木。
② 踏歌:一种集体歌舞形式,手牵着手亦歌亦舞,以脚踏地为节奏。
③ 九秋:深秋。
④ 鬟:环形发髻。

髻及地，腰势如规①焉。士人惊惧，因叱之。忽然上屏，亦无其他。

◎ 智圆总持敕勒

宰相郑余庆在梁州时，龙兴寺有个法号叫智圆的和尚擅长总持敕勒的法术，驱邪治病大多能见效，每天有几十个人在山门前等着他治病。智圆年事已高，体力和精力都是大不如前。郑公很敬重他，就请求他搬到城东的空地去住，郑公在那里帮他盖了草屋，种植了花木，有一个小沙弥、一个行者陪着他住。几年后，在一个闲暇之日，智圆坐在太阳下修剪脚指甲，有个身着布衣的妇女，容貌端庄秀丽，来到台阶前向他行礼。智圆慌忙整理好衣衫，惊讶地问："女弟子为何来到这里？"那位妇女伤心地哽咽着说："我不幸死了丈夫，儿子幼小，老母病重。听说大和尚持念神咒很灵验，恳请您出手相救。"智圆说："贫僧一向厌恶城里喧嚣，也不喜欢应酬交往。女弟子的母亲既然有病，可以请到此处来，我就在这里为她加持。"女子又再三哭泣恳求，并且说母亲病情危重，不能扶着前来，智圆也很同情她，就答应了。女子就说："从这里向北二十多里，会到一个村庄，而这个村庄附近有一个鲁家庄，到那里只要问韦十娘家就行了。"第二天一早，智圆依言向北走了二十多里，到处打听韦十娘家，都说不知道，无奈只好回来了。第二天，女子又来了，智圆责备她说："贫僧昨天远行赴

---

① 规：圆。

约,怎么和你说的地方差距那么大?"女子说:"我家距离昨天您所到的地方只多二三里路。和尚慈悲,一定要再去一趟。"智圆生气地说:"贫僧年高体弱,今天绝不出门。"女子就提高嗓门质问道:"你的慈悲心到哪里去了?今天这事你必须去。"说完就跑上台阶拉扯智圆的手臂。智圆又惊又急,同时也怀疑她不是人,恍惚之间就用刀子刺她,女子一下倒在地上,老和尚定睛一看,躺在地上的却是小沙弥,他误中了刀子,血流满地,已经死了。智圆一下慌了手脚,赶紧和行者一起把小沙弥埋在饭瓮下面。沙弥是本村人,家距寺院有十七八里远。那一天,小沙弥的家人都在田间劳作,忽然有个穿黑衣戴褐巾的人前来讨水喝。村里人问他从哪里来,他回答说住家就在智圆和尚的寺院附近。沙弥的父亲一听他是从寺院那边过来的,就高兴地询问起他儿子的消息,那黑衣人问他儿子姓甚名谁,然后就详细向他说了刚发生的事,原来这黑衣人就是那鬼魅变的。于是,沙弥的父母哭喊着去找智圆,智圆还想欺瞒他们。小沙弥的父亲拿起铁锹三下两下挖出了尸体,立刻将智圆告到官府。郑公大为吃惊,要求办案的吏员细细审查,心想老和尚一定被冤枉了。智圆详细陈述了当时的情形,说:"这是贫僧的宿债,只有一死了之。"办案的也定了他死罪,智圆请求给他七天时间念经加持,为来生准备一些资粮,郑公很同情他,就答应了。智圆沐浴净身,设下斋坛,急忙印契作法,捆缚木人作鬼魅,对其严加拷打。到第三晚,先前那个女子就出现在了斋坛上,并说道:"像我这类鬼魅不少,因为求食的地方大多被和尚持念符咒破除,所以我才这样做。那沙弥还没死,如果你能起誓以后不再持念作法,我一定把他还给你。"智圆恳切地立下誓言,女子高兴地说:"沙弥在城南某村几里外的老坟地里。"智圆赶紧把这个消息告知官府,官差照他的话去寻找,果然找着了小沙弥,只是他已经神志不清了。再挖开先前小沙弥的坟,棺材里竟是一把笤帚,智圆的冤屈这才得以昭雪。从此以后,老和尚再也不持经念咒作法了。

郑相余庆在梁州,有龙兴寺僧智圆,善总持敕勒①之术,制邪理痛多著效,日有数十人候门。智圆腊②高稍倦,郑公颇敬之,因求住城东隙地,郑公为起草屋种植,有沙弥、行者③各一人居之。数年,暇日,智圆向阳科④脚甲,有妇人布衣,甚端丽,至阶作礼。智圆遽整衣,怪问:"弟子何由至此?"妇人因泣曰:"妾不幸夫亡,而子幼小,老母危病。知和尚神咒助力,乞加救护。"智圆曰:"贫道本厌城隍喧啾,兼烦于招谢。弟子母病,可就此为加持⑤也。"妇人复再三泣请,且言母病剧,不可举扶,智圆亦哀而许之。乃言:"从此向北二十余里,至一村,村侧近有鲁家庄,但访韦十娘所居也。"智圆诘朝,如言行二十余里,历访悉无而返。来日,妇人复至,僧责曰:"贫道昨日远

---

① 总持敕勒:佛教术语。总持,梵语义译,意为总一切法,持一切义。敕勒,本道教驱鬼制邪之术,这里指佛教密宗一派念咒、请神以及画符等法术。
② 腊:僧人受戒后每度一年为一腊。
③ 行者:在寺庙中服杂役而尚未正式落发的出家人。
④ 科:修剪。
⑤ 加持:佛教术语。佛的愿力威神加于软弱之众生身上。

赴约,何差谬如此?"妇人言:"只去和尚所止处二三里耳。和尚慈悲,必为再往。"僧怒曰:"老僧衰暮,今誓不出。"妇人乃声高曰:"慈悲何在耶?今事须去。"因上阶牵僧臂。僧惊迫,亦疑其非人,恍惚间以刀子刺之,妇人遂倒,乃沙弥误中刀,流血死矣。僧忙然,遽与行者瘗之于饭瓮下。沙弥本村人,家去兰若十七八里。其日,其家悉在田,有人皂衣揭襆,乞浆于田中。村人访其所由,乃言居近智圆和尚兰若。沙弥之父欣然访其子耗①,其人请问,具言其事,盖魅所为也。沙弥父母尽皆号哭,诣僧,僧犹绐焉。其父乃锹索而获,即诉于官。郑公大骇,俾②求盗吏细按,意其必冤也。僧具陈状:"贫道宿债③,有死而已。"按者亦以死论,僧求假七日命持念④,为将来资粮⑤,郑公哀而许之。僧沐浴设坛,急印契⑥缚欂⑦,考⑧其魅。凡三夕,妇人见于坛上,言:"我类不少,所求食处,辄为和尚破除。沙弥且在,能为誓不持念,必相还也。"智圆恳为设誓,妇人喜,曰:"沙弥在城南某村几里古丘中。"僧言于官,吏用其言寻之,沙弥果在,神已痴矣。发沙弥棺,中乃笤帚也,僧始得雪。自是绝不复道一梵字⑨。

---

① 耗:消息。
② 俾:使。
③ 宿债:指前世所负恶业,犹如欠债,今世须还。
④ 持念:佛教术语。诵经加持。
⑤ 资粮:佛教术语。资为资财,粮为粮食。
⑥ 印契:佛教术语。指僧人诵经做法事的一种手势。
⑦ 欂(bó):小木人。
⑧ 考:拷打。
⑨ 梵字:指代佛经。

◎ 王清本

元和初年,在洛阳的一个村庄里有位百姓名叫王清,靠卖力气得了五镮钱。王清就用这钱买下了田边一棵枯栗树,想将栗树劈成柴赚点钱。过了一晚,这棵树被邻居盗砍。邻居砍到树中间时,忽然有条黑蛇昂着头就像胳臂一样粗,口吐人言说:"我是王清的本钱,你不要砍。"那人又惊又怕,吓得赶紧扔下斧子就逃跑。第二天一早,王清带着子孙前来劈柴,挖掘树根,在树根下挖到两口大瓮,里面装满了散钱。王清因为这个获利不少,当日便满载而归。十多年后,王清成为巨富后就用钱垒成龙形,并起名叫王清本。

元和初,洛阳村百姓王清,佣力得钱五镮①,因买田畔一枯栗树,将为薪以求利。经宿,为邻人盗斫。创及腹,忽有黑蛇举首如臂,人语曰:"我王清本也,汝勿斫。"其人惊惧,失斤而走。及明,王清率子孙薪之,复掘其根,根下得大瓮二,散钱实之。王清因是获利而归。十余年巨富,遂甃②钱成龙形,号王清本。

◎ "灵境"蛛怪

元和年间,苏湛漫游蓬鹊山,他带着干粮,钻木取火,

---

① 镮(huán):古时计钱的单位。
② 甃(zhòu):用砖砌,垒。

几乎走遍了山间的每一个角落。突然有一天,他对妻子说:"我在山里走,看见有一处悬崖发出光芒,那光芒就像一面镜子,那一定是仙境。明天我要去那里,现在就和你诀别吧。"他的妻子儿女痛哭流涕,怎么也挽留阻挡不住。天一亮,苏湛就出发了,他妻子儿女带着奴婢暗中在后面跟着他。进山几十里,远远望见那山崖,发出白光,圆如明镜,直径约有一丈。苏湛就快步赶过去,刚一靠近那光团,就听见发出一声长嚎。妻儿急忙跑上前去救他,可他全身已被蛛丝裹得像只蚕茧。这时有许多黑蜘蛛,每只都有熨斗那么大,爬过来聚集在山崖下。仆人赶忙用快刀去斩蛛丝网,大伙费了好大力气才斩断,可走近一看,苏湛早已经死了,他的脑袋也被啃得仅剩一半。他的妻子就在山崖下堆积柴火,放火烧崖,烧得满山遍谷臭气熏天。

元和中,苏湛游蓬鹊山,裹粮钻火,境无遗址。忽谓妻曰:"我行山中,睹倒崖①有光如镜,必灵境②也。明日将投之,今与卿诀。"妻子号泣,止之不得。及明遂行,妻子领奴婢潜随之。入山数十里,遥望岩有白光,圆明径丈。苏遂逼之,才及其光,长叫一声。妻儿遽前救之,身如茧矣。有蜘蛛,黑色,大如钴鏻③,走集岩下。奴以利刃决其网,方断,苏已脑陷而死。妻乃积薪烧其崖,臭满一山中。

---

① 倒崖:上面凸出下面凹入的悬崖。
② 灵境:仙境。
③ 钴鏻(gǔ mǔ):熨斗。

◎蛛丝止血

相传裴旻有一次在山间行走,有一只山蜘蛛垂下蛛丝,就像布匹一样,眼看那蛛丝快要挨到裴旻了。裴旻拉弓射杀了蜘蛛,那蜘蛛大如车轮。裴旻于是裁断好几尺蛛丝,将其收藏起来。遇到部下有受刀伤、剑伤的,便剪一小块蛛丝贴上去,当即就能止血。

相传裴旻山行,有山蜘蛛垂丝如匹布,将及旻。旻引弓射杀之,大如车轮。因断其丝数尺,收之。部下有金创①者,剪方寸贴之,血立止也。

---

① 金创:刀剑伤。

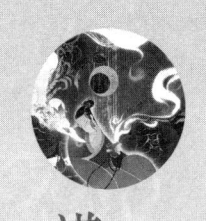

诺皋记下

妖鬼之渊

本篇仍记各类精怪、鬼神之事端,且半做以上皆为新出现的关于唐代的奇人异事,想象甚为丰富,亦真亦幻,使人不由得浮想联翩。

◎恶鲙

　　和州刘录事,大历年间罢官,居住在和州的邻县。他食量大得惊人,堪比多人食量的总和,特别钟爱吃鱼肉。曾经说过吃鱼肉从来没有吃饱过。于是县城里有人就专门网了一百多斤鱼,在山亭摆下宴席,看他如何吃鱼。刚吃了几盘鱼,忽然好像觉得喉咙被鱼刺卡住了,当即使劲咯出一枚鱼骨珠,有黑豆大,就放在茶杯里,用碟子盖上。吃了不到一半,盖着的杯子倾倒了,刘某觉得奇怪,就举起杯子看,先前咯出的那枚骨珠已经长大了几寸,变成了人的模样。席上其他客人争相围观,骨珠仍在继续长大。片刻工夫这枚骨珠就长成常人那么高大了,并不由分说揪住刘某就一阵痛打,把他打得头破血流。过了很久,那个人变成了两个人,他们二人又立即分散开来。一个向着厅西边跑,一个转向厅东边跑,然后都跑到后门的时候,碰到了一起,接着又合为一体了,原来这个人竟是刘某,他已经神志不清了。过了半天才能开口说话,问他刚才发生的事,全都记不清楚了。刘某从此以后特别讨厌吃鱼。

　　和州刘录事者,大历中罢官,居和州旁县。食兼数人,尤能食鲙。常言鲙味未尝果腹。邑客乃网鱼百余斤,会于野亭,观其下箸。初食鲙数叠①,忽似哽,咯出一骨珠子,大如黑豆,乃置于茶瓯中,以叠覆之。食未半,怪覆瓯倾侧,刘举视之,向

---

① 叠:叠子,即碟子。

者骨珠已长数寸，如人状。坐客竞观之，随视而长。顷刻长及人，遂捽[1]刘，因殴流血。良久，各散走。一循厅之西，一转厅之左，俱及后门，相触翕成一人，乃刘也，神已痴矣。半日方能言，访其所以，皆不省。自是恶鲙。

◎蛇酒

有个名叫冯坦的人，有一次生病，医生让他泡蛇酒喝。他按照医生的要求先喝完了一坛蛇酒，他的病情缓解了一半。他希望自己的病更快好起来，于是他又让家人在园子里捉了一条蛇直接放进酒坛。封闭七天后打开酒坛时，蛇从坛子里一跃而出，昂起头来足有一尺多高，一溜烟的工夫就蹿出门不知去向了。而且那蛇所经之处，地面就隆起了几寸高的小土堆。

冯坦者，尝有疾，医令浸蛇酒服之。初服一瓮子，疾减半。又令家人园中执一蛇，投瓮中，封闭七日。及开，蛇跃出，举首尺余，出门，因失所在。其过迹，地坟起数寸。

◎蛇骨啮鼻

陆绍郎中说：记得曾经有那么一个人喜欢泡蛇酒来喝，他前前后后杀了数十条蛇。有一天，他亲自去察看酒罐里的药酒，罐里突然有个东西跳跃出来狠狠地咬住他的鼻子，差点把他的鼻子咬下来了。再一看，那东西竟然是死蛇的

---

[1] 捽（zuó）：揪，抓。

一块头骨。后来，这人的鼻子就生疮烂掉了，就跟受了劓刑的情况一样。

陆绍郎中言：尝记一人浸蛇酒，前后杀蛇数十头。一日，自临瓮窥酒，有物跳出，啮其鼻将落。视之，乃蛇头骨。因疮毁，其鼻如劓①焉。

◎槐树三杈

有一个叫陈朴的人，他在元和年间住在长安城内崇贤里的北街，他家大门外有一棵高大的槐树。陈朴经常在黄昏时分出门倚靠着槐树干向外闲看。有一天，他看见有像妇女、狐狸、狗以及乌鸦之类的东西飞进槐树中，于是就砍倒槐树探出个究竟来。砍倒大槐树后发现大槐树一共分成了三个大杈，一个树杈中间是空的，一个树杈有一百二十枚独头栗，一个树杈里有一个裹着的死婴，身长一尺多。

有陈朴，元和中住崇贤里北街，大门外有大槐树。朴尝黄昏徙倚窥外，见若妇人及狐犬老乌之类，飞入树中，遂伐视之。树凡三槎，一槎空中，一槎有独头栗一百二十，一槎中襆一死儿，长尺余。

---

① 劓（yì）：古代割掉鼻子的刑罚。

◎白将军遇龙

无可和尚说：最近听闻有一位白将军，曾经在曲江池边洗马，马忽然受惊跳出水来慌忙乱跑。原来在马的前蹄上有一个白颜色的小动物，它的身形就像衣服带子细长细长的样子，缠绕着马蹄好几圈。白将军急忙让人将这个小动物从马蹄上解下来，马流了好几升血才止住。白将军觉得这小东西非常怪异，就用纸帖将其封好，装在衣箱里。某天，白将军送客到了浐水，把这东西拿出来给客人看。有位客人说："不妨将它放到水里试看一下。"白将军就用鞭子在地上垒筑了一个洞，把那小东西放进洞里，在洞上面浇水。不一会儿，那小东西蠕动着长大了，洞中也竟然涌出了泉水，瞬间的工夫那小东西盘曲起来就像席筒。忽然化作一团黑气，仿佛从香炉里冒出的一股青烟，径直飞出了屋檐外。众人惊恐地说："这肯定是龙。"于是众人都急忙往回走，结果没走出几里远，天空就电闪雷鸣，风雨大作了。

僧无可言：近传有白将军者，尝于曲江洗马，马忽跳出惊走。前足有物，色白如衣带，萦绕数匝。遽令解之，血流数升。白异之，遂封纸帖中，藏衣箱内。一日，送客至浐水，出示诸客。客曰："盍①以水试之。"白以鞭筑地成窍，置虫于中，沃盥其上。少顷，虫蠕蠕而长，窍中泉涌，倏忽自盘若一席。有黑气

---

① 盍：何不。

如香烟,径出檐外。众惧曰:"必龙也。"遂急归,未数里,风雨骤至,大震数声。

◎八角井通渭河

长安城内景公寺前街上,早先的时候有一口大井,俗称八角井。元和初年,有一位公主夏天经过这个地方,看见百姓正在从井里取水,就让跟随服侍她的婢女用银棱碗也靠近井边取水,可婢女一不小心将碗掉进井里去了。一个多月以后,这只碗却在渭河中出现了。

景公寺前街中,旧有巨井,俗呼为八角井。元和初,有公主夏中过,见百姓方汲,令从婢以银棱碗就井承水,误坠碗。经月余,出于渭河。

◎张评事遇害

东平郡还没有战事的时候,举人孟不疑客寓昭义军。天黑时来到一处驿站,正打算洗脚时,驿站又来了一位人称淄青张评事的人,他当晚带着几十名随从,孟不疑想要拜见他。张评事喝醉了,根本就没搭理孟不疑,孟不疑只好退回自己住的西间。张评事不断催促驿站的小吏索取煎饼,孟不疑一语不发地偷偷观察他,对他的傲慢实在是有些气愤。过了很久,煎饼熟了,孟不疑看见一只长得像猪一样的黑怪物跟着端盘子的人一起进来了,一直来到灯影下站着。这般来来回回五六次,张评事压根没有察觉。孟不疑心怀恐惧,被吓得一点睡意也没有了,而张评事很快就鼾声如雷了。三更以后，孟不疑刚刚睡意上来闭上眼，忽然看见一位黑衣人和张评事搏斗，又过一阵，互相扭打着进了东偏房里面，只听得拳头声就像是用杵捣米一样。一顿饭的工夫，张评事披头散发，光着两个膀子从东偏房里出来了，又回到床上继续睡下。到五更，张评事就唤起仆人，吩咐点灯洗脸梳头，还主动来到孟不疑住的房间，对孟不疑说："我昨晚喝醉了，竟然不知秀才也在这里留宿。"于是让仆人送来早餐同吃，二人有说有笑甚是开心，张评事还不时地小声对孟说："昨晚的事让您见笑了，请一定不要声张。"孟不疑连忙答应。张评事又说："我要赶路，必须一早出发，您可先行一步。"于是从靴筒里摸出一铤金子交给孟不疑说："不成敬意，刚才讲的事请务必保密。"孟不疑不敢推辞，立马上路。路上走了好几天后，才听得官府在缉拿杀人凶犯。孟不疑忙向路人打听，都说："淄青张评事，在某驿站一早出发，天快亮时，马鞍子上根本人影全无，不知去向。驿吏返回驿站寻找，发现在驿站西阁有一张席子，掀开席子只看到一堆白骨，骨头上面没有一丁点血肉；地上也没有一丝血迹，只有一只靴子落在旁边。"相传这个驿站以前就出现过凶煞，但没人清楚是何方妖怪作祟。举人祝元膺曾说，他亲自听到孟不疑常常告诫说，晚餐时必须供奉鬼神。祝元膺又说孟不疑一向不信佛教，颇能作诗，有诗云："白日故乡远，青山佳句中。"这事以后，孟不疑经常吃斋念佛，云游四海，不再参加科举考试了。

东平未用兵，有举人孟不疑，客昭义。夜至一驿，方欲濯足，有称淄青张评事①者，仆从数十，孟欲参谒。张被酒，初不顾，孟因退就西间。张连呼驿吏索煎饼，孟默然窥之，且怒其傲。良久，煎饼熟，孟见一黑物如猪，随盘至灯影而立。如此五六返，张竟不察。孟因恐惧无睡，张寻大鼾。至三更后，孟才交睫，忽见一人皂衣，与张角力，久乃相捽入东偏房中，拳声如杵。一饷间，张被发双袒而出，还寝床上。入五更，张乃唤仆，使张烛巾栉②，就孟曰："某昨醉中，都不知秀才同厅。"因命食，谈笑甚欢，时时小声曰："昨夜甚惭长者，乞不言也。"孟但唯唯。复曰："某有程，须早发，秀才可先也。"遂摸靴中，得金一挺，授曰："薄贶③，乞密前事。"孟不敢辞，即为前去。行数日，方听捕杀人贼。孟询诸道路，皆曰："淄青张评事，至某驿早发，迟明，空鞍失所在。驿吏返至驿寻索，驿西阁中有席角，发之，白骨而已，无泊④一蝇肉也；地上滴血无余，惟一只履在旁。"相传此驿旧凶，竟不知何怪。举人祝元膺尝言亲见孟不疑说，每每戒夜食必须发祭也。祝又言孟素不信释氏，颇能诗，其句云："白日故乡远，青山佳句中。"后常持念游览，不复应举。

◎ 飞天夜叉

刘积中曾经住在京城郊县的一处田庄上，当时他的妻子病情十分严重。一天晚上，刘还没睡，忽然有个白发妇

---

① 评事：职掌评决刑狱，隶属大理寺。
② 巾栉（zhì）：毛巾和梳子。这里指洗脸梳头。
③ 贶（kuàng）：赠。
④ 泊：通"薄"。附着。

女，身高仅有三尺，从灯影下走出来，对刘积中说："你夫人的病，只有我能治，你不妨求求我。"刘积中从来刚直不怕鬼邪，所以毫不客气地大声呵斥这个妇人。白发老妇慢悠悠地竖起手指着他说："可别后悔呀！可别后悔呀。"说完就不见了。随后刘妻突然心痛发作，眼看着就快死了。刘积中没办法，只好向白发老妇祝祷。话音刚落，那白发老妇就出现了。刘积中向她打躬作揖请她坐下，老妇要求来一杯茶，只见她对着茶杯口就像是念咒语的样子，然后让刘积中把这杯茶灌给夫人喝下。茶水一入口，夫人的心痛立刻就好了。后来老妇经常来刘家走动串门，刘家上下所有人也不再害怕她。过了一年，老妇对刘说："我有个女儿成年了，烦请你为她找个好夫婿吧。"刘积中笑着说："人鬼殊途，这事儿实在没法办。"老妇说："我并不是真的让你去找个人。只要拿桐木雕刻一个人形，雕刻做工稍微精致些，这个木头人就是我说的佳婿了。"刘积中答应下来，并很快为她准备好一切。过了一晚，桐木人不见了。老妇又对刘积中说："还要烦请你夫妇给我女儿女婿当铺公铺母，如果你们同意的话，某晚我会备好车马来接你们过去。"刘积中在心里权衡了一下，不同意肯定不妥，所以也只得点头答应。某天，过了酉时，就有仆从车马来到了刘家门前。老妇也来了，说："主人请前往。"刘积中和他妻子各自登上一辆车，天黑时来到了一个陌生的地方，只见朱门高墙，灯笼烛炬列队迎接，客人之多，筵席之盛，如同王公贵族之家。老妇领着刘积中来到一处厅堂，有几十个身着红紫衣服的人，有和他认识的人，有已经去世的，大家互相对望而没有交流。刘妻来到另一处厅堂，只见那里蜡炬粗如手臂，珠翠锦绣，光彩耀眼，也有几十位妇女，活着的已死的相识的不相识的，各占一半，大家也都是相互看着对方而不说话。到了五更，刘积中和妻子就迷迷糊糊回到了家里，二人像是酒醉初醒一般，这一晚上发生的事大多记不得了。又过了几个月，老妇又来拜谢说："我的小女儿也成年了，现在又要麻烦你。"刘积中很不耐烦，用枕头抵拒她说："老鬼，你竟然如此骚扰我！"老妇一挨枕头就消失了，刘妻的病又发作了。刘积中和儿女用酒酹地祝祷，可老妇再没出现过。刘妻最后因心痛病去世。接着刘积中的妹妹又犯了心痛病。刘积中准备迁居，但家里所有东西都像是被胶粘住了一样，轻如鞋子的东西也拿不起来。刘积中迎请道士上表求神，又请梵僧来施法术驱邪，所有办法都不顶用。有一天，刘积中闲暇无事翻读药方，他的侍女小碧从外面走进来，垂着双手，步履迟缓，大声说："刘四，还想得起我们过去的事么？"接着又哽咽着说："省躬我最近从泰山返回，半路遇见飞天夜叉携带着令妹的心肝，我已经从她手里抢夺回来了。"于是举起衣袖，袖子里有东西在不停蠕动，又扭头向左像是和谁说话："去安置一下。"这时只觉袖子里呼呼生风，吹得帘帷飞到了厅堂中央，又走上堂来面对刘积中坐下，询问老朋友的生死，畅叙平生情谊。刘积中和杜省躬同年进士及第，颇有情分，这个婢女的言谈举止，无一不像杜省躬。片刻，她又说："我还有事，不能久留。"握着刘积中的手悲痛哭泣，刘积中也悲从中来，情难自已。接着小碧忽然就倒在地上，等到她苏醒时,对刚才发生的事全然不知。刘积中妹妹的病从此就好了。

刘积中,尝于京近县庄居,妻病重。于一夕,刘未眠,忽有妇人白首,长才三尺,自灯影中出,谓刘曰:"夫人病,唯我能理,何不祈我。"刘素刚,咄之。姥徐戟手曰:"勿悔,勿悔。"遂灭。妻因暴心痛,殆将卒。刘不得已,祝之。言已,复出。刘揖之坐,乃索茶一瓯,向口如咒状,顾命灌夫人。茶才入口,痛愈。后时时辄出,家人亦不之惧。经年,复谓刘曰:"我有女子及笄,烦主人求一佳婿。"刘笑曰:"人鬼路殊,固难遂所托。"姥曰:"非求人也。但为刻桐木为形,稍工者则为佳矣。"刘许诺,因为具之。经宿,木人失矣。又谓刘曰:"兼烦主人作铺公铺母①,若可,某夕我自具车轮奉迎。"刘心计无奈何,亦许。至一日,过酉,有仆马车乘至门。姥亦至曰:"主人可往。"刘与妻各登其车马,天黑至一处,朱门崇墉②,笼烛列迎,宾客供帐之盛,如王公家。引刘至一厅,朱紫数十,有与相识者,有已殁者,各相视无言。妻至一堂,蜡炬如臂,锦翠争焕,亦有妇人数十,存殁相识各半,但相视而已。及五更,刘与妻恍惚间却还至家,如醉醒,十不记其一二矣。经数月,姥复来拜谢曰:"小女成长,今复托主人。"刘不耐,以枕抵之曰:"老魅,敢如此扰人!"姥随枕而灭,妻遂疾发。刘与男女酹地祷之,不复出矣。妻竟以心痛卒。刘妹复病心痛。刘欲徙居,一切物胶着其处,轻

---

① 铺公铺母:旧俗称为新房铺床的福寿双全的男子和女子。
② 崇墉:高墙。

若履屉,亦不可举。迎道流上章①,梵僧持咒,悉不禁。刘尝暇日读药方,其婢小碧,自外来,垂手缓步,大言:"刘四,颇忆平昔无?"既而嘶咽曰:"省躬近从泰山回,路逢飞天野叉,携贤妹心肝,我已夺得。"因举袖,袖中蠕蠕有物,左顾似有所命,曰:"可为安置。"又觉袖中风生,冲帘幌入堂中,乃上堂对刘坐,问存殁,叙平生事。刘与杜省躬同年及第,有分,其婢举止笑语,无不肖也。顷曰:"我有事,不可久留。"执刘手呜咽,刘亦悲不自胜。婢忽然而倒,及觉,一无所记。其妹亦自此无恙。

◎ 入石得乐

临川郡南城县县令戴督,起初在馆娃坊买了一座宅子。一天闲暇无事,便和他弟弟在厅堂中闲坐,忽然听到有女子聚集喧闹嬉笑的声音,那笑声忽远忽近,戴督感到很奇怪。当笑声慢慢靠近厅堂时,突然看见几十个女子分散站立在厅堂,又一下子全都消失了。一连几天都是这样,戴督不知该如何应对处理。厅前台阶下有棵枯梨树,树腰刚好一人合抱那么粗壮,戴督暗自思忖这定是不祥之物,于是把树砍倒了。树根下有块石头显露出来,继续向下挖掘,石头越来越大,像一只大鳖的形状,戴督就用火烧石,又浇上醋,凿了五六尺深,还没凿到石头的底部。忽然那些女子又出现了,围着深坑拍手大笑。突然她们拉着戴督也跳下了坑,一起没入石头里面。一家人正惊魂未定之时,那些女子又出现了,仍然拍着手大笑着,而戴督也跟着出

---

① 上章:上表求神。

来了。戴詧刚出来,他弟弟又突然找不见了,一家人痛哭不已。只有戴詧不哭,并且他还说道:"他现在应该也很快活,哭他做什么呢。"戴詧到死也不肯说出他在那石头里面所经历的情形。

临川郡南城县令戴詧①,初买宅于馆娃坊。暇日,与弟闲坐厅中,忽听妇人聚笑声,或近或远,詧颇异之。笑声渐近,忽见妇人数十,散在厅前,倏忽不见。如是累日,詧不知所为。厅阶前枯梨树,大合抱,意其为祥,因伐之。根下有石,露如块,掘之转阔,势如鏊②形,乃火上沃醯③,凿深五六尺不透。忽见妇人绕坑,抵掌大笑。有顷,共牵詧入坑,投于石上。一家惊惧之际,妇人复还,大笑,詧亦随出。詧才出,又失其弟,家人恸哭。詧独不哭,曰:"他亦甚快活,何用哭也。"詧至死,不肯言其情状。

◎ 席帽奇缘

独孤叔牙曾让家人从井中汲水,当时辘轳重得根本转不动,几个人合伙才将其提起来,一看原来井绳上吊着一个人。那人戴着席帽,攀着井栏大笑,返身又落入井里。汲水的家人只抓住了那人的席帽,并将席帽挂在院中的树上,每到下雨的时候,帽沿滴水处就会长出黄菌。

---

① 詧:音chá。
② 鏊(ào):铁制的烙饼炊具。
③ 醯(xī):醋。

独孤叔牙尝令家人汲水，重不可转，数人助出之，乃人也。戴席帽，攀栏大笑，却坠井中。汲者揽得席帽，挂于庭树，每雨，所溜雨处辄生黄菌。

◎叶龙显威

有位史秀才，元和年间曾和一位道士一起游华山。当时天气炎热，大家围成一圈坐在小溪边休息。忽然有一片大如手掌的叶子，红润可爱，顺流而下。只有史秀才捞着了，并将它放在怀里。坐了才一顿饭的工夫，史秀才感到怀里的东西在慢慢变重，悄悄起身观察，发现叶子上面有凸起的鳞甲在簌簌抖动。史秀才又惊又怕，赶紧把叶片扔进树林里，急忙对众人说："这一定是龙，大家赶快逃命吧！"一会儿，树林里冒出白烟，烟雾漫延，很快就将整个山谷浓罩了。史秀才一行人还没走到半山腰，狂风迅雷就来了。

有史秀才者，元和中，曾与道流游华山。时暑，环憩一小溪。忽有一叶，大如掌，红润可爱，随流而下。史独接得，置怀中。坐食顷，觉怀中渐重，潜起观之，觉叶上鳞起，栗栗①而动。史惊惧，弃林中，遽白众曰："此必龙也，可速去矣！"须臾，林中白烟生，弥于一谷。史下山未半，风雷大至。

---

① 栗栗：栗，通"慄"。颤抖的样子。

◎ 金色龟

史论当将军的时候，有一天突然发现妻子居住的房间里有光，觉得有点怪异。于是他和妻子把房间搜了个遍，可什么也没找着。后来某天，他妻子早上化妆时打开梳妆匣，突然看见匣子里有一只金色的乌龟，体形大如铜钱，口中吐出五色气体，充漫了整个房间。后来他们就一直把这只龟养着。

史论作将军时，忽觉妻所居房中有光，异之。因与妻遍索房中，且无所见。一日，妻早妆开奁，奁中忽有金色龟，大如钱，吐五色气，弥满一室。后常养之。

◎ 太岁墙界

工部员外郎张周封说：在旧庄城的东面、狗脊嘴的西面，曾经误把墙筑在了太岁头上，一个晚上全垮了。他一开始猜想的是墙基不牢固，是施工人员偷工减料，人为造成的倒蹋事故。于是他就带上庄客，亲自监督指挥筑墙。还没筑到几尺高，做饭的人惊叫道："出怪事了！"他急忙去看，几斗米饭全都从锅里蹦了出来，洒到地上和墙上，像蚕子一样均匀，没有一粒米是重叠的，粘到墙体的一半高，酷似在墙上画了一条分界线。于是请来巫师以酒祭地，致歉谢罪，从那以后倒也没再发生其他怪事。

工部员外郎张周封言：旧庄城东狗脊岭西，尝筑墙于太岁[①]上，一夕尽崩。且意其基虚，工不至，乃率庄客指挥筑之。高未数尺，炊者惊叫曰："怪作矣！"遽视之，饭数斗，悉跃出，蔽地著墙，匀若蚕子，无一粒重者，蠢墙之半，如界焉。因诣巫，酹地谢之，亦无他焉。

◎山萧

山萧，别名山臊，《神异经》中写作"獡"。《永嘉郡记》中叫山魅，又叫山骆，还叫蛟、濯肉、热肉、晖、飞龙。山萧样子像鸠，呈青色，也叫治鸟，它的窝有五斗器皿那么大，用白土填充装饰，红白相间形状就像箭靶一样。有时它们中的一些爱捣乱的家伙会驱使老虎来害人，烧人们的房屋，民间称其为山魈。

山萧[②]，一名山臊，《神异经》作獡。《永嘉郡记》作山魅，一名山骆，一名蛟，一名濯肉，一名热肉，一名晖，一名飞龙。如鸠，青色，亦曰治鸟，巢大如五斗器，饰以土垩，赤白相间，状如射侯[③]。犯者能役虎害人，烧人庐舍，俗言山魈。

◎伍相奴

伍相奴有时会惊扰人类，一旦出现这种情况，就赶紧

---

① 太岁：古代天文学中假设的星名。与岁星（木星）运行方向相反。后来方士术数以太岁所在为凶方，忌兴土木建筑或迁徙房屋。
② 山萧：传说中山里的木石精怪。
③ 射侯：箭靶。

到伍相庙去祷告许愿，这样做了一般都会管用。过去的说法，伍相奴一姓姚，二姓王，三姓汪，早先遇到洪水，啃食大树皮，但最后还是饿死了。在它死后，化为鸟都，皮骨化为猪都，妇女化为人都。鸟都左腋下有处镜印，宽二寸一分，右脚没有大脚趾，右手没有第三指，没有左耳，右眼是瞎的。住在树根里的名叫猪都，住在树的半高处人们可以攀爬就能抓住的叫人都，住在树梢上的叫鸟都。禁治之法有打土垄法、山鹊法。掌诀是：右手第二指上节边禁山都的眼，左手目禁山都的喉。南方地区多数人采食用它的巢，吃起来味道如同木芝。巢的表皮可以制成鞋垫，能治愈脚气。

伍相奴①或扰人，许于伍相庙②多已。旧说一姓姚，二姓王，三姓汪，昔值洪水，食都树③皮，饿死，化为鸟都，皮骨为猪都，妇女为人都。鸟都左腋下有镜印，阔二寸一分，右脚无大指，右手无三指，左耳缺，右目盲。在树根居者名猪都，在树半可攀及者名人都，在树尾者名鸟都。其禁有打土垄法、山鹊法。其掌诀：右手第二指上节边禁山都眼，左手目禁其喉。南中多食其巢，味如木芝。窠表可为履屧④，治脚气。

---

① 伍相奴：精怪名。
② 伍相庙：即伍子胥庙。
③ 都树：大树。
④ 履屧（xiè）：类似今之鞋垫。

◎紫狐

在过去有一种说法是野狐又名紫狐，它在夜晚甩尾巴就会冒出火花来。野狐如若想要作怪时，一定会先戴着骷髅，并且参拜北斗星；如果骷髅没有掉落，它就会变幻成人。

旧说野狐名紫狐，夜击尾火出。将为怪，必戴髑髅，拜北斗；髑髅不坠，则化为人矣。

◎疥狐

刘元鼎任职蔡州时，蔡州刚经历战乱，城中各处是一片残破的景象，粮仓一带更是狐狸成灾，刘元鼎则派遣吏员负责捕杀，每天在球场放狗追捕狐狸，以此取乐，一年时间捕杀了上百只大大小小的狐狸。后来有一只长着癣疥的狐狸，人们放出五六只狗都不敢上前去追逐它，这只狐狸也不逃跑。刘元鼎对此感到非常的不可思议，让人去寻访大将家的猎犬，以及监军都自夸的巨犬，可这些犬到了以后也都俯首帖耳围着疥狐。疥狐过了很久才慢慢起身离去，径直走上设厅，穿过桌子，走出设厅后，到了城墙处很快就消失不见了。从这以后，刘元鼎再不让人捕狐。道教法术中有天狐别行法，说天狐有九尾，是金色的，它是在为日月宫效力。它有符箓，有祭日，还能够洞晓阴阳。

刘元鼎为蔡州，蔡州新破，食场狐暴，刘遣吏主捕，日于球场纵犬逐之为乐，经年所杀百数。后获一疥狐，纵五六犬，皆不敢逐，狐亦不走。刘大异之，令访大将家猎狗及监军亦自夸巨犬，至皆弭耳①环守之。狐良久缓迹，直上设厅，穿台盘②，出厅后，及城墙，俄失所在。刘自是不复令捕。道术中有天狐别行法③，言天狐九尾，金色，役于日月宫，有符有醮日，可洞达阴阳。

◎风狸

南方地区有一种野兽名叫风狸，它长得像猴子，眉毛很长，比较容易害羞，见到人就低下头来。风狸的尿能治风痹。术士常说风狸杖比隐身草还难得到。南方人要得到风狸杖，就必须要用上等的长绳子系在野外的大树下，人藏在旁边的树洞中伺机观察。三天后，风狸认为这里没有人来，便会在草丛中四处摸寻，找到一根草棍，并将草棍折成一尺多长，然后看哪棵树上有鸟群栖息，就用草棍往上一指，那被指的鸟儿随即落下来，于是风狸拣起鸟儿吃掉。潜藏在树后的人趁它不注意，赶紧一个箭步冲过去，夺下它的草棍。风狸一看见有人，就急忙咬嚼草棍吞食掉，但如果来不及，它就会将草棍丢弃在草丛中。如果争抢不下来，就抽打它几百下，它才肯将草棍交给人。有人得到风狸杖，用它一指禽兽，那禽兽随之毙命。心里想要什么，用风狸杖一指，也都会如你所愿的。

---

① 弭耳：垂耳驯服。
② 台盘：桌子。
③ 天狐别行法：一种道教法术。

南中有兽名风狸，如狙①，眉长，好羞，见人辄低头。其溺能理风疾。术士多言风狸杖难得于翳形②草。南人以上长绳系于野外大树下，人匿于旁树穴中以伺之。三日后，知无人至，乃于草中寻摸，忽得一草茎，折之，长尺许，窥树上有鸟集，指之，随指而堕，因取而食之。人候其怠，劲走夺之。见人，遽啮食之，或不及，则弃于草中。若不可得，当打之数百，方肯为人取。有得之者，禽兽随指而毙。有所欲者，指之如意。

◎别有天地

开成末年，永兴坊的一个普通老百姓王乙挖井，当深度挖到已经超过普通的井一丈多时还是没有出水。还忽然听见井下面有人在说话的声音和鸡鸣声，感觉下面是一派热闹非凡的样子，这地方仿佛近在隔壁。挖井匠害怕了，不敢再继续往下挖。街司把这事向金吾将军韦处仁报告了，韦处仁因此事涉于怪异，没有向上奏报，就下令把这口井填平。根据新莽时期寻求到的周、秦旧闻说：谒者令在内阁上找到有关骊山筑陵的记载，李斯指挥七十二万刑徒为秦始皇修建陵墓，按照预定计划开凿，到秦始皇三十七年，用金属熔液堵塞了地下的水泉，奏报说："已经深掘到极限，再也凿不下去了，点火烧也不燃，敲击时发出空空的响声，好像已达到下天的界线了。"由此事或可推知，厚土磐石之下，应该还有一层天地。

---

① 狙（jū）：一种猴子。
② 翳（yì）形：隐身。

开成末，永兴坊百姓王乙掘井，过常井一丈余，无水。忽听向下有人语及鸡声，甚喧闹，近如隔壁。井匠惧，不敢掘。街司①申金吾②韦处仁将军，韦以事涉怪异，不复奏，遽令塞之。据亡新③求周秦故事：谒者④阁上得骊山本，李斯领徒七十二万人作陵，凿之以章程，三十七岁，锢地中水泉，奏曰："已深已极，凿之不入，烧之不燃，叩之空空，如下天状。"抑知厚地之下，别有天地也。

◎ 还半身

太和三年，寿州虞候景乙，从京城西面防秋前线回来。他的妻子已病了很久，刚一相见，妻子就对他说："我的半个身子已被怪物砍下带往东园去了，快快去追回来。"景乙大吃一惊，急忙跑到东园。当时天色已暗，只见一个怪物高六尺多，面相如同婴儿，赤裸站立，手里拿着一件竹器。景乙情急之下也顾不上害怕就要打它，那怪物丢下竹器跑掉了。景乙凑近一看，竹器中竟然是他妻子的半个身子。景乙受此惊吓当即就跌倒在地，可忽然眼前的一切景象都不见了。回到屋内看他妻子，从发际线、两眉之间到胸部，有一根手指粗细的裂纹，隐约可见红色的血肉。妻子又对景乙说："去准备两升乳汁，洒在东园里你刚才看见怪物的

---

① 街司：即街官，负责街坊巡察管理的吏员。
② 金吾：本为两端涂抹金粉的铜制仪杖棒，这里是职官名。
③ 亡新：即新莽。
④ 谒者：职官名。秦朝始置，汉代沿之，职掌宾赞，唐朝废，以其职掌归属通事舍人。

地方。我的前生是别人的后妻，减扣他儿子的乳汁最后导致他的孩子夭亡，因此被他告发，阴司断案判我还他半个身子。刚才如果不是夫君搭救，我就死了。"

太和三年，寿州虞候[①]景乙，京西防秋[②]回。其妻久病，才相见，遽言："我半身被斫，去往东园矣，可速逐之。"乙大惊，因趣园中。时昏黑，见一物长六尺余，状如婴儿，裸立，挈[③]一竹器。乙情急，将击之，物遂走，遗其器。乙就视，见其妻半身。乙惊倒，或亡所见。反视妻，自发际眉间及胸，有璺如指，映膜赤色。又谓乙曰："可办乳二升，沃于园中所见物处。我前生为人后妻，节其子乳致死，因为所讼，冥断还其半身。向无君，则死矣。"

◎ 焚壁虎穴

太和末年，荆南松滋县南有位士人寄居在亲友庄园里专心研修学业。刚到亲友庄子的那天晚上，二更以后，正点好灯坐到书桌前准备看书时，忽然有一个小人，身高半寸，头戴葛巾，挂着拐杖进门来，并对士人说："初来乍到，没有主人相伴，想必你也有点寂寞吧。"声音小得就像苍蝇叫。士人一向胆量大，装作没看见。小人就爬上床，

---

① 虞候：职官名。隋有左右虞候，掌斥候，伺奸非。中晚唐藩镇有都虞候、虞候，为军校名称。
② 防秋：古时北方每至入秋收获季节，外族经常入侵边塞，届时边境地区特别增派重兵加以防守，称为"防秋"。
③ 挈（qiè）：拿。

指责士人说："怎么没有一点主宾之礼呢？"又爬上书案，一边翻阅书卷，嘴里还一边不停地骂骂咧咧，还故意把砚台翻扣在书上。士人对其实在是不耐烦了，用笔杆打过去，将小人打落掉在地上，那小人叫了几声跑着出了门就不见了。没过多会，来了四五个妇女，有年老的，有年轻的，身高都只有一寸，喊道："真官因为您独自一个人读书，所以让他公子前来晤谈，想和您探讨高深的学问。您为何如此痴愚冥顽，狂妄草率，竟伤了公子，现在跟我们去见真官！"她们像蚂蚁一样接连不断地冲过来，她们的衣着打扮类似赶车的前导卒役。她们一起扑到士人的身上。士人恍惚犹如梦中，只觉得有东西在啃咬四肢，非常难受。又听得她们说："你若不去，就弄瞎你的眼睛。"四五个小人就爬上他的脸。士人又惊又怕，只好跟着她们出了门。到了书堂东面，远远望见一个极小的门，门的样式像是节度使衙门。士人又大叫道："何方鬼怪，竟敢如此欺辱人！"接着就又被很多小人咬。恍恍惚惚之间，已经进入小门里面，只见一人当殿居中而坐，头戴高冠，台阶下排列着几千名侍卫，全都身长一寸左右，殿上人叱责士人说："我可怜你独处寂寞，让小儿前去相陪，你何苦伤害他，论罪应当将你腰斩。"只见几十个人全都拿着刀，挽袖露臂向他走过来。士人感到非常恐惧，连忙谢罪说："我愚蠢不明事理，有眼不识真官，恳请您饶我一命。"过了很久，殿上人才说："既已知悔，就姑且饶了你。"喝命将其拖出去，不知不觉，士人已站在小门之外。等回到书堂，时间已是五更，残灯犹明。天亮以后，士人寻找昨夜的踪迹，只见东墙一座陈土堆下，有一个如栗子大小的洞穴，有壁虎从这里爬进爬出。士人就带着几个人在此开挖，挖到几丈深时，发现洞穴里竟有一百余斗的壁虎。其中有只大的，颜色通红，长一尺多，应该就是壁虎王了。洞穴中堆起的土酷似于楼台的形状，士人堆起柴草一把火将其烧个精光。后来也再没发生别的怪事。

　　太和末，荆南松滋县南，有士人寄居亲故庄中肄业①。初到之夕，二更后，方张灯临案，忽有小人，才半寸，葛巾，杖策入门，谓士人曰："乍到无主人，当寂寞。"其声大如苍蝇。士人素有胆气，初若不见。乃登床，责曰："遽不存主客礼乎！"复升案窥书，诟骂不已，因覆砚于书上。士人不耐，以笔击之堕地，叫数声，出门而灭。顷有妇人四五，或姥或少，皆长一寸，呼曰："真官②以君独学，故令郎君言展③，且论精奥。何痴顽狂率，辄致损害，今可见真官！"其来索续如蚁，状如骑卒，扑缘士人。士人恍然若梦，因啮四肢，痛苦甚。复曰："汝不去，将损汝眼。"四五头遂上其面。士人惊惧，随出门。至堂东，遥望见一门绝小，如节使④之门。士人乃叫："何物怪魅，敢凌人如此！"复被众啮之。恍惚间，已入小门内，见一人峨冠当殿，阶下侍卫千数，悉长寸余，叱士人曰："吾怜汝独处，俾小儿往，何苦致害，罪当腰斩。"乃见数十人，悉持刀攘臂迫之。士人大惧，谢

---

① 肄（yì）业：修习学业。
② 真官：有职位的仙人。
③ 言展：解释，申述。
④ 节使：节度使。

曰："某愚駿①，肉眼不识真官，乞赐余生。"久乃曰："且解知悔。"叱令曳出，不觉已在小门外。及归书堂，已五更矣，残灯犹在。及明，寻其踪迹，东壁古培②下，有小穴如栗，守宫③出入焉。士人即率数夫发之，深数丈，有守宫十余石。大者色赤，长尺许，盖其王也。壤土如楼状，士人聚苏④焚之。后亦无他。

◎ 菌怪卖油

在京城的宣平坊，有一位长官夜晚回家经过一处小巷。看见有个卖油的，名叫张帽，赶着驴子驮着油桶没有避道。长官的开路先锋就打张帽，这一打本来不算太要紧，但张帽的头却掉落下来，可他还仍然赶着驴子进了一座大宅门。这位长官觉得很奇怪，就跟着进去，当跟随到一棵大槐树底下时，无头人和驴子都消失了。于是长官把这事告诉了这户人家，立刻就地挖掘。深掘几尺后，发现槐树的根已经枯死，下面有一只大如碟子的虾蟆，带着两只笔套，笔套里灌满了槐树分泌的津液，还有一枚很大的白菌子，就像殿门的浮沤钉，菌盖已经掉落了。原来虾蟆就是驴，笔套就是油桶，白菌子就是卖油的张帽。街坊四邻里的人买他的油一个多月了，大家也很奇怪他的油那么好价钱却很低，等到这件怪事败露，凡是吃了他卖的油的人全都上吐下泻。

---

① 愚駿（ái）：愚蠢而不明事理。
② 培：小土丘。
③ 守宫：壁虎。
④ 苏：柴草。

京宣平坊，有官人夜归入曲。有卖油者张帽，驱驴驮桶不避。导者搏之，头随而落，遂遽入一大宅门。官人异之，随入，至大槐树下遂灭。因告其家，即掘之。深数尺，其树根枯，下有大虾蟆如叠，挟二笔鍴①，树溜津满其中也，及巨白菌，如殿门浮沤钉②，其盖已落。虾蟆即驴矣，笔鍴乃油桶也，菌即其人也。里有沽其油者月余，怪其油好而贱，及怪露，食者悉病呕泄。

◎磐石乞饼

陵州龙兴寺和尚惠恪，不太拘小节，不遵守戒律，但他的力气很大惊人，能举起石臼。惠恪热情好客，因此四方往来人等经常去投靠他。他曾经在一个晚上邀约十多名寺中的和尚聚会，大家准备的食物是煎饼。二更时分，有一只长满了毛、形如箭袋的巨手突然伸出来，同时还听到一个大嗓门在说："请给一块煎饼。"其他和尚见状都被吓跑了，只有惠恪若无其事地拣了几个煎饼，放到那怪物的手中。怪物合手拿着煎饼，惠恪立即用劲死死地抓住怪物的手不松开。怪物苦苦哀求，声音十分恳切，惠恪呼喊家人拿刀来砍，砍断后，却发现是一只鸟翅膀。第二天，沿着血迹出寺寻找，一直向西南走进了一条小溪，再到了一处岩隙处血迹才消失了。惠恪便带着人在该处挖掘，竟挖出一坑黑色的美石。

---

① 鍴（tà）：金属套。
② 浮沤钉：形如浮沤的大圆凸形钉，常用于宫殿大门。浮沤，水面上的半球形水泡。

陵州龙兴寺僧惠恪，不拘戒律，力举石臼。好客，往来多依之。尝夜会寺僧十余，设煎饼。二更，有巨手被毛如胡鹿①，大言曰："乞一煎饼。"众僧惊散，惟惠恪掇煎饼数枚，置其掌中。魅因合拳，僧遂极力急握之。魅哀祈，声甚切，惠恪呼家人斫之，及断，乃鸟一羽也。明日，随其血踪出寺，西南入溪，至一岩罅②而灭。惠恪率人发掘，乃一坑磐石。

◎驴债

开成初年，长安东市有个百姓丧父，骑着驴子去买丧葬用品。走出百步远，驴子忽然开口说人话，并说道："我姓白名元通，为你家驮载已经是用尽了我的全力，你不要再骑我了。南市卖麦麸的那家欠我五千四百钱，我又欠你家钱，数目也正好是那么多，现在你可以把我卖了抵账。"那人很吃惊，就牵着驴走。随即寻访买主卖驴，驴子长得很健壮，但一路买主还价都只有五千。到了麸行，买主果然还价五千四百，那人就将驴卖了。过了两晚，这只驴子就死了。

开成初，东市百姓丧父，骑驴市凶具③。行百步，驴忽曰："我姓白名元通，负君家力已足，勿复骑我。南市卖麸家欠我五千四百，我又负君钱，数亦如之，今可卖我。"其人惊异，即

---

① 胡鹿：也作"胡簏""胡禄"，箭袋。
② 罅（xià）：缝隙。
③ 凶具：丧葬用品。

牵行。旋访主卖之，驴甚壮，报价只及五千。诣麸①行，乃还五千四百，因卖之。两宿而死。

◎乳母钮氏

郓州阚司仓，家住荆州。他女儿的乳母钮氏有一个儿子，他妻子很喜欢，就待他和自己的儿子一样，衣物饮食全都一样。偶然某天，他妻子得到一枚林檎，没多想就随手给了自己儿子，乳母知道了就发怒说："小姑娘长大了，就忘了我了。平常有东西都和我儿子平分，今天怎能容你如此偏心？"于是就一副张牙舞爪的样子，反复颠转主人的孩子。一家人又惊又怕，追上去把孩子抢夺下来。主人家这个孩子的样貌身高正和乳母的儿子差不多。阚妻心里明白事有怪异，赶紧就向乳母道歉。钮氏这才恢复到跟往常一样，抱着主人家的孩子轻轻掂弄。阚司仓料想这乳母迟早是个祸害，就密令家人拿镬头偷偷打她，一镬头挥过去，正中钮氏脑袋，可镬头当的一声弹回来，打在了门板上。钮氏大怒，骂阚司仓说："你这样做，可别后悔！"阚司仓这下知道了自己根本拿她没有办法，就和妻子跪拜祈求她，钮氏的怒气才消了。钮氏到现在还活着，阚家待她就像供神一样，关于她的事还有很多很多。

郓州阚司仓者，家在荆州。其女乳母钮氏有一子，妻爱之，

---

① 麸（fū）：小麦磨面后剩下的皮屑。

与其子均焉，衣物饮食悉等。忽一日，妻偶得林檎①一蒂，戏与己子，乳母乃怒曰："小娘子成长，忘我矣。常有物与我子停②，今何容偏？"因啮吻攘臂，再三反覆主人之子。一家惊怖，逐夺之。其子状貌长短，正与乳母儿不下也。妻知其怪，谢之。钮氏复手簸主人之子，始如旧矣。阚为灾祥，密令人持钁③暗击之，正当其脑，騞然④反中门扇。钮大怒，诟阚曰："尔如此，勿悔！"阚知无可奈何，与妻拜祈之，怒方解。钮至今尚在，其家敬之如神，更有事甚多矣。

◎荒冢忌厕

荆州处士侯又玄，有一次步行到郊外，在一座荒坟顶上方便了一下。下来的时候跌伤了手肘，伤得很重。走了几百步，碰见一位老人，老人问他："怎么这般痛苦？"又玄便露出手肘给他看。老人说："正好我这里有一剂良药，可以包扎在伤口上，十天之内不要拆开，包管痊愈。"又玄就完全按照他的话去做了。十天之后解开看，整只手臂都脱落了。又玄的五六个兄弟从这之后也相继生病，一病必然出血一个多月。又玄的哥哥两臂忽然长了六七处疮，小的如榆钱叶大小，大的如铜钱，都是人脸的模样，到死也没痊愈。当时荆州秀才杜晔在和座客闲聊时说起过这件事。

---

① 林檎：也称"花红""来禽"，沙果。据说此果味甘，果林能招来众禽，故名"林檎""来禽"。
② 停：均分。
③ 钁（jué）：一种刨土工具，形似镐。
④ 騞（huō）然：拟声词。

荆州处士侯又玄，尝出郊，厕于荒冢上。及下，跌伤其肘，创甚。行数百步，逢一老人，问："何所苦也？"又玄见其肘。老人言："偶有良药，可封之，十日不开，必愈。"又玄如其言。及解视之，一臂遂落。又玄兄弟五六互病，病必出血月余。又玄兄两臂忽病疮六七处，小者如榆钱，大者如钱，皆人面，至死不差。时荆秀才杜晔，话此事于座客。

◎ 贝母克疮

许卑山人说：几十年前，江南有位商人，左胳膊上生了个疮，像人脸，也没别的痛苦。商人试着把酒滴进它的嘴里，它的脸也会变红。拿食物喂给它吃，它也什么东西都敢吃，吃得多了，感觉胳膊上的肉鼓胀起来，怀疑是它的胃在胳膊里。如果不给它吃，整只胳膊就会感到麻痹。有个擅长治疮的人，让他把各种药物依次用来试验，不论是金石类还是草木类药物，都试着喂给它吃。当试喂贝母时，人面疮一下子就皱起眉头，闭上嘴巴。商人十分兴奋地说："这味药一定能治好这个疮。"就拿小芦苇管装好药，撬开它的嘴直接灌下去。果然见效，几天之后，疮就结痂痊愈了。

许卑山人言：江左①数十年前，有商人，左膊上有疮，如人面，亦无他苦。商人戏滴酒口中，其面亦赤。以物食之，凡物必食，食多，觉膊内肉涨起，疑胃在其中也。或不食之，则一臂

---

① 江左：江南。

痹[1]焉。有善医者，教其历试诸药，金石草木悉与之。至贝母，其疮乃聚眉闭口。商人喜曰："此药必治也。"因以小苇筒毁其口，灌之。数日成痂，遂愈。

◎旋风害马

工部员外郎张周封说："今年春天，在我祭扫假满回京的路上，走到了湖城客馆时，听人说起去年秋天，有位河北道军将经过这里，到郊外几里地，忽然一阵形如漏斗的旋风，在马头前飞舞旋转。军将用鞭子击打，旋风越来越大，笼罩着马头，马鬃都一根一根直立起来。军将感到非常害怕，下马察看发现马鬃长了几尺，马鬃中间还有一条细绳犹如红线。这时马前蹄直立嘶鸣，军将大怒，取下佩刀朝那旋风挥过去，旋风一下就散灭了，马也死了。军将剖开马腹一看，发现马腹也并没有受伤的迹象，不知这究竟是个什么妖怪作祟。"

工部员外郎张周封言："今年春，拜扫[2]假回，至湖城逆旅，说去年秋，有河北军将过此，至郊外数里，忽有旋风如斗器，尝起于马前。军将以鞭击之，转大。遂旋马首，鬣起如植。军将惧，下马观之，觉鬣长数尺，中有细绠如红线焉。时马立嘶鸣，军将怒，乃取佩刀拂之，风因散灭，马亦死。军将割马腹视之，腹中亦无伤，不知是何怪也。"

---

[1] 痹（bì）：麻木。
[2] 拜扫：上坟，扫墓。

支诺皋上

鬼魅精怪

「支」，是支派、支属的意思。支诺皋，即为《诺皋记》之补遗，记鬼魅精怪、奇人异事，情节跌宕，回味悠长，颇值一观！

◎旁㐌得金锥

新罗国有位名叫金哥的第一贵族,他的远祖名叫旁㐌,旁㐌有个弟弟,富有家财。旁㐌因为分家向人讨要衣食,国中有人给了他一亩空地。他于是向弟弟要一些蚕种、谷种,弟弟把种子蒸熟了给他,他却毫不知情。到养蚕的月份,有一条蚕孵出来了,看起来有一寸多长,十多天以后,竟然长得像牛那么大,吃几树的桑叶还不饱。他弟弟知道了,就看准机会杀了这条蚕。过了一天,方圆百里之内的蚕都飞集到他家里。国中人都认为先前那条巨蚕是蚕王。左邻右舍都来帮他缫丝,还是忙不过来。谷子也只长出一棵苗,谷穗有一尺多长,旁㐌常去守护它。忽然有一天,谷穗被鸟儿折断衔走了。旁㐌赶紧去追,追到山上五六里远,鸟儿钻入一处石缝。太阳下山了,一片漆黑看不清路,旁㐌只好在石头边过夜。到半夜月光明亮,旁㐌看见一群小孩儿,身穿红衣在一起游戏。其中一个小孩儿问:"你想要什么?"另一个小孩儿回答说:"要喝酒。"这小孩儿拿出一根金锥子,敲击石头,酒和酒杯就全都摆好了。又一个小孩儿说:"要吃饭。"那个小孩又用金锥敲击石头,饼、糕、羹、烤肉也都摆出来了。过了很久,吃喝完毕,这群小孩儿各自散去,临走时把金锥插在石缝中。旁㐌非常高兴,拿着金锥子回到家,想要什么用金锥一击就能得到,因此变得富可敌国,经常将珠宝送给他弟弟。弟弟这才懊悔先前用蒸熟的种子欺骗哥哥,可他竟然对旁㐌说:"你试着用蒸熟的蚕谷种子欺骗我,我没准也能像哥哥一样得到金锥。"旁㐌知道他犯傻,说他又听不进,只好按他说的去做。弟弟养蚕,只得到一条普普通通的蚕。种谷,也只长出一根苗。快成熟时,也被鸟儿衔走了。弟弟大喜,追着鸟儿上了山。到了鸟儿钻入石缝的地方,迎面碰见一群鬼,看见弟弟便大怒道:"这就是偷了我们金锥的人!"于是捉住他问道:"你是要为我们用糠筑三版墙呢?还是想让你的鼻子长成一丈长?"弟弟请求用糠筑墙。可筑了三天时间,又饿又困,墙也没筑成,只好向鬼哀求,鬼就把他的鼻子拔得长长的,弟弟就这样拖着长长的大象鼻回了家。国中人十分好奇,都前来围观,弟弟羞怒交加而死。后来,旁㐌的子孙闹着玩,敲击金锥要狼粪,于是惊雷震响,金锥也不见了。

新罗国有第一贵族金哥,其远祖名旁㐌①,有弟一人,甚有家财。其兄旁㐌因分居,乞衣食。国人有与其隙地一亩,乃求蚕谷种于弟,弟蒸而与之,㐌不知也。至蚕时,有一蚕生焉,日长寸余,居旬,大如牛,食数树叶不足。其弟知之,伺间杀其蚕。经日,四方百里内蚕飞集其家。国人谓之巨蚕,意其蚕之王也。四邻共缫之,不供。谷唯一茎植焉,其穗长尺余,旁㐌常守之。忽为鸟所折,衔去。旁㐌逐之,上山五六里,鸟入一石罅。日没径黑,旁㐌因止石侧。至夜半月明,见群小儿赤衣共戏。一小儿云:"尔要何物?"一曰:"要酒。"小儿露一金锥子,击石,酒及樽悉具。一曰:"要食。"又击之,饼饵羹炙,罗于石上。良久,饮

---

① 㐌:音yí。

食而散，以金锥插于石罅。旁㐫大喜，取其锥而还。所欲随击而办，因是富侔①国力，常以珠玑赡其弟。弟方始悔其前所欺蚕谷事，仍谓旁㐫："试以蚕谷欺我，我或如兄得金锥也。"旁㐫知其愚，谕之不及，乃如其言。弟蚕之，止得一蚕，如常蚕。谷种之，复一茎植焉。将熟，亦为鸟所衔。其弟大悦，随之入山。至鸟入处，遇群鬼，怒曰："是窃予金锥者！"乃执之，谓曰："尔欲为我筑糠三版乎？欲尔鼻长一丈乎？"其弟请筑糠三版。三日饥困不成，求哀于鬼，乃拔其鼻，鼻如象而归。国人怪而聚观之，惭恚而卒。其后，子孙戏击锥求狼粪，因雷震，锥失所在。

◎ 智通除树精

临湍西北有座寺院，寺里的和尚智通常常持念《法华经》入定。每每坐禅，一定要找个清幽树林、人迹罕至的寂静之地。过了几年，一天夜里忽然听见有人绕着寺院喊"智通"，到天亮，喊声才消失。一连三夜，这喊声传入室内，智通终于按耐不住了，回应说："你喊我什么事？不妨进屋来说。"只见一个六尺多高的怪物进来，黑衣青面，鼓鼓的眼睛，大大的嘴巴，见到智通，还合掌行礼。智通久久地端详它，对它说："你冷吗？靠近这里烤火吧。"怪物也坐下来，智通旁若无人，只管念经。到了五更，怪物被火烤得晕乎乎的，于是闭上眼睛张开嘴巴，靠着火炉打起鼾来。智通一看这情形，就拿起香灰匙舀些炭火填进怪物的嘴里。那怪物大喊着起身跑了，到了门槛，像是跌了一

① 侔：相等。

跤。寺院依山而建，等到天明时，智通看那怪物跌倒的地方，有一片树皮，就登山寻找，走了几里远，看见一棵大青桐树，树尖已经光秃了，树下凹根处好像新缺了一块。智通拿那块树皮贴上去，恰好贴合。树干的半腰，有樵夫为攀树砍出的一个蹬脚处，深六寸多，就是那树精的嘴，里面填满了炭火，还有微微的火光。智通烧了这棵树，那怪物也就自此绝迹了。

　　临湍西北有寺，寺僧智通，常持《法华经》入禅①。每晏坐②，必求寒林静境，殆非人所至。经数年，忽夜有人环其院呼"智通"，至晓，声方息。历三夜，声侵户，智通不耐，应曰："汝呼我何事？可入来言也。"有物长六尺余，皂衣青面，张目巨吻，见僧，初亦合手③。智通熟视良久，谓曰："尔寒乎？就是向火。"物亦就坐，智通但念经。至五更，物为火所醉，因闭目开口，据炉而鼾。智通睹之，乃以香匙举灰火，置其口中。物大呼起走，至阃④，若蹶声。其寺背山，智通及明，视蹶处，得木皮一片。登山寻之，数里，见大青桐，树稍已童⑤矣，其下凹根若新缺然。僧以木皮附之，合无踪隙。其半，有薪者刅成一蹬，深六寸余，盖魅之口，灰火满其中，火犹荧荧。智通以焚之，其怪自绝。

---

① 入禅：即打坐入定。
② 晏坐：佛教指坐禅。
③ 合手：两掌相合，以示敬意。
④ 阃（kǔn）：门槛。
⑤ 童：秃。

◎叶限得鱼骨

南方人相传，秦汉以前有位洞主吴氏，当地人称其为吴洞。吴洞娶了两位妻子，其中一位去世了，留下一个女儿名叫叶限，小时就很聪慧，擅长制作陶器，父亲很爱她。后来父亲去世，叶限受后母虐待，经常被派去高山砍柴，深涧打水。有次叶限捉到了一条鱼，有两寸多长，红鳍金眼，就悄悄地将它养在水盆里。鱼一天天长大，换了几次容器，最后大得装不下了，叶限就把它放进后院池塘里。叶限常把自己本就不多的食物分给鱼吃。叶限每到池边，鱼儿一定会浮出水面靠近岸边，而其他人来，鱼就不会露面。后母知道了，经常在池边窥伺，可从未见到鱼出现。她于是就欺骗叶限说："你不是很辛苦吗？我为你做了一件新衣服。"以此换下她的旧衣服。之后，后母让叶限到另一处泉水打水，约有几里之远。后母悄悄换上叶限的旧衣服，并在袖里藏着利刃，来到池边呼唤鱼，鱼浮出水面，后母就把鱼砍杀了。鱼当时已经长到一丈多长了，这鱼肉烹饪后吃起来味道比普通的鱼美得多，后母把鱼骨埋藏在粪壤之中。过了一天，叶限来到池边，却怎么也不见鱼儿露面，于是在野外伤心哭泣。忽然有个披散着头发穿着粗衣的人从天而降，安慰叶限说："你不要哭，你的后母杀了你的鱼，鱼骨埋在粪土下面。你回家后，把鱼骨挖出来，藏在房间里，想要什么只管对着鱼骨祈祷就是，一定会如愿以偿的。"叶限就按照他说的照做了，果然金玉衣食想要就有。到过洞节的时候，后母前去过节，让叶限看守院里的果实。叶限等后母走得远了,也跟着前去,穿着翠纺上衣,脚着金履。后母的亲生女儿认出了叶限,对母亲说:"这个人很像姐姐。"后母也起了疑心。叶限发觉了,立即返回,仓促之间掉了一只金履,被洞人拾到了。后母回到家,只见叶限在院里抱着一棵树打瞌睡,也就打消了疑虑。那个洞邻近海岛,海岛上有个陀汗国,该国兵力强大,统治着几十个岛屿,海域有几千里。拾金履的洞人到陀汗国卖那只金履,陀汗国王将其买下,并命左右试穿,可都不合脚,让脚最小的人去试,金履又缩减一寸,还是穿不上。国王于是让全国的妇女都来试穿,竟然没有一个人合脚。金履轻如羽毛,穿着走在石上寂然无声。陀汗国王认为洞人不是从正当途径得到这只金履的,就把他关起来,拷问真相,洞人最终也说不出金履得自何方。国王于是把这只鞋子丢在路边,派人到各户人家去搜查,如果有同样的鞋子,就把人带来见他……陀汗国王觉得这件事有些蹊跷,搜到了叶限家,抓到了叶限,让她试穿金履,得到了验证。叶限于是身穿翠纺衣,脚着金履前来,真是貌如天仙。叶限这才把事情的前因后果告诉了陀汗国王,陀汗国王载着鱼骨、带着叶限一起回国。后母和她的亲女儿都被飞石击中而死,洞人哀怜她们,把她们埋葬在石坑里,并起名为懊女冢。洞人把这里当作祈求送子的祭祀之所,有求必应。陀汗国王回国后,封叶限为上妃。有一年,陀汗国王贪得无厌,向鱼骨祈求无尽的珍宝。过了一年,鱼骨不再灵验。陀汗国王就把鱼骨埋在海岸,用了上百斛珍珠来掩藏它,还用金作了边框。预备在出征的士兵叛乱时,用这些珍宝劳军。一天傍晚海水涨潮时，鱼骨坟被海潮冲走了。这个故事是我老家的家人李士元讲的。李士元本为邕州洞中人，记得很多南方的奇异之事。

南人相传，秦汉前有洞①主吴氏，土人呼为吴洞。娶两妻，一妻卒。有女名叶限，少惠，善陶金，父爱之。末岁父卒，为后母所苦，常令樵险汲深。时尝得一鳞，二寸余，赪②鬐金目，遂潜养于盆水。日日长，易数器，大不能受，乃投于后池中。女所得余食，辄沉以食之。女至池，鱼必露首枕岸，他人至，不复出。其母知之，每伺之，鱼未尝见也。因诈女曰："尔无劳乎？吾为尔新其襦③。"乃易其弊衣。后令汲于他泉，计里数里也。母徐衣其女衣，袖利刃，行向池呼鱼，鱼即出首，因斫杀之。鱼已长丈余，膳其肉，味倍常鱼，藏其骨于郁栖④之下。逾日，女至向池，不复见鱼矣，乃哭于野。忽有人披发粗衣，自天而降，慰女曰："尔无哭，尔母杀尔鱼矣，骨在粪下。尔归，可取鱼骨藏于室，所须第⑤祈之，当随尔也。"女用其言，金玑衣食，随欲而具。及洞节⑥，母往，令女守庭果。女伺母行远，亦往，衣翠纺上衣，蹑金履。母所生女认之，谓母曰："此甚似姊也。"母亦疑之。女觉，遽反，遂遗一只履，为洞人所得。母归，但见女

---

① 洞：古代南方少数民族部落单位。
② 赪（chēng）：红色。
③ 襦（rú）：短衣。
④ 郁栖：粪壤。
⑤ 第：只管。
⑥ 洞节：南方少数民族的节日。

抱庭树眠，亦不之虑。其洞邻海岛，岛中有国名陀汗，兵强，王数十岛，水界数千里。洞人遂货其履于陀汗国，国主得之，命其左右履之，足小者，履减一寸。乃令一国妇人履之，竟无一称者。其轻如毛，履石无声。陀汗王意其洞人以非道得之，遂禁锢而拷掠之，竟不知所从来。乃以是履弃之于道旁，即遍历人家捕之，若有女履者，捕之以告。陀汗王怪之，乃搜其室，得叶限，令履之而信。叶限因衣翠纺衣，躡履而进，色若天人也。始具事于王，载鱼骨与叶限俱还国。其母及女即为飞石击死，洞人哀之，埋于石坑，命曰懊女冢。洞人以为媒祀[1]，求女必应。陀汗王至国，以叶限为上妇。一年，王贪求，祈于鱼骨宝玉无限。逾年，不复应。王乃葬鱼骨于海岸，用珠百斛藏之，以金为际。至征卒叛时，将发以赡军。一夕，为海潮所沦。成式旧家人李士元所说。士元本邕州洞中人，多记得南中怪事。

◎王超见"毕"

太和五年，复州医生王超擅长针灸，治病无所不愈。一天中午忽然无病而死，过了一夜又苏醒过来。说先前做梦到了一个地方，那里城墙殿台犹如王宫。看见一个人躺在那里，脱下衣服召令王超上前看视，只见其左肩肿块有杯子那么大。他命王超给他治疗。王超随即为他施针，流出一升多脓血。那人回头对黄衣吏员说："可带他去看看毕。"王超跟随着进了一道门，门额上题着"毕院"二字，院子里有数千只人眼，堆积成山，那里面或明或暗，闪烁

---

[1] 媒祀：即禖祀，求子的祭祀。

不定。黄衣吏说："这就是毕。"不一会儿，有两个人，体貌魁伟，分列左右两边，挥动着巨扇去扇这座眼山，那些眼睛都被扇起来，有的往上飞，有的横着跑，有的变成人形，转眼全都不见了。王超问其中的缘故，黄衣吏说："有生命的物类，死后毕就先来到这里。"话音刚落，王超就复活了。

太和五年，复州医人王超善用针，病无不差①。于午忽无病死，经宿而苏。言始梦至一处，城壁台殿，如王者居。见一人卧，召前袒视，左髆②有肿，大如杯。令超治之。即为针，出脓升余。顾黄衣吏曰："可领视毕也。"超随入一门，门署曰"毕院"，庭中有人眼数千，聚成山，视肉迭瞬明灭。黄衣曰："此即毕也。"俄有二人，形甚奇伟，分处左右，鼓巨箑③吹激，眼聚扇而起，或飞或走，或为人者，顷刻而尽。超访其故，黄衣吏曰："有生之类，先死而毕。"言次忽活。

◎李鹄遇怪

前秀才李鹄，回颍川探望父母。晚上到了一处驿站，刚躺下就看见有个像猪一样的怪物冲上驿厅台阶。李鹄吓得跑出后门钻进驿站的马厩，藏在草堆里，大气不敢出，悄悄观察。那怪物也跟着跑过来，听声音似乎绕着草堆跑

---

① 差（chài）：病愈。
② 髆（bó）：肩。
③ 箑（shà）：扇子。

了好几圈，最后瞪着眼睛看着李鹄藏身之处。突然，怪物变成一颗巨星，腾空而起，几道光亮照彻夜空。李鹄的手下持着蜡烛到草堆里找，只见李鹄已被吓得晕死过去。李鹄半天之后才苏醒，讲述了自己前晚所见。之后不到十天，李鹄便无病而死。

前①秀才李鹄，觐②于颍川。夜至一驿，才卧，见物如猪者，突上厅阶。鹄惊走，透后门，投驿厩，潜身草积中，屏息且伺之。怪亦随至，声绕草积数匝，瞪目相视鹄所潜处，忽变为巨星，腾起，数道烛天。鹄左右取烛，索鹄于草积中，已卒矣。半日方苏，因说所见。未旬，无病而死。

◎木勺鬼

元和年间，国子监学生周乙一天晚上正在温习课业，忽然看到一个头发蓬乱的小鬼，身长两尺多，满头细碎光点，就像星星一闪一闪的，样子甚是讨厌。小鬼一会儿玩灯，一会儿玩砚台，蹦来跳去，不得安宁。周乙向来有胆量，对着它大声喝叱，小鬼稍稍后退了一些，一会儿又靠近书案。周乙于是看准时机，趁它靠近时一把抓住了。小鬼蹲坐求饶，言语很是凄怆哀伤。天快亮了，周乙听到像是有东西被折断的声音，一看，手里抓着的原来是把破木勺，上面还沾着百余粒粟米粒。

---

① 前：这里是已故的意思。
② 觐：拜望尊者或长辈。

元和中，国子监学生周乙者，尝夜习业，忽见一小鬼，鬅鬙①头，长二尺余，满头碎光如星，眨眨可恶。戏灯弄砚，纷搏不止。学生素有胆，叱之，稍却，复傍书案。因伺其所为，渐逼近，乙因擒之。踞坐②求哀，辞颇苦切。天将晓，觉如物折声，视之，乃弊木杓也，其上粘粟百余粒。

◎ 熏陆香

贞元年间，蜀郡有个和尚名叫志詧，住在宝相寺持念佛经。夜深了，忽然有五六只苍蝇般大小的金色飞虫反复去扑烛火，或是蹲在烛芯的火花上扇动翅膀，跟烛火的颜色一样，很久之后才火焰中消失。一连几晚都如此，童子击落一只，发现原来是薰陆香，也没有什么固定的形状，此后也再没出现过。

贞元中，蜀郡有僧志詧，言住宝相寺持经。夜久，忽有飞虫五六枚，大如蝇，金色，迭飞起灯焰，或蹲于炷花上鼓翅，与火一色，久乃灭焰中。如此数夕，童子击堕一枚，乃薰陆香也，亦无形状，自是不复见。

◎ 人鬼殊日

元和初年，长安东市有个恶少李和子，他父亲长了双鼓眼睛。李和子生性残忍，经常偷猫狗来吃，是坊市一大

---

① 鬅鬙（péng sēng）：头发散乱的样子。
② 踞坐：坐时两脚底和臀部着地，两膝上耸。

祸害。有一次,他架着一只鹞子站在街头,遇见两个身着紫衣的人,这两人叫他:"你不就是李暴眼的儿子李和子吗?"李和子立刻恭敬地拱手行礼。紫衣人又说:"有点事情,借一步说话。"于是走了几步远离人群才对他说:"地府在追捕你,赶快去吧。"李和子起初并不肯相信,说:"你们是人,何必骗人呢!"对方又说:"我们就是鬼。"随即从怀里掏出一份公文,印痕还是湿的。李和子看见上面清清楚楚写着自己的姓名,以及为四百六十只猫狗而申诉之事。李和子又惊又怕,扔掉鹞子下拜求情,并且说:"我是该死,你们务必为我暂留一会儿,我略备薄酒。"鬼坚决推辞,最后不得已只好答应。一开始快到一家毕罗店时,鬼掩着鼻子不肯前去。于是请他们到了杜家酒楼,酒楼中的人只见李和子一个人又是作揖相让,又是自言自语,都以为他疯了。李和子要了九碗酒,自饮三碗,六碗摆在西面座席上,又求两鬼行行方便免他一死。两鬼相互对视说:"我们既然受了他这顿酒的恩惠,是得帮他想想办法。"于是起身说:"暂且等我们几刻,一会儿就回来。"片刻之后回来,说:"你准备四十万钱,我们帮你借三年命。"李和子连连答应,又说好以第二天中午为期限。于是算了酒钱,又把西面座席上剩下没喝的那六碗酒还给店家。一尝,味道淡如水,冰冷冻牙齿。李和子急忙赶回家,典了衣服,备好纸钱,按约定时间备了酒烧了钱,眼见二鬼拿着钱走了。三天后,李和子死了。原来鬼说的三年就是人间的三天。

元和初，上都东市恶少李和子，父努①眼。和子性忍，常攘狗及猫食之，为坊市之患。常臂鹞立于衢，见二人紫衣，呼曰："公非李努眼子名和子乎？"和子即遽祗揖②。又曰："有故，可隙处言也。"因行数步，止于人外，言："冥司追公，可即去。"和子初不受，曰："人也，何给③言！"又曰："我即鬼。"因探怀中出一牒，印窠犹湿。见其姓名分明，为猫犬四百六十头论诉事。和子惊惧，乃弃鹞子拜祈之，且曰："我分死，尔必为我暂留，当具少酒。"鬼固辞不获已。初将入毕罗④肆，鬼掩鼻，不肯前。乃延于旗亭⑤杜家，揖让独言，人以为狂也。遂索酒九碗，自饮三碗，六碗虚设于西座，且求其为方便以免。二鬼相顾："我等既受一醉之恩，须为作计。"因起曰："姑迟⑥我数刻，当返。"未移时至，曰："君办钱四十万，为君假三年命也。"和子诺，许以翌日及午为期。因酬酒直，且返其酒。尝之味如水矣，冷复冰齿。和子遽归，货衣具凿楮⑦，如期备酹⑧焚之，自见二鬼挈其钱而去。及三日，和子卒。鬼言三年，盖人间三日也。

◎ 入画改图

贞元末年，开州军将冉从长轻财好客，州县儒生道士

---

① 努：凸出，鼓起。
② 祗（zhī）揖：恭敬地拱手行礼。
③ 给（dài）：通"诒"。欺骗。
④ 毕罗：一种抓饭，或说为饼类。
⑤ 旗亭：酒楼。
⑥ 迟（zhì）：等待。
⑦ 凿楮：纸钱。
⑧ 酹：祭。这里指所用的酒。

多去依附他。有位画师宁采为他绘了一幅《竹林会》，很是工丽。座中客人郭萱、柳成两位秀才，经常斗气相互贬损。柳成忽然斜眼看看这幅图，对冉从长说："这幅画布局不错，但是缺乏意趣。我现在想为您略施小技，不用色彩，就能让这幅画更为精彩高妙，怎么样？"冉从长吃惊地说："还不知道秀才技艺如此高超，但是不借助色彩，哪有这个道理？"柳成笑着说："我进到他的画里去修改。"郭萱拍掌大笑说："您是想骗三岁小孩吗？"柳成就请他来打个赌，郭萱提议赌五千钱，冉从长也加入做担保人。只见柳成腾身奔向那幅图，然后不见了，座中客人大惊失色。画挂在墙壁上，众人在画面上一阵摸索但无果。过了很久，忽然听到柳成的声音："郭先生，这下相信了吗？"声音像是来自画中。又一顿饭工夫，只见柳成从画上掉下来，指着画中阮籍的像说："工夫只到这里了。"众人细看画面，唯独阮籍的画像有异常，看那嘴唇好像正在笑。宁采来看了，也认为那阮籍像不是自己画的。冉从长料想柳成是位得道高人，连忙和郭萱一起向他致歉。几天后，柳成就到别处云游去了。宋存寿处士出家为僧的时候，亲见过这事。

贞元末，开州军将冉从长轻财好事，而州之儒生道者多依之。有画人宁采，图为《竹林会》，甚工。坐客郭萱、柳成二秀才，每以气相轧。柳忽眄①图，谓主人曰："此画巧于体势，失于意趣。今欲为公设薄技，不施五色，令其精彩殊胜，如何？"冉

---

① 眄：斜着眼看。

惊曰："素不知秀才艺如此，然不假五色，其理安在？"柳笑曰："我当入彼画中治之。"郭抚掌曰："君欲绐三尺童子乎？"柳因邀其赌，郭请以五千抵负，冉亦为保。柳乃腾身赴图而灭，坐客大骇。图裱于壁，众摸索不获。久之，柳忽语曰："郭子信未？"声若出画中也。食顷，瞥自图上坠下，指阮籍像曰："工夫只及此。"众视之，觉阮籍图像独异，吻若方笑。宁采睹之，不复认。冉意其得道者，与郭俱谢之。数日，竟他去。宋存寿处士在释时，目击其事。

◎除鬼头

奉天县国盛村有位姓刘的百姓得了疯病，发病时到处乱跑，遇到深井沟堑也不知避开，他的家人请了禁咒人侯公敏来为他治疗。侯公敏刚到，刘某忽然起身说："我出去一下，不需要你治疗。"于是挂着扁担到了田里，裸露上身挥舞扁担，好像是在击打什么东西。过了很久才回来，笑着说："我的病已经好了。刚才打落一颗鬼头，埋在了田里。"他兄弟和禁咒人起初都以为他是狂病发作讲的疯话，所以并不相信，于是跟着他一起前去查验。刘某果然从田里挖出一个死人头盖骨，上面还有十多根红发，刘某的病就这样痊愈了。这是会昌五年的事。

奉天县国盛村百姓姓刘者，病狂，发时乱走，不避井堑，其家为迎禁咒人侯公敏治之。公敏才至，刘忽起曰："我暂出，不假尔治。"因杖薪担至田中，袒而运担，状若击物。良久而返，笑曰："我病已矣。适打一鬼头，落埋于田中。"兄弟及咒者，犹以为狂，不实之，遂同往验焉。刘掘出一髑髅，戴赤发十余茎，其病竟愈。是会昌五年事。

◎明经梦成

柳璟做进士主考官那年，有位国子监的明经考生，没能记住他的名字。这位明经考生白天睡觉，梦见自己在国子监门口徘徊。有个身穿黄衣的人，背着一个衣袋，打听这位明经考生的名字。明经告诉了他，那人笑着说："您明年春天将及第。"明经于是询问了另外五六位邻居乡亲的情况，也说有明春及第的。明经就邀请黄衣人到长兴里的毕罗店里他常坐的地方共食毕罗，这时店外有狗追逐打闹，他突然惊叫道："糟了！"。于是急忙叫来几位邻人，告诉他们梦中的事。这时长兴里毕罗店的小二忽然进门来说："郎君和客人吃毕罗共计两斤，为什么不付钱就走了？"明经大吃一惊，脱下外套先押着。他跟随前去查验刚才所梦之事，细看那座榻器具，都和梦中的一模一样，于是对店主说："我和客人都是在梦中到了你这里，客人也吃了吗？"店主吃惊地说："先前我奇怪客人面前的毕罗一点没动，还以为是他嫌弃放有蒜。"第二年春天，明经和他在梦中问及的三位乡邻都进士及第。

柳璟知举^①年，有国子监明经^②，失姓名，昼寝，梦徙倚^③于

---

① 知举："知贡举"的简称，唐宋时特派主持进士考试的大臣。
② 明经：唐代科举以经义取士，称为"明经"。
③ 徙倚：徘徊，流连。

监门。有一人负衣囊，衣黄，访明经姓氏。明经语之，其人笑曰："君来春及第。"明经因访邻房乡曲五六人，或言得者。明经遂邀入长兴里毕罗店常所过处，店外有犬竞，惊曰："差矣。"遽呼邻房数人，语其梦。忽见长兴店子入门曰："郎君与客食毕罗计二斤，何不计直而去也？"明经大骇，褫衣质之。且随验所梦，相其榻器，皆如梦中，乃谓店主曰："我与客俱梦中至是，客岂食乎？"店主惊曰："初怪客前毕罗悉完，疑其嫌置蒜也。"来春，明经与邻房三人梦中所访者悉及第。

◎石守宫

潞州军校郭谊先前在邯郸郡任职。因为其兄长亡故，就从郓州迁出祖坟，合葬于磁州滏阳县西岗。该县县界邻山，土中石多，有实力的人营葬，大都直接在石头上开凿洞穴。郭谊所卜的墓地，也是在石头上开凿。经过长久的工期后，忽然凿开一个洞穴。洞里有块石头，长约四尺，形状如同壁虎，头尾四肢齐全，只是被工匠不小心弄断了。郭谊心生厌恶，想要另外找块地，便向刘从谏请示。刘从谏不答应，于是只好就地安葬。后来过了一个多月，郭谊掉到厕所里，倒在里面差点死了，他的亲人、奴婢接二连三地死去，一共死了有二十多人。郭谊从此以后恐惧悸怕，经常口出胡话，坐卧不安。他于是哀求刘从谏准许他辞职，刘从谏让都押衙焦长楚和他对换职务。后来逆贼刘稹举兵叛乱，郭谊是他的军将，战败后郭谊被砍了头。郭谊家里无论老幼，都被扔进井里淹死了。盐州从事郑宾于说："石守宫现在存放在磁州官库里。"

潞州军校郭谊，先为邯郸郡牧使。因兄亡，遂于郓州举其先，同茔葬于磁州滏阳县之西岗。县界接山，土中多石，有力葬者，率皆凿石为穴。谊之所卜，亦凿焉。积日倍工，忽透一穴。穴中有石，长可四尺，形如守宫①，支体首尾毕具，役者误断焉。谊恶之，将别卜地，白于刘从谏。从谏不许，因葬焉。后月余，谊陷于厕，体仆几死，骨肉、奴婢相继死者二十余人。自是常恐悸，俺吃不安。因哀请罢职，从谏以都押衙②焦长楚之务与谊对换。及贼稹阻兵，谊为其魁，军破枭首。其家无少长，悉投井中死。盐州从事郑宾于言："石守宫见在磁州官库中。"

◎天降异物

伊阙县县令李师晦有个兄弟在江南做官，和一位僧人有交往。这僧人有一次进山采药遇上暴风雨，躲在一棵歪脖子树下。不一会儿，他感觉大地震动，有个东西忽然掉到地上。很快雨过天晴，僧人近前一看，原来是块石头，形状像用来悬挂着击打的乐器。它的上面平齐有如刀削，中间有孔可以放东西，往下逐渐变宽变圆，像个垂着的袋子，二尺长，三分厚，左边缺了一点，石头上的斑纹就像碎锦一样，光泽明亮可以当镜子照，轻轻敲击便会发出声音。僧人料想这是件奇物，就将其藏在柴捆里悄悄带回寺中。僧人把它装在匣子里并埋在禅床下，可被他的徒弟看见了，后来渐渐传开了。李生恳求看一眼，僧人却一口否

---

① 守宫：壁虎。
② 都押衙：节度使幕府中的武职。

认有什么奇物。忽然有一天,僧人叫来李生。等到李生到后,僧人握着他的手说:"贫僧已经精力衰弱,大限将至。您上次想要看的东西,我就送给您做个分别的留念。"于是支开侍从,带着李生进入卧室,撤去禅床往下挖掘,挖出匣子捧着送给李生,然后就死了。

伊阙县令李师晦,有兄弟任江南官,与一僧往还。常入山采药,遇暴风雨,避于欹树。须臾大震,有物瞥然[1]坠地。俄而朗晴,僧就视,乃一石,形如乐器,可以悬击者。其上平齐如削,其中有窍可盛,其下渐阔而圆,状若垂囊,长二尺,厚三分,其左小缺,班[2]如碎锦,光泽可鉴,叩之有声。僧意其异物,置于樵中归。柜而埋于禅床下,为其徒所见,往往有知者。李生恳求一见,僧确然言无。忽一日,僧召李生,既至,执手曰:"贫道已力衰弱,无常[3]将至。君前所求物,聊用为别。"乃尽去侍者,引李生入卧内,撤榻掘地,捧匣授之而卒。

◎ 盲骡腹中石

刘稹拥兵叛乱那年,临洺市中有个百姓,家里一头推磨的瞎骡子无故死亡,他就将其卖给了屠夫。屠夫剖开骡腹,得到两块石头,有拳头般大小,紫色红斑,晶莹润泽,很是可爱。屠夫于是将其送给刘稹,刘稹就留下了。

---

[1] 瞥然:忽然,迅速地。
[2] 班:通"斑"。
[3] 无常:佛教术语。这里指死亡。

贼稹阻命之时，临洺市中百姓，有推磨盲骡无故死，因卖之。屠者剖腹中，得二石，大如合拳，紫色赤班，荧润可爱。屠者遂送稹，乃留之。

◎赍牒相召

韦温在宣州做官时，头上长了恶疮，于是向女婿托付后事，并对他说："我二十九岁时做校书郎，梦见在渡泸水，到了一半时，看见两名吏员拿着公文召唤我。一名吏员过来了，并说：'他的坟太大，需要一万天的功夫，现在还不到时候。'现在正好一万天了，我哪能逃得过呢？"没过几天，韦温果然就去世了。

韦温为宣州，病疮于首，因托后事于女婿，且曰："予年二十九为校书郎①，梦泸水，中流见二吏赍牒相召。一吏至，言：'彼坟至大，功须万日，今未也。'今正万日，予岂逃乎？"不累日而卒。

◎道士仙官

醴泉尉崔汾，他二哥居住在长安崇贤里。夏季的一个夜晚，崔汾在院里乘凉，那晚月色清朗。午夜时分，一阵风吹过，崔汾闻到一股异香。顷刻间，只听得南墙泥土簌簌有声，崔汾以为是蛇鼠在打洞。忽然看见一位道士，那道士大声说道："大好月色！"崔汾又惊又怕，急忙跑开了。

---

① 校书郎：职官名，掌校雠典籍。

道士在院里缓缓踱步，年龄约四十左右，风度仪态清朗古雅。过了许久，十多名歌女舞女列队从大门走进来，身披轻纱，头戴翠翘，美艳妖冶世间少有。有随从铺下香垫，歌女舞女们就列坐在月下。崔汾怀疑他们是狐狸精，就拿枕头投掷在门板上对其发出警告。道士稍稍回头，发怒道："我觉得这个地方还算清静，加之贪恋这大好月色，本来无意在此久留，你竟敢如此粗野！"又厉声问道："这个地方还有土地神吗？"瞬间出现了两个人，身高仅三尺，头大耳长，俯伏在道士面前。道士抬抬下巴指着崔汾躲藏的地方说："这个人正好有亲属名籍归入阴曹，去领来。"两人小跑着出去了。一顿饭的工夫，崔汾看见父母和长兄全都被带来了，后面跟着几十名卫士，对他们又拖又打。道士叱责道："我在这里，还敢纵容你儿子如此无礼吗？"崔汾父母叩头说："阴阳相隔，家教不及。"道士喝令拖下去，又回头对两个鬼说："把那个傻瓜给我捉来。"两鬼跳到门口，拿一枚红红的像弹丸样的东西，远远地投进崔汾口里，原来是根细细的红绳，于是把崔汾像钓鱼一样牵到院子里，道士又斥骂羞辱他。崔汾受此惊吓而失声，无法辩解。他的仆妾全都哭成一团。那些歌女舞女围着道士下拜道："他是凡人，只是因仙官无故来到而感到惊讶，并没有什么大错。"道士怒气消了，随即拂衣出大门走了。崔汾就像中了邪一样，过了五六天时间精神才好转些。于是迎来祭酒，打醮谢神后并没有出现其他异常。当时崔汾隔着纸缝，看见他的亡兄用巾帛抹着嘴唇，好像受伤的样子，家里仆人们听说后都很吃惊。有一个婢女哭着说："几郎入殓之时，面衣忘记开口。当时匆匆剪开误伤了他的下唇，但是并没有其他人看见。哪知他在阴曹二十多年，还依然在承受着这痛苦。"

醴泉尉崔汾，仲兄居长安崇贤里。夏月，乘凉于庭际，疏旷月色，方午，风过，觉有异香。顷间，闻南垣土动簌簌，崔生意其蛇鼠也。忽睹一道士，大言曰："大好月色！"崔惊惧遽走。道士缓步庭中，年可四十，风仪清古。良久，妓女十余排大门而入，轻绡翠翘①，艳冶绝世。有从者具香茵②，列坐月中。崔生疑其狐媚，以枕投门阃警之。道士小顾，怒曰："我以此差静，复贪月色，初无延伫之意，敢此粗率！"复厉声曰："此处有地界耶？"欻有二人，长才三尺，巨首儋耳③，唯伏其前。道士颐指④崔生所止曰："此人合有亲属入阴籍，可领来。"二人趋出。一饷间，崔生见其父母及兄悉至，卫者数十，捽曳批⑤之。道士叱曰："我在此，敢纵子无礼乎？"父母叩头曰："幽明隔绝，诲责不及。"道士叱遣之，复顾二鬼曰："捉此痴人来。"二鬼跳及门，以赤物如弹丸，遥投崔生口中，乃细赤绠⑥也，遂钓出于庭中，又诟辱之。崔惊失音，不得自理。崔仆妾悉号泣。其妓罗拜曰："彼凡人，因讶仙官无故而至，非有大过。"怒解，乃拂衣由大门

---

① 翠翘：妇女头饰，形似翠鸟尾上长羽，故名。
② 茵：坐垫。
③ 儋（dān）耳：垂耳。
④ 颐指：以下巴的动向示意而指挥人。常用以形容指挥别人时的傲慢态度。
⑤ 批：用手打。
⑥ 绠：线，绳。

而去。崔病如中恶①，五六日方差。因迎祭酒②醮谢，亦无他。崔生初隔纸隙，见亡兄以帛抹唇如损状，仆使共讶之。一婢泣曰："几郎就木③之时，面衣④忘开口。其时匆匆就剪，误伤下唇，然傍人无见者。不知幽冥中二十余年，犹负此苦。"

◎ 蓬瀛仙丐

辛秘五经及第后，去常州完婚。行至陕县，在树荫下休息。旁边有个乞丐张开双腿坐着，脸上结着疮痂，衣服上满是虱子，问辛秘到哪里去。辛秘不耐烦就离开了，乞丐也跟着他。辛秘的马不好，甩不掉乞丐，乞丐偏要不停地和他说话。前行遇到一位身穿绿衣的人，辛秘向他作揖并和他说话，乞丐在后面不时地插嘴。走了一里多，绿衣人忽然快马加鞭先走了。辛秘很奇怪，自言自语道："这人怎么突然这样呢？"乞丐说："他的时辰到了，岂能由得了自己？"辛秘觉察到乞丐话里有话，这才问他："您说'时辰到了'，是什么意思？"乞丐说："过一会儿，你就明白了。"快到客店时，只见几十人围在那里，一问，原来是那位绿衣人死了。辛秘大为惊异，赶忙放低身段讨好乞丐，解下衣服给他穿，又把马让给他骑。那乞丐毫无谢意，言谈之间，颇多玄妙。到了汴州，对辛秘说："我就到这里了。先生要去办什么事呢？"辛秘将婚娶之约告诉了乞丐，

---

① 中（zhòng）恶：意指中邪。
② 祭酒：酹酒祭神的长者。
③ 就木：入棺。
④ 面衣：这里指的是覆在死者面部的布帛之类。

乞丐笑着说："先生是读书人，学业不能中断。这个女子不是您的妻子，您的婚期还早着呢。"过了一天，乞丐扛着一坛酒和辛秘道别，指着相国寺说："到中午会有火灾，过了这个时间再走。"中午时分，相国寺果然无故起火，烧坏了佛塔的相轮。临别时，乞丐送给辛秘一个绫制头巾，打着一个结，并对辛秘说："以后若有不明白的事，就打开看。"二十多年以后，辛秘做渭南尉时才第一次娶裴氏为妻。到裴氏生日那天，大宴亲朋，辛秘忽然想起乞丐的话，解开头巾的结，里面是一张大如手板的纸，上面写着"辛秘妻河东裴氏，某月日生"，正是他妻子裴氏的生日。辛秘算了一下，和乞丐告别那年，妻子还没出生呢。这乞丐莫非是从蓬莱瀛洲贬到人间的仙人？蒙着脸拖着鞋子的贫困者，对黔娄的高傲不敬的施舍表示愤怒。盲人拄杖摸索着行路之事被扬雄写进书中。辛秘对待乞丐之事，和这些其实并没有什么差别呢。

辛秘五经擢第后，常州赴婚。行至陕，因息于树阴。傍有乞儿箕坐①，痂面虮衣，访辛行止。辛不耐而去，乞儿亦随之。辛马劣，不能相远，乞儿强言不已。前及一衣绿者，辛揖而与之语，乞儿后应和。行里余，绿衣者忽前马骤去。辛怪之，独言："此人何忽如是？"乞儿曰："彼时至，岂自由乎？"辛觉语异，始问之曰："君言'时至'，何也？"乞儿曰："少顷当自知之。"将及店，见数十人拥店，问之，乃绿衣者卒矣。辛大惊异，

---

① 箕坐：随意张开两腿坐着，形似簸箕。是一种轻慢、不拘礼节的姿态。

遽卑下之,因褫衣衣之,脱乘乘之。乞儿初无谢意,语言往往有精义。至汴,谓辛曰:"某止是矣。公所适何事也?"辛以娶约语之,乞儿笑曰:"公士人,业不可止。此非君妻,公婚期甚远。"隔一日,乃扛一器酒与辛别,指相国寺刹曰:"及午而焚,可迟此而别。"如期,刹无故火发,坏其相轮①。临去,以绫帕复赠辛,带有一结,语辛:"异时有疑,当发视也。"积二十余年,辛为渭南尉,始婚裴氏。洎裴生日,会亲宾,忽忆乞儿之言,解帕复结,得楮幅②,大如手板,署曰"辛秘妻河东裴氏,某月日生",乃其日也。辛计别乞儿之年,妻尚未生。岂蓬瀛③籍者谪于人间乎?方之蒙袂辑履,有愤于黔娄,擿植索途④,见称于杨子,差不同耳。

① 相轮:佛塔上的盘盖。
② 楮幅:纸张。
③ 蓬瀛:蓬莱、瀛洲,传说中仙人所居之处。
④ 擿植索途:盲人以杖点地摸索道路。

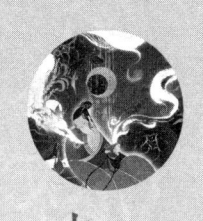

支诺皋中

精怪异事

本篇多为精怪奇事,想象丰富,情节,刻画生动,具有较高的叙事技巧。

◎蚯蚓挂树

长安浑瑊宅的戟门内有一棵小槐树，树上有个洞，洞有铜钱大小。每到夜晚月光明朗时，便有一条两尺多长、粗如拇指的蚯蚓，白色颈环，红色斑点，带着几百条小蚯蚓，像绳子一样挂在树枝上。到天亮时，它们又全部钻进洞里。有时还会一起鸣叫，叫声往往成曲动听。学士张乘说：浑令公在世的时候，堂前的地下忽然蹿出一棵树，树上挂满了蚯蚓。这事已经有书记载，但我忘记书名了。

上都浑瑊宅，戟门内一小槐树，树有穴，大如钱。每夜月霁后，有蚓如巨臂，长二尺余，白颈红班，领蚓数百条，如索，缘树枝条。及晓悉入穴。或时众鸣，往往成曲。学士张乘言：浑令公时，堂前忽有一树从地踊出，蚯蚓遍挂其上。已有出处，忘其书名目。

◎树上小人

东都尊贤坊田令公宅子的中门内有丛紫牡丹，长成了一棵树，每到开花时，有上千朵花绽放。花开繁盛时，每到月明之夜，会有五六个身高一尺多的小人在树上游玩。这样过了七八年时间。有人想去捕捉小人，可小人一下就消失了。

东都尊贤坊田令宅，中门内有紫牡丹成树，发花千朵。花盛时，每月夜有小人五六，长尺余，游于上。如此七八年。人将掩之，辄失所在。

◎ 契宗除怪

太和七年，长安青龙寺有个和尚契宗，俗家在樊川。他的兄长樊竟得了热病，说胡话而且无端狂笑。契宗以意念总持，焚香作法为他驱邪。他兄长忽然辱骂道："你是和尚，只管回寺庙住持，为什么来阻碍我的事？我定居在南边树上，喜欢你家庄稼好、收成多，所以来暂住。"契宗怀疑是狐狸精作怪，又念禁咒并用桃枝击打他。他兄长只是笑着说："你打哥哥不恭顺，神要诛杀你，只管用劲，别停下来！"契宗知道奈何不了它，就作罢了。病人忽然起身，牵他的母亲，母亲就突然暴病；拉他的妻子，妻子也立刻昏死过去；又照样拉他的兄弟媳妇，一回头眼睛就失明了。过了一天，又都好了。那怪物又告诉契宗说："你还不走，我就把我的家属叫来。"话一说完，就出现了几百只老鼠，弄出嗀嗀的声音，这些老鼠比普通老鼠大，跑来跑去碰到人，赶都赶不走。到天亮，这些老鼠又都不见了。契宗也变得更加恐惧。他兄长又说："你说话客气点，我不怕你。现在我要我的大兄弟亲自来。"说罢，就拖腔呼唤道："寒月，寒月，到这里来。"连喊三遍，有个怪物大如狸猫，色红如火，从病人的脚往上爬，顺着衾被爬到肚腹上，目光四射。契宗拿起刀靠近怪物并砍去，砍中它的一只脚，怪物于是跳出门去。契宗照着烛灯找它的洞穴，沿着血迹到了一处房间，看见怪物藏进一口瓮里。契宗拿个大盆盖住瓮，又用泥把缝隙全部封好。过了三天揭开一看，那怪物已僵硬如铁，动弹不得。契宗就用热油把它烫死了，臭气远飘几里之外，而他兄长也好了。过了一个多月，村里有一家父子六七人全部暴死，众人都认为也是那怪物施的蛊毒。

太和七年，上都青龙寺僧契宗，俗家在樊川。其兄樊竟，因病热，乃狂言虚笑。契宗精神总持①，遂焚香敕勒②。兄忽诟骂曰："汝是僧，第归寺住持，何横干事？我止居在南柯，爱汝苗硕多获，故暂来耳。"契宗疑其狐魅，复禁③桃枝④击之。其兄但笑曰："汝打兄不顺，神当殛⑤汝，可加力勿止。"契宗知其无奈何，乃已。病者欻起，牵其母，母遂中恶；援其妻，妻亦卒；迩襆其弟妇，回面失明。经日，悉复旧。乃语契宗曰："尔不去，当唤我眷属来。"言已，有鼠数百，穀穀作声，大于常鼠，与人相触，驱逐不去。及明，失所在，契宗恐怖加切。其兄又曰："慎尔声气，吾不惧尔。今须我大兄弟自来。"因长呼曰："寒月，寒月，可来此。"至三呼，有物大如狸，赤如火，从病者脚起，缘衾止于腹上，目光四射。契宗持刀就击之，中物一足，遂跳出户。烛其穴，踪至一房，见其物潜走瓮中。契宗举巨盆覆之，泥固其隙。经三日发视，其物如铁，不得动。因以油煎杀之，臭达数里，其兄遂愈。月余，村有一家，父子六七人暴卒，众意其兴蛊。

---

① 总持：佛教术语。谓持善不失，持恶不生，具备众德。亦指咒语。
② 敕勒：谓画符念咒以制伏鬼神。
③ 禁：符咒。此指运咒。
④ 桃枝：古人以鬼畏桃，故用桃枝驱鬼。
⑤ 殛（jí）：诛杀。

◎新妇食夫

贞元年间，望苑驿西面有个叫王申的百姓，他亲手在路旁栽种的榆树长成了树林，还用来盖了几间茅屋。夏天，王申常常送浆水给过往行人喝，如果是官吏来了，就请进屋中休息喝茶。他有个儿子，十三岁了，也经常一起照顾客人。忽然有一天，儿子对父亲说："路边有个女子讨水喝。"王申就让儿子请她进来。女子很年轻，身着绿色短衣，头戴白巾，自述道："我家在这里往南十多里处，丈夫死了，没有儿子，现在服丧期满，将去马嵬驿走亲戚求衣食。"她说话灵透，举止可爱。王申于是留她吃饭，对她说："现在天色不早了，晚上就住在这里吧，等明天天亮再走。"女子也高兴地同意了。王申的妻子就把女子请入后堂，称她为妹妹。请她帮忙缝几件衣服，从午时到戌时就全做好了。而且针线细密均匀，似乎不像人工做的。王申大为吃惊，他妻子也特别喜欢，就对女子开玩笑说："妹妹既然没了至亲之人，能给我家当儿媳吗？"女子笑着说："我如今已经身无所托，愿意为您家操持家务。"王申当天就借了新衣服赊下聘礼给儿子娶了新媳妇。那天晚上很热，女子告诫她丈夫说："近来盗贼很多，不能开着门。"就用一根很大的木橡顶住门才睡觉。到了半夜，王申的妻子梦见儿子披头散发哭诉道："我快被吃光了。"她从梦中惊醒，就想去看儿子。王申怒斥道："老婆子得了个好儿媳，喜过了头说梦话哪！"妻子又睡下，可又梦见刚才的情形。王申就和妻子举着蜡烛，呼叫儿子和儿媳，可都无应答。去开门,就像门从里面闩住一样牢不可开,于是打破了门扇,刚一打开,就有个怪物圆瞪双眼,齿长如凿,遍体蓝色,朝着夫妻俩冲过来,然后逃走了,再看他们的儿子,已被吃得只剩下脑骨和头发了。

贞元中,望苑驿西有百姓王申,手植榆于路傍成林,构茅屋数椽。夏月,常馈浆水于行人,官者即延憩具茗。有儿年十三,每令伺客。忽一日,白其父:"路有女子求水。"因令呼入。女少年,衣碧襦白幅巾,自言:"家在此南十余里,夫死无儿,今服禫①矣,将适马嵬访亲情,丐②衣食。"言语明悟,举止可爱。王申乃留饭之,谓曰:"今日暮,夜可宿此,达明去也。"女亦欣然从之。其妻遂纳之后堂,呼之为妹。倩其成衣数事,自午至戌悉办。针缀细密,殆非人工。王申大惊异,妻尤爱之,乃戏曰:"妹既无极亲,能为我家作新妇子乎?"女笑曰:"身既无托,愿执粗井灶。"王申即日赁衣贳③礼为新妇。其夕暑热,戒其夫:"近多盗,不可辟门。"即举巨橡捍而寝。及夜半,王申妻梦其子披发诉曰:"被食将尽矣。"惊,欲省其子。王申怒之:"老人得好新妇,喜极呓言耶!"妻还睡,复梦如初。申与妻秉烛,呼其子及新妇,悉不复应。启其户,户牢如键④,乃坏门阖⑤,才

---

① 服禫(dàn):服丧期满。禫,除服之祭。
② 丐:求。
③ 贳(shì):赊。
④ 键:门闩。
⑤ 阖:门扇。

开，有物圆目凿齿①，体如蓝色，冲人而去，其子唯余脑骨及发而已。

◎梦诗卒

枝江县令张汀的儿子名叫省躬，张汀死后，张省躬就住在枝江。当时有个叫张垂的人，秀才科考试不中客居蜀中。他和张垂素不相识。太和八年，省躬白天睡觉时忽然梦见一个人，自称姓张名垂，于是和他相交，两人欢愉了一整天。张垂临走时，留赠省躬一首诗，诗云："戚戚复戚戚，秋堂百年色。而我独茫茫，荒郊遇寒食。"省躬从梦中惊醒，赶紧记录下了这首诗。几天后，省躬就去世了。

枝江县令张汀，子名省躬，汀亡，因住枝江。有张垂者，举秀才下第，客于蜀，与省躬素未相识。太和八年，省躬昼寝，忽梦一人，自言姓张名垂，因与之接，欢狎弥日。将去，留赠诗一首曰："戚戚复戚戚，秋堂百年色。而我独茫茫，荒郊遇寒食。"惊觉，遽录其诗。数日卒。

◎亚秦除杉怪

江淮地区有个叫何亚秦的人，力能拉三百斤的弓，曾经分开过两头相斗的牛，掰掉了一只牛角。他有一次路过蕲州，遇到一个人，身高六尺多，胡须浓密，那人叫何亚秦道："请背我过桥。"何亚秦心知它不是人，就依言背起，

---

① 凿齿：齿长如凿。

只觉头部冷如冰,急忙把它扔向桥头的华表,随即击打那怪物,怪物变成了杉木,流了一升多血。

江淮有何亚秦,弯弓三百斤,常解斗牛,脱其一角。又过蕲州,遇一人,长六尺余,髯而甚,口呼亚秦:"可负我过桥。"亚秦知其非人,因为背,觉脑冷如冰,即急投至交午柱①,乃击之,化为杉木,沥血升余。

◎冥司使者

长庆初年,洛阳利俗坊有个老百姓赶着几辆车出了长夏门,碰见一个人背着布袋,来人请求百姓让他把袋子寄放在车上,并且告诫百姓不要随便打开,这人随即返回了利俗坊。刚进坊,坊内就有哭声响起来。这位受托的百姓打开寄放的布袋,布袋口用绳子捆扎着,里面有一样东西,形状如同牛的尿脬,还有几尺长的黑绳。百姓大吃一惊,急忙把袋子收起扎好。一会儿,那人来了,又对他说:"我脚痛,想坐您的车代步几里路,行吗?"这个百姓知道事出怪异,就答应了他。那人上车看到布袋,不高兴了,回头问:"为什么不守信用?"百姓赶紧道歉。那人又说:"我不是人,阴司命我收录五百人,名籍遍及陕、虢、晋、绛各地。到了这里,这里的人身上多虫,只收了二十五人。现在必须前往徐、泗等地。"又问:"您知道我说的虫是什么吗?患赤疮就是虫。"车前行二里,那人告辞道:"我有

---

① 交午柱:华表。也指大路交叉处竖立的指示道路的柱子。

程期,不能久留。您是有寿缘的,不用担心。"突然背着布袋下了车,转眼就消失了。那年夏天,天下有很多人患赤疮,死的人却不多。

长庆初,洛阳利俗坊,有百姓行车数辆,出长夏门。有一人负布囊,求寄囊于车中,且戒勿妄开,因返入利俗坊。才入坊内,有哭声起。受寄者发囊视之,其口结以生绠,内有一物,状如牛胞,及黑绳长数尺。百姓惊,遽敛结之。有顷,其人亦至,复曰:"我足痛,欲憩君车中数里,可乎?"百姓知其异,许之。其人登车,览其囊,不悦,顾曰:"何无信?"百姓谢之。又曰:"我非人,冥司俾予录①五百人,明历陕、虢、晋、绛。及至此,人多虫,唯得二十五人耳。今须往徐、泗。"又曰:"君晓予言虫乎?患赤疮即虫耳。"车行二里,遂辞:"有程②,不可久留。君有寿者,不复忧矣。"忽负囊下车,失所在。其年夏,天下多患赤疮,少有死者。

◎ 搐气袋

元和年间,光宅坊有一个百姓,忘了他叫什么名字了。他家里有病人,病势渐重,请来僧人诵经念咒,妻儿则环绕在身边。一天晚上,众人仿佛看见一个人进门来,惊惧之下急忙去追,那人就投进瓮里去了。这家人往瓮里浇开水,得到一只袋子,原来是阴间所说的搐气袋。忽然听见

---

① 录:收捕。
② 程:程期,期限。

空中有个声音哀求将袋子交还，言语很是恳切，并且说："我会另外找个人代替这位病人。"这家人就把袋子扔了回去，病人也就痊愈了。

元和中，光宅坊百姓，失名氏，其家有病者，将困，迎僧持念[1]，妻儿环守之。一夕，众仿佛见一人入户，众遂惊逐，乃投于瓮间。其家以汤沃之，得一袋，盖鬼间所谓揥气袋[2]也。忽听空中有声求其袋，甚哀切，且言："我将别取人以代病者。"其家因掷还之，病者即愈。

◎以虱卜病

相传人快要死的时候，虱子会离开此人的身体。也有人说，把病人身上的虱子放在其床前，可以预知病情。如果病要痊愈，虱子就会爬向病人；反之，则意味着病人将死亡。

相传人将死，虱离身。或云，取病者虱于床前，可以卜病。将差，虱行向病者，背则死。

◎雷穴捕鱼

兴州有一处地方叫作雷穴，穴中平常只有半穴水。每次遇到打雷，洞里的水就会满到溢出洞外，鱼儿也随之流

---

[1] 持念：僧徒含诵经咒。
[2] 揥气袋：民间迷信认为的鬼到人间勾魂时用来吸人活气的袋子。

出。当地百姓每等到雷声响起时，就绕着树布下渔网，经常能捕到极多的鱼。不打雷的时候，渔夫们在洞口聚集敲鼓，鱼儿也会随之游出，不过所获数量只有打雷时的一半。韦行规任兴州刺史时，给亲友写信，提到过这件事。

兴州有一处名雷穴，水常半穴。每雷声，水塞穴流，鱼随流而出。百姓每候雷声，绕树布网，获鱼无限。非雷声，渔子聚，鼓于穴口，鱼亦辄出，所获半于雷时。韦行规为兴州刺史时，与亲故书，说其事。

◎ 石函现人

贞元年间，长安务本坊有一户人家，因为打墙掘地挖到一个石函。打开石函一看，只见里面满是像丝蒲一样的东西，这些东西继而飞出石函到了外面。众人惊讶地看着，随即又见一个人从石函里坐起来，白发披散着有一丈多长，抖抖衣服站起身，径直走出门不见了。这家后来倒也没有发生其他怪事。本书前集记载这类事情较多。这大概是道教尸解的太阴炼形，时限快到了，就必然有人将其挖出来。

上都务本坊，贞元中，有一家，因打墙掘地遇一石函。发之，见物如丝蒲满函，飞出于外。惊视之，次忽有一人起于函，被白发，长丈余，振衣而起，出门，失所在。其家亦无他。前记之中多言此事。盖道门太阴炼形，日将满，人必露之。

◎ 渔夫网石

于季友任和州刺史时，江边有一座寺庙，寺前是渔夫钓徒的聚集之处。有位渔夫下了网，收网时觉得颇沉重，网也扯坏了。一看，网里网住的东西只是一块拳头大的石头。于是请求寺里的和尚将这块石头放在佛殿里。石头不停长大，一年时间竟重达四十斤。张周封员外入蜀时曾亲眼见过那块石头。

于季友为和州刺史时，临江有一寺，寺前渔钓所聚。有渔子下网，举之重，坏网。视之，乃一石如拳。因乞寺僧，置于佛殿中。石遂长不已，经年重四十斤。张周封员外入蜀，亲睹其事。

◎ 王恽托梦

进士王恽文采斐然，特别擅长描摹事物，写有《送君南浦赋》，为当时文人所称赞。会昌二年，他的友人陆休符忽然梦见被抓到某个地方，有仆役让他待在屏外，他看到几十名像服劳役的囚犯的人，其中也有王恽。陆休符想靠近王恽，而王恽脸上若有愧色。陆休符强拉着和他说话，王恽流着泪说："我刚刚接受了一个职务，很不愿意别人知道。"王恽指着他的同类说："这些全都是相同职务的。"陆休符恍恍惚惚醒了。当时王恽前往扬州，妻儿则居住在太平县附近。陆休符觉得这个梦太怪了，等到天亮就赶去王家询问有无家书，找到一封王恽到洛阳时寄回的信。过了七天，王悙的讣闻到了。计算了一下王悙去世的日期，正好就是陆休符做梦的那晚。

进士王悙，才藻雅丽，犹长体物①，著《送君南浦赋》，为词人所称。会昌二年，其友人陆休符，忽梦被录至一处，有驺卒②止之屏外，见若胥靡③数十，王悙在其中。陆欲就之，悙面若愧色。陆强牵与语，悙垂泣曰："近受一职司，厌人闻。"指其类："此悉同职也。"休符恍惚而觉。时悙往扬州，有妻子居住太平侧。休符异所梦，迟明，访其家信，得王至洛书。又七日，其讣至。计其卒日，乃陆之梦夕也。

◎阴曹借吏

武宗会昌元年，金州军事典邓俨已经去世几年了。先前担任他案下抄写员的蒋古因心痛而暴死。蒋古好像被人押到一处官署，见到了邓俨，邓俨高兴地对他说："我任务繁重，得靠你帮忙抄录几百张纸。"蒋古看见案上堆的、墙边放的，满满都是黑纸红字，就欺骗邓俨说："最近伤了右臂，没法握笔。"有一个人对邓俨说："既然不能写字，不妨让他回去。"蒋古就被匆匆遣返了，掉进了一个坑里，接着便醒了过来。随后蒋古生了一场病，右手变残废了。

---

① 体物：描述事物，摹状事物。
② 驺卒：掌管车马的差役，也泛指一般仆役。
③ 胥靡：服劳役的奴隶或刑徒。

武宗元年，金州军事典邓俨，先死数年。其案下书手蒋古者，忽心痛暴卒，如有人捉至一曹司，见邓俨，喜曰："我主张甚重，籍尔录数百幅书也。"蒋见堆案绕壁，皆涅楮朱书，乃绐曰："近损右臂，不能搦管。"有一人谓邓："既不能书，可令还。"蒋草草被遣还，陨一坑中而觉。因病，右手遂废。

◎ 僧瞻除怪

有位姚司马，寄居在邠州，住宅靠近一条小溪。他有两个小女儿，经常在溪中玩耍钓鱼，可从未钓到过什么。有一天，忽然鱼竿晃动，两人各自钓到一个东西，一个像鳝鱼但是有毛，一个像鳖但是有鳃。家里人都觉得稀奇，就将它们养在小池里。过了一年，两个女儿都变得精神恍惚，夜里经常挑灯做针线，洗衣染布，不曾休息片刻，但是并没见她们做出什么东西来。当时杨元卿在邠州，和姚司马有交情，姚司马因此在邠州做事。又过了半年，两个女儿的病越发严重。一次，家里人点灯玩数钱的游戏，突然看见两只小手从灯下伸出来，大声说："请给一枚钱。"有一个家人就啐它，又听它说："我是你家女婿，怎敢对我无礼。"两个小人，一个叫作乌郎，一个叫作黄郎，后来逐渐和家人混熟了。杨元卿知道这事后，就去为姚家请了长安城的一位名叫瞻的和尚。瞻和尚擅长驱邪制鬼，诵经念咒治疗中邪，病人多能见到明显的效果。瞻和尚到他家，树立标竿，绕绳为界，印手敕剑招引怪物。又在界外设下肉食和酒。深夜，有头像牛的怪物用鼻子去闻那酒。瞻和尚藏着剑，踮着脚，悄悄靠近后大喝一声，挺剑就刺。那怪物被刺中后带着剑就跑,血流如注。瞻和尚率领手下人打着火把去追踪,顺着血迹找到后屋角,看见一个像乌皮囊的东西,有土筐子那么大,喘得像鼓风囊,这就是乌郎。于是点燃柴堆烧死了它,臭气传出十多里远,大女儿的病就好了。这之后,风雨之夜,在门庭总能听见啾啾的声音。小女儿仍病着,瞻和尚于是站在她面前,举起金刚杵大声呵斥,小女儿很惊恐,汗水顺着额头流下来。瞻和尚偶然看见她的衣带上有个黑袋子,就命婢女解下来,只见里面装着一把小钥匙。于是就搜查小女儿的衣饰器物,用这把钥匙打开了一只柜子,柜子里全是丧家搭设丧篷的布,布色只有黄、黑两种。瞻和尚假期将满,未能治完鬼魅就回京了。过了一年,姚司马罢职入京,就带小女儿先去见瞻和尚,瞻和尚为其加倍功力治疗。整整十天时间,小女儿手臂上肿起一个像瓜那么大的泡。瞻和尚持念禁咒,用针刺那肿块,流了几合血,小女儿终于痊愈了。

姚司马者,寄居邠州,宅枕一溪。有二小女,常戏钓溪中,未常有获。忽挠竿,各得一物,若鳣者而毛,若鳖者而鳃。其家异之,养以盆池。经年,二女精神恍惚,夜常明灯挫针[①],染蓝涅皂[②],未常暂息,然莫见其所取也。时杨元卿在邠州,与姚有旧,姚因从事邠州。又历半年,女病弥甚。其家张灯戏钱,忽

---

① 挫针:捉针,捏针。谓缝衣服。
② 染蓝涅皂:指洗染频繁。涅是一种矿物,古代用作黑色染料。这里作动词,染黑之义。

见二小手出灯下,大言曰:"乞一钱。"家人或唾之,又曰:"我是汝家女婿,何敢无礼。"一称乌郎,一称黄郎,后常与人家狎熟。杨元卿知之,因为求上都僧瞻。瞻善鬼神部,持念治魅,病者多著效。瞻至其家,摽扛界绳,印手①敕剑召之。后设血食②盆酒于界外。中夜,有物如牛,鼻于酒上。瞻乃匿剑,躧步③大言,极力刺之。其物匣刃而走,血流如注。瞻率左右明炬索之。迹其血,至后宇角中,见若乌革囊,大可合簣,喘如鞴④囊,盖乌郎也。遂毁薪焚杀之,臭闻十余里,一女即愈。自是风雨夜,门庭闻啾啾。次女犹病,瞻因立于前,举伐折罗⑤叱之,女恐怖泚⑥额。瞻偶见其衣带上有皂袋子,因令侍婢解视之,乃小籥⑦也。遂搜其服玩,籥得一簣,簣中悉是丧家搭帐衣,衣色唯黄与皂耳。瞻假将满,不能已其魅,因归京。逾年,姚罢职入京,先诣瞻,为加功治之。浃旬,其女臂上肿起如沤,大如瓜。瞻禁针刺之,出血数合⑧,竟差。

◎ 小飞人

东都龙门有个地方,相传广成子曾在此居住过。天宝年间,北宗雅禅师在这里建了寺庙。寺庙的庭院里有很多

---

① 印手:用手指作印相,标志法界性德。
② 血食:本指杀牲取血以祭,此指祭品。
③ 躧(xǐ)步:这里指踮着脚小心地走。
④ 鞴(bài)囊:用来鼓风的皮囊。
⑤ 伐折罗:梵语音译。即金刚杵。
⑥ 泚(cǐ):出汗。
⑦ 籥(yuè):通"钥"。钥匙。
⑧ 合(gě):旧容量单位,为市制一升的十分之一。

古桐树，枝叶垂地。有一年，桐树刚开花，出现了一群异蜂，发出的声音像是人在吟咏。雅禅师仔细观察，原来这些蜂都是肢体齐全的人，只是都有一寸多长的翅膀。雅禅师觉得很奇怪，就用竹枝卷成圈蒙上纱巾做成网捉住了一个，关进纱笼里。禅师心想它喜欢桐花，就采了桐花放在其旁边。它整天蜷缩在一个角落里，发出轻微的叹息声。忽然有几个小飞人飞聚到纱笼边，好像是在安慰它。又过了一天，来了几百个小飞人，有的坐着车，大小都差不多，围在纱笼外面，它们说话的声音很细微，也不害怕人。雅禅师躲在柱子后面听，有的说："孔昇翁那天为你占卜，结果显示不吉利，你还记得不？"有的说："你的名字已经从死籍上勾销了，还有什么可怕的！"有的说："叱叱，我和青桐君对弈，胜了他，得到十张琅玕纸，你出来之后，可以用来写礼星子词，我会为你安排好的。"说的都不是世间的事情，它们整整待了一天才飞走。雅禅师打开纱笼，把小飞人放走，口中念念祝祷致歉。又过了一天，有个身高三尺穿着黄罗衣的人，凌空来到雅禅师的草庵前，他形貌美如天女，说："我是三清的使者，上仙伯托我向您致意道谢。"一眨眼使者就不见了，从此以后，那些小飞人再也没出现过。

东都龙门有一处，相传广成子[①]所居也。天宝中，北宗雅禅

---

① 广成子：道教的神仙。相传为黄帝时人，居崆峒山中。

师者，于此处建兰若①。庭中多古桐，枝干拂地。一年中，桐始华，有异蜂，声如人吟咏。禅师谛视之，具体，人也，但有翅，长寸余。禅师异之，乃以卷竹幂②网获一焉，置于纱笼中。意嗜桐花，采华致其傍。经日集于一隅，微聆吁嗟声。忽有数人翔集笼者，若相慰状。又一日，其类数百，有乘车舆者，其大小相称，积于笼外，语声甚细，亦不惧人。禅师隐于柱，听之，有曰："孔昇翁为君筮，不祥，君颇记无？"有曰："君已除死籍，又何惧焉！"有曰："叱叱，予与青桐君奕③，胜，获琅玕④纸十幅，君出，可为礼星子词，当为料理。"语皆非世人事，终日而去。禅师举笼放之，因祝谢之。经次日，有人长三尺，黄罗衣，步虚⑤止禅师屠苏⑥前，状如天女："我三清⑦使者，上仙伯致意多谢。"指顾间失所在，自是遂绝。

◎ 负笈入罅

倭国和尚金刚三昧、蜀地和尚广昇、峨眉县令和一位峨眉县当地人相约游峨眉山，他们合雇了一个背夫背着箱子，带上干粮和药品。山的南顶道路狭窄，在转弯时稍微

---

① 兰若：梵文音译词"阿兰若"的简称，意为寂静无苦恼烦乱之处。本指比丘静修之处，后来成为寺院的代称。
② 幂（mì）巾：覆盖东西用的巾布。
③ 奕：通"弈"，指围棋。此指下棋。
④ 琅玕：本指似珠玉的美石，后泛指珍贵美好之物。
⑤ 步虚：道家传说中神仙的凌空步行。
⑥ 屠苏：平屋，茅庵。
⑦ 三清：三清胜境。也指居于三清的道教尊神：玉清元始天尊、太清太上老君、上清灵宝道君。

等待的工夫，背夫背着箱子突然就进了一个石缝。广昇和尚先看到了，赶紧拉住他，但是力气不够没能抓住。那石缝本来看上去很窄，却似乎随着箱子变宽了。众人于是用衣服和藤蔓结成带子，捆在背夫的腰间，合力把他拽了出来。箱子刚出来，石缝就合上了。众人问背夫是怎么回事，他回答说："我经常在这里打柴，有位道士住在这石缝里，常常请我给他舂药。刚才他正好招我进去，我不知不觉就进去了。"这事发生在元和十三年。

倭国僧金刚三昧、蜀僧广昇、峨眉县，与邑人约游峨眉，同雇一夫负笈，荷糗①药。山南顶径狭，俄转而待，负笈忽入石罅。僧广昇先览，即牵之，力不胜。视石罅甚细，若随笈而开也。众因组②衣断蔓，厉③其腰肋出之。笈才出，罅亦随合。众诘之，曰："我常薪于此，有道士住此隙内，每假我舂药。适亦招我，我不觉入。"时元和十三年。

◎弊帛婴儿

长安有个名叫太琼的和尚，能讲《仁王经》。开元初年，太琼在奉先县京遥村讲经，于是就长住在村中的寺庙里。就这样过了两个年头。一天，太琼拿着钵盂正要去斋堂，关门的时候，有件东西突然从房檐上掉下来。当时天

---

① 糗（qiǔ）：炒熟的米麦。泛指干粮。
② 组：丝带。此指结成带子。
③ 厉：衣带下垂的部分，此处用作动词。

刚麻麻亮，太琼走近一看，竟然是一个刚出生的婴儿，襁褓还很新。他大为吃惊，就把婴儿笼在袖子里，打算去求村里人。走了五六里远，感觉袖子里变轻了，一摸，原来是把破扫帚。

上都僧太琼者，能讲《仁王经》。开元初，讲于奉先县京遥村，遂止村寺。经两夏，于一日，持钵将上堂，阖门之次，有物坠檐前。时天才辨色，僧就视之，乃一初生儿，其襁褓①甚新。僧惊异，遂袖之，将乞村人。行五六里，觉袖中轻，探之，乃一弊帚也。

◎ 根精

陕州西北白径岭上有个逻村，村民田某曾经在掘井时挖到一条根，有手臂那么长，中间粗，皮像茯苓，气味像术类植物。田家人信佛，家里供奉着几十尊佛像，于是就把这条根供放置佛像前。田某的女儿名叫登娘，年龄十六七岁，容貌资质都不错，她父亲经常让她操持供奉香火之事。过了一年多，有一次登娘看见一位青年进出佛堂，身穿白衣，步履轻盈，登娘于是和他有了私情。之后登娘的精神面貌和言谈举止都变得和平常不一样了。供在佛前的那根每年春天都会发芽。登娘有了身孕，就把这事告诉了她母亲，母亲怀疑是这根在作怪。又有一次，一个和尚上门化缘，田家就把他留下来供养。和尚每次要进佛堂，

---

① 襁褓（tì）：即襁褓。

都被异物拒之门外。一天,登娘随母亲外出,和尚又进佛堂,门一打开,突然有只鸽子迎着和尚的面飞走了。当天晚上,登娘再也没见到那怪物。再看那条根,早已变成了朽木。登娘怀孕才七个月,就产下三节异物,形状就和先前那根茎一样。田家把这些全都烧了,怪物也就绝迹了。我曾听道士说枸杞、茯苓、人参、术类等形状特异的,人服用之后可以长命百岁。有的人不食荤,戒色欲,遇到这类东西一定能使神仙降临,修为地仙。田氏命中没有地仙之缘,见到怪异的东西就丢掉,也是正常之举。

陕州西北白径岭上逻村,村人田氏,常穿井得一根,大如臂,节中粗,皮若茯苓,气似术①。其家奉释,有像设②数十,遂置于像前。田氏女名登娘,年十六七,有容质,父常令供香火焉。经岁余,女常见一少年出入佛堂中,白衣蹑履,女遂私之,精神举止有异于常矣。其物根每岁至春擢芽。其女有娠,乃以其事白于母,母疑其怪。常有衲僧过门,其家因留之供养③。僧将入佛宇,辄为物拒之。一日,女随母他出,僧入佛堂,门才启,有鸽一只拂僧飞去。其夕,女不复见其怪。视其根,顿成朽蠹。女娠才七月,产物三节,其形如像前根也。田氏并火焚之,其怪亦绝。成式常见道者论枸杞、茯苓、人参、术形有异,服之获上

---

① 术(zhú):多年生草本植物,有白术、苍术等数种。白术、苍术为常见中药材。
② 像设:供奉的神佛塑像。
③ 供养:佛教称以香花、明灯、饮食等资养三宝(佛、法、僧)为"供养"。此指以食物等奉养僧人。

寿。或不荤血，不色欲，遇之必能降真①为地仙矣。田氏无分，见怪而去，宜乎。

◎范璋逐怪

宝历二年，明经范璋住在梁山读书。夏天的一个深夜，忽然听见厨房里有拖拉东西的声音，范璋懒得去看。到天明，只见厨房里有一捆五寸多长的柴薪，堆放在灶边，显得齐齐整整，让人喜爱，地上则高高地摞放着五个蒸饼。又一晚，有东西敲门，又进到堂上发出笑声，声音如同婴儿一般。就这样一连过了三晚。范璋一向有胆量，于是趁它笑的时候，拖起一根大柴棍就追过去。那东西样子像只小狗，范璋举起柴棍要打时，忽然变成一团火焰，把整个山谷照亮了，火焰烧了很久才熄灭。

宝历二年，明经范璋居梁山读书。夏中深夜，忽听厨中有拉物声，范慵省之。至明，见束薪长五寸余，齐整可爱，积于灶上，地上危累蒸饼五枚。又一夜，有物叩门，因转堂上笑，声如婴儿。如此经三夕。璋素有胆气，乃乘其笑，曳巨薪逐之。其物状如小犬，璋欲击之，变成火，满川，久而乃灭。

◎马图通灵

建中初年，有人牵着马访求马医，说他的马脚有病，用二十镮钱请求给马治疗。那匹马的毛色骨相，马医从未

---
① 降真：犹言神仙降临。

见过，笑着说："您这匹马特别像韩幹画的马，现实生活中的马没有这样的。"于是请马主人牵着马绕街市门走一圈，马医则跟在后面。忽然遇到韩幹，韩幹也吃惊地说："这匹马确实是我画的。"由此可见，看似随心所欲创造出来的作品，也必然会和现实中的原型暗中相合。韩幹于是抚摸这匹马，马好像有点站不稳，原来是前脚受伤了，韩幹心里暗自惊奇。回到家，查看自己的画稿，发现画中的马前脚有一点黑缺，这才明白画上这匹马已经变化通神了。马医治疗这匹马所获的钱，几经转手之后竟然变成了泥钱。

建中初，有人牵马访马医，称马患脚，以二十镮①求治。其马毛色骨相马医未尝见，笑曰："君马大似韩幹所画者，真马中固无也。"因请马主绕市门一匝，马医随之。忽值韩幹，幹亦惊曰："真是吾设色②者。"乃知随意所匠③，必冥会④所肖也。遂摩挲，马若蹶，因损前足，幹心异之。至舍，视其所画马本，脚有一点黑缺，方知是画通灵矣。马医所获钱，用历数主，乃成泥钱。

◎太岁忌掘

莱州即墨县有个百姓叫王丰，他们兄弟共三人。王丰不相信有关方位的禁忌，有一次竟在太岁上挖坑，挖到一

---

① 镮（huán）：钱币的量词。
② 设色：敷彩、着色。此指作画。
③ 匠：制作，创造。
④ 冥会：默契、暗合。

团肉块，大如斗，不停蠕动，于是赶紧填上坑，这肉块随填随长，竟冒出坑外。王丰害怕了，只得扔下不管。过了一晚，肉块迅速变大，塞满了整个庭院。王丰的兄弟和奴婢几天内全都得暴病而死，只有一个女儿活了下来。

莱州即墨县，有百姓王丰，兄弟三人。丰不信方位所忌，常于太岁上掘坑，见一肉块，大如斗，蠕蠕而动，遂填，其肉随填而出。丰惧，弃之。经宿，长塞于庭。丰兄弟奴婢数日内悉暴卒，唯一女存焉。

◎ 王用变虎

虢州五城县有个黑鱼谷，贞元年间，有个百姓王用在此谷中烧炭。谷中有个数步见方的水塘，他曾在这里见到两条一尺多长的黑鱼在水中游来游去。一天，王用伐木又饥又困，就吃了一条黑鱼。他弟弟吃惊道："这黑鱼怕是此谷中的灵物，哥哥怎能将它杀了呢？"一会儿，王用的妻子送饭来，只见王用一个劲地挥着斧子砍树，过了好一阵子才转过脸来，他妻子发现他相貌变样了，急忙呼喊他弟弟来看。王用忽然脱下衣服，号叫跳跃，变成一只老虎，径直奔山里去了。此后，这只老虎时时猎杀獐鹿，趁夜间扔进院子里，这样一直持续了两年。一天傍晚，这老虎去家里敲门，说："我是王用。"他弟弟回应说："我哥哥变成老虎已经三年了，何方鬼怪冒充我哥的姓名？"又听见门外说："那年我杀了黑鱼，被阴司惩罚变作老虎。近来因为杀人，冥官鞭打了我一百下，现在赦免放回，遍体鳞伤。

你只管打开门看，确定无疑。"弟弟很高兴，急忙开门，只见门口站着一个人，但是头却仍是老虎头，弟弟于是被吓死了。全家人也吓得呼喊着奔走逃避，最后这个怪人被村里人打死了。查验死尸，尸身上有黑痣，这才确信真是王用，只是头还没变回人形。元和年间，处士赵齐约曾到黑鱼谷，听村里人说起过这事。

虢州五城县黑鱼谷，贞元中，百姓王用业炭于谷中。中有水，方数步，常见二黑鱼，长尺余，游于水上。用伐木饥困，遂食一鱼。其弟惊曰："此鱼或谷中灵物，兄奈何杀此？"有顷，其妻饷之，用运斤不已，久乃转面，妻觉状貌有异，呼其弟视之。忽褫衣号跃，变为虎焉，径入山。时时杀獐鹿，夜掷庭中，如此二年。一日日昏，叩门自名曰："我，用也。"弟应曰："我兄变为虎三年矣，何鬼假吾兄姓名？"又曰："我往年杀黑鱼，冥谪为虎。比因杀人，冥官笞余一百，今免放，杖伤遍体。汝第视予，无疑也。"弟喜，遽开门，见一人，头犹是虎，因怖死。举家叫呼奔避，竟为村人格杀之。验其身，有黑子，信王用也，但首未变。元和中，处士赵齐约常至谷中，见村人说。

◎信夫与五娘

元和初年，长安义宁坊有个妇女发了疯，坊间叫她五娘，她经常在华封观墙脚下露宿。当时有中使茹大夫奉使金陵，当地也有一个疯子，众人叫他信夫。他有时唱歌，有时哭泣，常常能预知未来，大热天裹着棉絮却不见出汗，大冷天袒露上身，也不见他蜷缩手脚。中使即将返回京城，信夫忽然大叫着拦住他的马说："我有个妹妹五娘，在长安城里，这里有封信，请一定帮我送给她。"中使早就知道他不是普通人，就爽快地答应了。信夫从怀里掏出一个小包袱，塞进中使的靴筒中，又说："请帮我转告五娘，没事就赶紧回来。"中使回至长乐坡，五娘已经先在那里了，拦住马笑道："我哥带了一封信，请您交给我。"中使愣了一阵才醒悟过来，就让随从取出信交给她。五娘打开包袱，里面有三件衣服，于是穿上衣服舞动起来，大笑着回去了。五娘又回到华封观的墙边，当天夜里就死了，同坊的人凑钱安葬了她。过了一年，有人从江南来，说信夫和五娘是同一天死的。

元和初，上都义宁坊有妇人风狂，俗呼为五娘，常止宿于永穆墙垣下。时中使茹大夫使于金陵，有狂者，众名之信夫，或歌或哭，往往验未来事，盛暑拥絮，未尝沾汗，沍寒[1]袒露，体无拘折。中使将返，信夫忽叫拦马曰："我有妹五娘在城中，今有少信，必为我达也。"中使素知其异，欣然许之。乃探怀出一襆[2]，内中使靴中，仍曰："为语五娘，无事速归也。"中使至长乐坡，五娘已至，拦马笑曰："我兄有信，大夫可见还。"中使久而方悟，遽令取信授之。五娘因发襆，有衣三事，乃衣之而舞，大笑而归。复至墙下，一夕而死，其坊率钱[3]葬之。经年，有人自

---

[1] 沍（hù）寒：寒气凝结。谓极为寒冷。
[2] 襆：包袱。
[3] 率钱：凑钱。

江南来,言信夫与五娘同日死矣。

◎军将夺囊

元和年间,有位淮西道军将奉命到汴州公干,留宿在驿站。夜深了,快要睡熟时,忽然感觉有个东西压着自己。军将素来强健,惊起后便和那怪物较量厮打。那怪物最后打不过退却了。军将还顺势夺下了怪物手中的皮囊,那鬼怪在黑暗中苦苦哀求把皮囊还给他。军将对它说:"你告诉我这是什么,我就还给你。"过了很久,鬼怪才回答说:"这是揞气袋。"军将就举起砖头打了过去,说话声随之消失。那个袋子可以装下几升的东西,没有缝,颜色就像藕丝,拿到太阳底下没有影子。

元和中,有淮西道军将,使于汴州,止驿。夜久,眠将熟,忽觉一物压己。军将素健,惊起,与之角力其物遂退。因夺手中革囊,鬼暗中哀祈甚苦。军将谓曰:"汝语我物名,我当相还。"良久曰:"此揞气袋耳。"军将乃举甓①击之,语遂绝。其囊可盛数升,无缝,色如藕丝,携于日中无影。

◎脉望

建中末年,书生何讽曾买到一卷黄纸古书。阅读时,在书卷里发现了一个发卷,周长有四寸,呈环状,没有接头。何讽随手把它弄断了,断处两头滴出的水有一升多。

① 甓(pì):砖。

把它拿到火上烧，散发出头发烧焦的气味。何讽曾把这事向一位道士说起，道士叹息道："先生确实是凡胎俗骨，遇到这奇异之物却仍无法成仙，这大概就是您的宿命。据《仙经》上说：蠹鱼三次吃了书上的'神仙'字样，就会变成这种发卷，它叫脉望。夜里，用这圆环映照夜空正中的星星，天上的星使就会下降到人间，这时可以向他讨要还丹，只要将这还丹用水服下，立刻就能脱去俗骨羽化升仙。"何讽于是把那卷书拿来翻阅，发现有几处被蠹鱼啃食的漏洞，根据上下文义去读，那几处都是"神仙"二字，何讽这才哭得趴到地上去。

建中末，书生何讽尝买得黄纸古书一卷。读之，卷中得发卷，规四寸，如环无端。何因绝之，断处两头滴水升余。烧之，作发气。讽尝言于道者，吁曰："君固俗骨，遇此不能羽化[①]，命也。据《仙经》曰：蠹鱼三食'神仙'字，则化为此物，名曰脉望。夜以规映当天中星，星使立降，可求还丹[②]，取此水和而服之，即时换骨上宾[③]。"因取古书阅之，数处蠹漏，寻义读之，皆"神仙"字，讽方哭伏。

◎ 轮片成精

华阴县东七级赵村，村里的道路被大水冲成沟谷，于

---

① 羽化：得道成仙。
② 还丹：道家合九转丹与朱砂再次提炼而成的仙丹。自称服后可即刻成仙。
③ 上宾：道教谓羽化登仙。

是人们架桥以便通行。有个村里人白天驾车过桥，桥基坏了，车子坠落桥下，村人并没有将车打捞上来。三年过后，村正每一次在夜间过桥，看见一群小孩聚在一起玩火游戏。村正知道那是鬼魅，于是就射了一箭，箭好像射中了木头，发出了响声，之后火光也随即熄灭了，只听得啾啾之声说道："射中我阿连的头了。"村正从县里回来，到桥下察看，找到六七片破车轮，其中一片有血迹，上面正好插着那支箭。

华阴县东七级赵村，村路因水齧成谷，梁①之。村人日行车过桥，桥根坏，坠车焉，村人不复收。积三年，村正尝夜度桥，见群小儿聚火为戏。村正知其魅，射之，若中木声，火即灭，啾啾曰："射着我阿连头。"村正上县回，寻之，见败车轮六七片，有血，正衔其箭。

◎ 蜀地奇姥

相国李固言，元和六年落第，漫游蜀中时遇到一位老妇，老妇对他说："郎君明年芙蓉镜下及第，再过二十四年将任相国，会镇蜀地。到那时我已见不到郎君出将的荣耀了。"第二年，李固言果然状元及第，考试的诗赋题目有"人镜芙蓉"。二十年后，李固言得朝廷重用，那位老妇前来拜见。李固言忘了她是谁，老妇通报说："蜀地老妇，曾拜托过您照顾小女儿。"李固言回想起前事，于是身着公

---

① 梁：这里用作动词，架桥。

服致谢,将老妇请入中堂,又让妻女与她相见。坐定之后,老妇又说:"出将入相是肯定的。"李固言为她摆了丰盛的筵席,她没吃,只喝了几杯酒就要告别。李固言盛情挽留不住,她只是说:"请您照顾我女儿。"赠她衣物钱财,全都不要,只拿了李妻的一把象牙梳子,并请在上面题字留念。李固言随她走到门口,转眼老妇人就不见了。后来李固言出镇蜀地时,他的一个卢姓外孙到九岁了还不会说话,忽然有一天自己玩耍笔砚,李固言逗他说:"你又不会说话,拿这笔砚有什么用?"外孙忽然开口说道:"只要庇护成都老妇的爱女,何愁笔砚没有用。"李固言大吃一惊,立即省悟过来,马上派人分头去各处寻找巫师。有位姓董的巫女,事奉金天神,原来她就是老妇的小女儿,自称能让李固言的外孙开口说话,要求设坛祈请金天神。李固言照她的话做了。第二天一早,孩子就开口说话了。这之后,蜀人敬畏董氏如同神明,有所祈求无不应验。董氏因此致富,家积黄金几百两,她倚仗权势,肆无忌惮,没有人敢举报她。等到相国崔郸过来镇蜀,立即下令捣毁了金天神庙,把泥像扔进江中,并判令对事奉金天神的董氏处以杖背之刑,然后把她押送出界。董氏现今住在贝州,是李固言的女婿卢某收留她住在家里,但她的神力已经消失了。

相国李公固言,元和六年下第游蜀,遇一老姥,言:"郎君明年芙蓉镜下及第,后二纪拜相,当镇蜀土。某此时不复见郎君出将之荣也。"明年,果然状头及第,诗赋题有"人镜芙蓉"之目。后二十年，李公登庸①，其姥来谒。李公忘之，姥通曰："蜀民老姥，尝嘱季女者。"李公省前事，具公服谢之，延入中堂，见其妻女。坐定，又曰："出将入相定矣。"李公为设盛馔，不食，唯饮酒数杯，即请别。李固留不得，但言"乞庇我女"。赠金皂襦帼，并不受，唯取其妻牙梳一枚，题字记之。李公从至门，不复见。及李公镇蜀日，卢氏外孙子九龄不语，忽弄笔砚，李戏曰："尔竟不语，何用笔砚为？"忽曰："但庇成都老姥爱女，何愁笔砚无用也。"李公惊悟，即遣使分诣诸巫。巫有董氏者，事金天神，即姥之女，言能语此儿，请祈华岳三郎②。如其言。诘旦③，儿忽能言。因是蜀人敬董如神，祈无不应。富积数百金，恃势用事，莫敢言者。洎相国崔郸来镇蜀，遽毁其庙，投土偶于江，仍判责事金天王董氏杖背，递④出西界。今在贝州，李公婿卢生舍之于家，其灵歇矣。

◎鼠粪幻形

　　登封曾经有位士人，在外游历十多年后回到庄里，庄子就在登封县。一天晚上，夜深时士人还没睡着，忽然看到墙下冒出一点星火。起初就像萤火，渐渐光芒亮起，有弹丸那么大，飞来飞去，照亮了墙壁四角，然后又慢慢降下去，那光在士人面前转来转去，距士人面部仅一尺多。士人细看那光，其中有一个女子，头戴钗饰，穿着红衫绿

---

① 登庸：选拔任用。
② 华岳三郎：即金天神。一说为华山神的三公子。
③ 诘旦：平明、清晨。
④ 递：押送。

裙，摇头摆身，四肢齐备，很是可爱。士人于是伸手将其捉住，拿到烛光下一看，原来是粒鼠粪，有皂荚大小，弄碎来看，里面有只头红身青的虫，就弄死了它。

登封尝有士人，客游十余年，归庄，庄在登封县。夜久，士人睡未着，忽有星火发于墙堵下。初为萤，稍稍芒起，大如弹丸，飞烛四隅，渐低。轮转来往，去士人面才尺余。细视光中，有一女子，贯钗，红衫碧裙，摇首摆尾，具体，可爱。士人因张手掩获，烛之，乃鼠粪也，大如鸡栖子[1]，破视，有虫首赤身青，杀之。

◎白石浴斛

融州河水，有股泉水悬在半崖之上，向下流入河中。有九级石阶依次排列着，每级石阶之下都有一个白石浴盆正好承接泉水，好像雕凿出来的一样。曾经有人带着一个婢女在最下面的石浴盆里清洗巾布。片刻之后，风雨大作，那婢女被雷震死了，所洗的巾布和刚用过的那个石盆被震碎在山下。原处又出现了一个石盆，比先前那个石盆新。

融州河水，有泉半岩，将注其下。相次九磴，每磴下，一白石浴斛[2]承之，如似镌造。尝有人携一婢，取下浴斛中浣巾。须臾，风雨忽至，其婢震死，所浣巾斛，碎于山下。自别安一

---

[1] 鸡栖子：皂荚的别名。
[2] 浴斛：澡盆。

斛，新于向者。

◎ 滴沥成像

有人游览终南山的一处溶洞，这洞有几里深。石乳旋曲着滴沥成飞仙的形状，洞里已有几十尊，有眉毛、眼睛、衣服，形制精巧。其中有一处像才滴沥到腰以上，这人随手承接滴水漱了一下。一年以后，这人又去那洞里，只见这尊像已经成形了，石乳也不再滴沥，只是在他先前用手接水的部位，衣服缺了两寸，显得不太完整。

有人游终南山一乳洞，洞深数里。乳旋滴沥成飞仙状，洞中已有数十，眉目衣服，形制精巧。一处滴至腰以上，其人因手承漱之。经年再往，见其所承滴像已成矣，乳不复滴，当手承处，衣缺二寸不就。

◎ 滕王图

滕王图　一天，紫极宫聚会，秀才刘鲁封说他曾见过滕王的《蛱蝶图》。蛱蝶又名江夏斑、大海眼、小海眼、村里来、菜花子。

滕王图　一日，紫极宫[1]会，秀才刘鲁封云尝见滕王《蛱蝶图》。有名江夏班、大海眼、小海眼、村里来、菜花子。

---

[1] 紫极宫：老子庙。

支诺皋下

奇人异事

本篇主要讲述了一些离奇、有趣的鬼怪故事。

◎ 借尸托生

开元末年，蔡州上蔡县南李村有一个叫李简的百姓，因癫痫病去世了。埋葬十多天之后，汝阳县百姓张弘义，本和李简素不相识，二人居住地也相距三百多里，也因病而死。可过了一晚张弘义又活了过来，但再也不认识父母妻子，并且说："我是李简，家住上蔡县南李村，我的父亲叫李亮。"于是径直去了上蔡县南李村，来到李亮家。李亮很吃惊，问他是什么原因，他回答说："正当我生病的时候，梦见有两个身穿黄衣的人，手持公文追捕我。走了几里路，到了一座大城，城门上写着"王城"两个字。他们把我带到一个地方，类似人间的六司院。在那里待了几天，所有核对质问的事情都无法对应上。忽然有一个人从外面进来，说：'错抓了李简，马上放回去。'一个吏员说：'李简的肉身已经腐坏，要另外找个托生之处。'当时我很想念父母亲族，不想在别的地方托生，于是请求复还本身。过了一会儿，只见带来一个人，通报说：'追捕到杂职汝阳张弘义。'吏员又说：'张弘义的肉身幸好还没坏，快让李简借其肉身托生，享尽余生。'于是我被两名吏员扶持着走出城外，只是感觉走得非常快，渐渐就没了感觉。忽然像梦醒一样，看见一群人围着我哭，但人和周围的房屋都不认识了。"李亮询问了家中亲戚的姓名以及生平细节，没有他不知道的。以前李简会编制竹器，于是他自己进屋，找来刀具，把竹篾条编成竹器。听那口音，再看那举动，确信他就是李简，最后他就再没有返回汝阳了。当时我的三从叔父在任蔡州司户，亲自去查证过这件事。想当年扁鹊让鲁公扈、赵婴齐互换心脏，两人苏醒之后，彼此回到对方家里，结果两家人打起了官司。由此看来，这事并不是假托的故事。

　　开元末，蔡州上蔡县南李村百姓李简，痫疾①卒。瘗②后十余日，有汝阳县百姓张弘义，素不与李简相识，所居相去十余舍，亦因病死。经宿却活，不复认父母妻子，且言："我是李简，家住上蔡县南李村，父名亮。"遂径往南李村，入亮家。惊问其故，言："方病时，梦有二人着黄，赍帖见追。行数里，至一大城，署曰"王城"。引入一处，如人间六司院。留居数日，所勘责事悉不能对。忽有一人自外来，称：'错追李简，可即放还。'一吏曰：'李简身坏，须令别托生。'时忆念父母亲族，不欲别处受生，因请却复本身。少顷，见领一人至，通曰：'追到杂职汝阳张弘义。'吏又曰：'弘义身幸未坏，速令李简托其身，以尽余年。'遂被两吏扶持却出城，但行甚速，渐无所知。忽若梦觉，见人环泣，及屋宇都不复认。"亮访其亲族名氏及平生细事，无不知也。先解竹作③，因自入房，索刀具，破蔑成器。语音举止，信李简也，竟不返汝阳。时成式三从叔父摄蔡州司户，亲验其事。昔扁鹊易鲁公扈、赵婴齐之心，及寤，互返其室，二室相诤。以是稽之，非寓言矣。

---

①　痫疾：癫痫。
②　瘗（yì）：埋葬。
③　竹作：竹器制作。

◎ 义本还俗

武宗会昌六年,扬州海陵县的还俗和尚义本临死时,嘱托他的弟弟说:"我死后,一定要为我剃去胡须和头发,穿上袈裟。"弟弟依照他的话做了。义本过了一晚却又活了过来,说:"我看见两个黄衣的官吏把我追到阴司,有位像冥王模样的人问:'这人从哪个州县来?'吏员回答说:'扬州海陵县僧人。'冥王说:'奉天子诏令淘汰僧尼,海陵县没有僧人,为何把他当作僧人领了来?'让他回去,还了俗再领来。"义本立刻要来俗衣,穿上后就离世了。

武宗六年,扬州海陵县还俗僧义本且死,托其弟,言:"我死,必为我剃须发,衣僧衣三事①。"弟如其言。义本经宿却活,言:"见二黄衣吏追至冥司,有若王者问曰:'此何州县?'吏言:'扬州海陵县僧。'王言:'奉天符沙汰僧尼,海陵无僧,因何作僧领来?'令回,还俗了领来。"僧遽索俗衣,衣之而卒。

◎ 石枕还债

汴州百姓赵怀正,家住光德坊。太和三年,他的妻子阿贺曾靠做些针线活挣得一些钱。一天,有人拿着一方石枕叫卖,阿贺用一枚铜钱将石枕买到了手。赵怀正晚上将石枕枕着睡觉,觉得枕头里面好像有风雨之声。于是让老婆孩子各枕一晚,但他们都没察觉有何异常,赵怀正又像

---

① 僧衣三事:即三衣,亦即袈裟。

往常一样枕着睡觉，枕头里仍然能听见风雨声。有时喧闹惊悸得让人睡不着觉，他侄子要弄碎看看。赵怀正说："假如弄碎了发现什么都没有，就白损失了那些钱。等我死后，你再弄破它。"一个多月以后，赵怀正病死了。他的妻子让侄儿砸碎石枕看看，发现里面有金条、银条各一根，好像是模子铸的。放置金银条的地方，没有一丝缝隙，不知道是如何放进去的。金银条各长三寸多，和大拇指差不多粗。于是将它卖掉，卖的钱去置办丧事以及偿还债务，没有剩下一分钱。阿贺现在住在洛阳会节坊，我家曾雇用她做针线活，这事亲口听她说起过。

汴州百姓赵怀正，住光德坊。太和三年，妻阿贺尝以女工致利。一日，有人携石枕求售，贺一镪①获焉。赵夜枕之，觉枕中如风雨声。因令妻子各枕一夕，无所觉，赵枕辄复如旧。或喧悸不得眠，其侄请碎视之。赵言："脱②碎之无所见，弃一百之利也。待我死后，尔必破之。"经月余，赵病死。妻令侄毁视之，中有金银各一铤③，如模铸者。所函铤处，无丝隙，不知从何而入也。铤各长三寸余，阔如巨臂④。遂货之，办其殓及偿债，不余一钱。阿贺今住洛阳会节坊，成式家雇其纫针，亲见其说。

---

① 镪：铜钱。
② 脱：假如。
③ 铤：通"锭"。条状金银。
④ 臂：通"擘"。拇指。

◎琼罗诉冤

我的三从叔父某,贞元末年,从信安到洛阳,傍晚到达瓜洲,住在船上,夜深的时候弹琴,听见船外有叹息的声音,不弹的时候叹息声也就随之消失了。一连几次都是如此,叔父就调松琴弦睡下了。睡梦中见到一位女子,二十多岁,面容憔悴,衣服破旧,上前施礼说:"我姓郑,名琼罗,原本家住丹徒。父母早亡,依附着寡嫂生活。嫂子不幸也去世了,于是到扬子县来寻找姨妈。晚上到一家客栈,市吏的儿子王惟举喝醉了酒想逼迫我,我知道逃不掉,就用领巾绞脖子自杀了,王惟举于是偷偷把我埋在鱼行西面的沟渠里。当天晚上,我托梦给扬子县县令石义留,他竟然没有理我。又见一团冤气浮现江面石上,他们却认为这是祥瑞之气,画成图画表奏朝廷。我抱恨四十年,至今没有人能为我昭雪。我的父母都擅长弹琴,刚才我听到你的琴声,声音美妙和谐,心生感叹,不由自主地就来到这里。"我叔父寻访到了洛阳北面河清县温谷,顺便看望内弟樊元则,元则年轻时就懂特别的法术。住了几天,元则忽然对我叔父说:"兄长怎么让一个女鬼跟随着?我替你把她赶走吧。"于是点灯焚香作法。一会儿,听得灯后面有窸窣的声响,元则说:"这是在索要纸笔。"于是就把纸和笔投进灯影里。很快,那纸打着旋落在灯前,一看,写了满满的一页纸。写的是一首杂言七字诗,言辞凄惋愤恨。元则让人赶快抄下来,说鬼写的字一会儿就会消失不见。到天亮时,那纸上仿佛只是被煤弄脏了一般,确实不见有字。

元则又让人准备好酒肉纸钱，趁着天没亮在路边烧了。一阵风吹来，把纸灰吹起几丈高，这时只听得有悲伤哭泣的声音。那首诗一共有二百六十二字，大致叙述了含冤抱屈之意，语意不甚明了，所以这里不抄录全诗。其中有二十八字说："痛填心兮不能语，寸断肠兮诉何处？春生万物妾不生，更恨魂香不相遇。"

成式三从房叔父①某者，贞元末，自信安②至洛，暮达瓜洲，宿于舟中，夜久弹琴，觉舟外有嗟叹声，止息即无。如此数四，乃缓轸③还寝。梦一女子，年二十余，形悴衣败，前拜曰："妾姓郑名琼罗，本居丹徒④。父母早亡，依于孀嫂。嫂不幸又殁，遂来扬子寻姨。夜至逆旅，市吏子王惟举乘醉将逼辱，妾知不免，因以领巾绞项自杀，市吏子乃潜埋妾于鱼行西渠中。其夕，再见梦扬子令石义留，竟不为理。复见冤气于江石上，谓非烟之祥，图而表奏。抱恨四十年，无人为雪。妾父母俱善琴，适听郎君琴声，奇音翕⑤响，心感怀叹，不觉来此。"寻至洛北河清县温谷，访内弟⑥樊元则，元则自少有异术。居数日，忽曰："兄安得此一女鬼相随，请为遣之。"乃张灯焚香作法。顷之，灯后窣窣有声，元则曰："是请纸笔也。"即投纸笔于灯影中。少顷，旋纸疾落灯

---

① 三从房叔父：即"三从叔父"，和父亲同一个高祖的堂弟。
② 信安：今浙江衢州。
③ 轸：弦轴，通过转动来调节弦的松紧。
④ 丹徒：今江苏镇江。
⑤ 翕：和谐。
⑥ 内弟：妻子的弟弟。

前，视之，书盈于幅。书杂言七字，辞甚凄恨。元则遽令录之，言鬼书不久辄漫灭。及晓，纸上若煤污，无复字也。元则复令具酒脯纸钱，乘昏焚于道。有风旋灰，直上数丈，及聆悲泣声。诗凡二百六十二字，率叙幽冤之意，语不甚晓，词故不载。其中二十八字曰："痛填心兮不能语，寸断肠兮诉何处？春生万物妾不生，更恨魂香不相遇。"

◎ 三尺蚯蚓

庐州舒城县的蚯蚓　太和三年，我的三从伯父在庐州担任某官职。在他家庭院前忽然爬出一条蚯蚓，和食指一样大，长三尺，白色的环节，下面有两只脚，那脚就像鸟雀的脚一样。这蚯蚓在墙垣下行走，过了好几天才死去。

庐州舒城县蚓　成式三从房伯父，太和三年，任庐州某官。庭前忽有蚓出，大如食指，长三尺，白项，下有两足，足正如雀脚。步于垣下，经数日方死。

◎ 杀蚓招祸

荆州百姓孔谦家的蚯蚓　我侄女的乳母阿史，本是荆州人，曾说："小时候，看见邻居孔谦家的篱墙下有条蚯蚓，嘴里露出一对牙齿，腹部下面的脚就像千足虫一样，长一尺五寸，爬起来比普通蚯蚓快。孔谦很厌恶它，就将其杀死了。就在那年，孔谦的母亲和兄长都去世了，孔谦也没有活下来。"

荆州百姓孔谦蚓 成式侄女乳母阿史,本荆州人,尝言:"小儿时,见邻居百姓孔谦篱下有蚓,口露双齿,肚下足如蚿①,长尺五,行疾于常蚓。谦恶,遽杀之。其年谦丧母及兄,谦亦不得活。"

◎韩确人释

越州有个叫卢冉的青年,当时被推举参加秀才科考试,因家里贫穷没钱上京赶考,于是去了顾头堰。这个堰在山阴县顾头村,他是去那里和表兄韩确同住。韩确从小喜欢吃鱼,在顾头堰经常让小吏去买鱼。某日韩确刚睡着,梦见自己变成了一条鱼,在水潭里无忧无虑地游着。这时看见两个渔夫,乘船撒网,不知不觉自己就进了网里,还被扔进了桶里,用芦苇盖在上面。又看见曾经为自己买鱼的小吏来到水潭边谈价买鱼,小吏随即抽出鱼鳃穿上绳子,韩确疼痛难忍。等到了房屋里,依次看到了老婆、孩子、婢女、奴仆。一会儿,韩确被按在砧板上刮去鱼鳞,那种痛楚就像人被剥皮一样。鱼头被剁下时,韩确才从梦中醒来,痴呆坐了很久。卢冉吃惊地问他是怎么了,韩确把梦中的情形一五一十地告诉了他。并立刻叫来买鱼的小吏,一同去到买鱼的地方,当看到渔夫的长相时,发现竟和梦中的渔夫一点不差。韩确后来出家当了和尚,住在祇园寺。这是开成二年的事,当时我的书吏沈郊家在越州,与顾头堰相临,亲眼看见了这件事。

---

① 蚿:古书上的虫名,即马陆。一种节肢动物,像蜈蚣,也叫"千足虫"。

越州有卢冉者，时举秀才，家贫未及入京，因之顾头堰，堰在山阴县顾头村，与表兄韩确同居，自幼嗜鲙，在堰尝凭吏求鱼。韩方寝，梦身为鱼，在潭有相忘之乐。见二渔人，乘艇张网，不觉入网中，被掷桶中，覆之以苇。复睹所凭吏就潭商价，吏即擢鳃贯绠，楚痛殆不可忍。及至舍，历认妻子婢仆。有顷，置砧斫①之，苦若脱肤。首落方觉，神痴良久。卢惊问之，具述所梦。遽呼吏，访所市鱼处，洎渔子形状，与梦不差。韩后入释，住祇园寺。时开成二年，成式书吏沈郅家在越州，与堰相近，目睹其事。

◎尼房遗骨

关于曹州南华县的端相寺，有一回当时的县尉李蕴到寺里例行检查，偶然看见在尼姑房间的地上有一丈见方的一处高高凸起。李县尉怀疑那下面藏了东西。他就命人在此处往下挖了几尺深，果然挖出一个瓦瓶，用木盘盖着。揭开盖子一看，里面装有颅骨、大方隅颧下属骨两块，八寸长，有条裂缝贯穿，容得下一根钗子，如同合在一起的筒瓦，下面整整齐齐如同斩截，光洁好像白牙。李蕴怀疑这是尼姑所生子的遗骨，于是就把它毁掉了。

曹州南华县端相寺，时尉李蕴至寺巡检，偶见尼房中，地方丈余，独高，疑其藏物。掘之数尺，得一瓦瓶，覆以木槃。视之，有颅骨、大方隅颧下属骨两片，长八寸，开罅彻上，容钗

---

① 斫：这里指刮去鱼鳞。

股，若合筒瓦，下齐如截，莹如白牙。蕴意尼所产，因毁之。

◎邵南一梦

中书舍人崔嘏的弟弟崔暇，娶了李续之女为妻。当时李续任曹州刺史，命兵马使国邵南负责障车。后来国邵南睡觉时梦见崔暇和李续之女在同一房间里，女子站立在床西，崔暇站立在床东。女子拿着一张红笺纸题了一首诗，笑着递给崔暇，崔暇就诵读了起来。诗曰："莫以贞留妾，从他理管弦。容华难久驻，知得几多年？"国邵南做这个梦一年后，崔暇的妻子就去世了。

中书舍人崔嘏①弟崔暇，娶李氏②。为曹州刺史，令兵马使③国邵南勾当④障车⑤。后邵南因睡，忽梦崔、女在一厅中，女立于床西，崔暇在床东。执红笺题诗一首，笑授暇，暇因朗吟之。诗言："莫以贞留妾，从他理管弦。容华难久驻，知得几多年？"梦后才一岁，崔暇妻卒。

◎石佛冥报

李正己，本名怀玉，是侯希逸妻子的弟弟。侯希逸镇

---

① 崔嘏：元和十五年（820）登进士第。大中元年（847）为中书舍人。
② 李氏：李续之女。
③ 兵马使：藩镇军职，掌兵权。
④ 勾当：主管，办理。
⑤ 障车：唐人婚嫁习俗之一，新妇到时，乡邻亲友拥门塞巷，使婚车不得顺利通行，称为"障车"。

守淄青,任命怀玉为兵马使。不久被流言所设计陷害,侯希逸大怒,把怀玉囚禁起来,准备绳之以法。怀玉含冤无处诉说,就在监狱里用石头堆成佛像,默默期待冥冥之中会有好报。当时已近腊八,怀玉心里羡慕同僚,在哀叹声中睡着了,梦里只觉有人在他头上说:"李怀玉,你的富贵就要到了。"李怀玉一下惊醒过来,到处看也不见有人,天色还是黑的,心里很是奇怪。继续睡着了,又听到有人对他说:"你看那墙上有乌鸦乱叫之时,就是你富贵之日。"醒来,还是没看见人。一会儿天亮了,忽然有几十只乌鸦像麻雀一样,飞来聚集在墙上。不久只听得三军噪动,把侯希逸赶跑了。又弄坏锁链放出李怀玉,拥立他做了留后。这是我听台州乔庶说的,乔的先辈在东平做官,当时亲历其事。

李正己,本名怀玉,侯希逸之内弟也。侯镇淄青①,署怀玉为兵马使。寻构②飞语③,侯怒,囚之,将置于法。怀玉抱冤无诉,于狱中垒石象佛,默期冥报。时近腊日,心慕同侪,叹吒而睡,觉有人在头上语曰:"李怀玉,汝富贵时至。"即惊觉,顾不见人,天尚黑,意甚怪之。复睡,又听人谓曰:"汝看墙上有青鸟子噪,即是富贵时。"及觉,不复见人。有顷,天曙,忽有青鸟数十如雀,飞集墙上。俄闻三军叫唤,逐出希逸,坏炼取

---

① 镇淄青:即平卢、淄青节度使。
② 构:设计陷害。
③ 飞语:无根据的话,同"流言"。

怀玉，扶知①留后②。成式见台州乔庶说，乔之先官于东平，目击其事。

◎异虫

河南少尹韦绚，年少时曾在夔州长江岸边见到一只奇怪的虫子。本以为只是一枝荆棘，侍从吃惊地说："这种虫子有灵性，不要伤害它，否则会招致风雷。"韦绚便让侍从试着踏地去惊动它，虫爬在地上仿佛消失了一样，仔细看着地上，像石头的纹路一样。过了很久，虫子渐渐起身恢复到先前的样子。这虫每根刺上都有一个爪子，忽然跑进草丛里，快得像射出的箭一样，最终也不知道它是什么虫子。

河南少尹韦绚，少时尝于夔州江岸见一异虫。初疑棘针一枝，从者惊曰："此虫有灵，不可犯之，或致风雷。"韦试令踏地惊之，虫伏地如灭，细视地上，若石脉焉。良久，渐起如旧。每刺上有一爪，忽入草，疾走如箭，竟不知是何物。

◎凶兆三怪

永宁王涯在遇难之前发生过三件怪事。有个淘米的匠人叫苏润，本是王涯家里的厨工，到了荆州大家才知道他的身份，于是问他王家出事之前有无征兆。他说王家宅子

---

① 知：主持，掌管。
② 留后：官名。

南边有一口井,每到晚上经常听到井里有沸腾的声音,白天往井里看,有时会看见铜厮罗,有时会看见银熨斗,井水有恶臭味,不能饮用。此外,王涯内室有一禅床,是用柘材和丝绳制成的,做工极为精巧,可无缘无故就散架了,各自散成了几堆,王涯看着很是厌恶,就命人拿到灶间去烧了。还有,王涯的长子孟博早上起来,看见堂屋的地上有几滴凝结的血迹,血迹一直到大门口才消失,孟博急忙命人将其铲去,王涯根本不知道这事。没过几个月,王家就遭难了。

永宁王相涯①三怪。淅米②匠人苏润,本是王家炊人,至荆州方知,因问王家咎征③,言宅南有一井,每夜常沸涌有声,昼窥之,或见铜厮罗④,或见银熨斗者,水腐不可饮。又王相内斋有禅床⑤,柘⑥材丝绳,工极精巧,无故解散,各聚一处,王甚恶之,命焚于灶下。又长子孟博晨兴,见堂地上有凝血数滴,踪至大门方绝,孟博遽令铲去,王相初不知也。未数月及难⑦。

◎寐熟喉声

许州有个老和尚,从四十岁以后,每次熟睡时,他的

---

① 王相涯:即王涯,太原人。太和九年(835)甘露之变被杀。
② 淅米:淘米。
③ 咎征:灾祸的验证。
④ 铜厮罗:铜制的盥洗器。
⑤ 禅床:坐禅之床。
⑥ 柘(zhè):一种桑科树木。
⑦ 难:指甘露之变。

喉咙里都会发出像吹笙的声音,如同有韵律的节奏。许州的乐工等他睡觉时,就把听到的声音记成乐谱,并在琴上弹奏出来,都很合乎古乐的节奏。老和尚醒后,也说不清楚这究竟是怎么回事。二十多年来一直如此。

许州有一老僧,自四十以后,每寐熟,即喉声如鼓簧①,若成韵节。许州伶人伺其寝,即谱其声,按之丝竹,皆合古奏。僧觉,亦不自知。二十余年如此。

◎ 魏溪供麕

荆州有一个叫魏溪的人,喜欢吃白鱼,天天叫仆人去买。如果买不到,就要打骂仆人。有一天,仆人没买到鱼,就向一位渔夫打听什么地方可以捕到鱼,渔夫欺骗他说:"我前些天打鱼,网到一头麕,因为打鱼而得到一头野兽,这事难道不奇怪吗?"仆人信了他的话就买下了麕,回家就把这事讲给魏溪听。魏溪高兴地说:"真是这样,这麕可能有灵性。"于是把麕摆放在木榻上,日夜焚香,过了几年也没腐坏,还真有点吉凶灵验的感觉。魏溪的朋友反对他这么干,趁他外出时,就把麕煮熟吃了,也没见它有什么灵性。

荆有魏溪,好食白鱼,日命仆市之。或不获,辄笞责。一

---

① 鼓簧:吹笙。

日，仆不得鱼，访之于猎者可渔之处，猎者绐①之曰："某向打鱼，网得一麝，因渔而获，不亦异乎？"仆依其所售，具事于溪。溪喜曰："审如是，或有灵矣。"因置诸楣，日夕荐香火，历数年不坏，颇有吉凶之验。溪友人恶溪所为，伺其出，烹而食之，亦无其灵。

◎坊正张和

成都坊正张和　蜀郡有个富家子，富裕可与卓王孙和程郑相比，蜀中有名气的美女，没有不被他搜罗到手。他常常照着画像去寻找美人，媒人站满了他家门槛，但一直也没有一个他中意的。有人对他说："坊正张和是位大侠，哪家有待字深闺的佳丽，没有他不知道的，你何不诚心去请他帮下忙？"富家子就用竹筐备好金银和锦缎，到晚上去张和家里，向他述说了自己的心思，张和爽快地答应了。没几天，张和来找富家子，带他同出西城三十里外，进入一座废弃的寺院，里面有座大佛像高峻挺立。张和示意富家子与他一起登上佛像底座。张和用手摸到佛像乳房的位置后用力一揭，乳房便坏掉一块形成一个洞穴，像碗口那么大，张和挺身钻了进去，又扯着富家子的手臂，富家子不知不觉也同在洞中了。二人在通道中行走了十多步，忽然看到一处高墙大门，就像州县城墙一样。张和敲了五六下门，有个圆髻的清秀小童开门出迎，行礼说："主人盼望您老人家来很久了。"一会儿，主人便出来了，身着紫衣，

①绐（dài）：欺骗。

系着贝壳装饰的腰带,随从有十多人,主人见到张和,十分恭谨。张和指着富家子对主人说:"这位少公子,你要好好款待他。我有急事要马上回去了,没有坐下便离开。"话音刚落,张和就不见了。富家子心里很奇怪,又不敢问。主人请富家子进入堂中,但见珠玉锦绣,满眼都是。又有玉杯斟满美酒,山珍海味应有尽有。喝完酒,主人命人带进几位歌妓,发饰优美,飘逸如神仙。她们跳的舞蹈、玩的酒令都很新奇。有一件几升大的金器,云朵的装饰托着一个鲸鱼样的大口,上面镶嵌着各种珠宝。富家子不认识,就问主人,主人笑着说:"这是涎器,本来准备用伯雅的。"富家子竟然听不出主人所说是什么意思。到三更时分,主人忽然回头对这些歌妓说:"你们继续陪着公子欢笑,我暂时出去一趟。"说完作个揖便出去了,主人的随从有如州牧的架势,个个拿着蜡烛列队而出。富家子因要小便便来到墙角,歌妓中有位年龄稍大些的走过来说:"天啊,您怎么到了这里来了?我们这些人很早就被他抢掠来了,为他的幻术所迷惑,永远回不了家。您如果想回家,只管听我指点。"歌妓就拿给富家子一条七尺长的白练,告诫说:"您拿着这条白练,等主人回来,您就假装有事相求向他跪拜,他必然要回拜,您就趁机用这白练蒙住他的头。"天快亮时,主人回来了,富家子就照着歌妓所教方法那样做。主人倒在地上请求饶命,说:"那该死的负心婆娘,最终还是坏了我的事,我再也不能在这里住了。"说完就骑马飞驰而去。此后,那位歌妓就和富家子一同居住。两年后,富家子忽然想要回家,那歌妓也不挽留,还大摆酒宴为他饯行。

酒宴要结束时,歌妓亲自拿了一把铁锹在东墙上挖开一个洞,就如先前佛乳处的洞一样,把富家子从洞口推出墙外,正好在长安东城墙的墙根下。富家子沿途乞讨才回到蜀中。家里人因为他失踪多年,都以为他是个怪物,等他说清了事情的原委,大家这才相信。这是贞元初年发生的事。

成都坊正①张和　蜀郡有豪家子,富拟卓、郑②,蜀之名姝,无不毕致。每按图求丽,媒盈其门,常恨无可意者。或言:"坊正张和,大侠也,幽房闺稚,无不知之,盍以诚投乎?"豪家子乃具籯③金箧锦,夜诣其居,具告所欲,张欣然许之。异日,谒豪家子,偕出西郭一舍,入废兰若,有大像屹然。与豪家子昇像之座,坊正引手扪佛乳揭之,乳坏成穴,如碗,即挺身入穴,因拽豪家子臂,不觉同在穴中。道行十数步,忽睹高门崇墉④,状如州县。坊正叩门五六,有丸髻婉童启迎,拜曰:"主人望翁来久矣。"有顷,主人出,紫衣贝带,侍者十余,见坊正甚谨。坊正指豪家子曰:"此少君子也,汝可善待之。予有切事须返,不坐而去。"言已,失坊正所在。豪家子心异之,不敢问。主人延于堂中,珠玑缇⑤绣,罗列满目。又有琼杯,陆海备陈。饮彻⑥,命引进妓数四,支鬟撩鬓,缥若神仙。其舞杯⑦闪球之令,悉新

---

① 坊正:吏职名。一坊之长。
② 卓、郑:卓王孙和程郑,皆汉武帝时蜀郡临邛富豪。
③ 籯(yíng):竹器。
④ 崇墉:高墙。
⑤ 缇(tí):橘红色的丝织品。
⑥ 彻:尽,完。
⑦ 舞杯:晋代舞名,即杯柈舞,以手接杯盘反复而舞,故名。

而多思。有金器容数升，云擘鲸口，钿以珠粒。豪家子不识，问之，主人笑曰："此涎皿也，本拟伯雅①。"豪家子竟不解。至三更，主人忽顾妓曰："无废欢笑，予暂有所适。"揖客而退，骑从如州牧，列烛而出。豪家子因私②于墙隅，妓中年差暮者，遽就谓曰："嗟乎，君何以至是？我辈早为所掠，醉其幻术，归路永绝。君若要归，第取我教。"授以七尺白练，戒曰："可执此，候主人归，诈祈事设拜，主人必答拜，因以练蒙其头。"将曙，主人还，豪家子如其教。主人投地乞命曰："死妪负心，终败吾事，今不复居此。"乃驰去。所教妓即共豪家子居。二年，忽思归，妓亦不留，大设酒乐饯之。饮既阑，妓自持锸③，开东墙一穴，亦如佛乳，推豪家子于墙外，乃长安东墙堵下。遂乞食方达蜀。其家失已多年，意其异物，道其初始信。贞元初事。

◎ 城固觗女

兴元府城固县韦家有个女孩，两岁就能说话，自己就会认字，喜欢读佛经。到五岁时，她就把全县所有的佛经她都读完了。等到八岁时，忽然一天清晨用香薰衣并妆扮得很漂亮，然后默默坐在窗下。父母很奇怪她为何长时间不出来，进去一看，只剩一堆衣服在那里，人已不知去向了。荆州处士许卑听韦氏邻居张弘郢说的这件事。

---

① 伯雅：古酒器名。其大可容七升。
② 私：这里指小便。
③ 锸（chā）：锹。

兴元城固县有韦氏女，两岁能语，自然识字，好读佛经。至五岁，一县所有经悉读遍。至八岁，忽清晨薰衣靓妆，默存[①]牖下。父母讶移时不出，视之，已蜕衣而失，竟不知何之。荆州处士许卑得于韦氏邻人张弘郢。

◎蚁城

忠州垫江县县吏冉端，开成初年时他父亲去世了，有个名叫严师的人很擅长看风水，便为他占卜了一块墓地，说："这里应是生物聚集的地方。"掘地一丈多深后，挖出一座蚁城，几丈见方，外城矮墙俱全，内城和瞭望楼建造得如同雕刻的一般。蚁城里路径纵横，蚁穴依次排列，每处蚁穴有几千只蚂蚁，来来往往不断绝，道路非常干净和光滑。楼里有两只蚂蚁，其中一只是紫色的，一寸多长，脚是金色的；另一只有羽毛，纤细的腰杆体形略小，白色的翅膀，翅膀上有经络，可能是只雌蚁。蚂蚁总共约有好几斛。城的一处角落略有损坏，因为上面有坚硬的土做盖子，所以中楼完好无损。这座蚁城被掘开以后，蚁群惊慌扰动，像是求救的样子。冉端急忙禀报县令李玄之，李玄之来看了，劝冉端另外占卜一块墓地。但严师自夸他的占卜很灵验，为他占选的这块地选得好。冉端要求把蚁城迁到岩边，并且按照原来的样子，仍然放置一些石块，再在上面盖上板子。过了十来天，严师忽然得病，像疯了一样，一会儿自己打自个耳光，一会儿乱骂粗话，一连几天都停

---

① 默存：默默地坐着不动。

不下来。李玄之一向和严师交好，于是就为他祝祷，并给他服下雄黄丸后病才好了。

忠州垫江县县吏冉端，开成初父死，有严师者善山冈①，为卜地，云："合有生气群聚之物。"掘深丈余，遇蚁城，方数丈，外重雉堞②皆具，子城谯橹③，工若雕刻。城内分径街，小垤④相次，每垤有蚁数千，憧憧⑤不绝，径甚净滑。楼中有二蚁，一紫色，长寸余，足作金色；一有羽，细腰稍小，白翅，翅有经脉，疑是雌者。众蚁约有数斛。城隅小坏，上以坚土为盖，故中楼不损。既掘露，蚁大扰，若求救状。县吏遽白县令李玄之，既睹，劝吏改卜。严师伐⑥其卜验，为其地吉。县吏请迁蚁于岩侧，状其所为，仍布石，覆以板。经旬，严师忽得病若狂，或自批触，秽詈⑦叫呼，数日不已。玄之素厚严师，因为祝祷，疗以雄黄丸方愈。

◎ 玄武

有个朱道士，曾在太和八年游览庐山，当他在洞石上休息时，忽然看见盘伏的蛇像一堆锦缎，一会儿又变成一只巨龟。朱道士问山里的老人，老人回答说那就是玄武。

---

① 善山冈：擅长看风水。
② 雉堞（dié）：指城墙。
③ 谯橹：城门上的瞭望楼。
④ 垤（dié）：蚂蚁洞口的小土堆。
⑤ 憧憧：往来不绝的样子。
⑥ 伐：自夸。
⑦ 詈（lì）：责骂。

朱道士者，太和八年尝游庐山，憩于涧石，忽见蟠蛇如堆缯锦，俄变为巨龟。访之山叟，云是玄武①。

◎炼形濯魄

朱道士又曾游览青城山丈人观，到龙桥的时候，看见岩石下面有具枯骨，背对着石头平坐着，两手相接放在膝上，形状如同锁链紧扣一般，上面攀附着苔藓，挂着藤蔓，骨骼的颜色白得像雪一样。朱道士说他的祖父也曾见过，这具枯骨不知在岩下已经有多少年了。这大概是一位炼形濯魄的道士吧？

朱道士又曾游青城山丈人观，至龙桥，见岩下有枯骨，背石平坐，接手②膝上，状如钩锁，附苔络蔓，色白如雪。云祖父已尝见，不知年代。其或炼形③濯魄④之士乎？

◎开元寺真容阁

武宗会昌元年，戎州河水暴涨，漂浮的木头堵塞了江河。刺史赵士宗招来水军打捞浮木，大约捞了一百多根。戎州官署地方狭窄，用不了这么多木头，于是就将剩下的木头用来修建开元寺。过了一个多月后，有夷人碰见一个像猴子一样的人，穿着旧青衣，分辨不出是哪里的人，那

---

① 玄武：古代神话里的北方之神，其形似龟，或说为龟蛇合体。
② 接手：两手相接。
③ 炼形：即太阴炼形。
④ 濯魄：道教术语。洗净魂魄。

人说："关将军派我来采木，如今全被这州收走，不知该怎么办，明年还得来取。"夷人把这话说给了州里人听。到第二年七月的一天，天快亮时，忽然发大水。州城临江靠山，每次涨大水，水距州城还会有五十多丈。此次大水高达百丈，水里漂浮着两千多人，州城地基有的地方深陷十丈，有的地方堆积着差不多像三间屋那么大的大石头。江水发黑且发出腥臭味，到晚上水位才落下，州署官员虞藏玘和其他官员这时候才能够乘船靠岸。一个月后，州城原址水干了，除了大石外，所剩亦无他物。唯有开元寺玄宗真容阁，只被冲到了距原处十多步远的地方，仍矗立在沙滩上，而其他的铁像、石像没有一尊被保存下来。

武宗之元年，戎州水涨，浮木塞江。刺史赵士宗召水军接木，约获百余段。公署卑小地窄，不复用，因并修开元寺。后月余日，有夷人，逢一人如猴，着故青衣，亦不辨何制，云："关将军差来采木，今被此州接去，不知为计，要须明年却来取。"夷人说于州人。至二年七月，天欲曙，忽暴水至。州城临江枕山，每大水，犹去州五十余丈。其时水高百丈，水头漂二千余人，州基地有陷深十丈处，大石如三间屋者堆积于州基。水黑而腥，至晚方落，知州官虞藏玘及官吏，才及船投岸。旬月后，旧州地方干，除大石外，更无一物。惟开元寺玄宗真容阁，去本处十余步，卓立沙上，其他铁石像，无一存者。

◎ 先知严七师

成都乞丐严七师，相貌丑陋、身份低下，满身污垢臭气，让人不敢靠近，说话没条理，但常常能应验未发生之事，居住在西市的悲田坊。曾有经常出入官府的俳优艺人干满川、白迦、叶珪、张美、张翱等五人结伴同行，严七师在路上遇见他们，给了他们每人十五文钱，恳切至诚如同别离时的相赠之意。几天后，监军在其院里宴客，满川等人演完戏后讨要工钱。少师李固言大怒，把他们每人杖打了十五下，并驱逐出界。前后四五年间，人们争着给严七师施舍钱物。每次得了钱财，严七师都用来修建道观。他对人说："寺院不值得修了。"后来才知道这是朝廷将要毁寺灭佛的预言。现在不知道严七师在何处。

成都乞儿严七师，幽陋凡贱，涂垢臭秽不可近，言语无度，往往应于未兆，居西市悲田坊①。尝有帖衙俳儿②干满川、白迦、叶珪、张美、张翱等五人为火③，七师遇于涂，各与十五文，勤勤若相别为赠之意。后数日，监军④院宴，满川等为戏以求衣粮。少师⑤李相⑥怒，各杖十五，递出界。凡四五年间，人争施与。每得钱帛，悉用修观。语人曰："寺何足修。"方知折寺之兆⑦也。今失所在。

---

① 悲田坊：周济贫穷之所，各州府皆有设置。
② 帖衙俳儿：经常出入官府的俳优艺人。
③ 火：通伙，后作"夥"。
④ 监军：职官名。
⑤ 少师：职官名。
⑥ 李相：即李固言，赵郡（今河北赵州）人。
⑦ 折寺之兆：指唐武宗会昌灭佛这件事。

◎惟谅葬鬼

　　荆州百姓郝惟谅，性情粗率，好私下打架。武宗会昌二年寒食节，他同伙伴一起到郊外游玩，踢球摔跤，喝醉了酒就睡在墓地里。到夜半时分才醒来，打算回家去。他顺着道路左边走了一里多，遇到路边有户人家，房子十分低矮简陋，虽然点着灯但仍很昏暗。于是进去讨水喝，看见一个妇人，容貌憔悴，衣服破旧，正对着灯做针线活。她请郝惟谅进屋，拿水给他喝，犹豫了一阵对郝惟谅说："我知道您很有胆量，所以才敢向您诉说我的事。我本是秦地人，姓张，嫁给府衙士卒李自欢，自欢自从太和年间去戍守边关后就再也没有回来。后来我生病去世，又别无亲戚，是邻居把我的灵柩停放在此处，已经有十二年了，想要迁葬也没条件。凡是死了的人的遗体不埋进土里，阴魂就不会被地府所记录，整天游离恍惚，如梦如醉。您若可怜我这游魂，这也是您积阴德使我的遗骨能入土为安，魂魄有托付，我的心愿也就完成了。"郝惟谅对她说："我家里贫寒，财力达不到，怎么办呢？"妇人说："我虽然是鬼，但没荒废女工。自从安置在此处后，常常制作雨衣，为胡家帮工做活，这么多年积攒有十三万，用来安葬我应该足够了。"郝惟谅答应了她就回家了。第二天天亮时，郝惟谅就去胡家打听，了解到的情形和那女鬼说的相同。于是就把事情的来龙去脉告诉了姓胡的，两人当即一同前往停放张氏灵柩的地方，清理一看，散钱堆放在棺材外面，钱数和张氏所说的一样。胡氏和郝惟谅又是哀怜又觉诧异，便又和朋友们凑了些钱，合计有二十万，隆重地为张氏举办了葬礼，并把她安葬在鹿顶原。当晚，张氏便托梦给胡、郝二人，表示感谢。

荆州百姓郝惟谅，性粗率，勇于私斗。武宗会昌二年寒食日，与其徒游于郊外，蹴鞠角力，因醉于墦①间。迨宵分，方始寤，将归。历道左里余，值一人家，室绝卑陋，虽张灯而颇昏暗。遂诣乞浆，睹一妇人，姿容惨悴，服装羸弊，方向灯纫缝。延郝，以浆授郝，良久谓郝曰："知君有胆气，故敢陈情。妾本秦人，姓张氏，嫁于府衙健儿②李自欢，自欢自太和中戍边不返。妾遘疾而殁，别无亲戚，为邻里殡于此处，已逾一纪③，迁葬无因。凡死者肌骨未复于土，魂神不为阴司所籍，离散恍惚，如梦如醉。君或留念幽魂，亦是阴德，使妾遗骸得归泉壤，精爽有托，斯愿毕矣。"郝谓曰："某生业素薄，力且不办，如何？"妇人云："某虽为鬼，不废女工。自安此，常造雨衣，与胡氏家佣作，凡数岁矣，所聚十三万，备掩藏固有余也。"郝许诺而归。迟明，访之胡氏，物色皆符，乃具以告，即与偕往殡所，毁瘗视之，散钱培榇④，缗⑤之数如其言。胡氏与郝哀而异之，复率钱与同辈合二十万，盛其凶仪，瘗于鹿顶原。其夕，见梦于胡、郝。

---

① 墦（fán）：坟墓。
② 健儿：士卒。
③ 一纪：指十二年。
④ 榇（chèn）：棺材。
⑤ 缗（mín）：穿铜钱的绳子。

◎悟空遇仙记

衡山西原靠近朱陵洞，那个地方极为险要，有很多大树、猛兽。人到这里大都容易迷路，有的还会遇到大蛇而不能往前走。长庆年间，有个名叫悟空的头陀，曾带着干粮拿着锡杖，在夜间进入山林，驱赶猛兽和老虎，无所畏惧。到了朱陵原，游览了好几天，在山间牵着藤萝悬空穿行，幽深之处都留下了他的痕迹。因此脚掌上都长出了茧子，在岩下休息，长叹说："又饥又渴，也见不着个人。"忽然看见岩石前方有位道士，道士坐在绳床上。悟空上前去见他，那道士一动不动，悟空就责怪他没有宾主的礼节，又告诉道士说自己饥饿困顿。道士立刻站起来，指着石地说："这里有米。"就拿着镢头在石上挖，挖了几寸深，让悟空伸手去试探一下，结果得到一升多陈米。道士随即把米放在锅里，接些瀑布水，打燃火做饭。然后劝说悟空吃饭，悟空一口还没咽完，就说饭没熟。道士笑道："您只吃这一点，可谓福分太薄。我定会将它全部吃完。"于是就吃光了硬饭。又说："我为你表演一番。"说完飞身跃上树梢，张臂紧贴危石，一会儿像猿猴一样挂在树上，一会儿又如鸟儿站在枝头，真是让人目不暇接。过了一会儿，又绕着绳床快步走，越走越快，最后就像飞蓬旋转，漩涡急流，只见衣服颜色旋成一个圆圈，突然一下子人就不见了。悟空寻路回到寺里，一连好几天都不饿也不渴。

衡岳①西原近朱陵洞，其处绝险，多大木、猛兽。人到者率迷路，或遇巨蛇不得进。长庆中，有头陀②悟空，尝裹粮持锡，夜入山林，越兕侵虎，初无所惧。至朱陵原，游览累日，扪萝垂踵，无幽不迹。因是跰趾③，憩于岩下，长吁曰："饥渴如此，不遇主人。"忽见前岩有道士，坐绳床。僧诣之，不动，遂责其无宾主意，复告以饥困。道士欻④起，指石地曰："此有米。"乃持劚⑤石，深数寸，令僧探之，得陈米升余。即着于釜，承瀑敲火煮饭。劝僧食，一口未尽，辞以未熟。道士笑曰："君飧止此，可谓薄分。我当毕之。"遂吃硬饭。又曰："我为客设戏。"乃处木袅枝，投盖⑥危石，猿悬鸟跂⑦，其捷闪目。有顷，又旋绕绳床，劾步⑧渐趋，以至蓬转涡急，但睹衣色成规，倏忽失所。僧寻路归寺，数日不复饥渴矣。

◎除婴怪

严绶镇守太原，城里的小孩子们到河边游泳嬉戏，忽然看见一个东西顺着水流而下，小孩子们争抢着去接住它，原来是一个瓦瓶，用几层布覆盖着。小孩子们将瓦瓶拿到岸上摔破，发现里面有个一尺多长的婴儿，看见这群孩子

---

① 衡岳：指五岳名山之一的衡山。
② 头陀：通常把行脚乞食的僧人称为头陀。
③ 跰趾（pián zhī）：通"胼胝"。手掌脚掌上长的茧子。
④ 欻（xū）：忽然。
⑤ 劚（zhǔ）：掘。
⑥ 投盖：自投其身以盖物。
⑦ 跂（qǐ）：踮起脚后跟。
⑧ 劾步：快步。

后起身就跑，那群小孩子就跟着追。顷刻之间，只见婴儿脚下卷起一阵旋风，将婴儿凌空升到几尺高。一船正要靠岸，船夫举起篙一下把他打死了。这婴儿头发是红色的，眼睛长在头顶上。

严绶镇太原，市中小儿如水际泅戏，忽见物中流流下，小儿争接，乃一瓦瓶，重帛幂①之。儿就岸破之，有婴儿长尺余，遂走，群儿逐之。顷间，足下旋风起，婴儿已蹈空数尺。近岸，舟子遽以篙击杀之。发朱色，目在顶上。

◎ 修此不吉

王哲是虔州的刺史，在京城平康坊修建西偏房，家人挖地时捡到一枚石子，上面用红字写着"修此不吉"。家人擦拭石头，字迹更加清晰，于是就拿给王哲。王哲刚开始猜想是家人懒于修建而编的谎话，就亲自磨石头验视，那红字深得就像石头的纹理一样。王哲心里十分反感这件事。当年王哲就去世了。

王哲，虔州刺史，在平康里治第西偏，家人掘地，拾得一石子，朱书其上曰"修此不吉"。家人揩拭，转分明，乃呈哲。哲意家人惰于畚锸，自磨，朱深若石脉。哲甚恶之。其年哲卒。

① 幂：覆盖。

◎ "驴"咒

当世有个村民供养着一个和尚,他祈求这个和尚教给他秘咒,和尚欺骗他说秘咒是:"驴。"这人于是早晚不停地念。过了几年,他到水边照自己,看见一头青毛驴附在自己背上。凡是人家有疾病邪祟,只要这人一到,病人的病就好了。当他后来知道是和尚骗他的,咒语也就不灵验了。

世有村人供于僧者,祈其密言①,僧给之曰:"驴。"其人遂日夕念之。经数岁,照水,见青毛驴附于背。凡有疾病魅鬼,其人至其所立愈。后知其诈,咒效亦歇。

◎ 畸孩

秀才田曈说:太和六年秋,凉州西县有家百姓的妻子生下一个孩子,有四只手、四只脚,身体分成了背面和正面相同的两部分,脖子上有一绺长长的头发,一直垂到脚。当时朝伯峻任西县县令。

秀才田曈云:太和六年秋,凉州西县百姓妻,产一子,四手四足,一身分两面,项上发一穗,长至足。时朝伯峻为县令。

◎ 韦氏兄弟

韦斌虽然生于显贵的门第,但他性情淳厚质朴,且他

---

① 密言:这里指僧人持念的咒语。

的地位名望向来很高，戴帽穿衣都很讲究。虽然他的门风稍显奢侈，但韦斌在朝堂却从容刚直，仪态举止高贵庄严，很有大臣的风范。每次上朝，从不和同僚说笑。按旧有的制度，群臣上朝站在殿庭，就算是遇上雨雪天气，也不能移到廊下躲避。忽然一天早上，暴雪突然降下来，从三公以下的官员无不整理自己的服饰，或是换个位置站，唯独韦斌神情更加恭敬，很快积雪就超过了他的膝盖。退朝后，韦斌从雪中脱身离开，见状的人都十分感叹和敬重他。韦斌的兄长韦陟，很早就以文学和见识称名于当时，他擅长写作文章，尤其精通书法草书和隶书。出入朝堂清高显扬，认为所任之职高贵，再凭着自己的门第和才华，可以轻松稳当地做个公卿宰相，因而待人接物十分高傲，不会与他人殷勤应酬。衣服车马，尤其崇尚奢侈。侍奉其左右的婢女、奴仆常多至几十人。有时靠着几案托着腮，整日懒得一言不发。他对于饮食方面尤其讲究精美整洁，一直用鸟羽作为筷子来吃饭。每次吃完饭，看那厨房里丢弃的东西，价值不止万钱。若是在其他公卿家中参加宴会，即使山珍海味一应俱全，也不见他动一下筷子。他常常让侍女负责写书信，书信往来的回复，自己也不动笔写，只是授意而已。侍女写的书信词意之轻重，正好合乎韦陟的意思，而字体遒劲流利，很有章法，所以韦陟只需要署个名罢了。他曾说自己写的"陟"字像五朵云彩，当时很多人都去效仿他，称之为郇公五云体。一度用五彩纸作信函的封题，他的日常生活的供养奢侈放纵大略如此。但是他的家法严格，儿子韦允学习经史，他每天都加以教诲和训练，晚上还让人去看他是否在学习。如果韦允研习读书不懈怠，早晚问安的时候他就和颜悦色。如果稍有懈怠，就马上让人去制止他，并且让韦允在堂下罚站，有时甚至十多天都不和韦允说话。韦陟虽然家里有几千的仆人，但应酬宾客的事情，必定派韦允去做，不论寒暑都是如此，这一做法受到时人的称赞。然而韦陟始终是太过于轻视傲慢，因此经常遭到权贵所忌恨。

韦斌①虽生于贵门，而性颇厚质，然其地望素高，冠冕特盛。虽门风稍奢，而斌立朝侃侃②，容止尊严，有大臣之体。每会朝，未尝与同列笑语。旧制，群臣立于殿庭，既而遇雨雪，亦不移步于廊下。忽一旦，密雪骤降，自三事③以下，莫不振其簪裾，或更其立位，独斌意色益恭，俄雪甚至膝。朝既罢，斌于雪中拔身而去，见之者咸叹重焉。斌兄陟，早以文学识度著名于时，善属文，攻草隶书。出入清显，践历崇贵，自以门地才华，坐取卿相，而接物简傲，未常与人款曲④。衣服车马，犹尚奢侈。侍儿阉竖，左右常数十人。或隐几搘颐⑤，竟日懒为一言。其于馔羞，犹为精洁，仍以乌羽择米。每食毕，视厨中所委弃，不啻万钱之直。若宴于公卿，虽水陆具陈，曾不下箸。每令侍婢主尺牍，往来复章，未尝自札，受意而已，词旨重轻，正合陟意，而

---

① 韦斌：武则天朝宰相韦安石之子。
② 侃侃：从容刚直的样子。
③ 三事：即三公：太师、太傅、太保。
④ 款曲：殷勤应酬。
⑤ 搘（zhī）颐：用手支撑脸颊。搘，通"支"。

书体遒利,皆有楷法,陟唯署名。尝自谓所书"陟"字如五朵云,当时人多仿效,谓之郇公五云体。尝以五彩纸为缄题①,其侈纵自奉,皆此类也。然家法整肃,其子允,课习经史,日加诲励,夜分犹使人视之。若允习读不辍,旦夕问安,颜色必悦。若稍怠惰,即遽使人止之,令立于堂下,或弥旬不与语。陟虽家僮数千人,应门宾客,必遣允为之,寒暑未尝辍也,颇为当时称之。然陟竟以简倨恃才,常为持权者所忌。

◎ 玄微护花神

天宝年间,处士崔玄微在洛阳东边有座宅第。他沉溺于道术,已经服用术和茯苓三十年了。因为药吃完了,于是他就带着僮仆们到嵩山采灵芝,一年后才回来。因宅无人居住,院里已杂草丛生。当时正好是春季,夜里风清月朗,崔玄微却睡不着,一个人待在院子里,家人没事也不会到这个院子里来。三更以后,只见一位身着青色衣的人前来对他说:"您在这院里呢。我要和几位女伴到上东门表姨那里去。暂时借这个地方休息一下,行吗?"玄微同意了。过了一会儿,有十多个人由青衣人带了进来。有位穿绿衣的上前施礼后对他说:"我姓杨。"指着其中一人说:"她是李氏。"又指另一人说:"她是陶氏。"又指着一位红衣少女说:"她姓石,名叫阿措。"被介绍这几人都各有侍女。玄微和她们一一相见,然后坐在月下,询问她们出行的缘由,她们回答说:"要到封十八姨那里去。她这几天都

---

① 缄题:书函的封题。

说要来看我们,却一直没有来,今晚我们一起去看看她。"还没坐好,门外就通报说封家姨来了,在坐的女人都惊喜地出门迎接。杨氏说:"这里的主人很贤良,这个地方闲适不嘈杂,其他地方都超不过这里。"玄微又出来会见封氏,只觉她说话声音清脆,颇有闲雅飘逸之气。于是相互揖让着入坐,众女相貌都异常出众,满座香气,浓郁袭人。她们命人摆好酒宴,各自唱歌来助酒,玄微只记下了其中的一两首。其中有位红衣女子向白衣女子敬酒,唱道:"皎洁玉颜胜白雪,况乃青年对芳月。沉吟不敢怨春风,自叹容华暗消歇。"白衣女子又回敬红衣女子的酒,并唱道:"绛衣披拂露盈盈,淡染胭脂一朵轻。自恨红颜留不住,莫怨春风道薄情。"到十八姨举杯时,她表现得颇不稳重,还打翻了酒弄脏了阿措的衣服。阿措不高兴地说道:"大家都奉承你,我不奉承害怕你。"一拂衣袖站了起来。十八姨说道:"小女子撒酒疯。"大家都站起来,将十八姨送到门外,十八姨向南而去,众人也相互作别进入西苑,崔玄微也没觉察出异常之处。第二晚,这些女子又来了,又要到十八姨那里去。阿措生气地说:"为什么又到封老妇那里去,有什么事可以请求处士帮忙,不知可不可以?"众女子都说:"行。"阿措上前对玄微说:"我和众女伴都住在这个院子里,年年都被猛烈的强风摧残,住着不得安宁,所以经常请求十八姨庇护。昨晚阿措没能迁就于她,估计以后得不到她的帮助了。处士您如果愿意庇护我们,会得到一些回报。"玄微说:"我有什么能力可以庇护各位姑娘?"阿措说:"只求处士在每年第一天,给我们制作一面红色的旗幡，上面画上日月五星的图案，将旗幡立在苑的东边，这样我们就可以免遭风的摧残了。今年岁日已经过了，就请在本月的二十一日黎明，东风微起时，就把旗幡竖立起来，我们基本上就可免难了。"玄微答应了，众女齐声道谢说："不敢忘记您的大德！"各自施礼后就离开了，玄微在月下随着他们离去的方向送别她们。只见她们越过苑墙，进入苑中，各自就在原处不见了。玄微按照她们所说的，到了二十一日那天竖起朱幡。当天，东风吹动大地，从洛阳南边折断树枝、吹飞沙石而来，而那苑里繁花一动不动。玄微这才醒悟过来，这些所谓姓杨、姓李的，以及衣服颜色各不相同的女子，都是这苑里的花神。那位名叫阿措的红衣女子，就是石榴仙。封十八姨就是风神。几晚后，杨氏等众人又来向崔玄微道谢，各自带着桃花、李花好几斗，劝说崔玄微道："吃了这些花，可以延寿抗老。希望您一直住在这里庇护着我们，这样您也可以长生不老。"到元和初年，玄微仍健在，容貌看着仍像三十来岁的样子。

天宝中，处士崔玄微，洛东有宅，耽道①，饵术②及茯苓三十载。因药尽，领童仆辈入嵩山采芝，一年方回。宅中无人，蒿莱满院。时春季，夜间风清月朗，不睡，独处一院，家人无故辄不到。三更后，有一青衣云："君在院中也。今欲与一两女伴过至上东门表姨处，暂借此歇，可乎？"玄微许之。须臾，乃有十余

---

① 耽道：沉溺于道术。
② 术（zhú）：草名。即白蓟。

人,青衣引入。有绿裳者前曰:"某姓杨氏。"指一人曰:"李氏"。又一人曰:"陶氏。"又指一绯衣小女曰:"姓石名阿措。"各有侍女辈。玄微相见毕,乃坐于月下,问行出之由,对曰:"欲到封十八姨。数日云欲来相看,不得,今夕众往看之。"坐未定,门外报封家姨来也,坐皆惊喜出迎。杨氏云:"主人甚贤,只此从容不恶,诸处亦未胜于此也。"玄微又出见封氏,言词泠泠①,有林下风气。遂揖入坐,色皆殊绝,满座芬芳,馥馥②袭人。命酒,各歌以送之,玄微志其一二焉。有红裳人与白衣送酒,歌曰:"皎洁玉颜胜白雪,况乃青年对芳月。沉吟不敢怨春风,自叹容华暗消歇。"又白衣人送酒,歌曰:"绛衣披拂露盈盈,淡染胭脂一朵轻。自恨红颜留不住,莫怨春风道薄情。"至十八姨持盏,性颇轻佻,翻酒污阿措衣。阿措作色曰:"诸人即奉求,余不奉畏也。"拂衣而起。十八姨曰:"小女弄酒③。"皆起,至门外别,十八姨南去,诸人西入苑中而别,玄微亦不至异。明夜又来,欲往十八姨处。阿措怒曰:"何用更去封姨舍,有事只求处士,不知可乎?"诸女皆曰:"可。"阿措来言曰:"诸女伴皆住苑中,每岁多被恶风所挠,居止不安,常求十八姨相庇。昨阿措不能依回,应难取力。处士倘不阻见庇,亦有微报耳。"玄微曰:"某有何力,得及诸女?"阿措曰:"但求处士每岁岁日④,与作一朱幡,上图日月五星⑤之文,于苑东立之,则免难矣。今岁

---

① 泠泠:声音清脆。
② 馥馥:香气很浓。
③ 弄酒:谓醉后使性子。
④ 岁日:元旦,新年第一天。
⑤ 五星:水、金、火、木、土五星。

已过,但请至此月二十一日,平旦,微有东风,即立之,庶可免也。"玄微许之,乃齐声谢曰:"不敢忘德!"各拜而去,玄微于月中随而送之。逾苑墙,乃入苑中,各失所在。乃依其言,至此日立幡。是日,东风振地,自洛南折树飞沙,而苑中繁花不动。玄微乃悟,诸女曰姓杨、姓李,及颜色衣服之异,皆众花之精也。绯衣名阿措,即安石榴也。封十八姨,乃风神也。后数夜,杨氏辈复至媿谢,各裹桃李花数斗,劝崔生:"服之,可延年却老。愿长如此住,护卫某等,亦可至长生。"至元和初,玄微犹在,可称年三十许人。

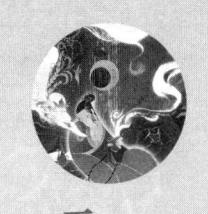

天咫

天上星辰

本篇内容或为月桂、蟾蜍,或曰北斗重见,或曰乐神下凡,如是等等,不一而详,皆是关乎星月、鬼神的奇幻传说。

◎ 吴刚伐桂

传说月中有桂树,有蟾蜍。以前的传奇录异之书上说,月中桂树高达五百丈,树下有一个人一直在不停地砍伐桂树,树的创口随砍随愈。砍树的人姓吴名刚,是西河人氏。他学仙时犯了很大的过错,所以才被罚去月宫中砍树。

旧言月中有桂,有蟾蜍。故异书言,月桂高五百丈,下有一人常斫①之,树创随合。人姓吴名刚,西河人。学仙,有过,谪令伐树。

◎ 树影入月

佛经上说,须弥山的南边有一棵阎扶树,当月亮经过的时候,树影就会映入月中。还有另一种说法,说月中的蟾蜍和桂树,其实是大地反投在月中的影子,而空白的地方,是水的影子。两种说,相比之下这第二个说法比较接近真相。

释氏书言,须弥山南,有阎扶树,月过,树影入月中。或言月中蟾、桂,地影也;空处,水影也。此语差②近。

---

① 斫(zhuó):砍。
② 差:略微,颇。

◎北斗重见

得道高僧一行，博览群书，无所不知，尤其擅长于术数，并深研术数的奥秘，遍知古往之学，就算是当时的学者都不能清楚地了解到他的学问究竟渊博到何种程度。一行小时候家里贫穷，邻居王姥先后接济过他几十万钱。开元年间，一行受到玄宗的器重赏识，玄宗对他几乎是言听计听，信任有加。他总想着要找机会报答王姥。不久，恰逢王姥的儿子犯下了杀人罪，在案子还没有定案的时候，王姥前去拜访一行，向他求救，施以援手救他儿子。一行说："您如果要金银布帛，我会十倍地酬报您昔日对我的接济之恩。可是英明的皇上依法办案，我难以向他求情赦免，您让我能有什么办法呢？"王姥双手叉腰，破口大骂说："认识你这个和尚有什么用！"一行一再向王姥表达歉意，可王姥最终也不领情。其实一行早已在心里盘算。浑天寺里有几百名工匠，就让他们把房子腾空，然后让他们搬进去一口大瓮，又秘密挑选了两名奴仆，交给他们一个布袋，并跟他们叮嘱道："在某坊的某个角落有一处废弃的园子，你们进去之后潜伏在园中等候，千万不要轻举妄动。从中午到黄昏，若有什么东西进园且总数是七，你们一定要将其全部抓住，少了一个我就会惩罚拷打你们。"两个奴仆按一行的吩咐照办去了。到了下午酉时辰后，果然有一群猪，正好是七只，进了园子，两人把七只猪全部捕获回来交差了。一行一见非常高兴，让他俩先把猪放进大瓮里，然后用木盖子盖上，用六一泥封严实，又用红笔在上面写了几十个梵字，大概是佛咒之类法言。他的徒弟完全搞不清楚师父这样做究竟是要干啥用。第二天早晨，中使敲门说皇上紧急召见一行。到了便殿，玄宗迎上前问道："太史上奏说昨晚北斗七星没有出现，这是什么征兆？大师有办法禳解吗？"一行说："后魏时，火星曾经消失不出现。如今北斗星又不出现，这是自古以来没有发生过的事情，这是上天在严厉地警告陛下呀。平民百姓不能安生，就会有霜冻和大旱，陛下要用大恩大德进行感化，才能消除灾祸。最能感动上天的，大概是收葬枯骨和大赦天下释放囚犯吧？佛家认为瞋心会毁掉一切善行，慈悲能降伏一切魔障。依微臣愚见，不如大赦天下。"玄宗听取了他的建议。当天晚上，太史又上奏说北斗七星已经出现了一星，七天之后，七星又全部重现了。我觉得这件事颇为蹊跷离奇，但是大家都在如此相传，只得将其记录下来。

僧一行，博览无不知，尤善于数，钩深①藏往，当时学者莫能测。幼时家贫，邻有王姥，前后济之数十万。及一行开元中承上敬遇，言无不可，常思报之。寻王姥儿犯杀人罪，狱未具，姥访一行求救，一行曰："姥要金帛，当十倍酬也。明君执法，难以请求，如何？"王姥戟手大骂曰："何用识此僧！"一行从而谢之，终不顾。一行心计浑天寺中工役数百，乃命空其室内，徙大

---

① 钩深：探索玄奥。

瓮于中，又密选常住奴①二人，授以布囊，谓曰："某坊某角有废园，汝向中潜伺，从午至昏，当有物入来，其数七，可尽掩之，失一则杖汝。"奴如言而往。至酉后，果有群豕至，奴悉获而归。一行大喜，令置瓮中，覆以木盖，封于六一泥②，朱题梵字数十，其徒莫测。诘朝③，中使叩门急召。至便殿④，玄宗迎问曰："太史奏昨夜北斗不见，是何祥也？师有以禳之乎？"一行曰："后魏时，失荧惑⑤。至今帝车⑥不见，古所无者，天将大警于陛下也。夫匹妇匹夫，不得其所，则陨霜赤旱，盛德所感，乃能退舍。感之切者，其在葬枯出系乎？释门以瞋心坏一切善，慈心降一切魔。如臣曲见，莫若大赦天下。"玄宗从之。又其夕，太史奏北斗一星见，凡七日而复。成式以此事颇怪，然大传众口，不得不著也。

◎乐神下凡

在永贞这一年，长安东市的一位名叫王布的百姓，这个人是读过书的，他家里非常富有，但凡跟他打过交道的，有生意往来的客商都对他很尊敬。王布有一个十四五岁的女儿，美丽聪慧，但是她的两个鼻孔各长了一条形如皂荚的息肉，息肉的根部像条麻线，约有一寸长，一旦不小心

---

① 常住奴：佛寺中的奴仆。佛家把寺舍、什物、树木、田园、仆畜、粮食等，统称为"常住"。
② 六一泥：道家炼丹封炉用的泥。
③ 诘朝（zhāo）：这里指第二天早晨。
④ 便殿：正殿以外的别殿，专门提供给帝王休憩游宴的地方。
⑤ 荧惑：火星别名。因火星隐现不定，令人迷惑，故名。
⑥ 帝车：北斗。

触碰到,便会痛彻心扉。王布花了几百万钱医治也不见好。忽然有一天,一位印度和尚前来化斋,趁便对王布说:"我知道您女儿得了怪病,让我看看,我能治好她的这个病。"王布听他这么一说,自然是满心欢喜,马上让女儿出来跟和尚见面。只见和尚取出一种纯白色的药末,吹进女孩的鼻孔里。不一会儿,就这样,息肉就被摘取出来了,鼻孔里流出少量黄水,但一点儿也不觉得疼痛。王布赏给和尚一百金,和尚说:"我是修道的人,不能接受丰厚的财物报酬,只求要这两块息肉就可以了。"于是和尚把息肉珍藏好,健步如飞一般地离开了。王布猜想这和尚肯定非等闲之辈。大约就在梵僧走过了五六条街道的工夫,又来了一位貌美如玉的青年男子,他骑着白马来敲王布家的门,问道:"刚才有没有见到一个外国和尚来过?"王布赶紧请他进屋,详细地讲述了刚才发生的事。那男子长吁短叹,很不开心地说:"我的马轻微扭伤了蹄子,到底还是落在这和尚的后面了。"王布很吃惊,就问其中的缘故。男子说:"上帝走失了两位乐神,我们也是最近才推算出来他们是把自己藏在了您女儿的鼻孔里。我是天上的神仙,奉上帝之命来捉拿他们,想不到让这和尚捷足先登了,我因此还会受到责罚的。"王布正向他行礼表达歉意时,一抬起头,发现男子已经不知所踪了。

永贞年,东市百姓王布,知书,藏镪^①千万,商旅多宾之。

---

① 镪(qiǎng):成串的钱。

有女，年十四五，艳丽聪悟，鼻两孔各垂息肉，如皂荚子，其根如麻线，长寸许，触之，痛入心髓。其父破钱数百万治之，不瘥。忽一日，有梵僧乞食，因问布："知君女有异疾，可一见，吾能止之。"布被问大喜，即见其女。僧乃取药，色正白，吹其鼻中。少顷，摘去之，出少黄水，都无所苦。布赏之百金，梵僧曰："吾修道之人，不受厚施，唯乞此息肉。"遂珍重而去，行疾如飞。布亦意其贤圣也。计僧去五六坊，复有一少年，美如冠玉[①]，骑白马，遂扣其门曰："适有胡僧到无？"布遽延入，具述胡僧事。其人吁嗟不悦，曰："马小踒[②]足，竟后此僧。"布惊异，诘其故。曰："上帝失乐神二人，近知藏于君女鼻中。我天人也，奉帝命来取，不意此僧先取之，当获谴矣。"布方作礼，举首而失。

◎ 金背虾蟆

长庆年间，有一个人在八月十五的晚上正赏月呢，忽然看见树林中有一道光束直射夜空，那道光束就像直滑的布匹一样。于是那人钻进树林里想对其探寻个究竟。他见到一只背上是金色的虾蟆，怀疑就是月中的那只蟾蜍。工部员外郎张周封对我说过这件事，但是他忘了那人的姓名。

长庆中，八月十五夜，有人玩月，见林中光属[③]天如匹布。

[①] 冠玉：装饰在帽子上的美玉，多用来比喻美男子。
[②] 踒（wò）：扭伤筋骨。
[③] 属（zhǔ）：连接。

其人寻视之，见一金背虾蟆，疑是月中者。工部员外郎张周封尝说此事，忘人姓名。

◎ 月中凿月者

太和年间，郑仁本的表弟，已经忘记了他的姓名。他曾经和一位姓王的秀才游览嵩山。他们攀援藤萝，越过山谷溪流，他们去的那个地方风景幽美隐僻，也因此而迷路了。眼看着天色已晚，他们还找不着出山谷的方向，正在两人进退两难的时候，忽然听到丛林中有人打鼾的声音。拨开荆棘偷偷察看，只见一个人身穿洁白的布衣，枕着一个包袱，睡得正香。两人便走到白衣人跟前将其叫醒，并对他说："我们偶然走到这里迷路了，您知道走出山谷的大路朝哪里走吗？"那人抬头扫了一眼，没有答话，又接着继续睡了。两人再三地喊他，那人才极不情愿地坐起身来，扭头对他们说："过来吧！"两人于是走上前去，并问他来自何方。那人笑着说："你们知道月亮是由七样宝物合成的吗？月亮的形状像个圆球，月亮上的阴影是由于太阳光照在它表面凸起的地方而形成的。在月亮上，通常有八万二千人修凿月亮，我就是其中之一。"说着将他自己的包袱解开，只见包袱里面装有斧头和凿子等工具，还有两团玉屑饭，那人把玉屑饭送给两人吃，并且对二人说："你们分吃了玉屑饭，虽然不能够长生不老，但可以一辈子不生病。"说着站起身来，给两人指了一条小路说："只要顺着这条小路走，自然就会走到大路上去的。"说完这句话他人就不见了。

太和中,郑仁本表弟,不记姓名,尝与一王秀才游嵩山。扪萝越涧,境极幽夐①,遂迷归路。将暮,不知所之,徙倚②间,忽觉丛中鼾睡声。披榛③窥之,见一人布衣,甚洁白,枕一襆④物,方眠熟。即呼之曰:"某偶入此径,迷路,君知向官道⑤否?"其人举首略视,不应,复寝。又再三呼之,乃起坐,顾曰:"来此!"二人因就之,且问其所自。其人笑曰:"君知月乃七宝合成乎?月势如丸,其影,日烁其凸处也。常有八万二千户修之,予即一数。"因开襆,有斤凿数事,玉屑饭两裹,授与二人,曰:"分食此,虽不足长生,可一生无疾耳。"乃起,与二人指一支径:"但由此,自合官道矣。"言已,不见。

---

① 幽夐(xiòng):幽深。夐,深远。
② 徙倚:徘徊,逡巡。
③ 榛(zhēn):丛生的荆棘。
④ 襆(fú):通"袱"。
⑤ 官道:官府修筑的路,大路。

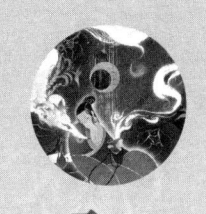

玉格

道法自然

本篇多为神仙道教之言，包括道教的三界诸天、名山福地、洞天六宫、神仙谱系、仙药灵芝、道教图籍，以及其他神仙鬼异之事。正如《四库全书总目提要》：「贝编、玉格、天咫、壶史诸名，则在可解不可解之间，盖莫得而深考矣。」

◎三界诸天

道教列三界诸天,数量和佛教相同,但名称有不同。

三界之外是四人境,分别叫常融、玉隆、梵度、贾奕四天。

四人天之外是三清,分别是大赤、禹余、清微三胜境。

三清之上是大罗。又有九天之说:共有波利答恕天等九种。

道列三界①诸天②,数与释氏同,但名别耳。
三界外曰四人境③,谓常融、玉隆、梵度、贾奕四天也。
四人天外曰三清④,大赤、禹余、清微也。
三清上曰大罗⑤。又有九天波利⑥等九名。

◎阳孛阴蚀

上天浑圆有十二纲,天纲运转天关,三百六十转为一周,运转三千六百周则会产生阳孛。地纪推动地机,运转

---

① 三界:佛教把世俗世界分为欲界、色界、无色界。
② 诸天:是佛教中领管一方的天神,是佛法的护持者。
③ 四人境:宋张君房《云笈七签》卷二一:"三界之上,而有八清天名,三清降气,下生三界。今按八清天内而有太清天名,重明太清梵行之天,而生四民贾奕、龙变、太释、常融等四天也。"
④ 三清:道教天神所居之胜境,也指居于三清胜境之天神。宋张君房《云笈七签》卷三:"其三清境者,玉清、上清、太清是也,亦名三天。其三天者,清微天、禹余天、大赤天是也。"
⑤ 大罗:即大罗天,道教最高之天,位于三清之上。
⑥ 波利:即第九天"波利答恕(hé)天"的简称。

三百三十转为一度,运转三千三百度则会出现阴蚀。天地相距四十万九千里,四方相距万万九千里。

天圆十二纲①,运关②三百六十转为一周,天运三千六百周为阳孛③。地纪推机,三百三十转为一度,地转三千三百度为阴蚀④。天地相去四十万九千里,四方相去万万九千里。

◎ 名山福地

名山共计三百六十座,福地共计七十二处,昆仑为天地的根纽。另外,九地、四十六土、八溟仙宫这些地名,它们指的是地府专门用来贬谪鬼怪的地方。

名山三百六十,福地七十二,昆仑⑤为天地之齐。又九地⑥、

---

① 纲:纲柄。
② 关:天关。
③ 阳孛(bó):指天之阳气运转九千九百周之后,激荡迭变,亢阳为灾,阴阳失调,从而导致整个世界产生毁灭性的灾变。
④ "地纪推机"三句:《云笈七签》卷二引《上清三天正法经》:"地机在东南之分,九泉之下,则九河之口,吐翕灵机。上通天源之淘注,傍吞九洞之渊澳,以十二时纪,推四会之水东回。一昼一夜,则气盈并凑九河之机。昼夜三十三日,机转西北,回东北,张西南,翕东南。张则溢,翕则亏,周于四会,天源下流通波,是为一转。三百三十转为一度。一度则水母促会于龙王,河侯受封于三天。三千三百度谓之阴否,阴否则蚀,阴蚀则水涌河决,山沦地没。"地纪,地的根纽。
⑤ 昆仑:道教仙境三岛之一。
⑥ 九地:九泉之下,阴曹三涂,地之最深处。

四十六土、八酒①仙宫，言冥谪阴者之所。

◎ 罗酆山

有罗酆山，在北方癸地，周围方圆有三万里，高二千六百里。

有罗酆山②，在北方癸地，周回三万里，高二千六百里。

◎ 洞天六宫

罗酆山洞天六宫，它方圆有一万里，高二千六百里，这为六天，即鬼神的宫室。

洞天六宫，周一万里，高二千六百里，洞天六宫是为六天③，鬼神之宫。

---

① 八酒：刘传鸿《〈酉阳杂俎〉校证：兼字词考释》："'八酒'当作'八溟'。"
② 罗酆（fēng）山：南朝陶弘景《真诰》卷十五："罗酆山在北方癸地，山高二千六百里，周回三万里。其山下有洞天，在山之周回一万五千里。其上其下并有鬼神宫室，山上有六宫，洞中有六宫，辄周回千里，是为六天，鬼神之宫也。"原注为"此癸地未必以六合为言，当是于中国指向也，则当正对幽州、辽东之北，北海之中，不知去岸几万里耳"。
③ 六天：赵益《地下主者·冢讼·酆都六天宫及鬼官——〈真诰〉冥府建构的再探讨》："'六天'是魏晋以降新生道教的一个重要概念，它最初的基本含义是统领酆都的鬼神，有的时候亦可代指幽府鬼神世界，后来则逐渐转化为一种代表旧世界、旧时代的恶鬼。《真诰》'酆都'中'六天'的意义，总体上仍是指死后的鬼神世界。"

◎ 鬼神六宫

六天鬼神之宫，第一宫名是纣绝阴天宫，第二宫名是泰煞谅事宫，第三宫名是明辰耐犯宫，第四宫名是怙照罪气宫，第五宫名为宗灵七非宫，第六宫名是敢司连苑宫。人死后都要到这六宫里来，人要经常念诵六天宫的名称。

空洞小天，它为三阴掌管之处。又耐犯宫掌管生，纣绝天掌管死。

祸福续命之事，是由第四天怙照罪气宫的鬼官北斗君负责掌管，北斗君即为七辰北斗的考校官员。项梁城有一篇《酆都宫颂》说："纣绝标帝晨，谅事构重阿。炎如霄汉烟，勃如景耀华。武阳带神锋，怙照吞清河。开阖临丹井，云门郁嵯峨。七非通奇灵，连苑亦敷魔。六天横北道，此是鬼神家。"共计二万字，这里仅为相关六天宫名的一部分。夜晚小声地诵读，可以驱除邪恶鬼怪。

六天，一曰纣绝阴天宫，二曰泰煞谅事宫，三曰明辰耐犯宫，四曰怙照罪气宫，五曰宗灵七非宫，六曰敢司连苑宫。人死皆至其中，人欲常念六天宫名。

空洞之小天，三阴所治也。又耐犯宫主生，纣绝天主死。

祸福续命，由怙照第四天鬼官北斗君所治，即七辰北斗之考官也。项梁城《酆都宫颂》曰："纣绝标帝晨[1]，谅事构重阿[2]，

---

[1] 帝晨：帝星，星宿。晨，通"辰"。
[2] 构重阿：阿，宫、室、宗庙等四角翘起来的屋檐，后代指宫。构，造也。构重阿，建筑高大（层层叠叠）的宫殿。

炎如霄汉烟，勃如景耀华[1]。武阳带神锋，怙照吞清河。开阊[2]临丹井，云门[3]郁嵯峨。七非通奇灵，连苑亦敷魔[4]。六天横北道[5]，此是鬼神家。"凡有二万言，此唯天官名耳。夜中微读之，辟鬼魅。

◎重思稻

罗酆山的水稻名为重思，稻米像石榴籽，颗粒略微大些，吃起来味道有点像菱角。杜琼作《重思赋》赞美道："霏霏春暮，翠矣重思。云气交被，嘉谷应时。"

酆都[6]稻，名重思，其米如石榴子，粒稍大，味如菱。杜琼作《重思赋》曰："霏霏春暮，翠矣重思。云气交被，嘉谷应时。"

◎四明公

夏启为东明公，周文王为西明公，邵公为南明公，季札为北明公，这四位明公管理四方的鬼。至忠至孝的人，死后全部为地下主，一百四十年后被传授下仙的教义，被授以大道。具有上圣之德的人，临终时接受三官手书而担任地下主者，一千年之后便转为三官之五帝，再过

---

[1] 景耀华：七曜的光芒。景耀，大星，指七曜。耀，通"曜"。
[2] 开阊（hé）：指天门。
[3] 云门：代指高大的楼观。
[4] 敷：通"伏"。降伏。
[5] 北道：即"北方癸地"，前文已见。
[6] 酆都：即罗酆山。

一千四百年才能漫游太清胜境，成为六天九宫的中仙。还有做善爽鬼、三官清鬼的，或是由于祖先有阴功，属三官，等到后代修炼化育，再转世为人，这是祖先七世阴德，惠及子孙。死的时候，会把一根脚骨留给三官，其余的骨头则会随着遗体一起，男的留下左脚骨，女的留下右脚骨，都接受三官手书而为地下主者，再过二百八十年后，才能够进一步晋升到地仙的阶位。

夏启①为东明公，文王②为西明公，邵公③为南明公，季札④为北明公，四时主四方鬼。至忠至孝之人，命终皆为地下主者，一百四十年乃授下仙之教，授以大道。有上圣之德，命终受三官书，为地下主者，一千年乃转三官之五帝⑤，复一千四百年方得游行太清⑥，为九宫之中仙。又有为善爽鬼、三官清鬼者，或先世有功，在三官流。逮⑦后嗣易世练化⑧，改世更生，此七世阴德，根叶相及也。命终当道⑨遗脚一骨以归三官，余骨随身而

---

① 夏启：姒（sì）姓，禹之子。禹死后继位，遂开君主世袭之制。
② 文王：即为周文王，姓姬，名昌。为西方诸侯之长，又称"西伯"。其子周武王伐纣灭商，建立周朝。
③ 邵公：即为召（shào）公，姓姬，名奭（shì）。因封地在召，故名。
④ 季札：春秋时吴王寿梦之季子。寿梦传位于他，推辞不受，封于延陵，故称"延陵季子"。《左传》有其在鲁观乐的记录。
⑤ 五帝：道教神名。即青帝、赤帝、黄帝、白帝、黑帝。
⑥ 太清：清微天，三清胜境之一，其境在玉清、上清之上。
⑦ 流逮：延及，波及。逮，及也。
⑧ 练化：修炼化育。
⑨ 此处为衍字。

迁，男左女右，皆受书为地下主者，二百八十年乃得进处地仙[1]之道矣。

◎ 炎帝甲

炎帝甲是北太帝君，主掌天下鬼神事宜。《三元品戒》《九真明科》《九幽章》都是地府律令。连苑、曲泉、泰煞、九幽、寒夜、九都、三灵、万掠、四极、九科全都是炎帝甲的管辖范围。三十六狱，有流沙赤等叫作溟濘狱，即是北岳地狱。此外二十四狱，有九平、元正、女青、河北等名号。人犯了五千恶死后就会成为五狱鬼，犯了六千恶就会成为二十八狱的因犯，犯了万恶就会堕入薛荔层地狱。

炎帝甲为北太帝君，主天下鬼神。《三元品戒》《九真明科》《九幽章》皆律也，连苑、曲泉、泰煞、九幽、云夜、九都、三灵、万掠、四极、九科，皆治所也。三十六狱，流沙赤等号溟濘狱[2]、北岳狱也。又二十四狱，有九平、元正、女青、河北等号。人犯五千恶为五狱鬼，六千恶为二十八狱狱因，万恶乃堕薛荔[3]也。

◎ 罪恶簿

记载罪恶的簿册，有黑簿、白簿、朱红簿三种颜色的

---

[1] 地仙：道教仙人谱系有鬼仙、人仙、地仙、天仙。
[2] 溟濘狱：地狱名。
[3] 薛荔："薛荔多"的简称，又作"闭黎多""闭丽多"等，本是佛教术语，饿鬼总名。

编简。地府刑罚有担运蒙山石给泰山增高的,担运夜山石去填堵黄河源头的,有汲引西津水去填满东海的,还有用风刀、电风,去填塞积夜河的。

罪簿有黑录[①]、白簿、赤丹编简。刑有搪蒙山石副太山;搪夜山石塞河源;及西津水寘东海;风刀,电风,积夜河。

◎鬼官品阶

鬼官有七十五种品阶。仙位有九太帝、二十七天君、一千二百仙官、二万四千灵司、三十二司命。有圣、真、仙三品;每品有三,合为九品;从凡人到圣人有七城、九阶;九阶各有三位,合为二十七位;七十二万之等级次序。

鬼官有七十五品。仙位有九太帝、二十七天君、一千二百仙官、二万四千灵司、三十二司命。三品、九品、七城、九阶、二十七位、七十二万之次第也。

◎老君西行

太上老君朝西而行,他穿越流沙之地,途经八十一个国家,一直走到了乌弋、身毒,才化身成佛,教化泽被达三千个国家。他著有《九万品戒经》,也就是汉朝从大月支国所得到的《复立经》。孔子是元宫仙。佛是三十三天仙,延真宫主,所传之道本自天竺古先生,善入无为之境。

[①] 黑录:底本作"黑绿"。

老君①西越流沙，历八十一国，乌弋②、身毒③为浮屠④，化被三千国。有《九万品戒经》，汉所获大月支《复立经》是也。孔子为元宫仙。佛为三十三天仙，延真宫主，所为道在竺乾⑤有古先生⑥，善入无为。

◎《释老志》

在《魏书·释老志》里也认为：佛是在西域得道开悟的。陶弘景说："小方诸国大都信奉佛，长生不死，都服食五星精，而读华夏的《归藏》经之后，则能够飞行起来。藏经，便是菩萨戒。"

《释老志》⑦亦曰：佛于西域得道。陶胜力⑧言："小方诸国⑨多奉佛，不死，服五星精，读夏《归藏》，用之以飞行也。藏经，菩萨戒⑩也。"

---

① 老君：即为老子，姓李，名耳，又名老聃。道家学派创始人。
② 乌弋：西域古国名，在今阿富汗南部。
③ 身毒：古印度别称。
④ 浮屠：梵文音译，也作"浮图"。即佛陀，佛教徒。后来称佛塔为浮屠。
⑤ 竺乾：天竺。
⑥ 古先生：道教为贬抑佛教，称老子西至天竺，为佛传道，自号为古先生。
⑦ 《释老志》：即《魏书·释老志》。
⑧ 陶胜力：即陶弘景，字通明，丹阳秣陵（今江苏南京）人。著有《真灵位业图》《真诰》等道书。
⑨ 小方诸国：仙人所居之国。
⑩ 菩萨戒：大乘菩萨僧所持戒律。

◎方诸山

方诸山在东方。

方诸山在乙地①。

◎闱编郎

太极真仙中，庄子是闱编郎。遵守八十一种戒律，行善一千二百件，入洞天福地。遵守二百三十戒，行善二千件，升为山上灵官。行善一万件，则升迁玉清胜境为仙。

太极真仙中，庄周②为闱编郎③。八十一戒，千二百善，入洞天。二百三十戒，二千善，登山上灵官。万善，升玉清。

◎仙相特征

腹部有白痣，是名字在琼简的人；眼睛有绿筋，是名字在金赤书的人；阴部有伏骨，是名字在琳札青书的人；胸部有偃骨，是名字在星书的人；眼四规，是名字在方诸的人；手掌的纹理回旋盘曲，是名字在箓籍的人。有前相的人，都是上仙，可以不加修炼，道法自然生成。其次鼻子上有玄山，腹部有玄丘，则都是成仙之相。若有口臭，

---

① 乙地：东方。
② 庄周：即庄子，名周，宋国蒙（今河南商丘）人。与老子并为道家宗师，合称"老庄"。唐玄宗时，诏为"南华真人"，《庄子》也被称作《南华经》。
③ 闱编郎：《真诰》卷十四："（庄子）白日升天，上补太极闱编郎。"

身体常常肮脏污秽的人，则会破坏这种玄丘之相。

白志见腹①，名在琼简②者；目有绿筋，名在金赤书者；阴有伏骨，名在琳札青书者；胸有偃骨，名在星书者。眼四规，名在方诸者；掌理回菌，名在绿籍者。有前相，皆上仙也，可不学，其道自至。其次鼻有玄山，腹有玄丘，亦仙相也。或口气不洁，性耐秽，则坏玄丘之相矣。

◎三尸

人体有五脏、九宫、十二室、四肢、五体、三焦、九窍、一百八十个器官、三百六十根骨节，以及三万六千鬼神附居在各个部位。魂以精气为根本，魄以眼睛为门户。三魂七魄都能被控制。庚申日，七魄中的伏矢上天入地告发人的罪过。本命日，负责天曹管理的计算人的功过。三尸每天三朝：上尸青姑，伤害眼睛；中尸白姑，伤害五脏；下尸血姑，伤害胃部。三尸也叫作玄灵。又说：三尸位于人的头部，使人产生很多欲望，让人喜好香车宝马，它的颜色是黑色；位于人的腹部，让人贪恋美食，易于发怒，它的颜色是青色；位于人的脚部，让人贪恋女色，接近恶鬼。如果能七守庚申，三尸就会被消灭；若能三守庚申，三尸则会被制伏。

---

① 白志见腹：唐王悬河《三洞珠囊》卷八："若太素有琼简金名者，则其人必白志见于腹，口中有紫气。"志，通"痣"。
② 琼简：玉简。

五脏①、九宫②、十二室③、四支、五体、三焦④、九窍⑤、百八十机关、三百六十骨节、三万六千神随其所而居之。魂以精为根，魄以目为户。三魂可拘⑥，七魄可制⑦。庚申日⑧，伏尸⑨言人过。本命日⑩，天曹计人行。三尸⑪一日三朝：上尸青姑，伐⑫人眼；中尸白姑，伐人五脏；下尸血姑，伐人胃命。亦曰玄灵⑬。又曰：一居人头中，令人多思欲，好车马，其色黑；一居人腹，令人好食饮，恚怒⑭，其色青；一居人足，令人好色，喜煞⑮。七守庚申⑯三尸灭；三守庚申三尸伏。

◎ 仙药*

仙药有：钟山白胶、阆风石脑、黑河蔡瑚、太微紫麻、太极

---

① 五脏：心、肝、肺、肾、脾为五脏。
② 九宫：人体九个部位，有脑部九宫和脏腑九宫。
③ 十二室：即十二宫，人的面部据以测算祸福命运的十二个部位。
④ 三焦：食道、胃、肠等部分，分上、中、下三焦。
⑤ 九窍：九孔。阳窍有七，眼、耳、鼻、口；阴窍有二，大小便处。
⑥ 拘：拘制。
⑦ 制：制伏。
⑧ 庚申日：天干地支计日。庚为天干的第七位，申为地支的第五位。
⑨ 伏尸：即七魄中的"伏矢"。
⑩ 本命日：与人出生之年干支相同之日。
⑪ 三尸：也作"三毒""三虫"，人体内三种作祟之神。
⑫ 伐：伤害。
⑬ 玄灵：人体作祟之神。
⑭ 恚（huì）怒：愤怒。
⑮ 煞（shà）：恶鬼。
⑯ 守庚申：也称"守三尸"。在庚申日通宵静坐不眠，清斋修持，可以避免三尸作祟，安定魂魄。

* 本条内容为仙药名，没有翻译之意义，故只出原文而无译文。本书其他地方与此同者，也作同样处理。以下不再重复说明。

井泉、夜津日草、青津碧荻、圆丘紫柰、白水灵蛤、八天赤薤、高邱余粮、沧浪青钱、三十六芝、龙胎醴、九鼎鱼、火枣交梨、凤林鸣酢、中央紫蜜、崩岳电柳、玄郭绮葱、夜牛伏骨、神吾黄藻、炎山夜日、玄霜绛雪、环刚树子、赤树白子、徊水玉精、白琅霜、紫浆、月醴、虹丹、鸿丹。

◎ 药草异号

药草异号：

丹山魂——雄黄①、青要女——空青②、灵华泛腴——薰陆香③、北帝玄珠——消石④、东华童子——青木香、五精金——阳起石⑤、流丹白膏——胡粉⑥、亭炅独生——鸡舌香、倒行神骨——戎盐⑦、白虎脱齿——金牙石⑧、灵黄——石流黄⑨、陆虎遗生——龙骨⑩、章阳羽玄——白附子、绿伏石——母慈石⑪、绛晨

---

① 雄黄：外丹黄白术常用药物。
② 空青：俗称"孔雀石"。
③ 薰陆香：即乳香。
④ 消石：即硝石。又有"北帝玄珠""河东野""化金石"等名称。
⑤ 阳起石：矿石名。有"羊起石""五精英华""五色芙菜"等名。
⑥ 胡粉：白色粉状物，又名有"流丹""鹊粉""丹地黄""流丹白膏"等。
⑦ 戎盐：又名"光明盐""紫石英""西龙膏""倒行神骨"等，是外丹炼药的重要原料。
⑧ 金牙石：即金牙，主要成分为黄铁矿。
⑨ 石流黄：即石硫黄，为外丹炼药的主要原料。
⑩ 龙骨：动物骨骼和牙齿化石，外丹家主要用来配药。
⑪ 慈石：磁石。

伏胎——茯苓①、伏龙——李②、苏牙——树③、蔬薤④白华，一名守宅，一名家芝，凡二十四名

◎ 符图籍

图籍有符⑤图七千章：

《雌一玉检》《四规明镜》《五柱中经》《飞龟袂》《飞黄子经》《鹿庐骄经》《含景图》《卧引图》《园芝图》《木芝图》《大隗新芝图》《牵牛经》《玉玺记》《腊成记》《玉案记》《丹台经》《日月厨食经》《金楼经》《三十六水经》《中黄丈人经》《协龙子鹿台经》《玉胎经》《官氏经》《凤纲经》《六阴玉女经》《白虎七变经》《九仙经》《十上化经》《百守摄提经》《三纲六纪经》《白子变化经》《隐首经》《入军经》《泉枢经》《赤甲经》《金刚八叠录》。

◎ 老君降生

老君的母亲名为玄妙玉女。天降玄黄灵药，此玄黄形状如弹丸（大小），吞入口中便有了身孕。凝结精神于琼

---

① 茯苓：植物名。寄生在山中腐朽的松树根上，形状像甘薯。古人认为食之可以长生不老。
② 伏龙——李：刘传鸿《〈酉阳杂俎〉校证：兼字词考释》："各本误将'伏龙李'作一物。按《真诰》卷十三：'昔高辛时有仙人展上公者，于伏龙地植李，弥满其地。'据此，'伏龙'与'李'乃异号。"
③ 苏牙——树：刘传鸿《〈酉阳杂俎〉校证：兼字词考释》："各本误将'苏牙树'作一物，按唐司马丞祯《上清侍帝晏桐柏真人图赞》：'泉则石髓金精，树则苏牙琳碧。'据此'苏牙'与'树'乃异号。"
④ 薤（xiè）：多年生草本植物，鳞茎可食。
⑤ 符：道教用以驱鬼召神、治病延年的秘密文书。

胎宫，历时达三千七百年。从赤明年代开始，时逢甲子年，诞生在扶刀盖天西那王国郁寥山丹玄阿。

又有说法：老君在母腹孕育了八十一年，剖开左腋而出生，出生之时就已是满头白发。

又有说法：在青帝那个劫难的末尾时代，元气改运，老子托胎到洪氏身体内。

又有说法：老君的母亲本是元君，在太阳的精华时辰入口，元君吞下后便有了身孕。同时，有三色气体环绕身体，有五行神兽贴身护卫。就这样过了七十二年，老君才出生在陈国苦县赖乡涡水北岸、九井之西的李树下面。老君有三十六号、七十二名。另外又有九个名号，又名千二百官君，又名九天上皇洞真第一君、大千法王、九灵老子、太上真人、天老、玄中法师、上清太极真人、上景君，等等。老君身高九尺，也有说法为二丈九尺；耳朵有三个孔，挂连环，又说耳朵没有耳廓。眉毛宛如北斗形状，绿色，中间有紫毛，长五寸。眼睛是方形瞳孔，有绿筋贯穿其中，发出紫光。鼻子有两根鼻柱，嘴巴为方形，共有六十八颗牙齿。下巴好像方形的小丘，脸颊犹如横着的土埂，龙形颜面，金色脸庞，额头上有三条皱纹，腹部有三颗痣，颈项有三条环形纹理，手掌有十条纹路，脚踏二五卦形，遍身长有绿毛，流淌着白颜色的血液，头顶有紫气盘旋围绕。

老君母曰玄妙玉女。天降玄黄①，气如弹丸，入口而孕。凝神琼胎宫，三千七百年。赤明开运，岁在甲子，诞于扶刀盖天西那王国郁寥山丹玄之阿。

又曰：老君在胎八十一年，剖左腋而生，生而白首。

又曰：青帝②劫③末，元气改运，托形于洪氏之胞。

又曰：李母本元君④也，日精⑤入口，吞而有孕，三色气绕身，五行⑥兽卫形，如此七十二年而生陈国⑦苦县赖乡涡水之阳⑧、九井西李下。具三十六号，七十二名。又有九名，又千二百。老君又曰九天上皇洞真第一君、大千法王、九灵老子、太上真人、天老、玄中法师、上清太极真人、上景君等号。形长九尺，或曰二丈九尺。耳三门，又耳附连环，又耳无轮廓。眉如北斗，色绿，中有紫毛，长五寸。目方瞳，绿筋贯之，有紫光。鼻双柱，口方，齿数六八。颐⑨若方丘，颊如横垄⑩，龙颜金容，

---

① 玄黄：道教丹药名。
② 青帝：道教东方之神，五帝之一，又称"苍帝"。
③ 劫：极长的时期，佛教认为每当一劫之后，改天换地，世界俱毁，然后重新开始。
④ 元君：道教对女仙的尊称，常指女仙中地位较高者。
⑤ 日精：太阳的精华，朝霞。
⑥ 五行：水、火、木、金、土五种物质，古人认为五行是构成天地万物的基本元素。五行说的要旨是相生相克，相生指木生火，火生土，土生金，金生水，水生木；相克指水克火，火克金，金克木，木克土，土克水。
⑦ 陈国：周代诸侯国。故址在今河南东南部和安徽北部。
⑧ 阳：山的南面，水的北岸称为阳。
⑨ 颐：下巴。
⑩ 垄：土埂。

额三理①，腹三志，项三约②，把十蹈五，身绿毛白血，顶有紫气。

◎尸解

人死后，形貌却跟活着的时候一样，脚的皮肤不是泛青灰色，目光仍有神，头发全部掉光，这全是尸解的特征。白天尸解称上解，半夜尸解称下解，临近黎明或黄昏尸解的是地下主。有太乙神守护其尸体，三魂守护骨骼，七魄守护肉身，胎神收纳元气，这就是太阴炼形。赵成子死后五六年，肉身腐烂了，但骨骼却保持完好，血液缠裹在骨骼内，紫胞结络在身体外。

又有一种说法：如果某人刚刚死去，去太阴，暂过六天宫三官，血液沉凝，脉息走散消失，而五脏又自动生长出来，白骨如玉一般，三光停止运行，太神内闭，可能要用三年到三十年。

人死，形如生，足皮不青恶，目光不毁，头发尽脱，皆尸解③也。白日去曰上解，夜半去曰下解，向晓向暮谓之地下主

---

① 理：皱纹。
② 约：或指颈项处的环形纹理。
③ 尸解：道教谓修仙之人弃尸于世，解化仙去为尸解。尸解不是真死，且尸体下葬后经太阴炼形，仍可白骨再生。尸解名目很多，有兵解（被兵器杀死）、水解（淹死），又有金、木、水、火、土五解，还有神杖解（以竹杖代人），等等。

者。太乙①守尸，三魂营骨，七魄卫肉，胎灵②录气③，所谓太阴练形④也。赵成子后五六年，肉朽骨在，液血于内，紫色⑤发外。

又曰：若人暂死，适太阴，权过三官，血沉脉散，而五脏自生，白骨如玉，三光惟息，太神内闭，或三年至三十年。

◎尸解有别

又有一种说法：白天尸解自是尸解仙，并非解尸。鹿皮公服食玉屑而三虫出尸。王西城服用龙胎醴而死别，服食琼精而叩棺。仇季子吞食金液神丹，尸臭远至百里之外。司马季主服食云散潜藏飞升，而身首分离。墨翟吞食虹丹而投水尸解。宁封子服食石脑而赴火尸解。柏成子靠着吸纳天地灵气而尸解。

又曰：白日尸解自是仙，非解尸也。鹿皮公⑥吞玉华⑦而流

---

① 太乙：也作"太一"，北辰神名。
② 胎灵：即胎神。
③ 录：纳，收藏。
④ 太阴练形：道教"尸解"的一个环节。人死后暂去阴间，尸体虽已腐烂，又得重生并成仙。太阴，阴间。练形，即炼形。炼形因所用方法和对象不同而各有区别，有玉液炼形、金液炼形、太阴炼形、太阳炼形、内观炼形和真空炼形等。
⑤ 紫色：刘传鸿《〈酉阳杂俎〉校证：兼字词考释》："此作'紫包'，即'紫胞'，道书常见，《杂俎》'色'当为'包'之形误。"
⑥ 鹿皮公：传说中的仙人。
⑦ 玉华：服食之可以长生的玉屑。

虫①出尸。王西城②潄龙胎③而死诀，饮琼精而扣棺。仇季子④咽金液⑤而臭彻百里。季主⑥服霜散⑦以潜⑧升⑨，而头足异处。黑狄⑩咽虹丹⑪而投水⑫。宁生⑬服石脑⑭而赴火⑮。柏成⑯纳气⑰而胃肠三腐⑱。

◎ 句曲灵芝

句曲山上出产五种灵芝。想要得到它们的人，要把两双金环放在石丛中，并且放置后就不要再惦记，这样才能得到灵芝。第一种灵芝名龙仙，吃了可以成为太极仙。第二种灵芝名参成，吃了可以成为太极大夫。第三种灵芝名

---

① 虫：三虫，人体内三种作祟之神。
② 王西城：也称"西城王君"，就是仙人王子登。
③ 龙胎：同后琼精均为丹药名。
④ 仇季子：仙人，治七十二福地之虔州虔化县金精山。
⑤ 金液：丹药名。
⑥ 季主：即为司马季主，仙人。
⑦ 霜散：《真诰》卷四作"云散"，丹药名。
⑧ 潜：潜藏，龙伏而欲动之象。
⑨ 升：飞升。
⑩ 黑狄：即墨翟。墨家学派创始人，墨子学问在战国时期为显学。后来《墨子》一书被收入《道藏》。
⑪ 虹丹：丹药名。
⑫ 投水：水解，尸解的一种。
⑬ 宁生：即为宁封子，又称"龙跷真人"。相传为黄帝的陶正，遇神人教以五色烟火法。后积薪自焚，其形随烟气上升，灰烬遗骨则葬于宁北山中。
⑭ 石脑：又名"太一禹余粮"，褐铁矿石。丹家认为服之可以轻身延年。
⑮ 赴火：火解之法。
⑯ 柏成：即为柏成子，仙人，治七十二福地之益州成都县大面山。
⑰ 纳气：吸纳天地灵气。
⑱ 胃肠三腐：尸身腐烂，即尸解。

燕胎，吃了可以成为正一郎中。第四种灵芝名夜光洞鼻，吃了可以成为太清左御史。第五种灵芝名料玉，吃了可以成为三官真御史。

句曲山①五芝，求之者，投金环二双于石间，勿顾念，必得矣。第一芝名龙仙，食之为太极仙。第二芝名参成，食之为太极大夫。第三芝名燕胎，食之为正一郎中。第四芝名夜光洞鼻，食之为太清左御史。第五芝名料玉，食之为三官真御史。

◎子干尸解

真人用宝剑尸解，羽化成仙，乃是上乘的尸解。所用宝剑的锻造时间极其有讲究，要在七月的庚申日、八月的辛酉日这两天。剑长为三尺九寸，宽一寸四分，厚三分半，末端长为九寸。剑名唤作子干，字良非。

真人②用宝剑以尸解者，蝉化③之上品也。锻④用七月庚申、八月辛酉日，长三尺九寸，广一寸四分，厚三分半，杪⑤九寸。名子干，字良非。

---

① 句（gōu）曲山：道教十大洞天之第八洞天，茅山派发源地。
② 真人：修真得道的人，与仙人统称为"仙真"。
③ 蝉化：即尸解登仙。
④ 锻：锻造。
⑤ 杪（miǎo）：末端。

◎ 青鸟修仙

青鸟公进入华山修炼,他修炼了四百七十一年,试验做法十二次,有三次未能成功。后来服用金汋神丹而升入太极仙境。但由于他做试验有三次没通过,所以仅仅只是成为仙人,未能升登真人之位。

青鸟公[①]入华山,四百七十一岁,十二试三不过。后服金汋[②]而升太极,以为试三不过,但仙人而已,不得真人位。

◎ 金石为开

有位傅先生入焦山隐修七年,老君给了他一把木钻,让他钻穿一块厚达五尺的大石头,并对他说:"只要你把这块石头钻穿,你便能得道成仙。"傅先生累计用时四十七年,石头终于被木钻钻穿了,傅先生因此而得神丹。

有傅先生,入焦山[③]七年,老君与之木钻,使穿一盘石,石厚五尺,曰:"此石穴,当得道。"积四十七年,石穿,得神丹。

◎ 半途而废

范零子跟着司马季主到了恒山石室修炼。在石室东北

---

① 青鸟公:彭祖弟子,旧时堪舆风水之术者多以其为祖师。
② 金汋(zhuó):丹药名。
③ 焦山:山名,据说汉末焦光隐居于此。

角上有个石柜，司马季主告诫他不要打开。范零子想回家，于是便偷偷打开了这个柜子。见到他的父母老幼，距离他很近，更加伤感思念。司马季主于是要赶他走，但在他苦苦哀求之下才被勉强留下。又过了几年，再让他把守一个铜柜，他又违犯了戒言，见到的情形和上一次一样。虽经多年修炼，他最终还是未能得道。

范零子，随司马季主入常山[1]石室。石室东北角有石匮[2]，季主戒勿开。零子思归，发之，见其家父母大小，近而不远，乃悲思。季主遂逐之。经数载，复令守一铜匮，又违戒，所见如前。竟不得道。

◎李班遇仙

卫国县西南有一处瓜穴，冬夏季节经常有水流出来，远远望去像是一匹白练，时不时还有瓜叶顺水流出。相传在前秦时候，有个名叫李班的人，他喜好道术。有一天他误入瓜穴中，走了大约三百步，空间一下子豁然开朗，洞中有宫室房屋，床榻上放着经书。只见两个胡须头发全白的人相对而坐。李班走上前去，跪拜在坐床之下。其中一人回头看看他说道："你还是回去吧，这里不宜久留。"于是，李班告辞出来。到了洞口，看到有几个瓜果，他想摘下来，瓜竟变成了石头。李班寻找来时的路回到家。到家

---

[1] 常山：北岳恒山，道教第五小洞天。恒，常也。
[2] 匮（guì）："柜"的异体字。

后，家人告诉他这一去一回，人间已过去了四十年。

卫国县西南有瓜穴，冬夏常出水，望之如练，时有瓜叶出焉。相传苻秦时，有李班者，颇好道术。入穴中，行可三百步，朗然有宫宇，床榻上有经书。见二人对坐，须发皓白。班前拜于床下。一人顾曰："卿可还，无宜久住。"班辞出。至穴口，有瓜数个，欲取，乃化为石。寻故道得还。至家，家人云班去来已四十年矣。

◎天上一日地上一年

长白山，就是传说中古代的肃然山，它南面的小山岭上有钟声时时传来。南燕时代，有个从广固来的名叫释惠霄的和尚到了那里，他听到钟声后就顺着声音往前走去，忽然眼前出现了一座寺院。那寺院门宇高大壮丽而气派。惠霄和尚进入寺内，乞要午餐。一位沙弥便摘了一个桃子给他，过一会儿又给了他一个，并说道："你在这里待的时间不短了，回去吧。"惠霄走出寺门，回头一看，整座寺院突然消失了。他回到广固见到自己的弟子。弟子说："师父，您失踪已经两年了。"惠霄才知道那两个桃子的寓意就是两年。

长白山,相传古肃然山也,岘①南有钟鸣。燕世②,桑门③释惠霄者,自广固④至此岘,听钟声,稍前,忽见一寺,门宇炳焕⑤,遂求中食⑥。见一沙弥⑦乃摘一桃与霄,须臾又与一桃,语霄曰:"至此已淹留,可去矣。"霄出,回头顾,失寺。至广固,见弟子言,失和尚已二年矣。霄始知二桃兆⑧二年矣。

◎鸣石山

高唐县有一处山叫鸣石山,山岩高一百多仞。如果拿东西敲击岩石,岩石发出的声音十分清脆激越。晋朝太康年间,逸士田宣隐居岩下。叶风霜月,他常敲打石头自娱自乐。他常常看到一个身穿白色单衣的人,徘徊于山岩之上,等到天快亮时方才离开。后来田宣便让别人敲击岩石,自己则躲藏在山岩上偷看。不多会那人果然来了,田宣赶紧上前扯住他的衣袖打算问个究竟。白衣人介绍说自己姓王,字中伦,卫国人。在周宣王时进少室山学道,最近常到方壶山去,来往都要经过这里,因喜欢山岩之声,于是便停下来静听。田宣向他请教养生之法,可白衣人仅仅留

---

① 岘(xiàn):小而险的山岭。
② 燕(yān)世:东晋时,鲜卑慕容氏称帝,国号燕。有前燕、后燕、西燕、南燕、北燕。此指南燕。
③ 桑门:梵语音译,也作"沙门"。本义为止息一切恶行。
④ 广固:在今山东青州西北。
⑤ 炳焕:鲜明华美。
⑥ 中食:佛家称正午的斋食为"中食"。
⑦ 沙弥:佛教中,男子出家初受十戒者称为"沙弥"。
⑧ 兆:寓示。

给他一块像雀卵大小的石头便离开了。起初那人升空百余步还能看见,后来渐入高空,被云遮雾罩,自然就不见了。田宣得到石头,含在口里,就是百来天不吃东西也不饿。

高唐县鸣石山,岩高百余仞。人以物扣岩,声甚清越①。晋太康中,逸士田宣隐于岩下,叶风霜月,常拊②石自娱。每见一人着白单衣,徘徊岩上,及晓方去。宣于后令人击石,乃于岩上潜伺。俄然果来,因遽执袂③诘之。自言姓王,字中伦,卫④人。周宣王时入少室山学道,比频适方壶⑤,去来经此,爱此石响,故辄留听。宣乃求其养生,唯留一石,如雀卵。初则凌空百余步犹见,渐渐烟雾障之。宣得石,含辄百日不饥。

◎ 韶石飞仙

在荆州和利水之间,有两块形似城楼一样的石头,人们称之为韶石。在晋朝永和年间,有两位飞仙各自在一石头上休憩,他们的衣服冠帽都洁白如雪,十天后方才离去。当时人们都看见了这两位仙人。

荆州⑥、利水间,有二石若阙,名曰韶石。晋永和中,有飞

---

① 清越:声音清脆激越。常用来形容音乐。
② 拊(fǔ):轻轻敲击。
③ 袂(mèi):衣袖。
④ 卫:周代诸侯国名。
⑤ 方壶:即"方丈",传说中的仙山。
⑥ 荆州:古为九州之一,今属湖北。

仙衣冠如雪，各憩一石，旬日而去。人咸见之。

◎玉女山奇遇

贝丘西边有一座玉女山。传说在晋朝泰始年间，北海人蓬球，字伯坚，进山砍柴，忽然闻到奇异的芳香，于是就迎风寻找香气的来源。不知不觉间到了玉女山，只见：宫殿开阔，纡深壮美，楼台也非常宽敞。蓬球进入宫殿大门窥视里面，见有五棵玉树。再往前稍走几步，看见四位妇人，她们都是端庄的绝世美人，她们正在殿堂上玩弹棋。她们一见到蓬球的到来，都惊讶地站起来，并对蓬球说："您是怎么找到这里的呢？"蓬球回答道："寻着香气到的这里。"她们又坐下继续玩弹棋。其中一位年轻的女子起身上楼去弹琴，另外玩棋的三人喊她的名字说："元晖，你为什么要独自上楼去呢？"蓬球站在树下，觉得有点饥饿，便伸出舌头去舔树叶上的露珠。突然，一位女子乘着仙鹤从西边飞来，迎面就非常生气地说："玉华，你们这里为什么会有这个俗人呢！王母马上就要派王方平巡查各处仙室了。"蓬球听了害怕极了，赶紧出了大门。再回头看，瞬息之间，宫殿、仙人全都消失了。回到家，竟然已到了建平年间了。他的老屋和邻舍等全变成了废墟墓地。

贝丘①西有玉女山。传云，晋泰始中，北海②蓬球，字伯坚，

---

① 贝丘：古地名。在今山东博兴东南。
② 北海：古地名。唐代属青州，其地在今山东潍坊。

入山伐木，忽觉异香，遂溯风寻之。至此山，廊然宫殿盘郁，楼台博敞。球入门窥之，见五株玉树。复稍前，有四妇人，端妙绝世，自弹棋①于堂上。见球，俱惊起，谓球曰："蓬君何故得来。"球曰："寻香而至。"遂复还戏。一小者便上楼弹琴，留戏者呼之曰："元晖，何为独升楼。"球树下立，觉少饥，乃舌舐叶上垂露。俄然，有一女乘鹤西至，逆②恚③曰："玉华，汝等何故有此俗人！王母即令王方平④行诸仙室。"球惧而出门，回顾，忽然不见。至家，乃是建平中。其旧居间舍，皆为墟墓矣。

◎旌阳斩巨蛇

晋朝的许旌阳，他是吴猛的弟子之一。当时江东地区蛇害严重，吴猛下决心要除掉它们。他挑选了一百名徒弟去了高安，并叫人准备好一百斤木炭，按照他说的尺寸裁断好，摆放在祭坛上。一天晚上，这些木炭竟然全部变成了美女，诱惑他的徒弟们。等到天亮后，吴猛召集所有的徒弟进行检查，他们一个个的全部把衣服弄黑了，唯有许旌阳没有污渍。于是，吴猛就让许旌阳跟着自己，他们一起到了辽江。不久，他们遇见一条巨蛇，吴猛年老体衰无力对付巨蛇，许旌阳于是就脚踏禹步敕剑登上蛇头，斩杀

---

① 弹（tán）棋：一种博戏。两人对局，黑、白棋各若干枚，先放一棋子在棋盘一角，用指弹去击对方的棋子，先被击中取尽者算输。
② 逆：迎。
③ 恚（huì）：愤怒。
④ 王方平：名远，字方平，东汉时期东海（今山东兖州）人。仕至中散大夫，后来相传学道成仙了。

了巨蛇。

晋许旌阳[1]，吴猛[2]弟子也。当时江东多蛇祸，猛将除之。选徒百余人，至高安，令具炭百斤，乃度尺而断之，置诸坛上。一夕，悉化为玉女，惑其徒。至晓，吴猛悉命弟子，无不涅[3]其衣者，唯许君独无，乃与许至辽江。及遇巨蛇，吴年衰，力不能制，许遂禹步[4]敕[5]剑登其首，斩之。

◎千金仙方

孙思邈曾在终南山隐居，他与宣律和尚通过交往渐渐成了好朋友，时常往来互相参证教义。适值天下大旱，西域和尚请求在昆明池边设坛求雨，皇帝下诏令官员准备香灯，仅过了七天，池水水位下降了好几尺。忽然有一位老人夜晚拜访宣律和尚，并向他求救，说："弟子是昆明池的龙。这么久不下雨，这不是因为我的缘故。而是有个胡僧想要用我的脑子当药引，便欺骗皇帝说要求雨。现在我的生命危在旦夕，恳请和尚您用法力保护我。"宣律和尚推辞

---

[1] 许旌阳：即为许逊，字敬之，南昌人。曾任旌阳令，人称"许旌阳"。道教又称其"许真君""许天师"。相传其于东晋宁康二年（374）在洪州西山，全家四十二口拔宅飞升。

[2] 吴猛：晋濮阳（今属河南）人。道士，早年曾任吴国西安令。传说他得异人丁义神方，又曾跟南海太守鲍靓学道。

[3] 涅：黑色。

[4] 禹步：相传大禹治水辛苦，身病偏枯，行走艰难，故最初以禹步指称跛行；后巫师作法多效禹步，道教吸收后，被当成一种对鬼神和外物有神秘禁制作用的步法，广泛运用于法术、科仪之中。

[5] 敕：道士用于符咒上的命令。

说：“我最多不过是守持戒律罢了，你可去请求孙先生救。”老人于是去孙思邈的石室求救，孙思邈对他说：“我知道昆明池龙宫里有三十个仙方，你若能传给我，我便救你。”老人说：“这些仙方上帝不允许随便传授，现在情况危急，我实在没法顾惜了。”很快，老人就捧着仙方来了。孙思邈说：“你只管回去，不用担心胡僧了。”从这时起昆明池水突然上涨，几天时间就溢出了池岸。胡僧甚是羞愧，竟气愤而死。孙思邈还撰写了《千金方》三十卷，每卷都加入了龙宫的一个仙方，外人竟无从知晓。等到他去世以后，才有人看到了这些仙方。

孙思邈①尝隐终南山②，与宣律和尚③相接，每来往互参宗旨。时大旱，西域僧请于昆明池结坛祈雨，诏有司④备香灯⑤，凡七日，缩水数尺。忽有老人夜诣宣律和尚求救，曰：“弟子昆明池龙也。无雨久，匪⑥由弟子。胡僧利弟子脑，将为药，欺天子，言祈雨。命在旦夕，乞和尚法力加护。”宣公辞曰：“贫道持律而已，可求孙先生。”老人因至思邈石室求救，孙谓曰：“我知昆明龙宫有仙方三十首，尔传与予，予将救汝。”老人曰：“此方

---

① 孙思邈：京兆华原（今陕西铜川耀州）人。医学家，著有《千金要方》《千金翼方》，后世尊之"药王"。
② 终南山：道教名山，在今西安南，为秦岭主峰之一，古人以山起自于阗，终于关中，故名"终南"。汉武帝曾在此祭祀太乙神，故又名"太乙山"。
③ 宣律和尚：初唐高僧。他久居终南，精持戒律，为南山律宗的创始人。
④ 有司：官员。职有专司，故名"有司"。
⑤ 香灯：古人祭祀所用的灯火。
⑥ 匪：通"非"。

上帝不许妄传，今急矣，固无所吝。"有顷，捧方而至。孙曰："尔第①还，无虑胡僧也。"自是池水忽涨，数日溢岸，胡僧羞恚而死。孙复著《千金方》三十卷，每卷入一方，人不得晓。及卒后，时有人见之。

◎武都雄黄

玄宗避乱来到了蜀地，他梦见孙思邈向他讨要武都的雄黄。于是，他就让中使带了十斤雄黄，送到峨眉山顶。但中使还未走到半山腰，就遇到一个人，幅巾束发，身着布衣，胡须鬓发都已白得发亮，身边还有两个童子，两个小童穿着青衣，梳着圆丸形发髻，随侍两旁，站在屏风两侧。那人用手指着一块大石头说："你可以把药放在这块石头上。石上有一份奏章，你抄录下来呈给皇帝，复命去吧。"中使看那石上，的确有用朱砂书写的一百多个字，于是便抄写下来，石头上的字随着中使的抄写而消失，等到抄写完毕，石头上的字迹也不见了。瞬息间，白气弥漫，一下子他们三人全都不见了。

玄宗幸蜀，梦思邈乞武都雄黄②，乃命中使③赍④雄黄十斤，

---

① 第：只管。
② 武都雄黄：道教仙药名。
③ 中使：宫中派出的使者。常指宦官。
④ 赍（jī）：有送出的意思，这里是携带着。

送于峨眉顶上。中使上山未半,见一人,幅巾①被褐②,须鬓皓白,二童青衣丸髻③,夹侍立屏风侧,以手指大盘石曰:"可致药于此。上有表,录上皇帝。"中使视石上,朱书百余字,遂录之,随写随灭,写毕,石上无复字矣。须臾,白气漫起,因忽不见。

◎ 裴沆得道

同州司马裴沆曾说起自己和堂伯父裴某再次从洛阳前往郑州,路上发生的事情。他们这一路上走了好几天,赶夜路时偶然下马暂停休息,突然就听到道路左边有人呻吟,于是拨开杂草寻找。在荆棘丛中发现了一只病鹤,垂着翅膀,耷拉着脑袋,翅膀的关节处正在生疮溃烂、羽毛已经掉光了,裴沆听出鹤的声音很怪异。突然间出现一位白衣老人,拄着拐杖,从几十步远的地方朝他走过来,并对他说:"你年纪轻轻,难不成也哀怜同情这只病鹤?倘若有人血涂在它的伤口上,它就可以飞了。"裴沆颇通道法,性情又豪爽,马上说:"请让我刺我的手臂取血吧,这简直就是小事一桩。"老人说:"你的这种心志是特别难得的。但是治愈这只鹤必须是三世为人,这样的人的血才可以。你前生不是人,只有洛阳胡芦生三世为人。你这一趟如无急事,能不能返回洛阳,去求求胡芦生呢?"裴沆非常爽快地折返行程,一路疾驰,不到两个晚上就到了洛阳拜访胡芦生,

---

① 幅巾:古代男子用全幅绢所做的头巾。
② 褐:粗布衣服。
③ 丸髻:圆丸形发髻。

详叙所遇之事，并恳请胡芦生帮忙搭救病鹤。胡芦生毫不犯难，当即打开包袱取出一个两指大小的石盒，取针刺臂，鲜血滴满了石盒，交给裴沆说："别的话就别多讲了。"等到裴沆回到病鹤那里，老人已经先到了，高兴地对他说："你真是一个信守承诺的人！"于是让裴沆把鲜血全部涂在病鹤的伤口上。老人说这是和鹤结下缘分了，又邀请裴沆说："我的居所离此不远，不妨稍作去停留。"裴沆觉得老人不像是普通人，就尊称他为丈人，跟着他走。只走了几里远，便到了一处村庄，竹篱草庐，庭院杂乱。当时裴沆口渴极了，便向老丈人要茶喝，老人指着一个土龛说："这里面有一点浆液，你可以去取来喝。"裴沆看那土龛中，有一枚杏核形如斗笠，里面盛满了浆液，浆液的颜色是纯白色的。裴沆用力举起便喝，喝了立刻就不感到饥渴了，浆液的味道就像杏酪。裴沆心里明白老人是位世外高人，就下拜请求当他的奴仆。老人说："你在人间小有官运，若是隐居在此，也没法达到你的心愿。你的叔叔的确修道有得，我和他交往很久了，你自然是不知道这些的。我这里有一封信要交给他，你务必送到。"于是包好一个饭碗大小的包袱，告诫他不要偷看。又带着裴沆去看那只病鹤，鹤的伤口处已经长出了羽毛。老人又对裴沆说："你先前饮用了杏浆，可以哭送九族亲戚了，你可不能靠近酒色呀。"裴沆返回洛阳，半路上好奇想要看那封信，刚欲打开时，只见包袱四角各有一条红色的蛇伸出脑袋，裴沆只好作罢。他的叔叔收到信后立即打开来看，其中的东西像是一升多干大麦饭。他叔叔后来游历去了王屋山，但不知他最后到了哪里。裴沇后来果然长寿,一直活到了九十七岁。

同州司马裴沇尝说,再从伯①自洛中将往郑州,在路数日,晚程偶下马,觉道左有人呻吟声,因披蒿莱②寻之。荆丛下见一病鹤,垂翼俯咮③,翅关上疮坏无毛,且异其声。忽有老人,白衣曳杖,数十步而至,谓曰:"郎君年少,岂解哀此鹤耶?若得人血一涂,则能飞矣。"裴颇知道,性甚高逸,遽曰:"某请刺此臂血,不难。"老人曰:"君此志甚劲。然须三世是人,其血方中。郎君前生非人,唯洛中胡芦生三世是人矣。郎君此行非有急切,可能却至洛中,干④胡芦生乎?"裴欣然而返,未信宿⑤至洛,乃访胡芦生,具陈其事,且拜祈之。胡芦生初无难色,开襆取一石合,大若两指,援针刺臂,滴血下满其合,授裴曰:"无多言也。"及至鹤处,老人已至,喜曰:"固是信士。"乃令尽其血涂鹤。言与之结缘,复邀裴曰:"我所居去此不远,可少留也。"裴觉非常人,以丈人呼之,因随行。才数里,至一庄,竹落⑥草舍,庭庑狼藉。裴渴甚,求茗,老人指一土龛⑦:"此中有少浆,可就取。"裴视龛中,有杏核一扇如笠,满中有浆,浆色正白。乃力举饮之,不复饥渴,浆味如杏酪。裴知隐者,拜请为

---

① 再从伯:父亲的同曾祖兄,即堂伯父。同一宗族次于至亲者称"从",又次者,称"再从",再从即同一曾祖父之亲。
② 蒿(hāo)莱:杂草。
③ 咮(zhòu):鸟嘴。
④ 干(gān):求。
⑤ 信宿(sù):连住两夜,也表示两夜。
⑥ 竹落:竹篱。
⑦ 龛(kān):供奉神佛的小阁或柜子。

奴仆。老人曰："君有世间微禄①,纵住亦不终其志。贤叔真有所得,吾久与之游,君自不知。今有一信,凭君必达。"因裹一襆物,大如羹碗,戒无窃开。复引裴视鹤,鹤所损处,毛已生矣。又谓裴曰："君向饮杏浆,当哭九族②亲情,且以酒色为诫也。"裴还洛,中路阅其附信,将发之,襆四角各有赤蛇出头,裴乃止。其叔得信,即开之,有物如干大麦饭③升余。其叔后因游王屋④,不知其终。裴寿至九十七矣。

◎赵业《魂游上清记》

作为明经出身的赵业,在贞元年间才被选任为巴州清化县令。他仕途不得志,忧郁成疾,特别不喜光亮,已不吃不喝四十多天了。忽然听到空中雷响,随即有一团形状像鼓的红色云气,翻滚转动来到了他的床前,腾跃上床,在赵业的心口处停住。赵业便开始出现精神恍惚,如在梦中一般,有一位穿红衣服、戴平顶头巾的人,引导着他向东走。走出山谷,有一条自东向西的河流,人很多,都久久地站在那里看。他们继续朝东走,经过了一座用黄金碧玉装饰的桥。过桥后朝北走,便到了一座城。来到城里的官署中,这儿百姓和官吏都很多。赵业见到了妹夫贾奕和

---

① 微禄:微薄的俸禄。此指小官。
② 九族:从自己往上算有四辈父、祖、曾祖、高祖,往下有四辈子、孙、曾孙、玄孙,合为九族。
③ 麦饭:麦屑做的饭,也称"麦屑饭"。
④ 王屋:即王屋山,在今河南济源和山西阳城之间。古因山形酷似王者之屋,故名。道教以此为"天下第一洞天"。

自己争辩杀牛的事，他怀疑这里是阴曹地府，赶紧逃跑躲避。逃到一堵墙壁间，那墙壁好像是黑色的石头构建的，有几丈高，听到里面有呵斥的声音。红衣人于是把他领进大院，小吏通报说："司命提审犯人。"又见到了贾奕，于是和他辩论对质。贾奕顽固坚执己见，赵业无法自证清白。忽然有一面直径一丈的大镜子，虚悬在半空中。抬头看，清楚可见贾奕动刀杀牛，赵业靠在门上，脸上流露出不忍之色。贾奕这才认罪。红衣人又领赵业到了官署大院，有一个人披着褐色披肩，戴着紫霞冠，相貌如同佛像，责问他说："你为什么偷窃帽子，后又在滑州市场上藏匿了别人的三升橡子？"赵业于是认错，不停叩拜。红衣人又领他出来，询问他说："能游上清仙境吗？"于是红衣人带着赵业一起登上了一座山，山下便是激流汹涌，水势飞流直下，水花翻腾，成千上万的人随着水流而前进，赵业不知不觉也开始随着水漂流。过了很长时间，才在一块大石头上停下来，石头上有一青一白的道路。红衣人已变成两个人，一人在前面带路，一人在后面催他快走。于是登上石崖站立，石头平坦干净。又走了几里路，路旁有一种草就像红蓝，枝叶茂密，没有刺，花瓣飘飘洒洒飘散在空中。又有一种草像苣荬菜，贴地生长，也有花飘飞，刚长出时形如马勃，绽开后大如碟子，花瓣呈红黄色。走到这里，他就看见熊熊大火，火势如山，横亘天际，等到火焰熄灭才又继续前行。到了一座大城，城门上双层谯楼耸峙，街道旁排列整齐地栽种着果树，仙女们列队轮流唱歌奏乐，美妙的姿态世间少见。一共经过三道门，朱门红光辉映，地面和墙壁光洁明亮可照出人影来。往上看不见天，好像被红晕完全遮住了。正殿有三重，全都供奉着神像。他见到一位道士，好像是自己的老熟人，赵业于是请求做他的弟子，那人却推辞不肯答应他。各种乐器中有一种像琴的，长四尺，九弦，接近琴头处有一尺多宽，中间有两道横着的用来变换音调。又有一种乐器形状像酒具，三根弦，长三尺，腹部上宽下窄，背部饱满而凸起。很快开始审阅簿录，红衣人先是领着赵业走出宫殿，到了南面一个院子，里面有一位戴红冠、披紫霞披肩的官员，这位官员让他和两个红衣人坐在大厅里，并命令先审阅戊申年的簿录。这本簿录和人间的诉讼文书差不多，首先记载人的生辰，然后是姓名、年龄，下面再注明生于哪月哪日；另起一行横列六十个甲子，所有的功过都在每一天那里详细记载，如果那一天没什么罪过，就写"无事"。赵业窥视了自己的簿录，姓名、出生年月日，丝毫不差。登记在册的人数超过亿兆。红衣人说："每六十年，天下所有人都要重新登记一次，以此来考评他的善恶，据此加减他的阳寿。"红衣人领着赵业走出北门，回到原路，红衣人同他握手告别说："来这里游览的是你的魂魄。你顺着这条路走，不要回头，就可以到家了。"赵业听从他的话往家走，走得稍微快了点，跌了一跤，就好像从梦中醒了过来，原来自己已经死了七天了。赵业著有《魂游上清记》一文，其文十分详细地叙述了这件事。

明经①赵业，贞元中选授巴州清化县令。失志成疾，恶明，不饮食四十余日。忽觉空中雷鸣，顷有赤气如鼓，轮转至床，腾上，当心而住。初觉精神游散，奄如梦中，有朱衣平帻者，引之东行。出山断处，有水东西流，人甚众，久立视之。又东行，一桥饰以金碧。过桥北，入一城。至曹司②中，人吏甚众。见妹聟③贾奕，与己争杀牛事，疑是冥司，遽逃避至一壁间，墙如石黑，高数丈，听有呵喝声。朱衣者遂领入大院，吏通曰："司命④过人⑤。"复见贾奕，因与辩对。奕固执之，无以自明。忽有巨镜径丈，虚悬空中。仰视之，宛见贾奕鼓刀⑥，赵负门，有不忍之色。奕始伏罪。朱衣人又引至司人院，一人被褐帔⑦紫霞冠，状如尊像⑧，责曰："何故窃拨⑨、幞头二事，在滑州市隐橡子三升？"因拜之无数。朱衣者复引出，谓曰："能游上清乎？"乃共登一山，下临流水，其水悬注腾沫，人随流而入者千万，不觉身亦随流。良久，住大石上，有青白晕道。朱衣者变成两人，一道之，一促之，乃升石崖上立，坦然无尘。行数里，旁有草

---

① 明经：唐代科举以经义取士，谓之"明经"。
② 曹司：官署。
③ 聟：通"婿"；《集韵》通"壻"。
④ 司命：掌管生死寿夭的神。
⑤ 过人：提审。
⑥ 鼓刀：动刀，这里指宰杀牲畜之事。
⑦ 帔（pèi）：披肩。
⑧ 尊像：佛像。
⑨ 拨：妇女用以理鬓的梳具，形如枣核，也称"鬓枣"。

如红蓝①,茎叶密无刺,其花拂拂然飞散空中。又有草如苣②,附地,亦飞花,初出如马勃③,破大如叠,赤黄色。过此,见火如山,横亘天,候焰绝乃前。至大城,城上重谯④,街列果树,仙子为伍,迭谣鼓乐,仙姿绝世。凡历三重门,丹臒⑤交焕,其地及壁,澄光可鉴。上不见天,若有绛晕都覆之。正殿三重,悉列尊像。见道士一人,如旧相识,赵求为弟子,不许。诸乐中如琴者,长四尺,九弦,近头尺余方广,中有两道横以变声。又如一酒榼⑥,三弦,长三尺,腹面上广下狭,背丰隆。顷有过录⑦,乃引出阙南一院,中有绛冠紫霞帔,命与二朱衣人坐厅事,乃命先过戊申录⑧。录如人间词状⑨,首冠人生辰,次言姓名、年纪,下注生月日;别行横布六旬甲子,所有功过,日下具之,如无,即书"无事"。赵自窥其录,姓名、生辰月日,一无差错也。过录者数盈亿兆。朱衣人言:"每六十年,天下人一过录,以考校善恶,增损其算⑩也。"朱衣者引出北门,至向路,执手别,曰:"游此是子之魂也。可寻此行,勿返顾,当达家矣。"依其言,行稍急,蹶倒,如梦觉,死已七日矣。赵著《魂游上清记》,叙事

---

① 红蓝:又名"黄蓝""红花",一年生菊科草本植物。
② 苣(qǔ):即苣荬(mǎi)菜,多年生草本植物,花黄色,茎叶嫩时可食。
③ 马勃:也写作"马渤",菌类植物名。
④ 重谯(qiáo):城门上的双层瞭望楼。
⑤ 丹臒(huò):红色颜料。
⑥ 榼(kē):盛酒的器具。
⑦ 过录:审阅簿录。
⑧ 戊申录:戊申年出生人的簿录。
⑨ 词状:诉讼的文书,即状纸。
⑩ 算(suàn):古代用以计数的筹码。这里指寿数。

甚详悉。

◎仙桃奇遇记

史论在齐州做官时，曾外出打猎到了一个县的边界，在一所寺院里休息小睡。他闻到一股奇异的桃子香味，就去访问寺里的和尚。和尚来不及收藏，只好说是最近有人施舍了两个桃子，于是从经案下取出来，献给了史论，桃子如饭碗大小。当时史论正觉饥饿，一下子就把两个桃子全吃了，桃核也如同鸡蛋大小。史论有些疑虑，便问他桃子究竟从哪里得来，和尚笑着说："刚才确实打了诳语。桃子出自距这里十多里远的地方。道路危险，我四处云游的时候偶然碰到的，觉得十分奇异，就摘来了几个。"史论说："我不带随从，单独和你一起去吧。"和尚没办法，只好领着史论朝北面的野榛树林中走。走了大约五里路，来到了一条河跟前，和尚说："恐怕中丞大人您无法渡过这条河去。"史论去意十分坚定，于是按照和尚的办法：脱下衣服顶在头上向对岸游去。上了岸，又往西北方向走，又趟过两条小河。翻山越涧走了几里之后，来到了一个多山泉怪石的地方，此处显然不像是在人间。这里有几百株桃树，每株桃树都有二三尺高，枝干垂地，香气扑鼻。史论和那和尚各吃了一个桃子，就感觉饱了。史论脱下衣服，想要尽量多包些桃子带走。和尚说："这里可能是仙境，不能多拿。我曾经听长老说，从前也有人到过这里，因怀里揣了五六个桃子，结果就迷路了，你如果桃子带多了就根本出不了山。"史论也感觉这和尚非比寻常（便听从了他的意见），便只拿了两个桃子带回去。和尚再三告诫史论不要向别人谈论此事。史论回到齐州官府，再次派人去邀请和尚，和尚却早已离开。

史论在齐州①时，出猎，至一县界，憩兰若②中。觉桃香异常，访其僧。僧不及隐，言近有人施二桃，因从经案下取出，献论，大如饭碗。时饥，尽食之，核大如鸡卵。论因诘其所自，僧笑："向实谬言之。此桃去此十余里，道路危险，贫道偶行脚③见之，觉异，因掇④数枚。"论曰："今去骑从，与和尚偕往。"僧不得已，导论北去荒榛中。经五里许，抵一水，僧曰："恐中丞⑤不能渡此。"论志决往，乃依僧解衣，戴之而浮。登岸，又经西北，涉二小水。上山越涧，数里，至一处，奇泉怪石，非人境也。有桃数百株，枝干扫地，高二三尺，其香破鼻⑥。论与僧各食一蒂，腹果然⑦矣。论解衣，将尽力苞⑧之。僧曰："此或灵境，不可多取。贫道尝听长老说，昔日有人亦尝至此，怀五六枚，迷不得出。"论亦疑僧非常，取两个而返。僧切戒论不得言。论至州，使招僧，僧已逝矣。

---

① 齐州：今山东济南。
② 兰若：梵文音译"阿兰若"的简称，比丘静修之处，后指寺院。
③ 行脚：僧人为了寻师友或是求证佛法而四处旅行。
④ 掇（duō）：摘取。
⑤ 中丞：职官名。汉代为御史大夫的属官，因居殿中，故名"中丞"。这里是对史论的尊称。
⑥ 破鼻：扑鼻。
⑦ 果然：饱足的样子。
⑧ 苞：通"包"。

壶史

壶中天地

本篇题名『壶史』，是指道教之史事，所记均为唐代道教神仙方术之传说故事，其旨正为契合『壶史』之名义耳。

◎ 攸绪归隐

武攸绪，是天后武则天的侄子。十四岁时，他就偷偷在长安城中卖卦占卜，并且他每一个地方不会待很久，最多也不超过五六天。后来随武后加封中岳，并隐居在那里，他常常服用赤箭、伏苓等药。王公贵族赠送给他的鹿皮衣、藤器等早已积满尘土，他一律弃之不用。他到晚年时肌肉完全消失，眼放紫光，白天既可以看到星星、月亮，还能分辨出几里外的人的说话声。安乐公主出嫁的时候，中宗派遣使臣宣旨召他，要他暂且屈就接受朝廷任命。他到了京城，皇亲贵族都等候拜见他，除了寒暄问候之外，他一句话也不和他人交谈。朝廷封他为国公。当他归隐嵩山之时，皇帝下诏令学士赋诗为他送行。

武攸绪①，天后②从子。年十四，潜于长安市中卖卜，一处不过五六日。因徙升中岳，遂隐居。服赤箭③、伏苓。贵人王公所遗鹿裘、藤器，上积尘萝④，弃而不用。晚年肌肉始尽，目有紫光，昼见星月，又能辨数里外语。安乐公主出降⑤，上遣玺书召，令勉受国命，暂屈高标⑥。至京，亲贵候谒，寒温之外，不交一

---

① 武攸绪：即武惟良之子。圣历年间，弃官隐于嵩山。
② 天后：武则天称号。唐高宗永徽六年（655）废王皇后，立武则天为后，高宗称天皇，武后称作天后。
③ 赤箭：植物名。其茎状如箭，赤青色，故名。其根晒干后入药，称"天麻"。
④ 尘萝：尘丝蛛网。萝，蔓。
⑤ 出降：公主下嫁。
⑥ 高标：这里指隐士的高风逸致。

言。封国公。及还山，敕学士赋诗送之。

◎ 玄宗习隐

唐玄宗跟罗公远学习隐形术。要么是衣带，要么是头巾，要么脚，总不能隐形。玄宗问其缘由，罗公远把话说得很严重："陛下既然不能放下国家大事不管，学习隐身术就只当是玩玩就好了。您如把法术全学去了，定会微服隐身进入平常百姓家，这必然会给您带来极大的危险。"玄宗听后大怒，对罗公远谩骂一通。罗公远于是隐身于大殿的柱子里面，激切述说玄宗的过失。玄宗怒气更大，命令换掉柱子，于是把罗公远藏身的柱子劈开。罗公远又进入石基中，又在里面大言皇帝之失。玄宗又命令换掉石基来看，石基晶莹透明，只见罗公远藏在石基里面，身长只有一寸多。于是把石基砸碎为十多段，结果每段里面都有一个罗公远的身形。玄宗这才惧怕起来，并向罗公远道歉，罗公远却突然消失了。后来中使在蜀道上见到罗公远，公远笑着说："（你回去后记得）替我向陛下道个歉。"

玄宗学隐形于罗公远[①]，或衣带，或巾脚，不能隐。上诘之，公远极言曰："陛下未能脱屣[②]天下，而以道为戏，若尽臣术，必

[①] 罗公远：鄂州（今湖北武汉）人，一说彭州九陇山（今四川彭州）人。唐玄宗时术士。

[②] 脱屣（xǐ）：脱鞋。这里的意思是摆脱。屣，鞋。

怀玺①入人家，将困于鱼服②也。"玄宗怒，谩骂之。公远遂走入殿柱中，极疏③上失。上愈怒，令易柱破之。复大言于石礩④中，乃易礩观之，礩明莹，见公远形在其中，长寸余。因碎为十数段，悉有公远形。上惧，谢⑤焉，忽不复见。后中使于蜀道⑥见之，公远笑曰："为我谢陛下。"

◎ 石堂山邢和璞

邢和璞独得道家之学，擅长心算，撰有《颍阳书疏》三卷，书中有关于"叩奇旋入空"算法的学问，据说这部书的草稿仍留在世间，我是没有看到过。我听隐士郑昉说：有位姓崔的司马，寄居在荆州，跟邢有老交情。崔司马生病多年，病得快要死了，心里想着依靠邢的帮助让自己好起来。有一天，崔司马听到卧室北墙处有人挖土的声音，让仆人去察看，可仆人什么也没看到。卧室的北面，是他的家人居住的地方。接连七天，挖掘的声响一直都有。一天他看见从墙上忽然透进一线光亮，他问身边的人也都没看见。过了一天，墙上的洞穴有盘子那么大。崔司马从洞中往外看去，墙外竟是野外景象。有几个人扛着铁锹锄头，站在墙洞前。崔司马问他们这是要做什么，都说："邢真人

---

① 怀玺：隐藏皇帝身份。玺，天子之印。
② 困于鱼服：比喻身份尊贵的人微服私行的危险。鱼服，喻指常人服饰。
③ 疏：本义是疏通，这里是陈述、讲述。
④ 礩（xì）：柱子的石础。
⑤ 谢：道歉。
⑥ 蜀道：唐代由长安翻越秦岭通往巴蜀地区的道路，后泛指蜀地道路。

吩咐我们要挖开这个洞,司马您病情严重,我们须加倍努力赶工才行。"过了一会儿,有五六名开道的差役,个个都戴着平顶头巾,身着红衣,吆喝开道说:"真人到!"只见邢和璞坐在车内,戴着白帽,垂着绶带,车后列着五明扇,随行的还有几十名侍卫,在距离墙洞几步远的地方停了下来,邢真人对崔司马说:"先生阳寿已尽,我为您再三争取,得以延长阳寿十二年,自此以后便不会有病痛了。"说毕,墙壁完好如初。十天后,崔司马的病果真好了。邢和璞曾隐居终南山,许多喜欢学道的人都到山里选个地方搭建房子,然后住下来跟随他修炼。崔曙年纪尚小,也跟随他学道。砍柴、挑水的都是名士。有一天邢和璞对他的徒弟们说:"三五天内要来一位特殊的客人,请你们每人替我为他准备一份菜肴。"几天后,备办齐了山珍海味,在一座亭子里摆开筵席,邢和璞叮嘱徒弟们不要随便偷看打扰。徒弟们都关好门窗,不敢咳嗽一声。邢和璞下山迎来一位客人,其人身高五尺,宽三尺,脑袋就占了全身的一半,一身红衣服宽大松弛,横着拿着一副象牙手板,眼睫毛又稀又长,脸色像是削了皮的瓜,耸动着胡子放声大笑,嘴角都咧到了耳根。客人与邢和璞开怀畅谈,说的话许多都不是人世间的事情。崔曙终究耐不住好奇之心,就跑着经过庭院。客人仔细端详了他,回头对邢说:"这不是泰山老师吗?"邢和璞回答说:"正是他。"客人又说:"一世轮回,竟差别这么大,真是可惜!"到傍晚时,客人离开了。邢和璞叫来崔曙,对他说:"先前的客人是天帝的戏臣。他所说的泰山老师的事情,你还记得吗?"崔曙哭着说:"我的确是泰山老师的后身，我自己倒是记不得了，在我小时候曾听父母说起过这事。"房琯太尉请求邢和璞给自己算命，邢和璞说："你从东南方来，到西北方止步，你的福禄、生命就此完结。去的地点既不是客馆，也不是寺庙；既不在旅途，也不在官署。病是因吃鱼而起，死后是用龟兹板做棺材。"后来房琯从袁州迁任汉州刺史，罢职归朝时，走到阆州，住在紫极宫。这里正请工匠做木活，房琯见木头的纹理有各种形状，觉得十分稀奇，于是就向紫极宫的人打探想问个究竟，道士说："几个月前，有位商人施舍给紫极宫几段龟兹板，现在要把它们做成房子。"房琯这才想起邢和璞的话。很快，刺史做好了鱼邀请房琯入席，房琯叹息说："邢先生真是神人呀。"就把这事详细地告诉了刺史，并且托付刺史要用龟兹板给他做棺材。当晚吃鱼以后，果然房琯就发病去世了。

邢和璞①偏得黄老之道②，善心算，作《颍阳书疏》，有叩奇旋入空，或言有草③，初未尝睹。成式见山人郑昉说：崔司马者，寄居荆州，与邢有旧。崔病积年且死，心常恃于邢。崔一日觉卧室北墙有人劚④声，命左右视之，都无所见。卧室之北，家人所居也。如此七日，劚不已。墙忽透明如一粟，问左右，复不见。

---

① 邢和璞：唐玄宗时术士。
② 黄老之道：黄指黄帝，老指老子，黄老之道即道家学说。
③ 草：草稿。
④ 劚（zhú）：挖，掘。

经一日，穴大如盘。崔窥之，墙外乃野外耳。有数人荷锹钁①，立于穴前。崔问之，皆云："邢真人处分②开此，司马厄重，倍费功力。"有顷，导驺③五六，悉平帻朱衣，辟④曰："真人至。"见邢舆中，白帢⑤垂绶，执五明扇⑥，侍卫数十，去穴数步而止，谓崔曰："公算⑦尽，璞为公再三论，得延一纪⑧，自此无苦也。"言毕，壁如旧。旬日，病愈。又曾居终南，好道者多卜筑依之。崔曙⑨年少，亦随焉。伐薪汲泉，皆是名士。邢尝谓其徒曰："三五日有一异客，君等可为予各办一味也。"数日，备诸水陆，遂张筵于一亭，戒无妄窥。众皆闭户，不敢謦欬⑩。邢下山筵一客，长五尺，阔三尺，首居其半，绯衣宽博，横执象笏，其睫疏长，色若削瓜，鼓髯⑪大笑，吻角侵耳。与邢剧谈⑫，多非人间事故也。崔曙不耐，因走而过庭。客熟视，顾谓邢曰："此非泰山老师⑬乎？"邢应曰："是。"客复曰："更一转⑭，则失之千里，可惜！"

① 钁（jué）：一种刨土的工具。
② 处分：吩咐。
③ 导驺（zōu）：骑马开道的差役。导，开导，引导。驺，古代养马驾车的仆役。
④ 辟：吆喝开道。
⑤ 白帢（tāo）：白色的帽子。
⑥ 五明扇：仪仗所用扇名。
⑦ 算：寿算，阳寿。
⑧ 纪：岁星十二年运行一周天，称为"一纪"。
⑨ 崔曙：唐代诗人。少时隐居少室山，开元间中进士。
⑩ 謦欬（qǐng kài）：咳嗽。
⑪ 鼓髯（rán）：扇动着胡须。
⑫ 剧谈：热烈地谈话。即畅谈。
⑬ 泰山老师：即泰山老父。
⑭ 转：轮回。

及暮而去。邢命崔曙，谓曰："向客，上帝戏臣①也。言泰山老师，颇记无？"崔垂泣言："某实泰山老师后身②，不复忆，幼常听先人言之。"房琯③太尉祈邢算终身之事，邢言："若来由东南，止西北，禄命卒矣。降魄④之处，非馆非寺，非途非署。病起于鱼飧⑤，休于龟兹⑥板。"后房自袁州除汉州，及罢，归至阆州，舍紫极宫⑦。适雇工治木，房怪其木理成形，问之，道士称："数月前，有贾客施数段龟兹板，今治为屠苏⑧也。"房始忆邢之言。有顷，刺史具鲙⑨邀房，房叹曰："邢君神人也。"乃具白于刺史，且以龟兹板为托。其夕，病鲙而终。

◎异人王皎

王皎先生擅长奇门遁术，先前从不曾谈论（皇家）气数方面的事。天宝年间，有天晚上和客人露天而坐，指着夜空的星象说："天下就将要大乱了。"这话被邻居听到后传了出去。当时玄宗年寿已高，忌讳颇多。王皎那句话被人奏报给了玄宗，于是玄宗下秘旨要处死他。行刑的人用镢头敲击他的脑袋数十下才死。当剖开他的脑袋一看，看

---

① 戏臣：即弄臣，陪伴君主玩乐的人。
② 后身：转世。
③ 房琯：字次律，河南（今河南洛阳）人。唐代名臣，曾仕于蜀，宝应二年（763）返京途中，卒于阆州。
④ 降魄：生命终止。道教认为人有三魂七魄，人死则魂升魄降。
⑤ 飧（sūn）：熟食。
⑥ 龟兹（qiū cí）：西域古国名，故址在今新疆库车。
⑦ 紫极宫：老子庙。
⑧ 屠苏：草庵，平房。
⑨ 鲙（kuài）：细切的鱼肉。此指鱼做的美肴。

到他的脑骨竟厚达一寸八分。王皎早先就与达奚侍郎有来往，在安史之乱平定以后，王皎忽然拄着杖穿着麻鞋出现在达奚侍郎家，大家这才晓得他原来是一位世外高人。

王皎先生善他术，于数①未尝言。天宝中，偶与客夜中露坐，指星月曰："时将乱矣。"为邻人所传。时上春秋②高，颇拘忌。其语为人所奏，上令密诏杀之。刑者镬其头数十，方死。因破其脑视之，脑骨厚一寸八分。皎先与达奚侍郎③来往，及安史平，皎忽杖屦④至达奚家，方知异人也。

◎三峡瞿天师

瞿天师名为乾祐，是三峡人氏。他身高六尺，手有一尺多长。每次对人打拱作揖，手都超过胸前，睡觉时通常不用枕头。晚年常能预知未来之事。他曾到夔州城中，大声喊道："今晚会有八人路过这里，你们一定要好好对待呀！"人们都没有领悟其意。当天晚上，夔州城中突起大火。大火烧了几百户人家的房屋。原来"八人"是个"火"字。他每次进山，成群的老虎跟着他。他曾经在江边和几十个弟子一同赏月，有弟子问："月亮上面究竟有什么？"瞿天师笑着说："你不妨顺着我的手指指的方向看看。"其

---

① 数：命运，气数。
② 春秋：年岁。
③ 达奚侍郎：即为达奚珣。初为礼部侍郎，后为河南尹。安史之乱时受伪职，乱平被诛。侍郎，职官名。隋唐时为各部长官的副职。
④ 屦（jù）：麻鞋。

中两个弟子,见到月亮上面全是玉楼、金殿等宏伟建筑。但不一会儿,就啥也看不见了。

翟天师名乾祐,峡①中人。长六尺,手大尺余。每揖人,手过胸前,卧常虚枕。晚年往往言将来事。尝入夔州②市,大言曰:"今夕当有八人过此,可善待之。"人不知悟。其夜,火焚数百家。"八人"乃"火"字也。每入山,虎群随之。曾于江岸与弟子数十玩月,或曰:"此中竟何有?"翟笑曰:"可随吾指观。"弟子中两人,见月规半天,琼楼金阙满焉。数息③间,不复见。

◎ 神道灰袋

蜀地有个道士,他假装疯癫,他的俗号叫灰袋,是翟天师晚年的弟子。翟天师经常告诫他的弟子说:"不要欺侮这个人(指灰袋),连我都比不上他。"灰袋道士曾在大雪天穿着单衣进入青城山,傍晚时到寺庙借宿。寺庙的和尚一见他穿成这样便说:"贫僧只有一件僧衣,天这么冷,恐怕不能保你活命。"灰袋道士却说:"有张床就足够了。"到半夜,雪大风起,和尚心里想着那道士可能会被冻死。于是便起床去看他,没想到的是还距离床几尺远,竟是热气腾腾得像是在蒸饭一样,那道士全身正流着汗,光着身子睡在那里,和尚方知他是位高人。灰袋天没亮就不辞而别

---

① 峡:这里指三峡。
② 夔(kuí)州:治所在今重庆奉节。
③ 数息:道教修行打坐时,专心恬静,默数鼻息的出入。这里形容时间短暂。

了。他经常借住在村庄里，每次住都不会超过两晚。他曾经口腔生疮，几个月没吃饭，看样子就快要死了。人们一直认为他是神人，就为他做道法。斋醮仪式刚结束，他一下子站起来，走近众人，对他们说："你们看看，我嘴里有什么东西？"于是张开簸箕一样大的嘴巴，五脏全都显露出来，众人非常惊讶，向他行礼询问是怎么回事。他只说："这实在是太恶心了，这实在是太恶心了！"后来人们都不知他去了何方。关于灰袋道士的这些事情，我是从成都郭采真尊师那里听来的。

蜀有道士阳狂①，俗号为灰袋，翟天师晚年弟子也。翟每戒其徒："勿欺此人，吾所不及。"尝大雪中，衣布褐入青城山，暮投兰若，求僧寄宿。僧曰："贫僧一衲②而已，天寒如此，恐不能相活。"但言："容一床足矣。"至夜半，雪深风起，僧虑道者已死，就视之，去床数尺，气蒸如炊，流汗袒寝，僧知其异人。未明，不辞而去。多住村落，每住不逾信宿。曾病口疮，不食数月，状若将死。人素神之，因为设道场。斋散，忽起，就谓众人曰："试窥吾口中有何物也？"乃张口如箕③，五脏悉露，同类惊异，作礼问之，唯曰："此足恶，此足恶。"后不知所终。成式见蜀郡郭采真尊师说也。

---

① 阳狂：假装疯癫。阳，通"佯"。
② 衲：本义为缝补，因僧衣常用碎布缝缀而成，故又代指僧衣。
③ 箕（jī）：簸箕，撒扬谷物的竹编用具。

◎权秀才奇遇

权同休秀才是我的朋友,他在元和年间时落第了。他在苏州、湖州一带旅游途中生了病,弄得自己十分贫困潦倒。路上使唤的雇工是本地的村民,已雇了一年了。秀才在病中很想喝甘豆汤,安排雇工去取甘草。雇工迟迟不去,只是在生火烧开水,秀才猜想他是懒怠于侍候。秀才又看见他折了一大把树枝,反复揉搓,然后靠近火稍微一烤,树枝突然就变成了甘草。秀才心里非常吃惊,心想此人一定是得道之人。又过了很长一段时间,雇工弄来几捧粗沙,使劲地搓,粗沙又变成了豆子。待到汤炖好了,端给他喝,竟和甘豆汤的味道一模一样。秀才的病也慢慢好了。秀才对他说:"我穷困窘迫到了这般田地,已是寸步难行了。"于是脱下脏衣服给他:"请你拿这件衣服换点钱,买一点酒肉,我要会见村中的长辈,乞求一点儿路费。"雇工微笑着说:"这点钱确实不够办酒席,我自会想办法解决。"于是砍来一棵枯死的桑树,劈成几筐木片,堆积在盘中,喷了一口水,盘中的木片全都变成了牛肉。又打来几瓶水,转眼的工夫,就变成了美酒。这次酒席让全村的长辈都酒足饭饱,秀才得到了三千匹细绢。秀才很惭愧,向雇工抱歉说道:"我原是骄稚之人,这么长时间都没看出您是一位高人。现在我们要反过来了,请让我当您的仆人。"雇工说:"我的确不是普通人。因为犯了小错,被贬作低贱的人,正该被秀才役使。如果赎罪的期限不够,还必须被其他人役使。请秀才还是像以前一样,或许能了结我的事。"秀才虽然答应了,但每次使唤他时,脸上总是显得局促不安。雇工于是告辞说:"秀才你像这样子做,果然妨碍了我的事。"于是说出了秀才的年寿和仕途命数,又说万物都是能化解的。唯有淤泥中的红色的漆筋长到头发那么长的时候,药力才是不能化解的了。说完就离去了,也不知去了什么地方。

秀才权同休友人,元和中落第,旅游苏、湖间①。遇疾贫窘,走使②者本村野人,雇已一年矣,疾中思甘豆汤,令其取甘草。雇者久而不去,但具火汤水,秀才且意其怠于祗承③。复见折树枝盈握,仍再三搓之,微近火上,忽成甘草。秀才心大异之,且意必有道者。良久,取粗沙数掊④,挼捘⑤,已成豆矣。及汤成,与饮无异,疾亦渐差。秀才谓曰:"余贫迫若此,无以寸步。"因褫⑥垢衣授之:"可以此办少酒肉,予将会村老,丐少道路资也。"雇者微笑:"此固不足办,某当营之。"乃斫一枯桑树,成数筐札⑦,聚于盘上噀⑧之,悉成牛肉。复汲数瓶水,顷之,乃旨酒⑨也。村老皆醉饱,获束缣三千。秀才惭谢雇者曰:"某本骄

---

① 苏、湖间:苏州、湖州一带。
② 走使:使唤,差遣。
③ 祗(zhī)承:谨敬奉行。
④ 掊(póu):捧、握。
⑤ 挼捘(ruó zùn):搓揉。
⑥ 褫(chǐ):脱下。
⑦ 札:木片。
⑧ 噀(xùn):喷。
⑨ 旨酒:美酒。

稚，不识道者久，今返请为仆。"雇者曰："予固异人，有少失，谪于下贱，合役于秀才。若限未足，复须力于他人。请秀才勿变常，庶①卒某事也。"秀才虽诺之，每呼指，色上面蹙蹙②不安。雇者乃辞曰："秀才若此，果妨某事也。"因说秀才修短穷达③之数，且言万物无不化者，唯淤泥中朱漆箸及发，药力不能化。因去，不知所之也。

◎卢山人二三事

宝历年间，荆州有位卢山人，经常贩卖桄榔石灰，往来于白洑南边的集市，不时地流露出有异于常人的行迹，人们觉得他是一个神秘莫测的人。商人赵元卿是个喜欢道术的人，就想要跟随他交游，所以频频买他的货，并且备好瓜果茶点，假装问他生财的门道。卢山人察觉了，直率地对他说："看你的心思，好像并不在买卖上，你是想做什么？"赵元卿就说："我暗中知晓了先生隐藏身份和品行，洞察事情胜过占卜，希望能得到您的指点。"卢山人笑着说："今天就要应验了。你的房东中午就会遇到大难，如果相信我的话，他就可以免灾。你可以告诉他：快到中午的时候，他的店门前会有一个卖饼的背着口袋前来，此人口袋里有两千多文钱，他并不是有意冒犯你的房东。让房东把门关上，告诫妻儿不要随便应答。到中午时，那人一定

---

① 庶：或许、可能。
② 蹙（cù）蹙：局促的样子。
③ 修短穷达：年寿的长短、仕途的亨通与不得志。

会大骂,这时你要让房东全家到水边去躲避他。如果照此去做,房东只会破费三千四百文钱。"当时赵元卿暂租住在姓张的人家中,于是急忙回去告诉房东张某。张某平常也认为卢山人是个神人,就关门观察着。快中午时,果然有一个像卢山人先前所说的人前来敲门,说要买粮。见没有应答他,那人很气愤,还用脚踹窗户,张某加上两重竹席堵住窗户。顷刻之间门外聚集了几百人,张某就带着妻儿从后门悄悄走掉了。快到正午时,那人就离开了,走了几百步远,忽然跌倒死了。死者妻子闻讯赶来,众人详细地告诉了她丈夫的所作所为。那妇人悲痛欲绝,大哭着来到张家门前,诬赖她丈夫的死和张家有关。官府不能评断,众人就原原本本地讲述了张家关门避祸的情形。有识之士就对张某说:"你的确无罪,权当做好事,把他的后事办了吧。"张某欣然同意,死者妻子也很满意。等为死者置办了棺材,再雇车搬运,一算费用,正好是三千四百文钱。这件事过后,人们竞相前往卢山人处,弄得门庭若市。卢山人实在忍受不了,竟偷偷隐遁了。到了复州地界,把船系在陆奇秀才家庄园的大门前。有人对陆奇说:"卢山人可不是普通人。"陆奇就去拜谒。当时,陆奇正有进京投靠朋友的打算,便请卢山人帮忙决断。卢山人说:"你今年不可妄动,恐怕很快就要出事。你住的房子后面,有一大缸钱,上面盖着木板。这可不是你的钱,钱的主人今年才三岁。你千万不可使用那些钱,否则定有灾祸,你能听从我的告诫吗?"陆奇惊惶地表示感谢。卢山人的船刚一离开,水波都还没平静,陆奇就笑着对妻子说:"照卢山人的说法,我哪还有别的指望呢!"于是让家童用铁锹掘地,不过几尺深,果然很快就挖到了一块板子,拿开板子,下面有一口大缸,缸中装满了散钱。陆奇当即大喜过望,他的妻子赶紧用裙子兜着䋐草去穿钱。快穿到一万钱的时候,儿女忽然觉得头痛难忍。陆奇说:"难道是卢山人的话要应验了吗?"赶紧快马加鞭去追,追上后向他道歉说自己违背了告诫。卢山人生气地说:"你一旦用这钱,必然会殃及儿女。儿女和钱财孰轻孰重,你自己掂量吧。"说完头也不回就划船离开了。陆奇又赶紧快马加鞭,飞驰一般赶回家中,做了法事,然后把钱掩埋好,儿女的病马上就好了。卢山人在复州,又曾和几个人散步,路上遇见六七个人,他们穿着奢华,一身的酒气熏人。卢山人忽然训斥他们说:"你们这帮人干的好事,再不知悔改,小命就不长了!"这帮人全都围着他拜倒在地,说:"再也不敢了,再也不敢了!"同行者很吃惊,卢山人对他们说:"这帮家伙全是水上的劫匪。"他的过人之处就是这样神奇。赵元卿说,卢山人的容貌也会经常变化,忽老忽少,也很少见他吃东西。他曾对赵元卿说:"世上的刺客,会隐身法术的不少。道士学会隐身术,如果能够不试用,二十年就可以变化身形,这个叫作脱离。再过二十年,名字就列入地仙仙班的行列了。"又说:"刺客死的时候,尸体也会隐形消失。"卢山人所言大多是奇谈怪论,大概他自己便是神仙之流吧。

宝历中,荆州有卢山人,常贩桄朴石灰,往来于白洑①南草市②,时时微露奇迹,人不之测。贾人赵元卿好事,将从之游,乃频市其所货,设果茗,诈访其息利③之术。卢觉,竟谓曰:"观子意,似不在所市,意有何也?"赵乃言:"窃知长者埋形隐德,洞④过蓍龟⑤,愿垂一言。"卢笑曰:"今且验。君主人午时有非常之祸也,若是吾言,当免。君可告之:将午,当有匠饼者负囊而至,囊中有钱二千余,而必非意相干也。可闭关,戒妻孥⑥勿轻应对。及午,必极骂,须尽家临水避之。若尔,徒费三千四百钱也。"时赵停⑦于百姓张家,即遽归语之。张亦素神卢生,乃闭门伺之。欲午,果有人状如卢所言,叩门求籴⑧,怒其不应,因足其户,张重簀⑨捍之。顷聚人数百,张乃自后门率妻孥回避之。差午,其人乃去,行数百步,忽蹶倒而死。其妻至,众人具告其所为。妻痛切,乃号适张所,诬其夫死有因。官不能评,众具言张闭户逃避之状。识者谓张曰:"汝固无罪,可为办其死。"张欣然从断,其妻亦喜。及市櫘⑩就舆,正当三千四百文。因

---

① 白洑:地名。
② 草市:乡村集市。
③ 息利:生财。
④ 洞:洞晓。
⑤ 蓍(shī)龟:蓍草和龟甲,占卜所用。蓍,多年生草本植物,古人将它常用于占卜。
⑥ 孥(nú):子女。
⑦ 停:暂住。
⑧ 籴(dí):买进粮食。
⑨ 簀(zé):竹席。
⑩ 櫘(huì):棺材。

是，人赴之如市。卢不耐，竟潜逝。至复州①界，维舟于陆奇秀才庄门。或语陆："卢山人，非常人也。"陆乃谒。陆时将入京投相知，因请决疑。卢曰："君今年不可动，忧旦夕祸作。君所居堂后，有钱一甒②，覆以板，非君有也，钱主今始三岁。君慎勿用一钱，用必成祸，能从吾戒乎？"陆矍然③谢之。及卢生去，水波未定，陆笑谓妻子曰："卢生言如是，吾更何求乎！"乃命家僮锹其地，未数尺，果遇板，彻④之，有巨瓮，散钱满焉。陆喜，其妻以裙运纫草贯之。将及一万，儿女忽暴头痛不可忍。陆曰："岂卢生言将征乎？"因奔马追及，且谢违戒。卢生怒曰："君用之，必祸骨肉。骨肉与利，轻重君自度也。"棹舟去之不顾。陆驰归，醮⑤而瘗⑥焉，儿女豁愈矣。卢生到复州，又尝与数人闲行，途遇六七人，盛服俱带，酒气逆鼻。卢生忽叱之曰："汝等所为不悛⑦，性命无几！"其人悉罗拜尘中，曰："不敢，不敢！"其侣讶之，卢曰："此辈尽劫江贼也。"其异如此。赵元和言卢生状貌，老少不常，亦不常见其饮食。尝语赵生曰："世间刺客，隐形者不少。道者得隐形术，能不试，二十年可易形，名曰脱离。后二十年，名籍于地仙矣。"又言："刺客之死，尸亦不见。"所论多奇怪，盖神仙之流也。

---

① 复州：今湖北天门。
② 甒（wǔ）：陶制容器。
③ 矍（jué）然：惊惶急视的样子。
④ 彻：撤除，撤去。
⑤ 醮（jiào）：做法事。
⑥ 瘗（yì）：掩埋。
⑦ 悛（quān）：悔改。

◎ 纸月朗照

长庆初年，山人杨隐之在郴州常常寻访有道之士。有一位唐居士，当地人称他为百岁人。杨隐之前去拜见他，他就留杨住下了。到了晚上，唐居士吩咐他的女儿说道："快拿一个下弦月来。"他女儿便把一个下弦月贴在墙上，其实只是一张纸片罢了。唐居士就站起来祝祷说："今晚有客人，请赐给光明。"话音刚落，房间里顿时亮堂朗照，像是点了蜡烛一般。

长庆初，山人杨隐之在郴州，常寻访道者。有唐居士①，土人谓百岁人。杨谒之，因留杨止宿。及夜，呼其女曰："可将一下弦月子来。"其女遂贴月于壁上，如片纸耳。唐即起祝之曰："今夕有客，可赐光明。"言讫，一室朗若张烛。

◎ 南人奇遇

在南中有个人，他在路上遇到了大风大雨，他和一个老人在同一棵大树下避雨。这个人坐在侧边，主动礼让老人。等到雨停了，老人送给他三颗药丸，说遇到紧急情况即可服用。一年之后，他的妻子得急病死了。几天过后，这人才想起那个老人送的药丸，赶紧撬开妻子紧闭的牙关把药丸给灌下去，很快他妻子的身体慢慢有了温度，脸色也如生前的样子红润起来。到现在他的妻子已死去四年多

---

① 居士：在家奉佛的人称"居士"。

了，其情形就像是在昏睡的人，指甲也在继续生长。这两人至今都是同车相伴随行。讲这故事的人说他曾在四明看见过他们夫妻俩。

南中有百姓，行路遇风雨，与一老人同庇树阴，其人偏坐敬让之。雨止，老人遗其丹三丸，言有急事即服。岁余，妻暴病卒。数日，方忆老人丹事，乃毁齿灌之，微有暖气，颜色如生。今死已四年矣，状如沉醉，爪甲亦长。其人至今舆以相随。说者于四明①见之矣。

---

① 四明：今浙江宁波。因境内有四明山，故名。

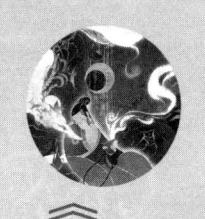

《金刚经》鸠异

佛经感应

本篇记录了与《金刚经》有关的感应异事及灵异事件。

◎题记

贞元十七年，先父自荆州入蜀，接受西川韦南康的任命。到了韦南康暮年，先父被叛贼刘辟构陷，于是代理管理灵池县。不久韦皋去逝，刘贼就自任西川节度使留后。先父向来就与刘辟不合，听到这消息便连夜离开了灵池县。到了成都城东门，刘辟已经张贴出告示，不准各县官员离开县城。当晚阴风四起，返回灵池县时，出了成都外城二里的地方，看见有两排火炬，在百步开外的道路两旁相迎作为前导。起初以为是县吏前来迎接，但奇怪的是其并不走到他面前，一直与他保持一样的距离，快到县城外墙时火炬才熄灭。等到问县吏，他并不知道成都府里张贴的告示。当时先父诵念《金刚经》已经有五六年了，每日坚持不懈。看来确实是精诚所至必定会有所感应，有了感应必然会灵验，之前那引路的火炬，就是《金刚经》显灵的显著迹象哪。后来刘辟叛逆之心逐渐暴露，朝廷任命袁滋为剑南西川节度使处置此事。我的再从叔年少时从军，负责管理左营，害怕受到刘辟的牵连，就和监军使商定计谋，用蜡丸帛书与袁滋互通消息。事情很快就暴露了，参与此事的人都被刘辟杀死。刘辟认为先父也知道他们的计谋。有一天，先父念《金刚经》一直到深夜，不知不觉就睡着了。当时门窗都关闭着的，先父忽然听到有人推门进来，对他反复说"别害怕"，又好像有东西扔到书桌上，发出嚗的一声。先父从梦中惊醒后站起身来，刚才的话仿佛还在耳边回响，四周环视，吏员、仆役全都还睡觉，先父举着蜡烛四处查看，什么也没发现，只是先前关着的门已经打开。先父受持《金刚经》已经十万多遍，应验的事特别多。我近来读到晋、宋以来时人的文章，都记载有显灵的事。先父命我受持讲解唐代的《金刚经灵验记》三卷，我自应谨奉父命受持讲解。太和二年，我在扬州僧人栖简那里，听他讲解《御注金刚经》一遍。太和六年，在荆州僧人靖奢那里，听讲《大云疏》一遍。开成元年，在长安怀楚法师那里，听讲《青龙疏》一遍。我又每日念诵抄录，希望这一经典能一直传承下去，永世流传。我四处搜集相关的轶闻遗事，以补佛典的阙失，所以称为《〈金刚经〉鸠异》。

贞元十七年，先君自荆入蜀，应韦南康辟命。洎韦之暮年，为贼辟谗构，遂摄尉灵池县。韦寻薨，贼辟知①留后②。先君旧与辟不合，闻之连夜离县。至城东门，辟寻有帖，不令诸县官离县。其夕阴风，及返，出郭二里，见火两炬，夹道百步为导。初意县吏迎候，且怪其不前，高下远近不差，欲及县郭方灭。及问县吏，尚未知府帖也。时先君念《金刚经》已五六年，数无虚日。信乎至诚必感，有感必应，向之导火，乃《经》所著迹也。后辟逆节渐露，诏以袁公滋为节度使。成式再从叔少从军，知左营事，惧及祸，与监军定计，以蜡丸帛书通谋于袁。事旋发，悉为鱼肉。贼谓先君知其谋。于一时，先君念《经》夜久，不觉困

---

① 知：主持，掌管。
② 留后：官名。

寐。门户悉闭，忽觉闻开户而入，言"不畏"者再三，若物投案，曝①然有声。惊起之际，言犹在耳，顾视左右，吏仆皆睡，俾烛桦四索，初无所见，向之关扃已开辟矣。先君受持②此《经》十余万遍，征应事孔著。成式近观晋、宋以来，时人咸著传记彰明其事。又先命受持讲解有唐已来《金刚经灵验记》三卷，成式当奉先命受持讲解。太和二年，于扬州僧栖简处，听平消《御注》一遍。六年，于荆州僧靖奢处，听《大云疏》一遍。开成元年，于上都怀楚法师处，听《青龙疏》一遍。复日念书写，犹希传照罔极③，尽形流通。摭④拾遗逸，以备阙佛事，号《〈金刚经〉鸠⑤异⑥》。

◎ 齐丘诵经

张镒相公已故的父亲张齐丘，十分相信佛教。每天早上，换上新衣，手持经卷，在佛像前诵念《金刚经》十五遍，几十年坚持不懈。永泰初年，张齐丘任朔方节度使。府里有员小将犯了事，害怕事情败露，就煽动几百名士卒，商定计划谋反。当时张齐丘趁办公休息之时，在小厅悠闲的散着步，忽然有几十名士兵手持兵器闯进来。张齐丘身边只有几名奴仆，他就急忙向内室门跑去，跑过小厅才几

---

① 曝（bó）：拟声词。
② 受持：佛教术语。领受忆持，中心不忘。
③ 罔极：无穷。
④ 摭（zhí）：拾取。
⑤ 鸠：聚，集。
⑥ 异：奇异的灵验之事。

步，回头一看又没有人，就怀疑是鬼怪之类。快到门口时，又看见他的妻女和奴仆惊叫着跑出门，说"有两名身着铠甲的力士，正在厅屋上"。当时府中亲兵听说发生了兵变，拿着兵器也昏乱而入。来到小厅前，只见十多个人昂首站在庭院中，垂着手张着嘴，武器则扔在地上，众亲兵就把这些人抓住捆绑起来。有五六个人声哑不能说话，其余几人则供认说："刚要上厅就看见两名身高几丈的身穿铠甲的士兵瞪大眼睛大声呵斥，我们一下就像中了邪。"张齐丘听说后，从此就戒了酒肉。张凤翔，就是我的门吏卢迈的亲姨父，这事是卢迈告诉我的。

张镒①相公先君齐丘，酷信释氏。每旦，更新衣，执《经》，于像前念《金刚经》十五遍，积数十年不懈。永泰初，为朔方节度使。衙内有小将负罪，惧事露，乃扇动军人数百，定谋反叛。齐丘因衙退，于小厅闲行，忽有兵数十，露刃走入。齐丘左右唯奴仆，遽奔宅门，过小厅数步，回顾又无人，疑是鬼物。将及门，其妻女奴婢复叫呼出门，云"有两甲士，身出厅屋上"。时衙队军健闻变，持兵乱入。至小厅前，见十余人仡然②庭中，垂手张口，投兵于地，众遂擒缚。五六人喑不能言，余者具首③云："欲上厅，忽见二甲士长数丈，嗔目叱之，初如中恶④。"齐丘闻

---

① 张镒（yì）：苏州人。建中二年（781）拜中书侍郎、同中书门下平章事。又曾为凤翔陇右节度使，故世称其为张凤翔。
② 仡（yì）然：昂首的样子。
③ 具首：招认，认罪。
④ 中恶：中邪。

之，因断酒肉。张凤翔，即予门吏卢迈亲姨夫，迈语予云。

◎虞候读经

刘逸淮在汴州时，韩弘为右厢虞候，王某为左厢虞候，刘逸淮和韩弘关系很好。有人告发韩、王二人窃取军事机密，将对刘逸淮不利。刘逸淮大怒，把二人招来责问。韩弘就是刘逸淮的外甥，他使劲叩头大声辩解，刘逸淮才稍稍消了些气。王某年纪已大，吓得两腿打战不能自行申辩。刘逸淮命令将王某拉出去受罚，杖责三十。当时新造有红色的军棍，棍头直径有几寸粗，用筋漆来加固，竖在地上也不会倒，用这种军棍只要杖责五六下人就会被打死。韩弘料想王某必然会被打死，等到黄昏时，便到他家里拜访，奇怪的是听不到哭声，又想王家人可能因为害怕而不敢哭。询问门卒，门卒说王某没事。韩弘与王某一向相熟，就径直走进其卧室去询问。王某说："我读《金刚经》有四十年了，今天才得到法力庇护。"还说当时被罚时，只见有一只大手像簸箕一样，合拢遮住他的后背。于是脱下衣服给韩弘看，果然一点伤痕都没有。韩弘以前不信佛，从此便开始和僧人交往，每天亲自抄写十纸佛经，总共已经抄写有几百卷了。后来韩弘任职中书，酷暑天，有谏官因事拜谒他，只见韩弘浑身大汗仍在抄写佛经，谏官觉得很奇怪就问他，韩弘就将王某的事详细告诉了他。我在集贤院任职的时候这事是常侍柳公权对我说的。

刘逸淮①在汴时,韩弘为右厢虞候②,王某为左厢虞候,与弘相善。或谓二人取军情,将不利于刘。刘大怒,俱召诘之。弘即刘之甥,因控地碎首大言,刘意稍解。王某年老,股战不能自辩。刘叱令拉坐,杖三十。时新造赤棒,头径数寸,固以筋漆,立之不仆,数五六当死矣。韩意其必死,及昏,造其家,怪无哭声,又谓其惧不敢哭。访其门卒,即云大使无恙。弘素与熟,遂至卧内问之。王云:"我读《金刚经》四十年矣,今方得力。"言初被坐时,见巨手如簸箕,翕然遮背。因袒示韩,都无挞痕。韩旧不好释氏,由此始与僧往来,日自写十纸,乃积计数百轴矣。后在中书,盛暑,有谏官因事谒见,韩方洽汗③写经,怪问之,韩乃具道王某事。予职在集仙④,常侍柳公为予说。

◎ 梦游冥地

梁崇义镇守襄阳期间,还没拥兵对抗朝廷,当时有一名叫孙咸的小将突然死了,过了两晚却又醒了过来。他说在梦中到了一处地方,像是帝王的住的地方,仪仗护卫很是森严,有吏员领着他去和一位僧人对质。僧人法号怀秀,已经死了一年,活着的时候严重违犯戒律,进了阴司,没有善行可记录,于是就欺骗他人说:"我曾经嘱咐孙咸抄

---

① 刘逸淮:即为刘全谅,本名逸淮,怀州武陟(今属河南)人。建中初年,为宋毫节度使刘玄佐牙将,玄佐以宗姓厚遇之。后任汴州刺史,兼宣武军节度观察使,赐名全谅。
② 虞候:唐代藩镇军职。
③ 洽汗:浑身大汗。
④ 集仙:即集贤殿书院。

写《法华经》。"因此孙咸才被找来对质。孙咸起初完全没弄明白,怀秀和尚又坚持做过这件事,因此过了很久也无法决断。忽然看见一位沙弥前来对他说:"地藏菩萨说:'你如果承认有这回事,自己也能获得庇祐。'"孙咸于是按照他说的承认了,因而无事。孙咸又说在对质时,看见一位外国的国王,护卫有数百名,当他从外面进来时,冥王走下台阶迎接,和那国王一起升入殿堂。刚入座不久,忽然一阵大风把那国王卷走了。又看见一个人,被拷问一生的罪过与福报,这人经常诵念《金刚经》,同时又喜欢吃肉,他的左边有几千卷《金刚经》,右边的肉堆成了一座山,因为肉比经卷更多,所以将被从重论罪。过了一会儿,从左边经堆里冒出一粒火星,飞向右边的肉山,顷刻之间肉山就被烧光了,这人也就腾空而去。孙咸问地藏菩萨:"先前那位外国的国王,被风吹到哪里去了呢?"地藏菩萨说:"那个国王应当被吹到无间地狱去了,先前卷走他的那阵风就是业风。"于是领着孙咸观看地狱。到了地狱门前,只见一片红火的烈焰熊熊燃烧,声响有如狂风惊雷,孙咸吓得不敢直视。临回阳间时,锅里的滚烫的汤水飞溅起一滴滴的泡沫,滴落在孙咸的左腿上,痛入骨髓。地藏菩萨就命一位冥吏送孙咸回到阳间,并告诫他不许泄漏阴间的事。等回到阳间,恍然如梦,妻子儿女也已围着他哭了一整天了。孙咸从此散尽家财抄写《金刚经》,并请求出家。而梦里被烫水滴溅的地方则长成了疮疤,终身没有痊愈。

梁崇义在襄州,未阻兵时,有小将孙咸暴卒,信宿①却苏。梦至一处,如王者所居,仪卫甚严,有吏引与一僧对事。僧法号怀秀,亡已经年,在生极犯戒,及入冥,无善可录,乃绐云:"我尝嘱孙咸写《法华经》。"故咸被追对。咸初不省,僧故执之,经时不决。忽见沙门曰:"地藏尊者语云:'弟子若招承,亦自获祐。'"咸乃依言,因得无事。又说对勘时,见一戎王,卫者数百,自外来,冥王降阶,齐级升殿。坐未久,乃大风卷去。又见一人,被拷覆罪福,此人常持《金刚经》,又好食肉,左边有《经》数千轴,右边积肉成山,以肉多,将入重论。俄经堆中有火一星,飞向肉山,顷刻销尽,此人遂履空而去。咸问地藏:"向来外国王,风吹何处?"地藏云:"彼王当入无间,向来风即业风②也。"因引咸看地狱。及门,烟焰扇赫,声若风雷,惧不敢视。临回,镬汤跳沫,滴落左股,痛入心髓。地藏乃令一吏送归,不许漏泄冥事。及回,如梦,妻儿环泣已一日矣。遂破家写《经》,因请出家。梦中所滴处成疮,终身不差。

◎冥王讯

贞元年间,荆州天崇寺有一个智灯和尚,他经常诵念《金刚经》,后来生病去世了。他的弟子们摸到他的手脚,还有温度,就没有立即将他放入棺木中。过了七天,智灯又活过来了,说他死后最先见到阴间像冥王的,因为自己常念《金刚经》,冥王合掌走下台阶,前来问讯,说:"还

---

① 信宿:两夜。
② 业风:造作恶业所感之猛风,即为地狱所吹的风。

可以让上人再活十年，超脱生死。"又问："人间僧众过午之后是否有服食苡仁及其他药膳的？吃这些严重违背本教戒律。"智灯回答说："戒律里有许可这一条，是为什么？"冥王说："这是后人添加的，并非佛陀本意。"现在荆州僧众中再没有过午之后服药的。

贞元中，荆州天崇寺僧智灯，常持《金刚经》，遇疾死。弟子启手足犹热，不即入木。经七日却活，云初见冥中若王者，以念经故，合掌降阶，因问讯，言："更容上人十年在世，勉出生死。"又问："人间众僧中后①食薏苡仁及药？食此大违本教。"灯报云："律中有开遮②条，如何？"云："此后人加之，非佛意也。"今荆州僧众中后无饮药者。

◎ 放还

公安县潺陵村的百姓王从贵，他有个未出嫁的妹妹，经常诵念《金刚经》。贞元年间，她忽然暴病而死。下葬三天后，家人按习俗前往墓前祭奠，听见坟墓里有呻吟的声音，赶紧挖开来看，果然他的妹妹还有气，就赶紧用车接回家。几天后就能说话了，她说："刚到阴间时，冥吏因为我常常诵念《金刚经》的功德，把我放回来了。"王从贵擅长木工，曾参与建造公安县灵化寺，那寺里的曙中禅师曾听王从贵说过这事。

---

① 中后：过午之后。佛教戒律，过午不食。
② 遮：禁止。

公安潺陵村百姓王从贵妹，未嫁，常持《金刚经》。贞元中，忽暴疾卒。埋已三日，其家复墓①，闻冢中呻吟，遂发视之，果有气，舆归。数日能言，云："初至冥间，冥吏以持经功德，放还。"王从贵能治木，尝于公安灵化寺起造，其寺禅师曙中尝见从贵说。

◎卒学念经

韦南康镇蜀期间，当时有个左营的士卒，在西山行营与同火的士卒学念《金刚经》。他生性顽劣，学了一整天才学会了念题目。当天晚上到城堡外拾柴，却被吐蕃骑兵绑走了，跑了一百多里才停下。当时天还没亮，那骑兵就将他扔在地上，把他的头发系在一根木橛上，自己盖上一块驼毛毯，睡在他旁边。这人只有诵《金刚经》的题目，念着念着就看见面前出现了一锭金子，在他的前方闪闪发光。他试着抬起头活动身子，捆着的绳子竟全部挣脱开了，于是就悄悄爬起来追着金锭跑。估计跑了不到十里地，天快亮了，他竟不知不觉已经到了家里。他的家在州府东市，一开始妻儿都怀疑他是鬼，他细说了事情的原委。回到家五六天后，行营将领才控告他当了逃兵。起初韦皋不信他的那些经历，后因他离开的日期与他回家的日期都准确无误，这才免除了对他的惩罚。

---

① 复墓：一种丧葬习俗，人死埋葬三天后，亲人前往坟上为亡人招魂祭奠。

韦南康镇蜀，时有左营伍伯①，于西山行营与同火②卒学念《金刚经》。性顽，初一日，才得题目。其夜堡外拾薪，为蕃骑缚去，行百余里乃止。天未明，遂踣③之于地，以发系橛，覆以驼毯，寝其上。此人惟念《经》题，忽见金一铤，放光止于前。试举首动身，所缚悉脱，遂潜起逐金铤走。计行未得十余里，迟明④，不觉已至家。家在府东市，妻儿初疑其鬼，具陈来由。到家五六日，行营将方申其逃。初，韦不信，以逃日与至家日不差，始免之。

◎冥证

元和初年，汉州孔目官陈昭，生病时看见一个身穿黄衣的人到他床前对他说："赵判官叫你。"陈昭问什么事，回答说："我从阴间来，刘辟和窦悬正在对质，要请你去做证人。"陈昭就请那人坐下。过了一会儿，又来一人，手持一物，像是猪胞。先来的那个人埋怨他来晚了，对方回答说："就是因为这个东西，我等着屠宰行开门。"于是笑着对陈昭说："你不要害怕，取活人的气息，必须用这猪胞。你可面向东边侧卧。"陈昭便按照他说的话去做，不知不觉已经跟随二人上路了。道路很平坦，前行大约十多里，到了一座城，有府城那么大，穿着铠甲的士兵把守着城门。进城之后，只见一人满脸怒气，十分吓人，原来他就是赵

---

① 伍伯：也作"五百"，衙门里舆卫前导或是执杖行刑的役卒。
② 同火：古代兵制，十人共灶同炊，称为"同火"。
③ 踣（bó）：向前倒下。
④ 迟明：天将亮。

判官。赵判官对陈昭说:"刘辟派兵攻取东川时,窦悬捉了四十七头牛送到梓州,说是刘辟准许宰杀的。可刘辟却又说他没有签过这件公文。先生是孔目官,应当了解当时的情况。"陈昭还未来得及回答,只听得隔壁窦悬在喊:"陈昭近来可好?"又问其兄弟、妻子、儿女的生死状况。陈昭想即刻过去参见,冥吏说:"窦使君样貌极其丑陋,最好别见。"陈昭就详细解释了杀牛这件事的确是奉刘辟尚书的手谕,但不是公文。纸是麻面纸,现存放在汉州某司房的档案架上。赵判官当即命令冥吏跟着陈昭到汉州去拿,到了发现,门馆上了锁,于是他们就从有缝隙的地方进出。手谕拿到了,刘辟这才无话可说。赵判官对陈昭说:"你自己也有一罪过,知道吗?窦悬所杀的牛,你拿走了一个牛头。"陈昭还未来得及对答,赵判官又说:"这里和人间不一样,不能抵赖宽容。"过了一会儿,就看见一名冥吏提着一个牛头来了,陈昭见状害怕得立马求救。赵判官命人查阅律令,判他杖责一百,拷问五十天。赵判官于是问陈昭:"你有什么功德吗?"陈昭自述曾经为很多人施过斋,又画过很多佛像。赵判官说:"这只是你的来生福报。"陈昭又说曾在表哥家里持念《金刚经》。赵判官说:"你可双手合十请经。"陈昭依照他说的去做。一会儿,只见用黄色头巾包着的箱子从天而降,落在陈昭面前。陈昭打开箱子一看,就是从表哥处借的那本经书,那处被烧坏过的痕迹都还在。赵判官又让他合掌,经书随即消失了。赵判官说:"这件事足可免罪。"便准备将陈昭放回阳间。离开阴间之前又带着陈昭去一个叫生禄司的地方,查看他寿命的长短。冥吏报告说："陈昭本名陈钊，是金旁刀的那个钊字，某一年改为昭，还有十八年的寿命。"陈昭听了心怀惆怅，赵判官笑着说："十八年可做很多快乐的事情，有什么不开心的？"就命冥吏送陈昭还阳。走到半路，只见一匹马挡在路中间，冥吏说："这是你本人的属相，可以骑着它。"陈昭当即骑上马，即刻就回到了阳间，发现自己死了已有一天半了。

元和初，汉州孔目典①陈昭，因患见一人着黄衣至床前云："赵判官唤尔。"昭问所因，云："至自冥间，刘辟与窦悬对事，要君为证。"昭即留坐。逡巡②，又有一人，手持一物，如毬胞③。前吏怪其迟，答之曰："缘此，候屠行开。"因笑谓昭曰："君勿惧，取生人气，须得猪胞。君可面东侧卧。"昭依其言，不觉已随二吏行。路甚平，可十余里，至一城，大如府城，甲士守门焉。及入，见一人怒容可骇，即赵判官也。语云："刘辟收东川，窦悬捕牛四十七头送梓州，称准辟判杀。辟又云先无牒。君为孔目典，合知是实。"未及对，隔壁闻窦悬呼："陈昭好在？"及问兄弟妻子存亡。昭即欲参见，冥吏云："窦使君形容极恶，不欲相见。"昭乃具说杀牛实奉刘尚书委曲④，非牒也。纸是麻面，见在汉州某司房架。即令吏领昭至汉州取之，门馆扃锁，乃于节窍中出入。委曲至，辟乃无言。赵语昭："尔自有一过，知否？窦悬所杀牛，尔取一牛头。"昭未及对，赵曰："此不同人间，不可

---

① 孔目典：即孔目官，职掌文书档案的州府小吏。
② 逡（qūn）巡：顷刻。
③ 毬胞：传说中鬼用其来吸取活人气息东西，即猪胞。
④ 委曲：手谕之类，非正式公文。

抵假。"须臾，见一卒挈牛头而至，昭即恐惧求救。赵令检格，合决①一百，考五十日。因谓昭曰："尔有何功德？"昭即自陈设若干人斋，画某像。赵云："此来生缘尔。"昭又言曾于表兄家转②《金刚经》。赵曰："可合掌请。"昭依言。有顷，见黄襆箱经自天而下，住昭前。昭取视，即表兄所借本也，有烧处尚在。又令合掌，其经即灭。赵曰："此足以免。"便放回。复令昭往一司曰生禄，检其修短③。吏报云："昭本名钊，是金傍刀，至某年改为昭，更得十八年。"昭闻惆怅，赵笑曰："十八年大得作乐事，何不悦乎？"乃令吏送昭。至半道，见一马当路，吏云："此尔本属④，可乘此。"即骑，乃活，死已一日半矣。

◎ 勉灵岿

荆州法性寺的惟恭和尚，三十多年来一直诵念《金刚经》，每天诵念五十遍。惟恭不拘泥于僧家的戒律，喜欢喝酒，经常惹些是非，受到其他僧众的厌恶。后来生病快死了。同寺有个和尚叫灵岿，其行事作风跟惟恭相似，两人都当作这寺里的祸害。灵岿因事外出，走到离寺一里的地方，遇见五六个人，都年轻貌美，衣服光鲜整洁，每人都拿着乐器，就像龟兹部，问灵岿："惟恭上人在哪里？"灵岿就告诉了他们上人在哪个地方。灵岿猜想是寺里设了供养。到傍晚回寺的时候，刚进寺门就听见钟声，此时惟

---

① 决：杖责。
② 转：转经，诵经。
③ 修短：寿命长短。
④ 本属：本人的属相。

恭已经死了。于是灵岿就讲了白天的所见到的情形。那天，全寺的人都听到了音乐声，但并没有一个乐工进到寺里。当时一位高僧说："惟恭是靠《金刚经》的法力前往生不动国了，同时也用自己的事迹劝勉灵岿。"灵岿因而感悟，从此谨遵佛门戒律。

荆州法性寺僧惟恭，三十余年念《金刚经》，日五十遍。不拘僧仪，好酒，多是非，为众僧所恶。后遇疾且死。同寺有僧灵岿，其迹类惟恭，为一寺二害。因他故出，去寺一里，逢五六人，年少甚都①，衣服鲜洁，各执乐器，如龟兹部，问灵岿："惟恭上人何在？"灵岿即语其处，疑其寺中有供也。及晚回，入寺，闻钟声，惟恭已死，因说向来所见。其日，合寺闻丝竹声，竟无乐人入寺。当时名僧云："惟恭盖承经之力，生不动国②，亦以其迹勉灵岿也。"灵岿感悟，折节③缁门④。

◎替死

董进朝，元和年间参军。刚到军队时，住在直城县的东楼上。一个月色明亮的夜晚，忽然看见四个黄衣人从东边而来，聚集在城下，并听见他们说到自己的名字，那情形像是正在追捕他。几人相互谈论道："董进朝经常诵念

---

① 都：美貌。
② 不动国：即不动地（十地之一）。生此佛地，佛心坚固，不为一切生死、烦恼所动。
③ 折节：改变志行。
④ 缁门：佛门。

《金刚经》，以一分功德祝祷庇护阴司，我们这些人长期承蒙他的恩惠，怎么能杀他呢，得找冤屈的人替他死。如果董进朝死了，我们就没有依靠了。"其中一人说："董进朝家对面住着一个人，和他同姓同岁，寿命也相同，可以让他代替。"说完四人便不见了。董进朝十分惊异。到天亮时，就听见从对门传出来的给死人招魂的声音。过去询问原因，死者父母说："儿子昨晚暴死。"董进朝感激涕零地讲述了昨晚发生的事情，于是出钱安葬了死者，供养他的父母。后来董进朝出家为僧，法号慧通，住在兴元的唐安寺。

董进朝，元和中入军。初在军时，宿直城东楼上。一夕月明，忽见四人着黄从东来，聚立城下，说己姓名，状若追捕。因相语曰："董进朝常持《金刚经》，以一分功德祝庇冥司，我辈久蒙其惠，如何杀之，须枉命相代。若此人他去，我等无所赖矣。"其一人云："董进朝对门有一人，同姓同年，寿限相埒①，可以代矣。"因忽不见。进朝惊异之。及明，已闻对门复魂②声。问其故，死者父母云："子昨宵暴卒。"进朝感泣说之，因为殡葬，供养其父母焉。后出家，法号慧通，住兴元唐安寺。

◎ 获救

元和年间，司空严绶镇守荆南，当时镇守浔阳的将领王沔经常诵念《金刚经》。王沔到归州调查事情，回到咤

---

① 埒（liè）：等同。
② 复魂：人死后举行的招魂复魄仪式。

滩，船烂了，五人同时落水。王沔刚掉进水里，就好像有人递给他一根竹竿，他抓住竹竿随波漂流，一直漂到下牢镇才靠岸，没有淹死。看手里抓的东西，原来是一部《金刚经》。从咤滩到下牢相距三百多里。

元和中，严司空绶在江陵，时浔阳镇将王沔，常持《金刚经》。因使归州勘事，回至咤滩①，船破，五人同溺。沔初入水，若有人授竹一竿，随波出没，至下牢镇着岸，不死。视手中物，乃授持《金刚经》也。咤滩至下牢三百余里。

◎病愈

长庆初年，荆州公安县有一僧人会宗，俗姓蔡，曾因中了蛊毒而病得瘦骨嶙峋，于是发愿诵念《金刚经》直到生命结束之时。当他念到第五十遍时，白天做梦，梦见有人让他张开嘴巴，从他喉咙里扯出十多根头发，夜晚又梦见嘴里吐出一条大蚯蚓，有手肘那么长，从此以后病就好了。荆山僧人行坚亲见此事。

长庆初，荆州公安僧会宗，姓蔡，尝中蛊得病骨立，乃发愿念《金刚经》以待尽。至五十遍，昼梦有人令开口，喉中引出发十余茎，夜又梦吐大螾②，长一肘余，因此遂愈。荆山僧行坚见其事。

---

① 咤滩：归州附近的一处险滩。
② 螾（yǐn）：通"蚓"。蚯蚓。

◎ 法正还阳

江陵府开元寺般若院法正和尚,每天诵念《金刚经》二十一遍。长庆初年生病去世。到了阴间,见到一个像冥王模样的人,冥王问他:"法师生平有什么功德?"法正回答道:"经常诵念《金刚经》。"冥王以礼请上殿,让他坐在绣座上,念《金刚经》七遍。旁边的侍卫们全都双手合十,阶下正在拷问对质的鬼使等也都屏息静听。法正诵念完后,冥王便就派一名冥吏领他还阳。冥王下阶相送,并说道:"上人还有三十年的寿命,不要中断诵经。"法正就跟随冥吏走了几十里,到了一处大坑。冥吏带着法正走到坑边,从背后把他推了下去,法正就像是从空中掉下来。发现自己死了已经七天,只有面部一直有温度。法正如今还活着,已经八十多岁了。荆州和尚常靖亲眼见过此事。

江陵开元寺般若院僧法正,日持《金刚经》三七遍。长庆初,得病卒。至冥司,见若王者,问:"师生平作何功德?"答曰:"常念《金刚经》。"乃揖上殿,令登绣坐,念《经》七遍。侍卫悉合掌,阶下拷掠论对,皆停息而听。念毕,后遣一吏引还。王下阶送云:"上人更得三十年在人间,勿废读诵。"因随吏行数十里,至一大坑。吏因临坑,自后推之,若陨空焉。死已七日,唯面不冷。法正今尚在,年八十余。荆州僧常靖亲见其事。

◎ 道荫遇虎

石首县有个沙弥叫作道荫,经常诵念《金刚经》。宝历初年，他晚上出门回来时，半路忽然遇到一只老虎，大声吼叫着扑过来。道荫知道免不了一死，于是闭上眼睛坐下，只是心中默念《金刚经》，希望能得到救护，老虎于是爬在草丛中看守着。到天亮了，村里人来来往往，老虎才离开。看那老虎蹲守的地方，口水流得满地都是。

石首县有沙弥道荫，常持念《金刚经》。宝历初，因他出夜归，中路忽遇虎，吼掷而前。沙弥知不免，乃闭目而坐，但默念经，心期救护，虎遂伏草守之。及曙，村人来往，虎乃去。视其蹲处，涎流于地。

◎ 神人引渡

元和三年，叛贼李同捷在沧景一带拥兵对抗朝庭，皇帝命令李祐率领齐德军去讨伐他。先包围了德州城，但城池防守坚固无法攻克。第二天又攻城，自卯时到未时，将士损伤十之八九，最后也没有攻下。当时有个齐州衙内八将官健儿王忠幹，博野人，常常诵念《金刚经》，坚持了二十多年仍不懈怠。那天，王忠幹登上云梯，快要到达城堞时，身上中得箭像刺猬一样，还被滚木击落下来。同火士卒把他拖出羊马城外，放在水濠靠里的一边。因为天黑了，李祐便下令撤军，当时城上射下的箭有如下雨，同火士卒走得匆忙，便忘了带走忠幹的尸体。忠幹死后，梦见自己到了一处荒野，又遇到一条大河，他想要渡河又没办法，于是仰天大哭。忽然听见有人说话的声音，忠幹看见一个身高一丈多的人，便猜测他是个神人，便请求指明回军营的路。那人说："你别怕，我会让你渡过这条河。"忠幹下拜，头低下去还未抬头，神人抓住他的腰扔到空中，过了很久才落地。忠幹忽然梦醒了，听见德州城上已经敲了二更。他完全不记得渡河的事，也不知道自己身上的伤，抬手摸了摸脸，血已经涂得满脸都是，这才知道自己受了伤。他于是起身勉强行走，走了一百多步又倒下了。又看见刚才的神人拿着刀呵斥他说："起来！起来！"忠幹十分惊恐害怕，又向前走了一里多，坐着歇息，这时听到了自己军队的吹号的声音，才得以回到军营。询问起同火士卒，才知道自己先前已经死在了水壕里，也就是梦中渡过的那条河。忠幹如今还在齐德军中。

元和三年，贼李同捷阻兵沧景，帝命李祐统齐德军讨之。初围德州城，城坚不拔。翌日又攻之，自卯至未，十伤八九，竟不能拔。时有齐州衙内八将官健儿王忠幹，博野人，常念《金刚经》，积二十余年，日数不阙。其日，忠幹上飞梯，将及堞①，身中箭如猬，为檑②木击落。同火卒曳出羊马城外，置之水壕里岸，祐以暮夜，命抽军，其时城下矢落如雨，同火人匆忙，忘取忠幹尸。忠幹既死，梦至荒野，遇大河，欲渡无因，仰天大哭。忽闻人语声，忠幹见一人长丈余，疑其神人，因求指营路。其人云："尔莫怕，我令尔得渡此河。"忠幹拜之，头低未举，神人把腰掷之空中，久方着地。忽如梦觉，闻贼城上交二更。初不记过

① 堞：城上齿状矮墙。
② 檑（léi）木：守城时从高处投掷下的木石。

水，亦不知疮，抬手扪面，血涂眉睫，方知伤损。乃举身强行，百余步却倒。复见向人持刀叱曰："起！起！"忠幹惊惧，遂走一里余，坐歇，方闻本军喝号声，遂及本营。访同火卒，方知身死在水濠里，即梦中所过河也。忠幹见在齐德军。

◎ 刘氏生化

何轸，靠做生意为生。他的妻子刘氏年轻时就戒了酒肉，经常诵念《金刚经》。早年曾在佛像前上香，发愿只活到四十五岁，临终时心里也不慌乱，早先就知道自己去世的日期。到了太和四年冬天，已经四十五岁了，她将自己的资财全部捐赠给僧人。快到年末时，她向所有的亲朋好友都作了告别。何轸以为妻子生病中邪了，不信她真会死。到岁除那天，刘氏请来僧人帮助闭关修炼，沐浴更衣，独自在一间屋子里盘腿坐下，高声诵念《金刚经》。天色稍稍变化时，屋内一片寂静，儿女推开门一看，刘氏果然已经去世了，头顶热得烫手。何轸就用僧家的仪式安葬了妻子，其塔在荆州北城外。

何轸，鬻贩为业。妻刘氏，少断酒肉，常持《金刚经》。先焚香像前，愿年止四十五，临终心不乱，先知死日。至太和四年冬，四十五矣，悉舍资装供僧。欲入岁假，遍别亲故。何轸以为病魅，不信。至岁除日，请僧受入关，沐浴易衣，独处一室趺坐①,高声念经。及辨色,悄然,儿女排②室入看之,已卒,顶热灼手。轸以僧礼葬,塔在荆州北郭。

◎番狗抱背

西蜀左营士卒王殷,经常诵读《金刚经》,不吃荤也不喝酒。王殷任赏设库子一职时,前后因他人的失误而被牵连,获死罪好几次,却都意外得到豁免。到太和四年,司空郭钊镇守西川,郭钊性情严厉急躁,手下不合他心意的都会被处死。有一回,王殷呈上锦缬,郭钊嫌质量太差且不好看,就命王殷袒露出脊背,打算杖杀他。郭钊养有一条番狗,常跟着郭钊同吃同睡,如果不是节度使院里的人,这狗见到就咬,这时番狗忽然狂吠了几声,直立起来抱着王殷后背,怎么也赶不走。郭钊觉得很奇怪,怒气也随之消解。

蜀左营卒王殷,常读《金刚经》,不茹荤饮酒。为赏设库子③,前后为人误累,合死者数四,皆非意得免。至太和四年,郭钊司空镇蜀,郭性严急,小不如意皆死。王殷因呈锦缬④,郭嫌其恶弱,令袒背,将毙之。郭有番狗,随郭卧起,非使宅⑤人,逢之辄噬,忽吠数声,立抱王殷背,驱逐不去。郭异之,怒遂解。

---

① 趺(fū)坐:盘腿端坐。
② 排:推。
③ 赏设库子:负责管理犒赏之物的人员。
④ 锦缬:印有花纹的丝织品。
⑤ 使宅:节度使宅第。

◎ 经函震裂

郭司空离开蜀地那年，有个叫赵安的百姓，他经常诵念《金刚经》。一次在野外赶路，看见一包袱的衣物丢在坟墓旁边。赵安以为这些衣服没有主人，就拿着回了家。到家后，就把这件事告诉了妻子。邻居知道了后就向官府告发赵安偷东西，并把赵安抓起来送到县里。贼曹因为赵安不承认而十分愤怒，于是就用夹棍夹他的小腿，结果夹棍断为三截。又下令杖打赵安的脊背，可一杖下去杖就断了。官吏怀疑他有法术，就问他，他回答说唯独在诵念《金刚经》。后来案子申诉到郭钊那里，郭钊也觉得非同寻常，就判决将他放了。赵安回到家，他妻子说："有一天听到你装经书的盒子里发出了几次震裂的声响，我害怕就没打开看。"赵安急忙打开来看，发现经卷带子断了，卷轴也折断了，纸张也全都破裂了。赵安现在还活着。

郭司空离蜀之年，有百姓赵安，常念《金刚经》。因行野外，见衣一襆遗墓侧。安以无主，遂持还。至家，言于妻子。邻人即告官赵盗物，捕送县。贼曹①怒其不承认，以大关②挟胫，折三段。后令杖脊，杖下辄折。吏意其有他术，问之，唯念《金刚经》。及申郭，郭亦异之，判放。及归，其妻云："某日，闻君经函中震裂数声，惧不敢发。"安乃驰视之，带断轴折，纸尽破

---

① 贼曹：官署名。主管盗贼事。
② 大关：夹棍，一种刑具。

裂。安今见在。

◎ 王翰出家

太和五年，汉州什邡县百姓王翰，经常在集市上挣点小钱。一天忽然就死了，三天后却又活了过来，说在阴间有十六个人同时被追命，其他十五人被分散到各个地方，而王翰被单独带到一处衙门，在这里他见到一位青衫少年，自称是他的侄子，现为冥官的差役，于是领他去见推典，推典也说是他的兄长，但相貌都不相像。他的兄长告诉王翰说："有一头冤死的牛，它告发你在烧畲时无意中把它烧死了。你又曾经把竹子卖给杀狗的人制作筌筱，并杀了两只狗，狗也在起诉你。你现在名字还未写入死籍，还可以免死，还阳后准备做些什么功德？"王翰说要为它们举办斋会，抄写《法华经》《金光明经》，但这些都说不行。王翰询问道："每天给他们诵念《金刚经》七遍。"推官高兴地说："可以了。"王翰活过来以后，就放弃家业出了家。如今还在什邡县。

太和五年，汉州什邡县百姓王翰，常在市日逐小利。忽暴卒，经三日却活，云冥中有十六人同被追，十五人散配他处，翰独至一司，见一青衫少年，称是己侄，为冥官厅子，遂引见推典，又云是己兄，貌皆不相类。其兄语云："有冤牛一头，诉尔烧畬①，枉烧杀之。尔又曾卖竹与杀狗人作箜篌②，杀狗两头，狗亦诉尔。尔今名未系死籍，犹可以免，为作何功德？"翰欲为设斋及写《法华经》《金光明经》，皆曰不可。乃请曰："持《金刚经》日七遍与之。"其兄喜曰："足矣。"及活，遂舍业出家。今在什邡县。

◎对质

太和七年的一个冬天，给事中李石任太原行军司马。孔目官高涉，因事留宿在使院，在警夜的街鼓响起的时候，到旁边的房间去，忽然遇见一个人，身高六尺多，喊高涉说："行军叫你去。"高涉便跟随着他走。走得稍微慢点，那人就从背后推一下他，不知不觉就向北走去。大约走了几十里，到了一处荒郊野外，渐渐走进一处谷底，后来又上了一座山，到山顶四面一望，城里的房屋尽收眼底。然后到了一处官署，那人禀报说："高涉追到了。"那官署里面多数是穿着红绿色衣服的人，案前的官员好像是崔行信郎中，判令说："带去各司对质。"那人又带着高涉到了另一处，那里有几百人坐在露天下，和猪羊混杂在一起。高涉被带到一个人面前，是高涉的妹夫杜则，杜则迎面对着高涉说："您刚任孔目官时，设宴请客，让我去买了四只羊，还记得吗？如今我被羊追命债，尝尽了痛苦。"高涉急忙解释说："当时只让你去买肉，不是让你买羊。"杜则无

---

① 烧畬（shē）：烧山草开荒种田。俗称火耕。
② 箜篌：一种弹拨乐器，分卧式和竖式两种，弦数自五根至二十五根，多少不等。

言以对。这时就看见羊像人一样站立起来要咬杜则。一会儿,高涉又被领到另外一处地方,那里摆着一个架子,上面有方梁,梁上钉着大铁环,有几百人都拿着刀,用绳子系着人头,将他们牵入铁环里吊起来剖腹挖心。高涉恐惧地走出来,只是默念《金刚经》。忽然又碰见了老朋友杨演,杨演说:"李尚书时,因为李英道抢劫的事杖杀了他,李英道已经在别处投胎三十年了。现在又申诉从前的事,您还记得吗?"高涉借口说当时年幼不记得了。之后又遇见了早先的孔目官段怡,他曾和高涉结拜为兄弟,迎着高涉说:"以前你诵念《金刚经》从不荒废,没忘吧?刚才你所看见的,还不是最痛苦的地方,一定要多建善业。现在你能重新回到阳间,就是《金刚经》的法力。"段怡把高涉送回家,高涉就像大梦一场,才知道自己死了已经有一夜了。先前被推着走的地方,青肿了好几天。

太和七年冬,给事中李公石为太原行军司马①。孔目官高涉,因宿使院,至鼕鼕鼓②起时,诣邻房,忽遇一人,长六尺余,呼曰:"行军唤尔。"涉遂行。行稍迟,其人自后拓③之,不觉向北。约行数十里,至野外,渐入一谷底,后上一山,至顶四望,邑屋尽眼下。至一曹司,所追者呼云:"追高涉到。"其中人多衣朱绿,当案者似崔行信郎中,判云:"付司对。"复引出至一处,数

---

① 行军司马:方镇幕职,掌军符号令、军籍、兵械、粮廪等,权任甚重。
② 鼕(dōng)鼕鼓:警夜的街鼓。
③ 拓:推。

百人露坐，与猪羊杂处。领至一人前，乃涉妹婿杜则也，逆①谓涉曰："君初得书手②时，作新人局③，遣某买羊四口，记得否？今被相债，备尝苦毒。"涉遽云："尔时秖使市肉，非羊也。"则遂无言。因见羊人立啮则。逡巡，被领他去，倏忽又见一处，露架方梁，梁上钉大铁环，有数百人皆持刀，以绳系人头，牵入环中刳剔之。涉惧走出，但念《金刚经》。倏忽逢旧相识杨演，云："李尚书时，杖杀贼李英道，为劫贼事，已于诸处受生④三十年。今却诉前事，君尝记得无？"涉辞以年幼不省。又遇旧典段怡，先与涉为义兄弟，逢涉云："先念《金刚经》莫废，忘否？向来所见，未是极苦处，勉树善业。今得还，乃经之力。"因送至家，如梦，死已经宿。向所拓处，数日青肿。

◎幅《经》显灵

永泰初年，丰州的一名烽火台守卒晚上出去，被党项人抓住带到吐蕃去换马。吐蕃将领命人在他肩胛上开个洞，穿上皮绳，然后把几百匹马配给他放养。过了半年，马的数量增加了一倍，蕃将赏给他几百张羊皮，并把他调到牙帐周围做事。赞普像喜欢自己儿子那样喜欢他会办事，就命他在身边执掌大旗，平时有剩余的肉食和奶酪就都给他吃。又过了半年，一次赞普给他肉和奶酪，他悲伤地哭泣着不吃。赞普问他什么原因，他说："我还有一位老母，经

---

① 逆：迎面。
② 书手：抄写人员。这里指孔目官一职。
③ 局：饭局，宴会。
④ 受生：投胎。

常在夜里梦见她。"赞普是个仁义之人，听了他的话很难过，夜里把他召进牙帐，并对他说："吐蕃法令严酷，从来没有放人回去的先例。我给你两匹脚力很好的马，在某条路上放你回去，不要说是我放的你。"烽卒骑上马拼命地奔驰，两匹马都被累死了，于是他就日伏夜出。几天后，因被荆棘刺伤了脚，倒在荒漠中。这时有风吹起一样东西，窸窸窣窣来到他跟前，把他的脚拿过来包裹上。过一会儿，他脚不再疼痛了，试着起身行走，和之前一样。又经过两天两夜才到达丰州地界。回到家里，老母亲尚在，见到他后悲喜交加地说："自从失去了你，我只有不停地诵念《金刚经》，睡觉吃饭都不会停下来，祈求能够再见到你，今天愿望果然实现了。"老母于是请来《金刚经》恭敬礼拜，这才发觉经书的缝线已经断了，还丢了几页经文，不知道是什么原因。儿子于是说起荒漠里刺伤了脚的事，老母解开他的脚一看，那用来包扎伤口的正是那几页经文，他的伤也全好了。

永泰初，丰州烽子暮出，为党项缚入西蕃易马。蕃将令穴肩骨，贯以皮索，以马数百蹄配之。经半岁，马息一倍，蕃将赏以羊革数百，因转近牙帐①。赞普②子爱③其了事，遂令执蠹左右，有剩肉余酪与之。又居半年，因与酪肉，悲泣不食。赞普

---

① 牙帐：将帅帐幕。因建牙旗于帐前，故称。
② 赞普：唐代吐蕃君长之称谓。
③ 子爱：像自己的孩子那样喜爱。

问之，云："有老母，频夜梦见。"赞普颇仁，闻之怅然，夜召帐中语云："蕃法严，无放还例。我与尔马有力者两匹，于某道纵尔归，无言我也。"烽子得马极骋，俱乏死，遂昼潜夜走。数日后，为刺伤足，倒碛中。忽有风吹物，窸窣过其前，因揽之裹足。有顷，不复痛，试起步走如故。经信宿方及丰州界。归家，母尚存，悲喜曰："自失尔，我唯念《金刚经》，寝食不废，以祈见尔，今果其誓。"因取《经》拜之，缝断，亡数幅，不知其由。子因道碛中伤足事，母令解足视之，所裹疮物乃数幅《经》也，其疮亦愈。

◎ 法尚应舍

大历年间，太原的一个偷马贼诬陷一位叫王孝廉的是同谋，王孝廉被拷打了十来天，痛苦之极勉强认了罪。审案的官吏怀疑其中确有冤情，便没有立即定案。王孝廉只诵念《金刚经》，声音哀切，白天夜晚都不停息。忽然有一天，有两节竹筒坠入狱中，滚到王孝廉面前，其他囚犯都争着来抢。狱卒怀疑里面藏着刀，于是便破开竹筒，看见里面有两行字："佛法尚应舍下，何况并非佛法。"字迹非常工整。偷马贼知道这事后悲痛懊悔，最终承认了是因和王孝廉有旧怨，所以才诬陷他的。

大历中，太原偷马贼诬一王孝廉同情①，拷掠旬日，苦极强

---

① 同情：同谋。

首①。推吏②疑其冤，未即具狱③。其人惟念《金刚经》，其声哀切，昼夜不息。忽一日，有竹两节，坠狱中，转至于前，他囚争取之。狱卒意藏刃，破视，内有字两行云："法尚应舍，何况非法。"书迹甚工。贼首悲悔，具承以匿嫌诬之。

---

① 强首：勉强认罪。
② 推吏：审案的官吏。
③ 具狱：定案。

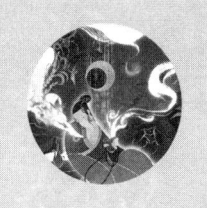

贝编

我佛世界

编,此指编连之义。则贝编即为用贝叶编连成册之意,本卷内容涉到「三界」「四洲」「地狱」「六道」「二十八宿」等诸多常识,亦有白马寺、同泰寺等佛教胜地,以及崇一、宝志、玄奘、万回、不空等名僧。这些内容既可供学者研究作文献资料使用,也可作为普通读者茶余饭后的博雅之娱料。

◎ 题记

　　佛家所言的三界、二十八天、四洲，以至华藏世界、八寒八热地狱等，佛法中的三身、五位、四果、七支，以至十八界、三十七道品等知识，这些知识但凡是学佛的人都知道。我这里就不再复述了，本卷只记录一些特别奇异的内容。

　　释门三界，二十八天①，四洲②，至华严藏世界③，八寒八热地狱等，法自三身④，五位⑤，

---

① 二十八天：包含欲界六天、色界十八天、无色界四天。欲界六天：第一四天王天，第二忉（dāo）利天，第三夜摩天，第四兜率陀天，第五化乐天，第六他化自在天。色界四禅天共计十八天：初禅天三天（梵天、梵众天、大梵天），第二禅三天（少光天、无量光天、光音天），第三禅三天（少净天、无量净天、遍净天），第四禅九天，又分凡天（福生天、福受天、广果天、无极天）、阿那含天（无烦恼天、无热天、善见天、善现天、色究竟天）。无色界四天：空处天、识处天、无处有天、非想非非想处天。
② 四洲：须弥山四方之四大部洲。一名南赡部洲，以丛林立号，梵语音译"南阎浮提"。一名北俱卢洲，又译作郁单越，意为胜处，因其在四洲中最为胜异。一名西牛货洲，以贸易牛犊得名，梵语音译"西瞿陀尼"。一名东胜身洲，梵语音译"东毗提诃洲""东弗婆洲"，为身形胜故，名为胜身。
③ 华严藏世界：即莲华藏世界，是释迦如来真身毗卢舍那佛净土之名。佛经记载，在风轮之上的香水海中有大莲花，含藏着微尘数的世界，故称"莲华藏世界"，简称"华藏世界"。
④ 三身：三种佛身，具体说法不一。据天台宗的说法，为法身、报身、应身。法身指佛从先天就具有的将佛法体现于自身的佛身；报身指以法身为因，经过修心而获得佛果之身；应身指佛为度脱世间众生需要而现之身，特指释迦牟尼之生身。
⑤ 五位：即五法。佛家建立诸法，包举万有，收束于五位：一色法，二心法，三心所法，四心不相应法，五无为法。

四果①，七支②，至十八界③，三十七道品④等，入释者率能言之。今不复具，录其事尤异者。

◎十住处

鬘持天有十个住处。轮王所受之乐，和天乐相比，远不及天乐的十六分之一。第五地处有四种乐：一无怨，二随念，以及天女不念余天等。身体香气能远播一百由旬。

鬘持天⑤，十住处⑥。十六分中轮王，乐不及其一。四种乐：

① 四果：佛教徒修行，可以达到高低不同的四种果位。一曰初果为须陀洹果，在轮回转生时不会变成畜生、恶鬼等。二果为斯陀含果，轮回时只转生一次便不再来欲界受生死之苦。三曰阿那含果，修到此果位，不再生于欲界而超生天界。四曰阿罗汉果，受此果者，诸漏已尽，万行圆成，所作已作，应办已办，永远不会再投胎转世而遭生死轮回之苦，得此果位者，即称"阿罗汉"，简称"罗汉"。
② 七支：十恶中的前七恶，即身三（杀生、偷盗、邪淫）与口四（妄语、绮语、两舌、恶口）。
③ 十八界：六根（眼、耳、鼻、舌、身、意）、六尘（色、声、香、味、触、法）、六识（眼识、耳识、鼻识、舌识、身识、意识），合称"十八界"。界，界限。
④ 三十七道品：又名"三十七菩提分法"，即四念处、四正勤、四如意足、五根、五力、七觉支、八正道。是到达涅槃境界的三十七种资粮。
⑤ 鬘（mán）持天：天名。为四天王天（欲界六天之第一重）之第一天。鬘，梵文音译，指璎珞、花环之类，古印度风俗多以其为饰物。
⑥ 十住处：《正法念处经》卷二二："其鬘持天，有十住处。何等为十？一名白摩尼，二名峻崖，三名果命，四名白功德行，五名常欢喜，六名行道，七名爱欲，八名爱境，九名意动，十名游戏林，是为十处。"

一无怨,二随念,及天女不念余天等①。身香百由旬②。

◎ 象迹天

迦留波陀天,也就是象迹天,此天有十地。第一地行莲华,视物不眨眼。第二地胜蜂,众蜂发出美妙的声音。第五地风行,六天香风,都入此天。

迦留波陀天③此由象迹,有十地也。目不瞬④。众蜂出妙音⑤。六天香风,皆入此天⑥。

◎ 四天王天

四天王天有十地:彩地、质多罗地等。第九地清凉池有八林树。

---

① "四种乐"四句:《正法念处经》卷二二:"观鬘持天第五地处,彼以闻慧,见鬘持天有地,名一切喜。众生何业生于彼处?彼以闻慧。见持戒人,心有正信,以花供养诸佛如来,自力致财,买花供养,是人命终,生于善道,生一切欢喜行天。生彼天已,受四种乐。何等为四?"
② 由旬:由旬,梵文音译,为古印度计算里程的单位,由旬分小、中、大,或约四十里,或约六十里,或约八十里。
③ 迦(jiā)留波陀(tuó)天:即象迹天,为四天王天之第二天。
④ 目不瞬(shùn):此谓迦留波陀天第一地行莲华。
⑤ 众蜂出妙音:此谓迦留波陀天第二地胜蜂。《正法念处经》卷二三:"如是比丘,观无量乐赞善业已,胜蜂欢喜无量,众蜂出众妙音。"
⑥ 六天香风,皆入此天:此谓迦留波陀天第五地风行。

四天王①十地：彩地、质多罗地②。八林③。

◎箜篌天

箜篌天有十地。第一地乾陀罗，有金流河。第二地应声，有无影山。第三地喜乐，有影游鸟，它飞到哪里，那里的池就与其同一颜色。第四地探水，有众鸟唱颂。第五地白身天，生此天者，身着白色衣，颜色如同拘勿头花。第六地共游戏，此地很柔软，随足所履，自然起伏。第七地乐游戏天，有乘鹅殿。

箜篌天④十地。金流河⑤。无影山⑥。有影游⑦，鸟随，其行处池同其色。众鸟说偈⑧。白身天，身色如拘勿头花⑨。无足柔软，随足上下。乐游戏天，乘鹅殿⑩。

---

① 四天王：佛教有四大天王，为帝释的外将，住须弥山四边，各护一方，即东方天王多罗咤（治国主）、南方天王毗留璃（增长主）、西方天王毗留博叉（杂语主）、北方天王毗沙门（多闻主）。
② 彩地、质多罗地：为常恣意天十地之第四、五地名。
③ 八林：常恣意天第九地有"八林树"。
④ 箜篌（kōng hóu）天：天名。为四天王天第四天。
⑤ 金流河：在箜篌天十地第一地处。
⑥ 无影山：在箜篌天十地的第二地处。
⑦ 影游：鸟名。在箜篌天十地的第三地处。
⑧ 众鸟说偈（jì）：在箜篌天第四地处。偈，也叫"颂"。
⑨ 身色如拘勿头花：此谓箜篌天第五地之异。拘勿头花，花名，梵语音译，又作"拘贸头""拘车头"。
⑩ 乐游戏天，乘鹅殿：此谓箜篌天第七地之异。

◎三十三天

三十三天的第一天有九十九那由他天女。有忆念树，万物随诸天女心之所想而出。有十大莲花池。有千柱殿。有六时林，一天有六时。有千辐轮舆，是天妃舍支乘坐的。第三天：衣服没有经纬。第四天：命将终者，尘土附身。有速度很快的马车。天帝释乘坐千只鹅拉的千辐四轮七宝舆。第五天：天子以金刚继带为装饰。第六天：有行林，林中金树，随天所至而生。第七天：有种鸟是金色胸腹。第八天：白象王的化身有一百个头，每头有十牙，牙端有一百浴池。头顶有山，名为界庄严。两个鼻孔化作河流，就像阎牟那河水，飘散世界化作雾气。两胁各有一园，一名喜林，一名乐林。白象王的名字叫作伊罗婆那。第九天：有光明林，四边有四棵像镜子一样的如意毗琉璃树。天帝释将和阿修罗作战，天众进入四棵如意树之间，就照见自己的胜败之相。甲胄林，头盔铠甲从树上长出来，刀枪不入。第十四天：莲花池的莲花中流出摩偷。摩偷是一种美酒。第二十天：修行一千二百善业，就可生在此天。第二十三天：最妙之触，犹如眼触迦旃邻提鸟，这种鸟要在转轮王出世才出现。第三十二天：有开合林，睁眼闭眼，都能见到光明。

三十三天①九十九那由天女②。忆念树③，物随意而出。十花池④。千柱殿。六时林，一日具六时。千辐轮殿⑤，天妃舍支所坐也。衣无经纬⑥。将死者尘着身。马殿千鹅驾。金刚綖带⑦。行林⑧随天所至。众鸟金臆⑨。大象百头，头有十牙，牙端有百浴池。顶有山，名曰界庄严。鼻有河，如阎牟那⑩河水，散落世界为雾。胁有二园，一名喜林，二名乐林。象名伊罗婆那。光明林，四维有意树。帝释⑪将与修罗⑫战，入此林四树间，自见胜败之相。甲胄林，甲胄从树而生，不可破坏。莲出摩偷⑬，美饮也。

---

① 三十三天：即忉利天。为欲界六天之第二重，在须弥山顶上，中央为帝释天，四方各有八天，合为三十三天。
② 九十九那由天女：善法堂天（三十三天第一天）供奉帝释之天女。那由，那由他，梵语音译，又作"那由多""那庾多"，表数量，相当于亿（一说千亿）。
③ 忆念树：善法堂天园林中的异树。
④ 十花池：善法堂天十大莲花池。
⑤ 千辐轮殿：这里是说帝释或天后乘坐的车。
⑥ 衣无经纬：三十三天之山顶天（第三天）所见之异服。经纬，织布用的纵线和横线。
⑦ 金刚綖（yán）带：三十三天之钵私地天（第五天）所见之异服。綖，覆在冠冕上的装饰物。
⑧ 行林：三十三天之俱吒天（第六天）之异树。
⑨ 众鸟金臆：三十三天之杂殿天（第七天）之异鸟。
⑩ 阎牟那：梵语音译，是流经古印度窣禄勤那国的一条河流。
⑪ 帝释：即天帝释，三十三天之主，姓释迦，名天帝释。
⑫ 修罗：即阿修罗，又称"阿须罗""阿苏罗"，意译为非天，为六道众生之一，也是佛教护法天龙八部之一；又名"无端"，因其容貌甚为丑陋；又名"无酒"，因其国酿酒不成；身大好斗，常与天帝释恶战，国中男丑女美，宫殿在须弥山北，大海之下。
⑬ 摩偷：三十三天之旋行地天（第十四天）的美酒，从莲花池中的莲花流出。

修一千二百善业者，生此天①。上妙之触②，如触迦旃邻提鸟③，此鸟轮王出世方见。开合林，开目常见光明。

◎ 夜摩天

夜摩天住在虚空，被阎婆风所把持。第四地有积崖山，高至三百由旬，有七宝共计七箱。始生天者五相：第一相，光明覆被全身，身上没有穿衣服，心想不能让其他天众看到我的身体是裸露的，此种念头产生后，他虽然身上无衣，而其他天众看见他是穿了衣服的；第二相，园中之物皆未曾见过，故而一一看遍；第三相，见到天女，不敢正视，面露羞涩；第四相，见有其余天众，虽然前去接近，但是会心存疑虑；第五相，将升虚空，心生畏惧，既飞不高，也飞不远。又有五木相：第一相，靠近莲花池，莲花便不会绽放；第二相，走近树林，蜂就会离开树飞走；第三相，听到天女唱歌便会产生厌恶之心；第四相，靠近树木，树上的花全都枯萎；第五相，想在殿舍游行，不能行于空中。又有十二死相，其中有：光明不出，还入身中，好像日落；衣触重如金刚；又照琉璃壁或镜子，只能看见自己的影像，但是是看不到头部的。天女九退相：一、皮肤松弛；二、因为身动，头上的花掉落；三、红花戴到头上就变成了黄色；四、风吹无缕衣则丝缕显现，就像常人的衣服；五、

---

① 此天：指三十三天之微细行天（第二十天）。
② 触：佛教术语。身根所触，有眼触、耳触、鼻触、舌触、身触、意触，合称"六触"。
③ 迦旃（zhān）邻提鸟：海中之鸟，其名意译为实可爱。

空中飞行感觉疲倦；六、身上的汗水由清变浊；七、到树下摘花，高不可攀；八、与天子相见，没有妩媚之美；九、头发被风吹散，摸上去很粗涩。没有说话而嘴唇翕动不停，所戴璎珞、花鬘等饰物，都变得很沉重。十二种离垢布施者，生于此天。有鹅、鸭、鸳鸯等众鸟，都有青影，覆被一万由旬。兜率天王留有摩尼珠，珠子里面有金字偈。

夜摩天①住虚空，阎婆风所持也。积崖山②，高三百由旬，有七榻七箱。始生天者五相：一光覆身而无衣，二见物生希有心，三弱颜，四疑，五怖。又五木：一近莲池花不开；二近林蜂离树；三听天女歌而生厌离；四近树花萎；五殿不行空。又见身光，衣触如金刚，及照毗琉璃、镜，不见其首。天女九退相：一皮缓；二头花散落；三赤花在首变为黄；四风吹无缕衣，如人衣触；五飞行意倦；六触水而浊；七取树花，高不可；八见天子无媚；九发散粗涩。又唇动不止，璎珞花鬘皆重。十二种离垢③布施④，生此天。群鸟青影，覆万由旬。摩尼珠中，有金字偈。

◎失坏

四天王天有十二种失坏：譬如常与阿修罗作战，等等。三十三天有八种失坏：如劣天不被帝释所识，等等。夜摩天有六种失坏：如食时劣者心生羞惭，等等。兜率陀天有

---

① 夜摩天：欲界六天之第三重。夜摩，意译为时分。
② 积崖山：在夜摩天第四地积负地。聚积崖即此积崖山。
③ 离垢：脱离尘垢。
④ 布施：以福利施于他者。

四种失坏：如不喜欢佛说法声，等等。化乐天有四种失坏：如善业将尽时，脚没有影子，等等。他化自在天有四种失坏：如宝翅蜂飞走，等等。

四天王天，有十二失坏：常与修罗斗战等。三十三天，八种失坏：有劣天①不为帝释所识等。夜摩天，六失坏：食劣生惭等。兜率陀天②，四失坏：不乐鹅王③说法声等。化乐天④，四失坏：天业⑤将尽，其足无影⑥等。他化自在天⑦，四失坏：宝翅蜂舍去等。

◎色界落石

从色界天落下的一块大石头，要经过一万八千三百八十三年才能到地面上。

色界天下石，经一万八千三百八十三年方至地。

◎异哉阎浮提洲

阎浮提洲的人身高三肘半到四肘，脊有四十五根骨头，体内有十三脉。身内有毛灯虫、瞋血虫、禅都摩虫等，这

---

① 劣天：指阿修罗。
② 兜率陀天：欲界六天第四重。
③ 鹅王：因为佛手指、足指中间有缦网交合，有如鹅足，故称佛为"鹅王"。
④ 化乐天：欲界六天第五重。
⑤ 天业：此指善业。
⑥ 其足无影：应为"脚则有影"。
⑦ 他化自在天：欲界六天第六重。

些虫在血液中流行。善色虫寄身于粪便中，让人安乐。起根虫，尿液满则欢喜；欢喜虫，能见各种梦。又有赤口臭虫，可以让人生病，和集虫让人昏睡不醒。阎浮提的赊婆罗人在口唇部穿孔。又有面部长得像骆驼的人，那里的人也长有两只脚；狮子有一对翅膀，女人长着一张狗脸。有大林名为吱多迦，是罗刹的居住地，罗刹一眨眼的工夫就能迅速行驶千百由旬。在阎提洲中最为奇异的是赤贝洲、金地洲、黑双洲、五铜洲、康白洲等。

阎浮提①人生三肘②半至四肘，骨四十五，脉十三。身虫有毛灯、瞋血、禅都摩虫，流行血中。善色虫，处粪中，令人安乐。起根虫，饱则喜；欢喜虫，能见众梦。又有瘨瘛、薯等。赊婆罗人穿唇。驼面目有诸人二足，师子③有翼，女人狗面。有林名吱多迦，罗刹④所住，眴目间行百千由旬。洲有赤贝、金地、黑双、五铜、康白等⑤。

◎郁单越

郁单越有鸡多迦香熏河等七十条天河。郁单越人自在无畏，四天王天则不是这样。白云持山鸭音林，饶山有麒

---

① 阎浮提：四大部洲之一，即南赡部洲，在须弥山南方。缘于此洲有一种名叫阎浮树，故名。人类所住的世界就在这个洲。
② 肘：佛教术语，表长度。
③ 师子：狮子。
④ 罗刹：恶鬼的总名。
⑤ 洲有赤贝、金地、黑双、五铜、康白等：此谓阎浮提洲之异胜者。

麟陀树，有迦吱多那等二十五种鹿。还有这个地方的山上盛产牛头旃檀，天众和阿修罗作战，受伤的人在这里涂上旃檀，伤口即可愈合。提罗迦树的花见到日光就会开；拘尼陀树的花在见到月光时才会开放；无忧树的花，女人触碰才会开；尸利沙树，有人踏足就马上生长。时乐山中有日花、龙舌花、鹅旋花、鼻境界花等。

郁单越[1]鸡多迦等天河七十。自在无畏，四天王否如。鸭音林[2]，麒麟陀树[3]，迦吱多那等。二十五鹿名。有山，多牛头旃檀[4]，天人与阿修罗斗，伤者于此涂香。提罗迦树花，见日光即开；拘尼陀树花，见月光即开；无忧树，女人触之花方开；尸利沙树，足蹈即长[5]。又日、龙舌、鹅旋、鼻境界等花[6]。

◎ 瞿陀尼

瞿陀尼女人身体以乳房为主。那里有十亿聚落，一万二千座城的大国。有多伽多支五大河及月力等。

瞿陀尼[7]女人主乳。有十亿聚落，一万二城大国。多伽多支五大河，月力等。

---

[1] 郁单越：即四大部洲之北俱卢洲，意译为胜处，以其胜出其他三洲之故。
[2] 鸭音林：郁单越第四山白云持山之园林。
[3] 麒麟陀树：饶山之异树名，非鸭音林之鹿名。
[4] 旃（zhān）檀：檀香，常绿小乔木，木材极香。
[5] "提罗迦树"八句：即为第六山瞿庄严山上的种种异树。
[6] 又日、龙舌、鹅旋、鼻境界等花：郁单越国时乐山中六时之异花。
[7] 瞿陀尼：四大部洲之一，又名"西牛货洲"，在须弥山之西。

◎弗婆提

弗婆提有峪髯等三个大林子。弗婆提国有三座大城市，在最大的城市里又有三亿五十万三千五百五十六个聚落。

弗婆提①三大林：峪髯等。三大城，大者三亿五十万三千五百五十六聚落。

◎四洲人之庄严处

南赡部洲的人耳朵和头发庄严。北俱卢洲的人眼睛庄严。西牛货洲的人头顶和腹部庄严。东胜身洲的人肩和大腿庄严。

南洲耳发庄严②。北洲眼庄严。西洲顶腹庄严。东洲肩胜③庄严。

◎托生异秉

托生南赡部洲者，中阴身可见白毛。托生郁林越者，中阴身可见红毛，见其生母之身为鹅。托生瞿陀夷者，生于黄屋，见其生母之身为牛。托生弗婆提者，中阴身可见青毛，见其生母之身为马。

---

① 弗婆提：四大部洲之一，即东毗提诃洲，或名"东胜身洲"。
② 庄严：这里是美好的意思。
③ 胜（bì）：通"髀"。大腿。

生赡部者见白氎①。生郁林越见赤氎，见母如鹅。生瞿陀夷，生黄屋，见母如牛。生弗婆提，见青氎，见母如马。

◎阿修罗

阿修罗，一被鬼道所摄，有神通；二被畜生道所摄，住在海底八万四千由旬。罗睺阿修罗王所住城内有种异树：酒树；又有金色的如愿树，群蜂酿蜜；婆那娑树的果实有瓮那么大。阿修罗王有四位婇女，名为如影等，各又有十二亿那由他侍女。堕阿修罗道者，寿长五千岁。罗睺阿修罗地下第二地名为月鬘，那里有座不见顶山。罗睺阿修罗王有鹿迷、蜂旋、赤目鱼、正走、水行、住空、住山窟、爱池、鱼口等十三处住处。第三阿修罗地城名铪毗罗，有黄鬘林。天众与阿修罗作战时，手足若被斩断了，又能够重新长出，如果是被斩断半身或砍掉了头部则会死掉。

阿修罗②，以鬼摄③魔乃鬼有神通者；二畜摄④在海地下八万四千由旬。酒树；又有树，群蜂流蜜，其色如金；婆罗婆树，其实如瓮。四婇女如影等，各有十二亿那由他侍女⑤。寿五千岁。

---

① 氎（dié）：细毛布。
② 阿修罗：又称"阿须罗""阿苏罗"，意译为非天，为六道众生之一，也是佛教护法天龙八部之一。
③ 鬼摄：鬼道所摄。鬼道为六道之一，即夜叉、罗刹、饿鬼等所在的境界。
④ 畜摄：畜生道所摄。畜生道也是六道之一，众生造畜生业，死后生于此道，披毛戴角，鳞甲羽毛，受苦无穷。
⑤ 四婇女如影等，各有十二亿那由他侍女：罗睺阿修罗王所受之乐。

地名月鬘①。不见顶山。十三处：鹿迷、蜂旋、赤目鱼、正走、水行、住空、住山窟、爱池、鱼口等。黄鬘林，鎩毗罗城。战时，手足断而更生，半身及道即死。

◎饿鬼有类

饿鬼住在阎浮提下五百由旬，共有三十六种：魔罗令鬘鬼，说的是鬼子魔；遮叱迦鸟，只能吃鱼，舍鹅鬼受遮叱迦鸟身。

鬼怪，阎浮提下五百由旬，有三十六种：魔罗令鬘鬼，此言鬼子魔；遮叱迦鸟，唯得食鱼，舍鹅鬼受此身。

◎畜生有种

畜生有三十四亿种。住在阎浮提的龙有五十七亿。龙在瞿陀尼不会降落浑浊的水，因为那里的人饮用不干净、不清澈的水就会夭亡。单越人不喜欢冷风，所以龙在那里便不吹冷风。龙在弗婆提洲不打雷，也没有闪电，因为那里的人都不喜欢雷电。龙发出的雷声，在兜率天是表示颂唱佛经的声音，但在阎浮提则是沧海的潮音。龙下的雨：从兜率天上落下的是珠宝；在护世城处落下的是美食；在海中大雨如注，犹如车轮滚滚不停；在阿修罗下的是兵仗；在阎浮提下的是清净水。

---

① 月鬘：陀摩睺阿修罗王所居之地。

畜生有三十四亿种。龙住阎浮提者五十七亿。龙于瞿陀尼不降浊水，西洲①人食浊水则夭。单越②人恶冷风，龙不发冷。于弗婆提洲不作雷声，不起电光，东洲恶也。其雷声，兜率天作歌呗③音，阎浮提作海潮音；其雨，兜率天上雨摩尼④，护世城雨美膳，海中注雨不绝如连轮，阿修罗中雨兵仗，阎浮提中雨清净水。

◎ 地狱有处

地狱共一百三十六处。三角生死，行善业生天中，行无记杂业生人中，行不善业生地狱中。团生死，诸天于天中退，复生天中，于人中退，复生人中。青生死，地狱之人入闇地狱。黄生死，黄色业摄，生饿鬼中。赤生死，赤业所摄，生畜生中。

地狱一百三十六。三角生死善无记也。团生死，诸天也。青出死，地狱。黄出死，饿鬼。赤出畜生。

◎ 地狱别处

活地狱有十六别处。地下天五千年，相当于活地狱一昼夜。活地狱第一别处有金刚虫，进入身体，吃遍全身。第三别处名为瓮热。第四别处之苦：在黄蓝花中来来回回

---

① 西洲：西牛货洲，又名"瞿陀尼洲"，四大部洲之一。
② 单越：北俱卢洲。
③ 歌呗（bài）：颂唱。
④ 摩尼：珠宝。

拖曳；心弥泥鱼；将排筒置于肛门中，鼓筒吹气。

活地狱十六别处。下天[①]五千年，此狱一昼夜。金刚虫。瓮热[②]。黄蓝花。心弥泥鱼。排筒。

◎ 黑绳地狱

黑绳地狱有旃荼黑绳地狱、畏鹫黑绳地狱。

黑绳地狱旃荼剧、畏鹫处。

◎ 地狱有苦

合地狱有上、中、下三种苦：罪人在有滚烫的铜汁的河流里流淌着，有人身痒如生酥块。有大铁鹫，吞食罪人入腹，即为火人。第二别处名割刳处。第六别处名多苦恼处，罪人身体坚硬宛如金刚。到地之后有炎口野干吃他的肉。第八别处有恶虫朱诛虫，还有铁蚁。第十别处名泪火处，拿佉陀罗灰满满塞进眼睛里。

合地狱上、中、下苦：铜汁河中，身洋如苏。鹫腹火人。

---

① 下天：地下天。天有五类：一上界天（色界、无色界），二虚空天（夜摩天以上四天），三地居天（四天王天、忉利天），四游虚空天（日月星辰），五地下天（龙神、阿修罗、阎摩王等）。

② 瓮热：活地狱第三别处。

割刳[1]处。坚䩔[2]。炎口夜干[3]。朱诛虫，铁蚁。泪火处[4]，以佉陀罗灰致眼中。

◎ 号叫地狱

号叫地狱即叫唤地狱。此地狱有发流火处；有火末虫处，所受苦为四百四种病痛；又有云火雾处，火势高二百肘。

号叫地狱[5]。发流火处；火末虫处，四百四痛；火厚二百肘。

◎ 地狱舌头

大号叫地狱舌头长三居赊，口中长有碓虫。在火鬟处，被辗压成肉泥，其颜色为金舒迦色。在无边苦处，受鱼腹燃烧的苦楚。在十一炎处：火生十方为十火，致使体内被烧的饥渴难耐。

大号叫地狱阔广三居赊[6]，口生碓虫。火鬟处，金舒迦色，肉泥色也。赤树鱼腹苦。焦热地狱。十一炎处。火生十方及饥渴火也。

---

[1] 刳（kū）：剖开挖空。
[2] 坚䩔（bào）：凸起而坚硬的样子。
[3] 炎口夜干：夜干，即"野干"，又作"射干"。佛典中记载的一种动物，色青黄，如狗，群行夜鸣，其声如狼。
[4] 泪火处：合地狱第十别处。
[5] 号叫地狱：即叫唤地狱。
[6] 居赊：长度单位。

◎ 别处地狱

第三别处地狱的人生活在龙的口中,被龙的毒牙反复咀嚼。第四处名为赤铜弥泥鱼旋。第五别处有六口大铁锅,有五十由旬高,锅里的沸水溅起的水沫高半由旬。

针风生龙口中。弥泥鱼。镬①量五十由旬,沸沫高半由旬。

◎ 燋热地狱

大燋热地狱有必波罗针风。业风吹下三十六亿由旬。第九别处有地盆虫。氎块乌处:把人放进鼓里,鼓发出非常可怕的声音。悲苦吼处有千头龙。

吹下三十六亿由旬。氎块乌处地盆虫。置之鼓中,鼓出恶声。千头龙。

◎ 阿鼻地狱

阿鼻地狱有十六别处。衣裳很快就破了,洗了之后很快就脏了:这是将堕阿鼻地狱的先兆。快要死的时候,见肉身就像八岁的儿童。头面朝下,脚朝上,受地狱冷风吹三千年。此地狱所受之苦为极苦,与阿迦尼吒天所受之乐为极乐刚好是相反的。此地狱之人的臭气能熏坏欲界六天,所以就有出山、没山两座大山遮挡住其臭气。第一别处为

---

① 镬(huò):鼎镬,烹人的刑具。

乌口处，第六别处为黑肚处。第十二别处又有一角、二角两处。

阿鼻[①]十六别处。衣裳健[②]破，浣而速垢：将生阿鼻之相。死时见身如八岁儿。面在下，空中风吹三千年。受苦胜如阿迦尼吒[③]天乐。狱中臭气能坏欲界六天，有出没之二山遮之。乌口处，黑肚处。一角、二角处。

◎ 八寒地狱

八寒地狱，与通常的说法相差无几。

八寒地狱，多与常说同。

◎ 地狱研判

凡是堕入地狱者，有三种形态呈现：罪轻者化为人形；其次为畜生之形；罪极重者无人畜之形，像肉轩、肉屏之类。如今佛寺中画地狱变，唯有隔子狱大体如佛经所说，其狱所受之苦画得十分详尽，但描绘人间万象的则没有一点根据。

凡生地狱，有三种形：罪轻作人形；其次畜形；极苦无

---

① 阿鼻：梵语音译，即阿鼻地狱，也叫"无间地狱"，是地狱之最底层，造极重罪者死后堕此地狱。
② 健：很快。
③ 阿迦尼吒：梵语音译，意译为色究竟，色界十八天之最上天。

形①，如肉轩、肉屏等。今佛寺中画地狱变②，唯隔子狱稍如经说，其苦具悉，图人间者曾无一据。

◎牛头无情

从前的说法是：在地狱的轮回中见牛头阿傍，是因无情业所致而出现。

旧说地狱中阴③，牛头阿傍④，无情业⑤所感现。

◎僵冷赴狱

人快要死的时候，脚是最后变冷的，这是要到堕落到地狱的征兆。

人渐死时，足后最冷，出地狱之相也。

◎器毁无狱

器世界将要毁坏时，没有堕入地狱的。

---

① 极苦无形：地狱中极苦之人无人畜形，而为肉地、肉瓮、肉屏、肉厅、肉橛、肉台、肉林、肉床、肉拘执、肉绳床、肉壁、肉索、肉柱等形。
② 地狱变：将佛经所述地狱之事画成图画以传播佛法，此图画即为地狱变。变，变相，演变佛经而成图画。
③ 中阴：轮回中，死后生前的过渡状态。
④ 牛头阿傍：地狱狱卒名。牛头人手，两脚为牛蹄，手持钢叉，力大无比。
⑤ 业：业力，善业有生乐果的力量，恶业有生苦果的力量。

器世①将坏，无生地狱者。

◎观见池

陀摩睺阿修罗王有一切观见池，战局胜负全部都能显现在池中。

阿修罗有一切观见池，战之胜败，悉见池中。

◎天树反观

鬘持天在镜林中，天众照见自己的善恶因缘。

正行天颇梨林中有颇梨树，可以看见人行法或是行非法，毗留博叉天王常在这里观看。

忉利天殿壁明亮得如同镜子一样，从镜子中可以显现古时三十三天王退没之相，以及人中七生事，没有第八生处。

波利邪多天有波利邪多树，可以显示阎浮提人行善或行不善之相。如果行善，这种树的花便能光明耀眼，可以照耀一百由旬那么远；如果行不善，它就凋零枯萎；如果是半行善，它就只开一半的花。

微细行天宝树的枝叶，可以全部照见天众的影像。各自的上中下业也可在这里面看到。

阎摩那婆罗天阎摩娑罗树中可以看见果报。那里的宝

---

① 器世：又作"器世间""器世界"。指一切众生依之而住的国土世界，因国土世界好像器物，可变可坏，故名。

殿明净如镜，可以全部照见天众所作之业的果报。另外，第二棵阎摩娑罗树中，有千柱殿，有业网，各大地狱的十六隔子狱，都显现在这里面。

夜摩天抚垢境池，池中可以照见自己额头上所显现的业果。另外，阎浮那施佛塔的塔影中，可以看见欲界的罪与福以及三恶道。说到天象异常，如若即将有月食要发生，则油脂沉入水里，鸟贴近地面飞；假若即将要日食发生了，天际会全部变红。

鬘持天镜林中，天人自见善恶因缘①。

正行天②颇梨树，见人行与非法③，毗留博天④常于此观之。

忉利天及人中七生⑤事，见于殿壁中，无法第八生。

波利邪多天有波利邪多树，见阎浮提人善不善相，行善则照百由旬，行不善则凋枯，半行善则半荣。

微细行天宝树枝叶，悉见天人影像。上、中、下业亦见其中。

阎摩那婆罗天娑罗树中见果报。其殿净如镜，悉见天人所作之业果报。又第二树中，有千柱殿，有业网⑥，诸地狱十六隔

---

① 因缘：指产生结果的直接原因及促成结果的条件。
② 正行天：莶篌天第十地。
③ 法：佛教术语。梵语音译为"达摩"，泛指宇宙的本原、道理、法术。
④ 毗留博天：毗留博叉天王，四天王之西方天王。
⑤ 七生：即七有。七有：一地狱有，二傍生有（即畜生），三饿鬼有，四天有，五人有，六业有，七中有。生，佛教术语。生起，形成。有，相对"空""无"而言。
⑥ 业网：佛教语。谓业力如网罩人不可逃脱，故称"业网"。

剧，悉见其中。

夜摩天抚垢镜池，池中见自身额上所见过见业果。又阎浮那施塔影中，见欲界罪福[1]及三恶趣[2]。言天象异者，若月将食，肥腻沉水，鸟下飞；日将蚀，诸方赤。

◎星宿祭礼

二十八宿：

昴宿为第一宿，一昼夜运行三十时，形状像剃刀，姓鞞耶尼，祭礼用乳汁，属火天。

毕宿的形状像站立着，又属水天，祭祀用鹿肉。姓颇罗堕。

觜宿属月天，是月天之子，姓毗梨佉耶尼，形状像鹿头，祭祀用果。

参宿属日天，姓婆斯失绣，形状像妇女的黑痣，祭祀用醍醐。

井宿属日天，姓与参宿相同，形状像足迹，祭祀用粳米和蜜。

鬼宿属木星天，姓炮波罗毗，形状像佛胸，祭祀用品和井宿相同。

柳宿属蛇天，姓和祭祀用品都与参宿相同，形状像蛇。

星宿属火天，形状像是河岸，姓宾伽耶尼，祭祀用黑芝麻。

---

[1] 罪福，五逆十恶为罪，五戒十善为福，罪有苦报，福有乐果。
[2] 趣：佛教中指众生死后因各自善恶行为而趋向不同地方转生。

张宿属福德天，姓瞿昙弥，形状和祭祀用品都与井宿相同。

翼宿属林天，姓㤭陈如，祭祀用黑豆，形状和张宿相同。

轸宿属毗沙梨帝天，形状像是人手，姓迦遮延，祭祀用荞草和稗子。

角宿属喜乐天，姓质多罗，形状和轸宿相同，祭祀用花。

亢宿姓迦旃延，祭祀用绿豆。

氐宿姓多罗尼，用花祭祀。

房宿属慈天，姓阿蓝婆，形状像璎珞，祭祀用酒肉。

心宿属忉利天，姓迦罗延，形状像大麦，祭祀用粳米。

尾宿属猎师天，姓遮耶尼，形状像蝎尾，祭祀用果根。

箕宿属于清净天，姓持叉迦，形状像牛角。

斗宿姓莫迦逻，形状像人在拓石，祭祀用品和井宿相同。

牛宿属梵天，姓梵岚摩，形状像牛头，祭祀用品和参宿相同。

女宿属毗纽天，姓帝利迦遮耶尼，形状与心宿相同，用鸟肉祭祀。

虚宿的姓和翼宿相同，形状像鸟，祭祀用乌豆汁。

危宿姓单罗尼，形状像参宿，用粳米祭祀。

室宿属蛇头天，蝎天之子，姓阎浮都迦，祭祀用血。

壁宿姓陀难阇。

奎宿姓阿瑟吒，祭祀用乳酪。

娄宿属乾闼婆天，姓阿含婆，形状像马头，祭祀用大麦。

胃宿姓驮伽毗，形状像鼎的足。

二十八宿①：

昴为首，一夜行三十时，形如剃刀，姓鞞耶尼，祭用乳，属火。

毕形如立，又属水，祭用鹿肉。姓颇罗堕②。

觜属月，月之子，姓毗梨佉耶尼，形如鹿头，祭用果。

参属日天，姓婆斯失缔，形如妇人黡③，祭用醍醐④。

井属日，姓同参，形如足迹，祭用粳米和蜜。

鬼属木，姓炮波罗毗，形如佛胸，祭同井。

柳属蛇，姓、祭与参同，形如蛇。

星属火，形如河岸，姓宾伽耶尼，祭用乌麻⑤。

张属福德天，姓瞿昙弥⑥，形、祭如井。

翼属林天，姓憍陈如⑦，祭用黑豆，形同上。

---

① 二十八宿（xiù）：我国古代天文学把天空中可见的星分成二十八组，叫作二十八宿，东、西、南、北四方各七宿。东方苍龙七宿：角、亢、氐、房、心、尾、箕。北方玄武七宿：斗、牛、女、虚、危、室、壁。西方白虎七宿：奎、娄、胃、昴、毕、觜、参。南方朱雀七宿：井、鬼、柳、星、张、翼、轸。
② 颇罗堕：为古印度婆罗门六姓（或云十八姓）之一。
③ 黡：黑痣。
④ 醍醐（tí hú）：经过多次炼制的乳酪，在各种味道里面，它算是第一美味。
⑤ 乌麻：黑芝麻。
⑥ 瞿昙（qú tán）弥：也称"乔达摩"，释迦牟尼的本姓。
⑦ 憍（jiāo）陈如：佛最初的弟子。

轸属毗沙梨帝,形如人手,姓迦遮延,祭用莠①稗②。

角属喜乐天③,姓质多罗,形如上,祭用花。

亢姓迦旃延④,祭用菉荳⑤。

氐姓多罗尼,以花祭。

房属慈天,姓阿蓝婆,形如璎珞⑥,祭用酒肉。

心属忉利天,姓迦罗延,形如大麦,祭用粳米。

尾属猎师天,姓遮耶尼,形如蝎尾,祭用果根。

箕属清净天⑦,姓持叉迦,形如牛角。

斗姓莫迦逻,形如人拓⑧石,祭如井。

牛属梵天⑨,姓梵岚摩,形如牛头,祭如参。

女属毗纽天⑩,姓帝利迦遮耶尼,形如心,祭以鸟肉。

虚姓同翼,形如鸟,祭用乌豆汁。

危姓单罗尼,形如参,祭以粳米。

室属蛇头天,蝎天之子,姓阎浮都迦,祭用血。

壁姓陀难阇。

奎姓阿瑟吒,祭用酪⑪。

---

① 莠(yǒu):一年生草本植物,俗称狗尾草。
② 稗(bài):一种形如水稻的田间杂草。
③ 喜乐天:四天王天之堃篌天第三地名。
④ 迦旃(zhān)延:婆罗门十姓之一。
⑤ 菉荳:即绿豆。
⑥ 璎珞:用珠玉串成的饰品,一般佩戴于颈部。
⑦ 清净天:三十三天(忉利天)之第三十三天名。
⑧ 拓:开垦。
⑨ 梵天:色界初禅天之一。
⑩ 毗纽天:一名"那罗延天",天名。
⑪ 酪(lào):动物乳汁制成的半凝固食品。

娄属乾闼婆天，姓阿含婆，形如马头，祭用大麦。

胃姓驮伽毗，形如鼎[①]足。

◎ 四星大忌

亢、虚、参、胃四星，不能上战场。

亢、虚、参、胃四星，不得入阵。

◎ 轸角女宿之生人

轸宿日出生的人，在七步以内的距离，蛇不敢靠近。角宿日出生的人，喜欢嘲戏。女宿日出生的人：在亢、参、危三宿日做事不顺；在虚、角两宿日诸事顺利。

轸宿生人，七步无蛇。角宿生人，好嘲戏。女宿生人，亢、参、危三宿日作事不成；虚、角，事胜。

◎ 日夜刹那

一千六百刹那是一迦那，六十迦那是一横呼律多。三十横呼律多是一天一夜。

一千六百刹那[②]为一迦那，倍六十名横呼律多。倍三十名为一日夜。

---

① 鼎：古代烹饪用器，或作礼器，三足两耳，多以青铜铸成。
② 刹那：佛教术语。极短的时间。佛经说一弹指之间即有六十刹那。

◎天狗星

从夜叉口中吐出来的烟火就是彗星。虚空中各大神通、夜叉等去大海见法行龙王,当他们从天而降的时候,全都光焰腾跃耀眼,光彩夺目,这种光焰名叫忧流迦,也就是天狗。

夜叉[1]口烟为彗[2]。龙王身光曰忧流迦,此言天狗[3]。

◎白马寺

汉明帝是最早兴建白马寺的。在寺院中悬挂着有经幡,此经幡的影子会映入皇宫大内。明帝感觉很奇怪,于是就向身边的人问道:"佛有什么神奇之处,人们全都这样敬奉他?"

汉明帝[4]始造白马寺[5]。寺中悬幡[6],影入内,帝怪,问左右曰:"佛有何神,人敬事[7]之?"

---

[1] 夜叉:梵语音译,天龙八部之一,意译为捷疾鬼,一种能吃人的鬼,又分地夜叉、虚空夜叉、天夜叉。后来也用夜叉比喻貌丑而凶恶的人,或指凶悍的妇人。

[2] 彗:彗星。

[3] 天狗:星名。

[4] 汉明帝:刘庄。汉光武帝刘秀第四子。相传曾派遣使者前往天竺国求取佛经、佛像,并建白马寺于洛阳。

[5] 白马寺:在洛阳。汉明帝时所建。因当时有白马驮经而来,因以得名。

[6] 幡(fān):形制窄长,垂直悬挂的旗子。

[7] 敬事:恭敬地侍奉。

◎ 量佛足

乌仗那国有佛留下的脚印，每个人因自身福寿的不同，丈量的佛的脚印的尺寸也长短不一。

乌仗那①国有佛迹②，随人身福寿，量有长短。

◎ 佛顶骨

那揭罗曷国，醯罗城东的佛塔中有佛的顶骨，顶骨的周长长达二尺。如果有人想要预知善恶，只要将香粉和泥涂在这块顶骨上，纹理清晰可见，善恶之相便会一目了然地呈现出来。

那揭罗曷国③，城东塔④中有佛顶骨，周二尺。欲知善恶者，以香涂印骨，其迹焕然，善恶相悉见。

◎ 大佛塔

北天竺健驮罗国有一座大佛塔。佛预言说：这座塔会在经历七次烧毁七次重建之后，佛法才将全部消失。玄奘

---

① 乌仗那：梵语音译，意思是花园。在今印度河上游及斯瓦特河流域。
② 佛迹：佛的足迹。
③ 那揭罗曷：梵语音译，古国名。其地在今阿富汗贾拉拉巴德地区，西起亚格达拉克山隘，东至开伯尔山隘，南对沙费德岭。
④ 塔：梵语音译译为"窣堵波""浮图"，意思是方坟、圆冢、功德聚，即佛塔，形状高而尖的建筑物，常有七级、九级、十三级，用以供奉和安置舍利（释迦牟尼火化后结成的珠状物）、经文和各种法物。

说：这座塔已经经历了三毁三建。

北天①健驮罗国②有大窣堵波③。佛悬记④：七烧七立，佛法方尽。玄奘言，成坏已三⑤。

◎ 没顶法失

西域摩揭陀国菩提树围墙内有佛陀的金刚座，是用来标示边界的两尊铜制观世音菩萨像。这个国家的人传言说，当菩萨的身躯淹没看不见的时候，佛法也就消失了。隋朝末年，菩萨像曾被淹没过了胸部。

西域佛金刚⑥座，有标界铜观自在⑦像两躯。国人相传，菩萨⑧身没，佛法亦尽。隋末，已没过胸臆矣。

---

① 北天：北天竺，古印度五天竺之一。
② 健驮罗国：梵语音译，西域古国名。其地在库纳尔河与印度河之间。
③ 窣堵波：佛塔。
④ 悬记：佛遥记修行者未来证果、成佛的预言。悬，悬远。
⑤ 成坏已三：指大佛塔建而又毁，毁而复建，已有三次。成坏，佛教术语，即成、住、坏、空四劫。
⑥ 金刚：梵语音译，即金刚石，其石坚利不可摧，佛家视其为稀世之宝。
⑦ 观自在：即观世音菩萨。观世音菩萨是汉化佛教中最著名的菩萨，大慈大悲救苦救难，普陀山是其显灵说法的道场。
⑧ 菩萨：梵语音译"菩提萨埵"的简称，菩提意为正觉，萨埵意为众生。合起来的意思是既自身求得正觉，又普度众生。罗汉修行后，便成菩萨，再行修炼则成佛。

◎ 树灭法灭

乾陀罗国头河岸，有一棵用来拴系白象的树，树的叶子和花都长得像枣树，季冬时节果实才成熟。据说这棵树死了，佛法也就消失了。

乾陀国①头河岸，有系白象②树，花叶似枣，季冬方熟。相传此树灭佛法亦灭。

◎ 青白袈裟

北朝时，在徐州角城县的北面，和尚、尼姑穿白布袈裟，偶而也有穿青布袈裟的时候。

北朝时，徐州角城县之北，僧尼着白布法服③，时有青布袈裟者④。

◎ 比丘函缚

波斯的属国有阿耨荼国，其都城北面的大竹林中有一

---

① 乾陀国：即前文的"健驮罗国"，也称"乾陀罗国"。
② 白象：在佛经里，六牙白象为佛、菩萨的坐骑。白象又是佛法的象征。
③ 法服：即袈裟，又名"法衣""三衣"。
④ 袈裟：梵语音译，意译有不正色、坏色、染色之义。因佛教制度规定僧衣避青、黄、赤、白、黑五种正色，故称"袈裟"。袈裟分大中小三种：小的是用五条布缝成的小衣，俗称五衣，是打扫劳作时穿的；用七条布缝成的中衣，俗称七条衣，是平时穿的；用九条乃至二十五条布缝成的大衣，俗称祖衣，是礼服，是出门或见尊长时穿的。

座佛寺，往昔佛在这里允许比丘穿函缚屣。函缚，意思是靴子。

波斯属国有阿夆荼国①，城北大林中有伽蓝②，昔佛于此听③比丘④着函缚⑤屣⑥。函缚，此言靴也。

◎崇一获赏

宁王李宪卧病，玄宗命令中使给他送医药，前往宁王府探病的人络绎不绝。崇一和尚为李宪治病，病稍稍好些，玄宗非常高兴，所以特别赏赐崇一和尚绯袍鱼袋。

宁王宪寝疾⑦，上命中使送医药，相望于道。僧崇一疗宪，稍瘳⑧，上悦，特赐崇一绯袍⑨鱼袋⑩。

---

① 阿夆荼（fàn tú）国：梵语音译，古国名。大约在今巴基斯坦信德省北部地区。
② 伽（qié）蓝：梵语音译，即佛寺。
③ 听：允许。
④ 比丘：梵语音译，出家受具足戒者之通称，男的叫"比丘"，女的叫"比丘尼"。
⑤ 函缚：靴子。
⑥ 屣（xǐ）：鞋。据佛经记载，释迦牟尼在王舍城说法时，有些比丘来往于山路，脚被岩石、荆棘所伤，因此释迦牟尼允许比丘穿皮靴。
⑦ 寝疾：卧病。
⑧ 瘳（chōu）：病愈。
⑨ 绯袍：唐代官员四品服深绯，五品服浅绯。绯，红色。
⑩ 鱼袋：五品以上官员发给随身鱼符，装在袋子里，称作"鱼袋"。开元中，朝廷准许致仕者佩鱼终身，自此以后百官赏绯、紫，必兼鱼袋，称作"章服"。

◎ 文帝有表

梁简文帝有《谢赐郁泥纳袈裟表》。

梁简文帝有《谢赐郁泥纳袈裟表》。

◎ 武帝赞礼

魏朝使者陆操到达梁国时，梁武帝乘坐着小车，魏使行再拜礼，武帝让中书舍人殷炅宣旨慰问。到重云殿，引领魏使者升殿，武帝身着袈裟，坐北面南。太子以下所有朝臣都穿着袈裟，就连侍卫也都同样穿着僧衣。陆操面向西方依据位次站立，其余人等全都在西厢面东列队站好。一位高僧主持赞礼，颂佛的赞词一共是三卷，在第三卷中说"为魏朝皇帝、丞相高欢以及南北二朝百姓"。赞礼完毕，台使和梁朝群臣都施拜礼。

魏使陆操至梁，梁王坐小舆①，使再拜，遣中书舍人殷炅宣旨劳问②。至重云殿，引升殿，梁主着菩萨衣③，北面。太子以下皆菩萨衣，侍卫如法。操西向以次立，其人悉西厢东面。一道

---

① 小舆：皇室用的轻便小车。
② 劳问：慰问。
③ 菩萨衣：袈裟。

人①赞礼②,佛词凡有三卷,其赞第三卷中称"为魏主③、魏相高并南北二境士女"。礼佛讫,台使④与其群臣俱再拜矣。

◎ 长明灯

魏朝李骞、崔劼到梁朝同泰寺礼佛,主客郎王克、中书舍人贺季友和三位僧人在寺门前迎接。到佛塔里,看见佛像旁有一位手拿记事板和笔的比丘石像。和尚对李骞说:"这个叫尸头,专管记录人的罪过。"李骞说:"这算是和尚中的董狐。"又进入二堂,佛像前有个铜钵,里面点着长明灯。李劼说:"正像庄子所说的那样:'太阳和月亮都已经出来了,这小火苗还没熄灭。'"

魏李骞、崔劼至梁同泰寺,主客⑤王克、舍人⑥贺季友及三僧迎门引接。至浮图⑦中,佛傍有执板笔者。僧谓骞曰:"此是尸头⑧,专记人罪。"骞曰:"便是僧之董狐。"复入二堂,佛前有铜钵,中燃灯。劼曰:"可谓'日月出矣,爝火不息'。"

---

① 道人:这里指僧人。
② 赞礼:赞颂礼拜的仪式。
③ 魏主:即东魏孝静帝元善见。
④ 台使:南朝称朝廷使者为台使。台,台城,晋宋间谓朝廷禁省为台,故称。
⑤ 主客:即尚书主客郎,职掌外交事务。
⑥ 舍人:即中书舍人,负责起草诏诰、外交文书,也承担外交接待事务。
⑦ 浮图:即佛塔。
⑧ 尸头:比丘名。或译为"尸利沙迦""头者"。

◎ 金榆山

卢县东边有座金榆山。当年朗法师让弟子在这里采榆荚，到瑕丘集市上去买东西，此时榆荚全都变成了金钱。

卢县东有金榆山。昔朗法师①令弟子至此采榆荚，诣瑕丘市易，皆化为金钱。

◎ 宝公灵卜

北魏胡太后曾经向宝公和尚询问关于国运的事，宝公只说："抓米给鸡唤朱朱。"这是预言尔朱荣要杀她的事。有个叫赵法和的人请求占卜，宝公说："大竹箭，不要羽。东厢屋，赶快修。"法和的父亲不久便去世了。

后魏胡后尝问沙门②宝公国祚③，且言："把粟与鸡唤朱朱④。"盖尔朱⑤也。有赵法和请占，宝公曰："大竹箭，不须羽。东厢屋，急手⑥作。"法和寻丧父。

---

① 朗法师：即为竺僧朗，京兆（今陕西西安）人。法师，精通佛法堪为人师者，用作对出家人的敬称。
② 沙门：和尚。
③ 国祚（zuò）：国运。
④ 朱朱：模拟唤鸡的声音，又朱朱为两个朱字（二朱），谐"尔朱"。
⑤ 尔朱：即为尔朱荣，字天宝，秀容川（今山西朔州北）人。北魏孝明帝时为游击将军。
⑥ 急手：迅速。

◎ 磬恋光政

在历城县光政寺有一块磬石，形状像半月，色泽细腻，流光欲滴。敲一下，声音就会传出很远很远。北齐时，把这块磬石移到了邺都，这次派人去敲击时，再没有什么声音发出来。但是一旦让人把它送回光政寺，再敲，磬声又恢复如前。当地人有句话说："磬神圣，恋光政。"

历城县①光政寺有磬②石，形如半月，腻光若滴。扣之，声及百里。北齐时，移于都内，使人击之，其声杳绝。却令归本寺，扣之，声如故。士人③语曰："磬神圣，恋光政。"

◎ 佛丹青——玄奘西行

本朝开国之初，玄奘和尚到五印度取经，西域各国对他都是非常礼敬的。我曾见日本和尚金刚三昧说：他曾经到过中印度，那里很多个佛寺里面都画有玄奘穿的草鞋和用的筷子，并且还是用彩云托住它们，这大概是由于西域那时没有像这样的东西。每到斋戒日，僧俗都对着这些物件顶礼膜拜。

---

① 历城县：县名，属齐州，今山东济南。
② 磬（qìng）：佛寺中的一种打击乐器，形状像钵，念经时敲击，或用以集合僧众。
③ 士人：疑为"土人"之误。土人，当地人。

国初，僧玄奘往五印①取经，西域敬之。成式见倭国僧金刚三昧，言尝至中天②，寺中多画玄奘麻屩③及匙箸④，以彩云乘之，盖西域所无者。每至斋日⑤，辄膜拜焉。

◎ 巨蝇群聚

又听说，当那兰陀寺的食堂热气腾腾的时候，就会飞来数万只巨大的苍蝇。等到和尚登堂用斋时，所有的巨蝇则全都飞出食堂，聚集在院中的树上。

又言那兰陀寺⑥僧食堂中，热际，有巨蝇数万至。僧上堂时，悉自飞集于庭树。

◎ 名副其实的万回

万回和尚二十多岁的时候，相貌痴呆，不爱说话。他的哥哥戍守辽阳，很长时间没有书信寄回问安。有传言说他已经死了，于是家人为他设斋祭奠。万回和尚突然卷起大饼蔬菜，大声说："哥哥还活着，我这就去给他送吃的。"说完立即出门，撒腿就跑，连快马都追不上。到傍晚时他回来了，手里拿着他哥哥写的信，信的封口还是湿的。算

---

① 五印：即五天。古印度之境分东、西、南、北、中五方天竺。
② 中天：中天竺。
③ 麻屩（juē）：麻鞋。
④ 匙箸：汤匙和筷子。这里偏指筷子。
⑤ 斋日：宗教仪式，即进行斋戒和祈祷的特定日子。
⑥ 那兰陀寺：古印度著名佛寺，在今印度比哈尔邦巴特那东南，相传释迦牟尼曾在此说法。那兰陀，梵语音译，意为施无厌。

起来，他这往返一趟，一天就跑了一万里路，因此有了"万回"的名号。

僧万回，年二十余，貌痴不语。其兄戍辽阳，久绝音问，或传其死，其家为作斋。万回忽卷饼茹①，大言曰："兄在，我将馈之。"出门如飞，马驰不及。及暮而还，得其兄书，缄封犹湿。计往返一日万里，因号焉。

◎ 万回识诈

天后听任酷吏罗织罪名陷害大臣。地位稍高的官员，每天上朝时都会和妻儿诀别。博陵王崔玄晖，地位名望都非常高，他的母亲很担心他，说："你把万回请来，他是宝志大师一类的人物。他能观察人的行为，预判吉凶。"把万回请来了，崔母流着眼泪向他行礼，并且施予他一双银质筷子。万回突然走下台阶，把这双银筷子抛到堂屋顶上，大甩着手臂走了。崔家人都认为可能有不祥的征兆。第二天，让人上屋顶把银筷子取下来，结果在筷子下面发现了一卷书籍，一看，是部谶纬之书，赶紧让人将书烧掉。几天后，相关衙门忽然来人，在崔家大肆搜查图谶，结果一无所获，崔家也得以免祸。当时酷吏经常让坏人趁夜色把盅物和图谶偷藏在大臣们的家里，等上差不多一个月后，再让人告密陷害，籍没其家财。博陵王要是没有万回和尚的帮助，早就被满门抄斩了。

---

① 茹：蔬食。

天后任酷吏①罗织②，位稍隆者，日别妻子。博陵王崔玄晖，位望俱极，其母忧之曰："汝可一迎万回，此僧宝志之流，可以观其举止祸福也。"及至，母垂泣作礼，兼施银匙箸一双。万回忽下阶，掷其匙箸于堂屋上，掉臂而去。一家谓为不祥。经日，令上屋取之，匙箸下得书一卷，观之，谶纬书③也，遽令焚之。数日，有司忽即其家，大索图谶，不获，得雪。时酷吏多令盗夜埋蛊④遗谶于人家，经月，告密籍⑤之。博陵微万回，则灭族矣。

◎ 不空止雨

梵僧不空，精通总持门，能够役使各路神灵，玄宗十分敬重他。有一年大旱，玄宗让他求雨。不空说："最好过了某天再说，否则一定会暴雨成灾。"玄宗没有听其劝解，坚持立刻就让金刚智法师设坛求雨，结果一连几天暴雨下个不停，街道上到处都漂浮着淹死的人的尸体。玄宗急忙召见不空，让他想办法把雨停下来。不空就在寺院的庭中捏了五六条泥龙，放在屋檐滴水处，并用梵语斥骂一通。过了很久，再把这些泥龙摆放好，于是放声大笑。很快雨就停了。

---

① 酷吏：当时臭名昭著的酷吏如周兴、来俊臣等人，肆行告密之风，构陷无辜，创制酷刑，李唐宗室及元老重臣等被枉杀殆尽。
② 罗织：虚构罪名陷害无辜。
③ 谶纬（chèn wěi）书：谶书和纬书的合称。谶书是方士预决吉凶的隐语或图记。纬书和经书相对，是汉代附会儒家经典的书。
④ 蛊（gǔ）：这里指巫术中用来害人的东西。
⑤ 籍：籍没。登记在册，加以没收。

梵僧不空，得总持门①，能役百神，玄宗敬之。岁尝旱，上令祈雨。不空言："可过某日令祈之，必暴雨。"上乃令金刚三藏设坛请雨，连日暴雨不止，坊市有漂溺者。遽召不空，令止之。不空遂于寺庭中捏泥龙五六，当溜②水，胡言③骂之。良久，复置之，乃大笑。有顷，雨霁。

◎不空祈雨

玄宗又曾召见术士罗公远和不空和尚一同祈雨，比较他们的法力高下。下雨了，玄宗把两人单独召来询问，不空说："臣昨天求雨时焚烧的是白檀香龙。"玄宗让侍从捧起庭院中的雨水来闻，果然有檀香的气味。

玄宗又尝召术士罗公远与不空同祈雨，互校④功力。上俱召问之，不空曰："臣昨焚白檀香龙。"上令左右掬庭水嗅之，果有檀香气。

◎不空轶事

又有一次，不空和罗公远一起在别殿，罗公远不时地反手抓背，不空说："我借给尊师一柄如意吧。"殿堂的玉石晶莹光滑，那玉石一下子就滑到了不空的面前，罗公远连续试了好几次都想拿起玉石，却不能到手。玄宗想要去

---

① 总持门：密宗的法门。总持，梵语义译，意为总一切法，持一切义。
② 溜：屋檐滴水处。
③ 胡言：外国话。这里指梵语。
④ 校：通"较"，比较。

拿，不空说："三郎别起身，地上只是个影子罢了。"于是举起手给罗公远看，原来如意还在不空的手中。

又有传闻说北邙山中有一条大蛇，砍柴的樵夫经常都能见到。那条大蛇头大得像丘陵，夜晚经常吸食露气。大蛇见到不空，口吐人言说道："弟子因为犯下大错被罚而得蛇身，大师有什么办法可以超度我？我常想激荡黄河水淹没洛阳城，以此快慰我心。"不空让它受戒，为它讲说苦空佛法，并且说："你因为瞋心作怪才受此苦难，现在又如此瞋怒怨恨，我的法力哪能帮助你！你一定要细细琢磨我所说的苦空诸法，这样你就能够舍弃蛇身而恢复人身。"一个月以后，樵夫看见这条大蛇死在山涧中，臭气散发，方圆几十里远都能闻到。每当求雨，不空并没有其他什么特别的仪式，只是摆设好几个绣座，手持几寸长的木神摇动旋转，念动咒语抛出木神，木神就自动站立在绣座上了，等到木神口角长出牙，眼睛眨动，雨就来了。

又与罗公远同在便殿①，罗时反手搔背，不空曰："借尊师如意②。"殿上花石莹滑，遂激窣③至其前，罗再三取之不得。上欲取之，不空曰："三郎④勿起，此影耳。"因举手示罗如意。

---

① 便殿：正殿以外的别殿，帝王休憩游宴之所。
② 如意：器物名。古时也名"搔杖"，柄端作手指形，用以搔痒，可如人意，故名。
③ 窣（sū）：突然出来。
④ 三郎：唐玄宗为睿宗第三子，常自称三郎。

又邙山①有大蛇，樵者常见，头若丘陵，夜常承露气。见不空，作人语曰："弟子恶报，和尚何以见度？常欲翻河水陷洛阳城，以快所居②也。"不空为受戒③，说苦空④，且曰："汝以瞋心⑤受此苦，复忿恨，吾力何及！当思吾言，此身自舍昔而来。"后旬月⑥，樵者见蛇死于涧中，臭达数十里。不空每祈雨，无他轨则⑦，但设数绣座，手籞旋数寸木神，念咒掷之，自立于座上，伺木神吻角牙出，目瞤，则雨至。

◎古镜真龙

一行和尚深入研究术数，所以他有神异法术。开元年间，时逢大旱，玄宗下旨求雨。一行说："要找到一件东西，上面要有真龙的形状，才可以求到雨。"玄宗让他到宫内府库各处去查看，但找到的东西都不像真龙。几天后，一行指着一面古镜，镜鼻上有条盘龙，他高兴地说："这上面就有一条真龙啊。"于是他把古镜带入道场求雨，过了一晚就求到雨了。有人说这面古镜是从扬州进贡的。当初制作这面镜子的模子的时候，来了一位奇人，要求关闭房门

---

① 邙（máng）山：即北邙山，在河南洛阳东北。汉魏以下，王侯公卿多葬于此，后来以北邙泛称墓地。
② 居：居心。
③ 受戒：领受佛戒的仪式。
④ 苦空：佛教术语。即苦与空。苦，恶缘恶境逼恼身心。空，万物各有因缘而无实体，一切皆空。
⑤ 瞋（chēn）心：佛教术语。三毒之一，即瞋恚之心。瞋，生气，恼火。
⑥ 旬月：满一个月。或指十个月。
⑦ 轨则：仪轨，仪式法则。

独处室内制模。几天后开门一看,模子做好了,那人却消失找不到了,但现场还留下了制作古镜的图纸。后来图纸和古镜一并流传于世。这面镜子是在当年的五月五日那天,在扬子江的江心铸造而成的。

僧一行穷数,有异术。开元中,尝旱,玄宗令祈雨。一行言:"当得一器,上有龙状者,方可致雨。"上令于内库中遍视之,皆言不类。数日后,指一古镜,鼻①盘龙,喜曰:"此有真龙矣。"乃持入道场,一夕而雨。或云是扬州所进,初范模时,有异人至,请闭户入室。数日开户,模成,其人已失。有图并传于世。此镜,五月五日于扬子江心铸之。

◎ 狂僧点恶役

贞元初年,荆州有一个狂僧。他的名字叫些,善于唱《河满子》。有次他碰见一个喝醉了的衙役侮辱他,要他唱歌,些僧就放声唱起来,歌词里全都是这名衙役从前所干的不可告人的违法乱纪之事,令这名衙役大吃一惊,悔恨不迭。

荆州,贞元初有狂僧,些僧其名者,善歌《河满子》②。尝遇醉五百③,途辱之,令歌,僧即发声,其词皆五百从前隐慝④也,

---

① 鼻:器物上突出如鼻状的部分,用以拴系。
② 《河满子》:又作《何满子》,唐代曲名。
③ 五百:又作"伍佰",衙门里舆卫前导或是执杖行刑的役卒。
④ 隐慝(tè):不可告人的邪恶之事。慝,邪恶。

五百惊而自悔。

◎义师神迹

贞元年间,苏州有个名叫义师的和尚,言行举止的样子总是疯疯癫癫的。有一家人盖了十余间店铺,义师忽然抡起斧头砍坏了人家的屋檐,怎么阻挡也挡不住他。主人一向知晓他的神异,就施礼说:"弟子的生计全靠这几间店铺呢。"义师看了他一眼说:"你疼惜了?"于是他便住手把斧子扔在地上扬长而去。当天夜里,市内起了火灾,结果只有义师损坏的几间店铺没被烧毁。义师经常住在废弃的寺院佛殿中,不管是冬天,还是夏天都煨着一堆火,寺里的坏幡、木佛像他都拿来当柴烧。他喜欢活烧鲤鱼,不等烧熟就吃。脸脏了也经常不洗,他一洗脸,便会下雨,吴中一带的人便把这当作下雨的前兆。他将要去世的时候,喝了几斛灰汁后便念佛打坐,不再进食。当地百姓每天都去看他,他趺坐七天后圆寂了。当时正值盛夏,他的面色却一点没变,手脚也没什么变化。另外,京城安国寺和尚熟地,也经常烧木佛像,平素和人交谈似乎也很懂佛法要旨,但寺里的和尚并不知道他的道行究竟有多深。

苏州,贞元中有义师,状如风狂。有百姓起店十余间,义师忽运斤①坏其檐,禁之不止。其人素知其神,礼曰:"弟子活计赖此。"顾曰:"尔惜乎?"乃掷斤于地而去。其夜市火,唯义师所

① 斤:斧头一类的工具。

坏檐屋数间存焉。常止于废寺殿中，无冬夏常积火，坏幡、木象悉火之。好活烧鲤鱼，不待熟而食。垢面不洗，洗之辄雨，吴中以为雨候。将死，饮灰汁数斛①，乃念佛而坐，不复饮食。百姓日观之，坐七日而死。时盛暑，色不变，肢不摧②。安国寺僧熟地，常烧木佛，往往与人语，颇知宗要，寺僧亦不之测。

◎玉佛开言

睿宗李旦在含凉殿出生的时候，武则天就在殿中建造了多尊佛像，其中包括一尊玉制佛像。睿宗稍长大一些，喜欢到佛堂去玩耍。有一天他正在玉佛旁边随意闲看，玉佛忽然开口对他说："你以后要当皇帝。"

睿宗初生含凉殿，则天乃于殿内造佛事③，有玉像焉。及长，闲观其侧，玉像忽言："尔后当为天子。"

---

① 斛（hú）：量器名。后来也作为容量单位。
② 摧：摧折，折断。
③ 佛事：佛像。

寺塔记上

古刹高僧

寺塔记分上、下二篇,主要记载长安诸寺佛像、佛塔、佛经、壁画,以及游览寺庙的诸多奇闻轶事和寺中与友人联句对语等内容。

◎ 柯古题记

武宗会昌三年的夏天，我和张希复（字善继）相继在集贤院任职，郑符（字梦复）也在此连任。适逢闲暇日，三人同游大兴善寺，仔细阅读《两京新记》和《游目记》后发现其中多有遗漏。于是我们又相约花十天的时间考察两街的寺院，从街东的大兴善寺开始，凡是关于寺院内容而上述两《记》又没有记载的，都重新加以记录。游至慈恩寺，才知道朝廷即将合并寺院，僧众人心不安，于是就只简单地询问了一两位僧人，并记录了佛塔下的画迹，至此计划就被迫中断了。三年后，我供职于两京，任职吉州刺史，到大中七年回到长安，在外待了共六年，留在城里的书籍，损坏了近一半。在旧稿里读到往日同两位亡友游寺的情景，忍不住血泪交加，当时造访寺院时的快乐，一去不可追。经过重新修整，损坏的旧稿才能继续阅读，但是内容却缺失了十分之五六。今编成两卷，留给寺里各位僧众传阅。东牟人段成式，字柯古。

武宗癸亥三年夏，予与张君希复善继同官秘丘①，郑君符梦复连职仙署②。会暇日，游大兴善寺，因问《两京新记》及《游目记》，多所遗略。乃约一旬寻两街寺，以街东兴善为首，二

---

① 秘丘：秘书。这里指集贤殿校理。
② 仙署：现指集贤殿书院。

《记》所不具，则别录之。游及慈恩，初知官将并寺①，僧众草草，乃泛问一二上人②及记塔下画迹，游于此，遂绝。后三年，予职于京洛及刺安成，至大中七年归京，在外六甲子③，所留书籍，揃坏④居半。于故简中，睹与二亡友游寺，沥血泪交，当时造适乐事，邈不可追。复方刊整，才足续穿蠹⑤，然十亡五六矣。次成两卷，传诸释子⑥。东牟人段成式柯古。

◎ 优填像

靖善坊大兴善寺，寺名取"大兴"两字，坊名取"善"一字。《新记》记载："优填像，总章初年被火烧掉了。"根据"梁朝时，来自西域的优填像在荆州"之说，又据"隋朝时从台城移来此寺"，事实并非如此。现在又有一座用旃檀木雕的佛像，开光时看到过它，其雕工实在太拙劣了，相比之前的优填像差得太远了。

靖善坊大兴善寺，寺取"大兴"两字、坊名一字为名。《新记》云："优填⑦像，总章初为火所烧。"据"梁时西域优填在荆州"，言"隋自台城移来此寺"，非也。今又有旃檀像，开目⑧，

---

① 并寺：指会昌毁佛之事。
② 上人：对僧人的尊称。
③ 甲子：代指年岁。
④ 揃（jiǎn）坏：损坏。
⑤ 穿蠹：指蠹蚀之简册。
⑥ 释子：僧众。
⑦ 优填：桥赏弥国国王，与释迦牟尼佛同时，为古印度名王之一。
⑧ 开目：开眼，即开光。佛家于佛像落成后，择日致礼而供奉。

其工颇拙，犹差谬矣。

◎不空三藏塔

不空三藏舍利塔前有很多棵老松树。天干旱时，官府就砍下老松的松枝作为龙骨来祈雨。不空和尚既然能驾驭龙使暴雨停止，人们猜想他塔前的树大概也必是有灵的吧。

不空①三藏塔前多老松。岁旱，则官伐其枝为龙骨以祈雨。盖三藏役龙，意其树必有灵也。

◎双松图

在行香院的大堂后壁上，有元和年间画师梁洽画的一幅双松图，其画风超凡脱俗。

行香院堂后壁上，元和中，画人梁洽画双松，稍脱俗格。

◎曼殊堂

曼殊堂的塑像雕刻极为精妙。堂外墙壁上有一幅泥金画，是不空和尚从西域带回来的。

曼殊②堂工塑极精妙。外壁有泥金帧③，不空自西域赍来者。

---

① 不空：唐代高僧，密宗祖师之一，与善无畏、金刚智并称"开元三大士"。
② 曼殊：即文殊师利菩萨，其常见法像是顶结五髻，手持宝剑，坐莲花宝座，骑狮子。汉化佛教，以五台山为其道场。
③ 泥金帧：泥金画。

◎ 发塔舍利

发塔里供奉着隋朝的舍利,塔的下面有一段文字记载说:"就在宫中住的地方,舍利的感应,前后不止一次。时在仁寿元年十二月八日。"

发塔①内有隋朝舍利,塔下有记云:"爰在宫中,兴居之所,舍利感应,前后非一。时仁寿元年十二月八日。"

◎ 时非时经

旃檀佛像堂里有部《时非时经》,是用红线作为界行然后书写,它是用一个漆龛装着的。和尚说那是隋朝时期的旧物。

旃檀像堂中有《时非时经》②,界朱③写之,盛以漆龛④,僧云隋朝旧物。

◎ 曲池

以前大兴善寺后面有个曲池,不空和尚临终时池水忽然枯竭了。到惟宽禅师住到本寺后才没继续干涸,因雨水疏通泉眼了,曲池里便生长出了白莲和水藻。现在又全部

---

① 发塔:供养释迦牟尼头发的寺塔。
② 《时非时经》:佛经名。简称《时经》。
③ 界朱:用红笔画成行格。
④ 龛:供奉佛像的小阁子或柜子。

干成平地了。

寺后先有曲池，不空临终时忽然涸竭。至惟宽禅师止住，因潦通泉，白莲藻自生。今复成陆矣。

◎素和尚院

东廊的南边有素和尚院，庭子里有四株青桐，是素和尚亲手种的。元和年间，公卿将相经常到这个院里来闲游。青桐树到了夏季就像出汗一样渗出油液，衣服被弄脏后就像车的润滑油一样无法清洗。昭国坊东门郑相国曾和丞郎几人在此避暑，厌恶桐树分泌出来的油脂，对素和尚说："弟子替和尚砍掉这些树，另在原地各种一棵松树吧。"到了晚上，素和尚对着树笑着祝祷说："我栽下你们已经二十多年了，因为你们出汗被别人厌恶，明年如果再出汗，我一定把你们砍掉当柴烧。"从此四株青桐不再出汗。宝历末年，我听说它们已有十五年没有出汗了。素和尚不出庭院，诵念《法华经》三万七千部。夜晚曾有貉子前来听经，斋饭时鸟鹊就到他手掌上啄食。长庆初年，庭院前面的牡丹开出了一朵并蒂花，有个叫玄幽的和尚为此院题诗，诗中有警句说："三万莲经三十春，半生不踏院门尘。"现在有位梵僧悋陈如难陀，用颜料在坛上作画，他性情急躁，狂妄自大，对中华本土佛教典籍也不甚了解。

东廊之南素和尚院，庭有青桐四株，素之手植。元和中，卿相多游此院。桐至夏有汗，污人衣如辊①脂，不可浣。昭国②东门郑相尝与丞郎数人避暑，恶其汗，谓素曰："弟子为和尚伐此树，各植一松也。"及暮，素戏祝树曰："我种汝二十余年，汝以汗为人所恶，来岁若复有汗，我必薪之。"自是无汗。宝历末，予见说已十五余年无汗矣。素公不出院，转③《法华经》三万七千部。夜尝有貉子④听经，斋时鸟鹊就掌取食。长庆初，庭前牡丹一朵合欢⑤，有僧玄幽题此院诗，警句曰："三万莲经三十春，半生不踏院门尘。"今有梵僧悚陈如难陀，以粉画坛，性狷急⑥，我慢⑦，未甚通中华经。

◎蛤中佛像

　　左顾蛤像　旧时传说，隋朝皇帝特别喜欢吃蛤，吃的食物也都必须有蛤的味道，已经吃了成千上万个了。有一只蛤，用锤子敲它的外壳怎么样都敲不碎，皇帝觉得很奇怪，就将其放在几案上，发现它整个晚上都在发光。到天亮时，蛤肉自己脱落了，剩下的壳中有一尊佛像、两尊菩萨像。皇帝又悲伤又后悔，发誓再也不吃蛤了。这件事不是讲的陈宣帝的事。

---

① 辊（guǒ）脂：车轴润滑油。辊，车上盛润滑油的器具。
② 昭国：昭国坊。唐代长安城坊。
③ 转：转经，诵经。
④ 貉（háo）子：一种外形像狐的哺乳动物。
⑤ 合欢：并蒂。
⑥ 狷（juàn）急：急躁。
⑦ 我慢：佛教术语。自高自大，侮慢他人。

左顾①蛤像②　旧传云，隋帝嗜蛤，所食必兼蛤味，数逾数千万矣。忽有一蛤，椎击如旧，帝异之，置诸几上，一夜有光。及明，肉自脱，中有一佛、二菩萨像。帝悲悔，誓不食蛤。非陈宣帝③。

◎于阗玉像

于阗的玉像，高一尺七寸，宽一寸多，上面有一尊佛、四尊菩萨、一尊飞仙，他们都是用一段玉雕成的。洁白无瑕，润滑细密欲滴。

于阗④玉像，高一尺七寸，阔寸余，一佛，四菩萨，一飞仙，一段玉成。截肪⑤无玷，腻彩若滴。

◎天王阁

天王阁，长庆年间建造，本来在春明门内，与南内的墙相连，其形制之大，为天下第一。太和二年，奉旨将其移到本寺。拆除时，在天王像的腹中发现了五百匹布和几十筒漆。曾与之一起雕塑的其他鬼神之像现都已毁坏，唯有天王像仍旧完好无损。

---

① 顾：看。
② 蛤（gé）像：指蛤中佛像。
③ 陈宣帝：即为陈顼，陈文帝之弟。光大二年（568）废除废帝自立，改元太建，卒谥孝宣帝。
④ 于阗：西域古国名。国都在今新疆和田附近；唐王朝疆域极盛时，此地属安西都护府。
⑤ 截肪：形容美玉洁白。截，割。肪，猪的油脂。

天王阁，长庆中造，本在春明门内，与南内①连墙，其形大，为天下之最。太和二年，敕移就此寺。拆时，腹中得布五百端，漆数十筒。今部落鬼神形像隳坏②，唯天王不损。

◎二十字连绝句

辞　二十字连绝句：乘晴入精舍③，语默想东林④。尽是忘机⑤侣，谁惊息影⑥禽。善继⑦　有松堪系马，遇钵更投针⑧。记得汤师⑨句，高禅助朗吟。柯古⑩　一雨微尘尽，支郎⑪许数过。方同嗅薝蔔，不用算多罗。梦复⑫

◎蛤像连二十字绝句

蛤像连二十字绝句：虽因雀变化，不逐月亏盈。纵有天中

---

① 南内：即唐时兴庆宫。
② 隳（huī）坏：毁坏。
③ 精舍：本为书斋，后来指佛道修行之所，遂为寺院之代称。
④ 东林：庐山东林寺。晋僧慧远曾于此结白莲社。
⑤ 忘机：不存机心，心境淡泊，与世无争。
⑥ 息影：栖息。
⑦ 善继：即张希复。
⑧ 遇钵更投针：钵水投针，佛教典故。
⑨ 汤师：即南朝宋诗僧惠休，俗姓汤，故称汤师，后来用以比喻诗僧。此指中唐诗僧灵澈。
⑩ 柯古：即段成式。
⑪ 支郎：和尚的雅称。
⑫ 梦复：即郑符。

匠，神工讵可成。柯古　相好①全如梵，端倪秖②为隋。宁同蚌顽恶，但与鹬相持。善继

◎圣柱连句

圣柱连句（上有铁索迹）：天心助兴善，圣迹此开阳。柯古　载想雷轮③重，絚④疑电索⑤长。善继　上冲扶⑥蝃蝀⑦，不动束银铛。柯古　饥乌未曾啄，乖龙⑧宁敢藏。善继

◎六牙生花

语（各征象事⑨须切⑩，不得引俗书⑪）：一宝之数⑫，无钩不可⑬。鼎上人　唯猊⑭可伏，非驼所堪。柯古　坑中无底，迹中无胜。文上人　与马同渡，负猴而行。善继　色青力劣，名香几重。梦复　尾既出牗，身可取兴。约上人　六牙生花，七支拄

---

① 相好：佛书称释迦牟尼有三十二种相，八十二种好，故以"相好"为佛身塑像的代称。
② 秖：通"祇"。只。
③ 雷轮：代指雷车。
④ 絚（gēng）：大绳，即诗题原注的"铁索"。
⑤ 电索：和雷轮相对，指闪电。
⑥ 扶：攀缘，接近。
⑦ 蝃蝀（dì dòng）：彩虹。
⑧ 乖龙：孽龙。
⑨ 象事：关于大象的典故。
⑩ 切：贴切。
⑪ 俗书：这里指佛经以外的书。
⑫ 一宝之数：白象为七种王宝之一。
⑬ 无钩不可：意为调教醉象必用铁钩。
⑭ 猊（ní）：佛典中以猊为狮子，又以佛为人狮子。

地。柯古　形如珂雪，力绝羁琐。善继　园开胁上，河出鼻中。柯古　一醉难调，六对曾胜。日高上人

◎安国寺

长乐坊安国寺　寺里面的红楼是睿宗当藩王时的舞榭。

长乐坊安国寺　红楼，睿宗在藩时舞榭。

◎木塔院

东禅院，也称木塔院，在此院院门北西廊五堵墙壁上，吴道玄的弟子释思道画有天龙八部，未用彩绘，颇有旧时的风格。有法空禅师影堂，法空世称吉州空，他养了一头骡子很多年，在他临终时，骡子哀鸣着跑出去而死。法师还有个弟子叫允嵩，患有疯病，法师曾在一间空屋里埋进一根柱子，并把允嵩锁在柱子上，会昌毁佛之后，允嵩的病就好了。

东禅院，亦曰木塔院，院门北西廊五壁，吴道玄[1]弟子释思道画释梵八部[2]，不施彩色，尚有典刑[3]。禅师法空影堂[4]，世号吉

---

[1] 吴道玄：即为吴道子，阳翟（今河南禹州）人。其画笔法超妙，尤擅释道人物及山水，被后世尊为"画圣"。
[2] 释梵八部：即天龙八部，佛教分诸天龙及鬼神为八部。
[3] 典刑：旧法，常规。
[4] 影堂：供奉佛祖、禅师真影（画身）之所。

州空者,久养一骡,将终,鸣走而死。有弟子允嵩患风①,尝于空室埋一柱锁之,僧难②,辄愈。

◎ 光明寺弥勒像

佛殿　开元初年,由玄宗拆除宗庙的后殿所建。朝南那尊弥勒像是法空和尚从光明寺移来此地的。以前,长安还未建都时这尊弥勒像在一处村庄的佛寺里,常常发出亮光,于是将此寺命名为光明寺。光明寺在怀远坊,后来被大火所烧毁,只有这尊发光的佛像保存了下来。法空和尚刚开始去搬移佛像时,使用的绳索有虎口粗,让几十头牛去拉,连绳索都拉断了,佛像还是纹丝不动。后来法空持着香炉,依照仪式向佛像施九拜之礼,并哭着发誓,佛像全身忽然发出噼噼的声音,迸裂分解掉落在地,分成了几十段。不到一天的时间,佛像就被移到了安国寺里。

佛殿　开元初,玄宗拆寝室③施之。当阳弥勒像,法空自光明寺移来。未建都时,此像在村兰若中,往往放光,因号光明寺。寺在怀远坊,后为延火所烧,唯像独存。法空初移像时,索大如虎口,数十牛曳之,索断不动。法空执炉,依法作礼九拜,涕泣发誓,像身忽噼噼有声,迸分竟地,为数十段。不终日移至寺焉。

---

① 患风:精神病。风,后作"疯"。
② 僧难(nàn):指会昌毁佛之事。
③ 寝室:帝王宗庙的后殿。

◎ 利涉像

利涉塑像堂　元和年间,将此地作为圣容院,并把利涉像迁到廊屋下。一天晚上,皇帝梦见一位僧人,他的外貌与众不同,僧人告诉皇帝说:"我被暴露在像堂之外好几天了,这难道是圣君的意思吗?"天亮后,皇帝驾幸寺中验证询问,果然如梦中僧人所说,随即下旨把塑像移回堂中,并设置帷帐安放好。

利涉①塑堂　元和中,取其处为圣容②院,迁像庑③下。上忽梦一僧,形容奇伟,诉曰:"暴露数日,岂圣君意耶?"及明,驾幸验问,如梦,即令移就堂中,侧施帷帐安之。

◎ 鬼子母和惠文太子像

在光明寺中,鬼子母和惠文太子的塑像,其举止形态栩栩如生。塑像的工匠名叫李岫。

光明寺中,鬼子母④及文惠太子塑像,举止态度如生。工名李岫。

---

① 利涉:即为释利涉。唐代高僧,本西域人,开元年间驻锡长安安国寺,讲《华严经》。
② 圣容:帝王真容。
③ 庑:廊屋。
④ 鬼子母:梵语音译为"诃梨帝",以其为五百鬼子之母,故名,又称"爱子母""欢喜"。初为恶神,发恶愿食尽王舍城中所有小儿,后经佛度化为护法神。

◎山庭院

山庭院　古木参天，幽静得像山谷一样，是当时用车拉土营建的。

山庭院　古木崇阜，幽若山谷，当时辇土营之。

◎上座璘公院

上座璘公院有一株穗柏，枝干交错下覆树下面可以坐十多人。

上座①璘公院　有穗柏一株，衢柯偃覆，下坐十余人。

◎红楼院

辞　红楼连句（永明体）：重叠碎晴空，余霞更照红。蟾踪近鸰鹊，鸟道接相风。善继　苔静金轮路，云轻白日宫。元和年间，宪宗亲临此地。壁诗传谢客，诗人陈至题红楼院诗云："藻井尚寒龙迹在，红楼初启日光通。"门榜占休公。广宣上人住在这个院里，作诗有一些名气，其诗集名为《红楼集》。柯古

---

① 上座：寺院有三纲，谓上座、寺主、维那。上座为首，一般是请年德较高而有办事能力的人担任。

辞　红楼连句（隐侯体①）：重叠碎②晴空，余霞更照红。蟾踪近鸡鹢③，鸟道接相风④。善继　苔静金轮⑤路，云轻白日宫。元和中，帝幸此处。壁诗传谢客，词人陈至题此院诗云："藻井尚寒龙迹在，红楼初启日光通。"门榜占休公⑥。广宣上人⑦住此院，有诗名，号为《红楼集》。柯古

◎穗柏连句

穗柏连句：一院暑难侵，莓苔可影深。标枝⑧争息鸟⑨，余吹⑩正开衿。柯古　宿雨⑪香添色，残阳石在阴。乘闲动诗思，助静入禅心。善继

◎题璘公院

题璘公院（一言至七言，每人占⑫两题）：静，虚。热际⑬，

---

① 隐侯体：即永明体。隐侯，即沈约，字休文，谥隐侯。
② 碎：言楼高入云，红色碎乱了晴空的碧蓝。
③ 鸡（zhī）鹢：一种祥瑞的异鸟。
④ 相风：相风铜乌，一种观测风的仪器，通常置于楼台等较高处。
⑤ 金轮：这里指天子的金饰车舆。
⑥ 休公：即高僧汤惠休。
⑦ 广宣上人：俗姓廖，蜀人。元和、长庆年间赐居安国寺红楼院。
⑧ 标枝：树梢。
⑨ 息鸟：栖息的鸟。
⑩ 余吹：微风。
⑪ 宿雨：头夜的雨。
⑫ 占（zhàn）：口头吟作。
⑬ 热际：六时之热季。

安居①。梦复 凫灯敛,印香除。东林②宾客,西涧图书。檐外垂青豆,经中发白蘂。纵辩宗因③衮衮④,忘言理事⑤如如⑥。柯古竟 泉台定将入流⑦否,邻笛足疑清梵⑧余。柯古新续

◎佛门僻事

语 征佛门中冷僻事典(必须对偶):麇字,莎灯。华绵,象荐。昇上人 集鬘地,效殿林。柯古 夜间续作,没有写完。

语 征释门中僻事(须对):麇字,莎灯。华绵,象荐。昇上人 集鬘地,效殿林。柯古 夜续,不竟。

◎赵景公寺

常乐坊赵景公寺 隋朝开皇三年的时候建造,本来叫弘善寺,开皇十八年的时候改为现在这个名字。南中三门里面东边的墙壁上,有吴道子的白画《地狱变》,用笔的力道遒劲奋力,画中的鬼怪形象阴森怪诞,看了不知不觉

---

① 安居:又称"坐腊",佛教术语。即坐夏,在夏季多雨之时,僧徒不外出,静心坐禅修行佛法。
② 东林:庐山东林寺,晋代高僧慧远曾于此结白莲社。这里代指璘公院。
③ 宗因:佛教因明学有宗、因、喻三支。此处泛指佛理。
④ 衮衮:滔滔不绝的样子。
⑤ 理事:佛教术语。理,指真谛。事,指俗谛。
⑥ 如如:佛教术语。即"真如",指事物的真实状况。
⑦ 泉台,阴间。入流,佛教术语。
⑧ 清梵:诵经的声音。

就会毛发悚立。这正是吴道子的得意之作。

常乐坊赵景公寺　隋开皇三年置,本曰弘善寺,十八年改焉。南中三门①里东壁上,吴道玄白画②《地狱变》,笔力劲怒,变状阴怪,睹之不觉毛戴。吴画中得意处。

◎宝池之画

三阶院西廊下,有范长寿画的《西方变》及十六观故事,其中第六观的宝池画得尤为绝妙,凝神细看,感觉墙壁上水波荡漾。院门上白画的树木、石头,很像阎立德的手笔。我带着阎立德《行天祠》画稿去进行比对,果然不差。

三阶院西廊下,范长寿③画《西方变》④及十六对事,宝池尤妙绝,谛视之,觉水入深壁。院门上白画树石,颇似阎立德⑤。予携立德《行天祠》粉本⑥验之,无异。

◎执炉天女

西中三门里大门的南边,有吴道子画了一条龙,还有

---

① 三门:佛寺山门形制如阙,开设三个门,故称。
② 白画:唐代绘画术语。
③ 范长寿:唐初画家,武骑尉。师法张僧繇,擅长画人物,尤其佛道人物。
④ 《西方变》:指西方诸佛的变相画。
⑤ 阎立德:唐代著名画家阎立本的哥哥,也擅长画画。
⑥ 粉本:画稿。

他刷抹的天王胡须，画笔痕迹如铁。画上还有一位手持香炉的天女，悄悄地低头细看着，想说一些什么。

西中三门里门南，吴生画龙及刷天王须，笔迹如铁。有执炉天女，窃眸欲语。

◎卢舍立像

华严院里，有一尊黄铜的卢舍那佛立像，有六尺高，古拙的模样精细而巧妙。

华严院中，鍮[①]石[②]卢舍立像，高六尺，古样精巧。

◎舍利塔

塔的下面有三斗四升的舍利子，移动塔的时候，守行法师先建道场，然后从塔下取出舍利，整个过程让民众一起观看。颂赞还没完，地上到处都出现了舍利，信众们不敢踩着舍利，都走到寺的外面去了。守行法师于是制作了近十万个小泥塔和木塔来供奉那些舍利，至今还有几万个存放在寺里。

塔下有舍利三斗四升，移塔之时，僧守行建道场，出舍利，

---

① 鍮（tōu）石：黄铜矿石。
② 卢舍：梵语音译。

俾士庶观之。呗赞①未毕，满地现舍利，士女不敢践之，悉出寺外。守公乃造小泥塔及木塔近十万枚葬之，今尚有数万存焉。

◎安国寺

安国寺里有六百多座小银象，有一尊金佛的身躯高达好几尺，还有一头高六尺多高的大银象，他们都很古拙精巧。又有一座镶嵌了七宝字《多心经》的小屏风，盛在宝盒里，盒子上有各种颜色的宝珠及白珠，并排地成对镶嵌，使人眼花缭乱。安史之乱发生时，宫人将其藏在寺里。小屏风一共有十五片，三十行，经文最后说道："发心主司马恒存，愿成主上柱国索伏宝息、上柱国真德为法界众生造黄金牒经。"善继怀疑这东西来自外国。

寺有小银象六百余躯，金佛一躯长数尺，大银象高六尺余，古样精巧。又有嵌七宝字《多心经》小屏风，盛以宝函，上有杂色珠及白珠，骈②甃③乱目。禄山乱，宫人藏于此寺。屏风十五牒，三十行，经后云："发心主④司马恒存，愿成主⑤上柱国索伏宝息、上柱国真德为法界众生造黄金牒经。"善继疑外国物。

---

① 呗赞：赞颂佛的功德。
② 骈：并列。
③ 甃（zhòu）：装饰。这里是镶嵌的意思。
④ 发心主：发此善愿者。
⑤ 愿成主：成此善愿者。

◎吴画连句

辞　吴画①连句：惨淡②十堵③内，吴生纵狂迹。风云将逼人，鬼神如脱壁④。柯古　其中龙最怪，张甲方汗栗。黑夜窸窣⑤时，安知不霹雳。善继　此际忽仙子，猎猎⑥衣舃奕⑦。妙瞬乍疑生，参差夺人魄⑧。梦复　往往乘猛虎，冲梁耸奇石。苍峭束高泉，角睐⑨警攲侧⑩。柯古　冥狱不可视，毛戴腋⑪流液⑫。苟能水成河，刹那沉火宅⑬。善继

◎禅师佳语

语（各自记录禅师名言）：兰若和尚说："每家门前都有通天的大道。"柯古　荆州些些和尚说："主要看各自悟性有多少。"善继　无名和尚说："人生最后一口气必须坚

---

① 吴画：吴道子的画。
② 惨淡：精心构思。
③ 堵：墙壁。
④ 脱壁：从墙上脱离下来。
⑤ 窸窣（xī sū）：拟声词。仿佛听到画面上的龙游动的声音。
⑥ 猎猎：这里形容风吹动仙女衣裙的声音。
⑦ 舃（xì）奕：连绵不断。此谓仙女衣裙随风飘拂不断。
⑧ 妙瞬乍疑生，参差夺人魄：这两句是说所画仙女明眸善睐，几欲夺人心魄。妙瞬，形容眼睛顾盼神飞。
⑨ 角睐：以眼角斜视。
⑩ 攲（qī）侧：倾斜。这里形容猛虎警觉的样子。
⑪ 腋：两腋句。
⑫ 流液：流汗。
⑬ 火宅：佛教术语。凡夫生死往来的三界（欲界、色界、无色界），动乱不安，故比之如火宅。

定明析。"梦复

语（各录禅师佳语）：兰若和尚云："家家门有长安道[1]。"柯古　荆州些些和尚云："自看工夫多少。"善继　无名和尚云："最后一大息须分明[2]。"梦复

◎题约公院

题约公院（四言）：印火荧荧，灯续焰青。善继　《七俱胝咒》，四《阿含经》。柯古　各录佳语，聊事素屏。梦复　丈室[3]安居[4]，延宾不扃。昇上人

◎云花寺

常乐坊云花寺　大历初年，俨法师讲经时，天上撒落下花朵，在距地面很近的地方时就消失了，到了晚上有光亮照耀法堂，奉命改名为云华。俨法师就是康藏的师父。康藏本住在靖恭坊的毡曲里，忽然看见像圆轮一样的光芒，在场所有人都看见了，于是他们朝着光轮的方向走，一直走到俨法师讲经的地方光就熄灭了。

佛殿的西廊，挂立着十六位高僧的画像，是天宝初年从南内移到本寺来的，画技拙劣。

---

[1] 家家门有长安道：即众生皆能成佛之意。长安道，比喻修行法门。
[2] 最后一大息须分明：临终最后一口气时意念要清楚，心向西方极乐世界。
[3] 丈室：即方丈，寺院正寝，为住持的居所，故而寺主也称方丈。
[4] 安居：坐夏。

又同坊云花寺　大历初，僧俨讲经，天雨花①，至地咫尺而灭，夜有光烛室，敕改为云华。俨即康藏之师也。康本住靖恭里毡曲②，忽睹光如轮，众人皆见，遂寻光，至俨讲经所灭。

佛殿西廊，立高僧一十六身，天宝初，自南内移来，画迹拙俗。

◎ 观音堂

观音堂在云华寺的西北角。建中末年，百姓屈俨患有疮病快要死了，梦见一位菩萨抚摸着他的疮说："我住在云华寺。"屈俨惊骇着从梦中醒来，汗流夹背，几天后疮病就好了。于是到云华寺去寻找验证，到了圣画堂，见到了菩萨画像，正和自己在梦中所见的一模一样。全城的百姓都来观瞻拜礼，屈俨于是为观音另外修建的一个祠堂，将观音移了过去。

观音堂，在寺西北隅。建中末，百姓屈俨患疮且死，梦一菩萨摩其疮曰："我住云华寺。"俨惊觉汗流，数日而愈。因诣寺寻检，至圣画堂，见菩萨，一如其睹。倾城百姓瞻礼，俨遂立社③建堂移之。

---

① 天雨花：天上落下花朵。即"天花乱坠"一词的本意。佛祖讲经说法，诸天感动，撒下各色香花，从空中缤纷乱坠。
② 曲：小巷。
③ 社：本为土地神，这里指观音祠庙。

◎圣画堂

圣画堂里，建有一堵高大的墙壁，画的颜色五彩缤纷。这画本出是邵武宗画好，不知道为何称作圣画？根据《西域记》的记载："菩提树的东边有一座佛寺，当年婆罗门兄弟想要画出如来佛祖刚刚得道时的佛像，整整一年没有一个人敢接应下来。忽然有一人自称擅长描绘如来妙相，只需要香泥和一盏灯照明，但是需要闭关六个月。众人终究觉得此事很奇怪，还有四天满六个月时门就打开了，室内已经没有人了，佛像还剩右臂上没有画完。"大概是好事的僧众改变这个说法。在圣画堂内还有非常古朴的于阗黄铜立佛像。

圣画堂中，构大坊为壁，设色①焕缛②。本邵武宗画，不知何以称圣？据《西域记》："菩提树东有精舍，昔婆罗门兄弟欲图如来初成佛像，旷岁无人应召。忽有一人自言善画如来妙相，但要香泥及一灯照室，可闭户六月。终怪之，余四日未满，遂开户，已无人矣，唯右髆上工未毕。"盖好事僧移此说也。堂中有于阗鍮石立像，甚古。

◎伐刺柏为殿材

《游目记》所说的刺柏，在太和年间被砍伐来作为建筑

---

① 设色：上颜色。
② 焕缛：五彩缤纷。

佛殿的木材。

《游目记》所说刺柏①，太和中伐为殿材。

◎甘露门

辞　偶连句：共入夕阳寺，因窥甘露门②。昇上人　清香惹苔藓，忍草③杂兰荪④。梦复　捷偈⑤飞钳⑥答，新诗倚杖论。柯古　坏幡标古刹，圣像焕崇垣⑦。善继　岂慕穿笼鸟⑧，难防在㹞猿⑨。柯古　一音唯一性，三语更三幡。善继

◎韩幹画佛

道政坊宝应寺　韩幹，蓝田人。他年轻时经常去给赊酒的人家送酒。王维兄弟当时还没有做官，每次赊酒之后就到处游玩。韩幹经常到王维家去讨酒债都见不着人，于是在地上胡乱画上人和马等图案。王维精于绘画，很欣赏韩幹画里的意趣，于是每年给韩幹两万钱，让他学了十多年的绘画。现在宝应寺里的释梵天女的画像，都是根据齐

---

① 刺柏：一种常绿小乔木。可作建材。
② 甘露门：到达甘露涅槃的门径。
③ 忍草：忍辱草，佛经上记载长在雪山上的一种异草，牛吃了以后，则出醍醐。
④ 荪：一种香草。
⑤ 捷偈：机锋敏捷的偈语。
⑥ 飞钳：一种辩论术。
⑦ 崇垣：高大的墙垣。这里代指寺院。
⑧ 穿笼鸟：出笼鸟。
⑨ 在㹞猿：佛教比喻人心浮躁不安，像猿猴一样难以驯服。

公王缙的女妓小小等人的肖像画成的。寺里还有一幅韩幹画的《下生帧》，画中弥勒穿着紫色袈裟，右边还有仰面菩萨和两头狮子，极其精妙入神。

道政坊宝应寺　韩幹，蓝田人。少时常为贳酒家送酒。王右丞兄弟未遇[1]，每一贳酒漫游。幹常征债于王家，戏画地为人马。右丞精思丹青，奇其意趣，乃岁与钱二万，令学画十余年。今寺中释梵天女，悉齐公妓小小[2]等写真也。寺有韩幹画《下生帧》，弥勒衣紫袈裟，右边仰面菩萨及二狮子，犹入神。

◎齐公画墙

王家有一块旧的磁石，还有齐公王缙夭折一岁的幼子，漆成罗睺罗的样子，每到盂兰盆会就将其拿出来。寺里的弥勒殿，是齐公的寝室。

东廊北边有杨岫之画的鬼神，齐公嫌他画技不精，所以就只画了一堵墙。

有王家旧铁石，及齐公所丧一岁子，漆之如罗睺罗，每盆供日[3]出之。寺中弥勒殿，齐公寝堂也。

东廊北面，杨岫之画鬼神，齐公嫌其笔迹不工，故止一堵。

---

[1] 未遇：未出仕。
[2] 小小：南齐时的名妓苏小小，唐人诗中多见歌吟。这里的指的是王缙家的女妓。
[3] 盆供日：即盂兰盆节。

◎ 僧房连句

　　辞　僧房连句：古画思匡岭①，上方②疑傅岩③。蝶闲移绶草，蝉晓揭④高杉。柯古　香字⑤消芝印，金经⑥发芷函⑦。井通松底脉，书拆洞中缄⑧。善继

◎ 写真连句

　　哭小小写真连句：如生⑨小小真⑩，犹自未栖尘⑪。梦复　揄袂将离壁⑫，斜柯⑬欲近人。柯古　昔时知出众，清宠占横陈⑭。善继　不遣游张巷，岂教窥宋邻。梦复　庾楼吹笛裂，弘阁赏歌新。柯古　蝉怯折腰步，蛾惊半额嚬⑮。善继　图形谁有术，买笑

---

① 匡岭：即庐山。
② 上方：佛寺建筑在山岭之上，称上方。
③ 傅岩：殷相傅说曾筑版于野，其地遂称为"傅岩"。后指栖隐清幽之处。
④ 揭：高飞。
⑤ 香字：香烟燃烧时的烟雾的形状像写的篆字一样，所以称为"香篆"或"香字"。
⑥ 金经：佛经。
⑦ 芷（chǎi）函：经函的美称。芷，一种香草。
⑧ 洞中缄：神仙洞府的信函。缄，代指书信。
⑨ 如生：生动逼真。
⑩ 真：写真。
⑪ 栖尘：画像如新，未染埃尘，兼有脱俗之意。
⑫ 揄袂，挥动衣袖。
⑬ 柯：树枝。
⑭ 横陈：玉体横陈，美人横卧的姿态。
⑮ 额嚬（pín）：皱眉蹙额，忧郁不欢。嚬，通"颦"，皱眉。

讵辞贫。柯古　复陇①迷村径，重泉隔汉津②。梦复　同心③知作羽，比目④定为鳞。善继　残月巫山夕，余霞洛浦晨。柯古

◎ 玄法寺

安邑坊玄法寺　刚开始，这里是居民张频的家。家中曾经供养着一位僧人，僧人以诵念《法华经》为业，共有十多年。张频的门人诬陷这位僧人与张家侍婢私通，于是张频就以其他事为借口杀了这个僧人。僧人死后，整个宅子中经常听到不绝于耳的诵经声。后来张频知道了僧人的冤情，内疚懊悔不已，于是捐出家宅作为寺院，并铸造了十万座金铜佛像，把所有的金、石佛龛里都装满了佛像，如今还保存着几万座佛像。

在东廊南观音院中，卢舍那佛像堂内槽北面有一幅壁画《维摩变》。屏风上据说有虞世南的书法。一天，善继命人撤开阻挡物，踩在床上去看，上面有"世南献"三个字，这才知道传言是真的。

安邑坊玄法寺　初，居人张频宅也。尝供养一僧，僧以念《法华经》为业，积十余年。张门人谮僧通其侍婢，因以他事杀之。僧死后，阖宅常闻经声不绝。张寻知其冤，惭悔不及，因舍宅为寺，铸金铜像十万躯，金、石龛中皆满，犹有数万躯。

---

① 复陇：坟林。陇，通"垄"。坟冢。
② 重泉：指九泉。汉津：指银河。
③ 同心：谓心意相同。
④ 比目：指比目鱼，比喻永不分离。

东廊南观音院，卢奢那①堂内槽②北面壁画《维摩变》。屏风上相传有虞世南③书。其日，善继令彻④障，登榻读之，有"世南献"之白，方知不谬矣。

◎ 西北角院

西北角院内，有怀素的草书和颜真卿所作的《序》，还有张谓侍郎、钱起郎中的《赞》。

西北角院内，有怀素书⑤颜鲁公⑥《序》，张谓侍郎、钱起郎中《赞》。

◎ 曼殊院

曼殊院东廊，大历年间，有名叫陈子昂的画工，他画在庭下的象、马、人、物，堪称一时之妙。屋檐前额上还画有相观法，其画法效仿韩幹，几乎相同。西廊壁上，有刘整画的双松，也没有遵循通常的技法。

曼殊院东廊，大历中，画人陈子昂，画廷下象、马、人、物，一时之妙也。及檐前额上有相观法，法儗⑦韩，混同。西廊

---

① 卢奢那：即卢舍那，报身佛。
② 槽：安置门窗或屋内隔断的地方。这里指堂内的隔墙。
③ 虞世南：唐初四大书法家之一。
④ 彻：除，撤去。
⑤ 怀素：唐代草书家，世称"草圣"。
⑥ 颜鲁公：即颜真卿，"楷书四大家"之一。
⑦ 儗（nǐ）：通"拟"，仿效。

壁，有刘整画双松，亦不循常辙。

◎征禽事

征内典①中禽事（须切对）：鹫头作岭，鸡足名山。梦复　孔雀为经，鹦鹉语偈。善继　共命是化，入数论贪。柯古　未解出笼，岂能献果。昇上人　鹅②居其上，雁堕于前。柯古　巢顶既安，入影不怖。字中疑鹤，珠里认鹅。柯古

◎征兽事

征兽中事（须切对）：金翅鸟王，银角犊子。柯古　地名鹿苑，塔号雀离。善继　啐啄同时，恍惚调伏。昇上人

◎征马事

征马事：加诸楚毒③。昇上人　乾陟。善继　马宝。梦复　驮经。柯古　爱马。昇上人　绀马。善继　马麦④约食粳。柯古　铁马。昇上人　先陀和。柯古　胜步。昇上人　游入正路。柯古

◎菩萨寺

平康坊菩萨寺佛殿东西遮挡阳光的墙壁及各种柱子上的图画，本是东廊的旧迹，早先由郑法士所画。开元年间，

---

① 内典：佛教称本教经典为内典，佛教之外的叫外典。
② 鹅（duò）：一种鸟。
③ 楚毒：酷毒。
④ 马麦：喂马的粮食。

因为房屋被损坏,于是移到了大佛殿内槽北面墙壁上。

斋堂东面的墙壁上,有吴道玄所画的《智度论色偈变》,偈语是吴道玄自题的,笔迹遒劲,犹如毛发张开的鬼神。另一边墙壁上画有释迦牟尼像,仙衣飘逸,整堵墙壁如风一样飘动。

佛殿内槽的后墙壁上,有吴道玄所画《消灾经》的故事,画中古树参天、山石险峻。元和年间,宪宗想要将其移到宫里,又担心把画给损坏了,于是下诏令挑选画工临摹进献。

佛殿内槽东墙壁上的《维摩变》,画上的舍利弗眼角斜视。元和末年,俗讲僧文淑和尚修缮佛殿,壁上画迹消磨殆尽。

平康坊菩萨寺佛殿东西障日①及诸柱上图画,是东廊旧迹,旧郑法士画。开元中,因屋坏,移入大佛殿内槽北壁。

食堂东壁上,吴道玄画《智度论色偈变》,偈是吴自题,笔迹遒劲,如磔②鬼神毛发。次堵画礼骨仙人③,天衣飞扬,满壁风动。

佛殿内槽后壁面,吴道玄画《消灾经》事,树石古崄④。元和中,上欲令移之,虑其摧坏,乃下诏择画手写进。

佛殿内槽东壁《维摩变》,舍利弗角而转睐。元和末,俗讲

---

① 障日:遮挡阳光的墙壁。
② 磔(zhé):张开。
③ 礼骨仙人:即释迦牟尼佛。
④ 崄(xiǎn):险峻的样子。

僧文淑装之，笔迹尽矣。

◎ 佛骨舍利

以前兴元郑公尚书在北壁僧院题诗云："但虑彩色污，无虞臂胻肥。"放置在寺里石碑的背面，雕琢装饰极其精巧，相传是郑法士起的画稿。最开始，会觉上人用信众布施的财物建起了十多亩的僧院。完工后，一百石酿造了酒，并把酒坛排列在两庑之下，专门带着吴道玄来看。并顺便对他说："施主替我画壁画，我就把这些酒送给您。"吴道玄本来就喜爱喝酒，又见如此多的美酒，就欣然同意了。那画好像赶不上景公寺里他所画的。中三门里，东门塑有神像，善继说那是吴道玄的弟子王耐儿所塑的。旁边有一个颇为灵验的鬼像，常常有百姓开玩笑冒犯它，但冒犯它的人就会得病，而且眼睛和嘴巴都会变成鬼像的样子。

寺院的建筑构造是钟楼在东边，只有这座寺由于李林甫的宅第在东边的缘故，所以只有把钟楼建在了西边。寺院里有郭子仪的玳瑁鞭及郭子仪王夫人的七宝帐。寺里的住持元竟法师记得很多佛门故事，他说："李右座每年过生日，经常请这寺里的僧人到他府上去用斋饭。有个僧人曾在李府赞诵佛德，获得了一副马鞍，价值七万钱。又有一位和尚名声在外，讲经多年，轮到他赞佛时，就趁机极力吹捧李林甫的功德，希望借此获得更丰厚的施舍。斋会完毕后，从帘下递出一只彩色竹篮，里面垫着香罗帕上面放着一样东西，如同生锈的铁钉，有几寸长。和尚回到寺里，失望了好几天。但又觉得李林甫那么大的官应该不会欺骗自己,于是就带着那件东西到了西市,拿给胡商看。胡商一见,大为吃惊,问:'上人怎么得到这东西的?我一定买,而且还不还价,'和尚估摸着要价十万钱,胡商大笑说:'太低了。你尽管大胆开价。'和尚就往上加价,一直加到五十万,胡商说:'这值一千万。'于是和尚卖给了他。和尚询问他这到底是什么东西,胡商回答说:'这可是佛骨舍利呀。'"

故兴元郑公尚书题北壁僧院诗曰:"但虑彩色污,无虞①臂胼肥。"置寺碑阴,雕饰奇巧,相传郑法士所起样也。初,会觉上人以施利起宅十余亩。工毕,酿酒百石,列瓶瓮于两庑下,引吴道玄观之。因谓曰:"檀越②为我画,以是赏之。"吴生嗜酒,且利其多,欣然而许。予以踪迹似不及景公寺画。中三门内,东门塑神,善继云是吴生弟子王耐儿之工也。其侧一鬼有灵,往往百姓戏犯之者得病,口目如之。

寺之制度,钟楼在东,唯此寺缘李右座林甫宅在东,故建钟楼于西。寺内有郭令③玳瑁鞭及郭令王夫人七宝帐。寺主元竟,多识释门故事,云:"李右座每至生日,常转请此寺僧就宅设斋。有僧乙尝叹佛④,施鞍一具,卖之,材直七万。又僧广有声名,口经数年,次当叹佛,因极祝右座功德,冀获厚赒⑤。斋毕,帘下出彩

---

① 虞:担忧。
② 檀越:施主。
③ 郭令:即郭子仪。
④ 叹佛:以偈语赞颂佛德。
⑤ 赒:施舍。

篚①，香罗帕籍一物，如朽钉，长数寸。僧归，失望惭惋数日。且意大臣不容欺己，遂携至西市，示于商胡。商胡见之，惊曰：'上人安得此物？必货此，不违价。'僧试求百千，胡人大笑曰：'未也。更极意言之。'加至五百千，胡人曰：'此直一千万。'遂与之。僧访其名，曰：'此宝骨②也。'"

◎ 束草师

寺里以前有个和尚，不知道他的姓名，经常背着一捆草坐卧在寺院两廊的下面，不愿住到寺院里面禅房去。过了几年，寺庙里的司事僧又劝他住进禅房，那和尚却说："你讨厌我了？"当天晚上，就用背着的那捆草自焚了。到了第二天，只剩一堆草灰，没有一点血肉的气味。众人这才知道他不是一般人，于是就用草灰塑了一座像。现在那塑像还在佛殿上，世人称其为束草师。

又寺先有僧，不言姓名，常负束藁坐卧于寺两廊下，不肯住院。经数年，寺纲维③或劝其住房，曰："尔厌我耶？"其夕，遂以束藁焚身。至明，唯灰烬耳，无血膋④之臭。众方知异人，遂塑灰为像。今在佛殿上，世号束草师。

---

① 篚（fěi）：盛物的竹器。
② 宝骨：佛骨舍利。
③ 纲维：在寺庙中管理事务的僧。
④ 血膋（liáo）：血肉。膋，脂肪。

◎ 书事连句

辞　书事①连句：悉为无事者，任被俗流憎。梦复　客异干时②客，僧非出院僧③。柯古　远闻疏牖磬，晓辨密龛灯。善继　步触珠幡响，吟窥钵水澄。梦复　句饶方外趣，游惬社中朋④。柯古　静里已驯鸽，斋中亦好鹰。善继　金涂笔是檾⑤，彩溜纸非缯⑥。昇上人　锡杖已克⑦锓，田衣从坏塍。柯古　占床敷一胁，卷箔⑧赖长肱。善继　佛日⑨初开照，魔天破几层。柯古　咒⑩中陈秘计，论⑪处正先登⑫。善继　勇带绽针石，危防丘井藤。昇上人

---

① 书事：用典。
② 干时：用世。
③ 僧非出院僧：指在寺院里持经苦修。
④ 社中朋：晋代高僧慧远在庐山东林寺创白莲社，后来就用作咏僧人及尊佛文士的典故。
⑤ 檾（jiǒng）：用麻布做的单罩衣。
⑥ 缯（zēng）：丝织品。
⑦ 克：完成。
⑧ 卷箔：卷帘。
⑨ 佛日：佛法无边，广济众生，如日普照。
⑩ 咒：佛教经文的一种。
⑪ 论：解说经典之要义。
⑫ 先登：先于众人而登。

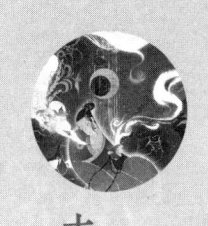

寺塔记下

浮屠禅师

本篇主要录有名寺、高僧及寺中画作、名物之类。此外的吟诗联句之属,《全唐诗》均有收录。

◎ 奉慈寺

宣阳坊奉慈寺　在开元年间，该寺曾是虢国夫人的宅第。安禄山叛乱后建立伪朝、设立百官，任命田乾真为京兆尹，将此宅作为其府邸，后来又成了郭暧驸马的家宅。当今皇上刚即位时，太皇太后为昇平公主祈冥福，奏请修建奉慈寺，赐钱二十万，绣像三车，抽调左街十座寺庙僧人共四十名住在寺里。现今有位叫惟则的僧人，用七宝粉末仿建了阿育王舍利塔，从明州背到京城来。寺庙建成两年后，司农少卿杨敬之的小女儿，十三岁，为座寺庙题了一首六韵诗，她自称是关西孔子二十七世孙，字德邻。诗里的警句说："日月金轮动，旃檀碧树秋。塔分鸿雁翅，钟挂凤凰楼。"题诗的事后来被皇上知道了，奉诏令赐给她衣物。

宣阳坊奉慈寺　开元中，虢国夫人①宅。安禄山伪署百官，以田乾真为京兆尹，取此宅为府，后为郭暧驸马宅。今上即位之初，太皇太后为昇平公主追福②，奏置奉慈寺，赐钱二十万，绣帧三车，抽左街十寺僧四十人居之。今有僧惟则，以七宝末摹阿育王舍利塔，自明州负来。寺成后二年，司农少卿③杨敬之小

---

① 虢（guó）国夫人：杨贵妃之姊。天宝七载（748）封虢国夫人。
② 追福：为亡灵修功德，祈求冥福。
③ 司农少卿：职官名。

女,年十三,以六韵诗题此寺,自称关西孔子[1]二十七代孙,字德邻。警句云:"日月金轮动,旃檀[2]碧树秋。塔分鸿雁翅,钟挂凤凰楼。"事因见,敕赐衣。

◎释门衣事

征释门衣事[3](语须对):如象鼻,捉羊耳。柯古 五纳[4],三衣[5]。善继 惭愧,抖擞。昇上人 坏衣,严身。约上人 畜长十日,应作三志。入上人 杂身四寸,掩手两指。柯古 琐形,刀残。善继 其形如稻[6],其色如莲。昇上人 赤麻、白豆,若青、若黑[7]。柯古

◎光宅寺

光宅坊光宅寺 本是朝廷的葡萄园。有一座中禅师影堂,中禅师号惠中,肃宗上元二年(761)应召来到京师,最先就住在此寺中。征诏上说:"法师拄着锡杖而来,京师并不遥远。寡人静心已经很长时间了,符合朕的胸怀。"

光宅坊光宅寺 本官蒲萄园。中禅师影堂,师号惠中,肃

---

[1] 关西孔子:即杨震,东汉弘农华阴(今陕西华阴东南)人。明经博览,无不穷究,时儒称之为"关西孔子杨伯起"。
[2] 旃檀:檀香木。这里指旃檀佛像。
[3] 释门衣事:关于佛衣的典故。
[4] 五纳:五纳衣。即用五色碎缎重纳为衣。
[5] 三衣:指僧伽梨、郁多罗僧、安陀会三衣,亦即袈裟。
[6] 稻:稻田。袈裟又名"稻田衣"。
[7] 若青、若黑:僧衣坏色,一青,二黑。

宗上元二年征至京师，初居此寺。征诏云："杖锡①而来，京师非远。斋心②已久，副③朕虚怀。"

◎曼殊堂

建中年间，有个竭和尚修建了一座曼殊堂，准备在水边搭建墙基时，担心伤着生灵，于是做了三个月的法事，祈祷所有一只脚甚至多只脚的、无脚的生命都到其他地方去。然后掘地直至挖出泉水，从来没有遇见一只虫蚁之类。又用多层的白绢过滤水，一旦滤出虫子就将它投进一口井里，并把这口井称作护生井，现在这口井已经干涸了。又铸造铜蟾作为无烟灯，天下都流行这种灯。如今曼殊院里转经，常常有皇帝赐香。

建中中，有僧竭造曼殊堂，将版基于水际，虑伤生命，乃建三月道场，祝一足至多足、无足令他去。及掘地至泉，不遇虫蚁。又以复素④过水，有虫投一井水中，号护生井，至今涸。又铸铜蟾为息烟灯，天下传之。今曼殊院尝转经，每赐香。

◎七宝台

七宝台很高大，登上宝台，四处望去尽收眼底。台的上层窗下是尉迟乙僧的画，下层窗下是吴道玄的画，但都

---

① 杖锡：拄着锡杖。
② 斋心：去除杂念，静心凝虑。
③ 副：符合。
④ 复素：多层白绢。

不是他们的得意之作。丞相韦处厚,从内廷升到相位,每次回家都会到这座塔烧香瞻拜。

宝台①甚显,登之,四极眼界。其上层窗下尉迟②画,下层窗下吴道玄画,皆非其得意也。丞相韦处厚,自居内廷至相位,每归,辄至此塔焚香瞻礼。

◎普贤堂画

普贤堂,原本是天后的梳洗堂,每到葡萄结果时,天后就会驾幸这里。现梳洗堂中有尉迟乙僧的画,甚是奇妙,四周墙壁上的画像及所画脱皮白骨想,其画法独具匠心。另有变形三魔女,身形像要飞出墙壁。还有佛像的圆光,均匀的各种色彩相互交错,令人目眩。讲经堂东壁佛像底座的前锦,好像正从断裂的杆上飘下来。佛像两边的梵僧以及外邦人,画得都很奇妙,但还是不如西壁画得好,西壁的画近看都是一副高峻的样子。

普贤堂,本天后梳洗堂,蒲萄垂实,则幸此堂。今堂中尉迟画,颇有奇处,四壁画像及脱皮白骨③,匠意极险。又变形三

---

① 宝台:即七宝台。
② 尉迟:即尉迟乙僧。唐代画家。
③ 脱皮白骨:佛教语。对人的尸体作九种观想,以知觉人身的不净,去除对幻躯的留恋,是为"九想";其中第八想为白骨想,谓修行之人,观想死尸形骸暴露,皮肉已尽,但见白骨狼藉,如贝如珂。

魔女，身若出壁。又佛圆光，均彩相错乱目。成讲①东壁佛座前锦，如断古标。又左右梵僧及诸蕃往奇，然不及西壁，西壁逼之摽摽然。

◎影堂连句

辞　中禅师影堂连句：名下固无虚，敖曹貌严毅②。洞达见空王③，圆融④入佛地。善继　一言当要害⑤，忽忽醒诸醉⑥。不动须弥山，多方辨无匮。梦复　坦率对万乘⑦，偈答无所避。尔如毗沙门，外形如脱屣⑧柯古　但以理为量，不语怪力事。木石摧贡高，慈悲引贪恚。昇上人　当时乏支许⑨，何人契深致⑩。随宜讵说三⑪？直下开不二⑫。柯古

---

① 成讲：即讲经堂。
② 敖曹貌严毅：本句形容中禅师的面貌气质。敖曹，昂藏，气宇轩昂。严毅，威严刚毅。
③ 空王：即空王佛。佛陀空无一切邪执，故称"空王"。
④ 圆融：佛教术语。圆通融合，没有矛盾、障碍的境界。
⑤ 一言当要害：谓中禅师一语即能令人开悟。
⑥ 诸醉：借指昧于佛理之大众。
⑦ 万乘：皇帝。
⑧ 外形如脱屣：形容洒脱。脱屣，比喻看得很轻。
⑨ 当时乏支许：谓中禅师在世时，没有可共谈佛的高僧大德。支许，晋代高僧支遁和高士许询，二人友善，皆善谈佛经和玄理。
⑩ 契深致：谓契合无间。
⑪ 随宜讵说三：岂是随随便便讲些众所熟知的佛理。随宜，随随便便。讵，岂。三，三世，过去世，现在世，未来世。
⑫ 开不二：能直接开示独一无二的悟道法门。不二，不二法门。佛教有八万四千法门，不二法门在诸法门之上，能直见圣人之道。

◎ 保寿寺

翊善坊保寿寺　本来是高力士的宅第。天宝九年，捐赠此宅作为寺庙。当时铸成一口大钟，高力士还举办了斋会来庆贺，满朝官员都来了，敲一下钟就送十万钱当贺礼。有人揣摩到了高力士的用意，所以就特意连敲了二十下。寺里的经藏阁形制高耸、结构精巧，两座佛塔上的火珠有十余斛那么大。

翊善坊保寿寺　本高力士宅。天宝九载舍为寺。初铸钟成，力士设斋庆之，举朝毕至，一击百千。有规①其意，连击二十杵。经藏阁规构危巧，二塔火珠②，受十余斛③。

◎ 石桥图

河阳佐吏李涿，生性喜好稀奇古物，与和智增和尚关系好，二人曾经一同到保寿寺观看库中的旧物。他们忽然在破陶器中看到一件像被子一样的东西，幅面破烂污浊，一碰就灰尘四起。李涿仔细一看，原来是一幅画。李涿就拿三幅县域地图和三十匹细绢换下了此画，并让家人打理后装裱好，有普通画的十多幅那么大。李涿向右散骑常侍柳公权请教，才知道这是张萱所画的《石桥图》，当年玄

---

① 规：通"窥"，揣测。
② 火珠：佛塔顶上的宝珠形装饰物，周围饰以火焰，故名。
③ 斛：十斗为一斛。

宗将此画赏赐给高力士，所以留在了寺中。后来，卖画人宗牧把这件事告诉给了左军的人，很快就有宫中小吏带着几十名军卒到了李宅，宣明旨意把画拿走了，当天就被送进宫里。先帝也喜好古物，看到这幅画非常高兴，命人张挂在卢韶院。

河阳从事①李涿，性好奇古，与僧智增善，尝俱至此寺，观库中旧物。忽于破瓮中得物如被，幅裂污坌②，触而尘起。涿徐视之，乃画也。因以县图三及缣③三十获之，令家人装治之，大十余幅。访于常侍柳公权，方知张萱所画《石桥图》也，玄宗赐高，因留寺中。后为鬻画人宗牧言于左军④，寻有小使领军卒数十人至宅，宣敕取之，即日进入。先帝好古，见之大悦，命张于卢韶院。

◎ 先天菩萨像

保寿寺有先天菩萨画像，来自成都妙积寺。开元初年，有位比丘尼名叫魏八师，经常诵念《大悲咒》。双流县有个百姓刘某，名叫意儿，十一岁，自愿侍奉魏尼姑，魏尼姑赶他也赶不走他，刘意儿经常在静室禅修。有一次他对魏尼姑说："先天菩萨现身在此地。"接着就在庭院里筛灰，一天晚上，灰迹上出现了几尺长的巨形足迹，轮相纹理分

---

① 从事：州县佐吏。
② 坌（bèn）：尘埃。
③ 缣（jiān）：双丝的细绢。
④ 左军：即左神策军。神策军是由宦官统领的禁军。

明。于是请来画工，让他随意发挥着配上颜色，结果都不尽人意。有位叫杨法成的和尚自称擅长绘画。刘意儿就先合掌拜祝一番，然后再授意他作画。法成和尚花了将近十年的工夫才画完。后来塑造先天菩萨像共二百四十二个头，菩萨头层层叠叠像塔林的形状，手臂有如枝蔓一样多。榜子有一百四十种日鸟树，一只凤凰有四对翅膀，还有像水瓶肚一样的树，画上的事物十分怪异，不可能全都认识。画稿一共有十五卷。柳七师是西川崔宁的外甥，把画稿分为三卷带到长安流传。当时魏奉古为长史，将此画卷进献入宫。后来皇帝在四月八日这天赐给了高力士。如今在成都的那幅是它的摹仿本。

寺有先天菩萨帧，本起成都妙积寺。开元初，有尼魏八师者，常念《大悲咒》。双流县百姓刘乙，名意儿，年十一，自欲事魏尼，尼遣之不去，常于奥室①立禅。尝白魏云："先天菩萨见身此地。"遂筛灰于庭，一夕，有巨迹数尺，轮理②成就。因谒画工，随意设色，悉不如意。有僧杨法成自言能画。意儿常合掌仰祝，然后指授之。以近十稔③，工方毕。后塑先天菩萨凡二百四十二首，首如塔势，分臂如意蔓。其榜子有一百四十日鸟树，一凤四翅，水肚树，所题深怪，不可详悉。画样凡十五卷。柳七师者，崔宁之甥，分三卷往上都流行。时魏奉古为长史，进

---

① 奥室：静室。奥，室内的西南角，古人设神主或尊长居坐的地方。
② 轮理：轮相。佛菩萨脚掌上的轮形印纹。
③ 十稔（rěn）：十年。稔，年，古代谷一熟为年。

之。后因四月八日①赐高力士。今成都者是其次本。

◎先天帧赞连句

辞　先天帧赞连句：观音化身，厥②形孔③怪。胎胜④狰厉⑤，众魔膜拜。善继　指梦鸿纷，榜列区界。其事明张，何不可解？柯古　阎河⑥德川，大士先天。众象参罗⑦，暾暾田田⑧。梦复　百亿花发，百千灯燃。胶如络绎，浩汗⑨连绵。善继　焰摩界⑩戚，洛迦⑪苦霁⑫。正念⑬皈依，众青如篲⑭。柯古　戾滓⑮可汰，痴膜可蜕。稽首如空，睟⑯容若睇⑰。善继　阐提⑱黑师，睹而面之。寸念不生，未遇乎而。柯古

---

① 四月八日：佛的生日。本日浴佛（灌佛），以水浴灌佛像而拂拭之。
② 厥：其，他的。
③ 孔：很。
④ 胎（chǐ）：剖腹。
⑤ 狰厉：暴戾，面目可怖。
⑥ 阎河：佛经上说，南赡部洲的中心有阎浮树的树林，树林中有河，名阎浮河。
⑦ 众象参罗：森罗万象。参罗，森罗。
⑧ 暾暾田田：形容宝像之光明盛大。暾暾，光明。田田，本指荷叶鲜碧成片之盛况，这里是多的意思。
⑨ 浩汗：浩瀚。
⑩ 焰摩界：即阎罗界，阴司冥界。
⑪ 洛迦：梵语音译，或作"奈洛迦"，即无间地狱（最底层地狱）的别名。
⑫ 霁：消释。
⑬ 正念：不生邪念，忆念正道。
⑭ 篲（huì）：扫除，拂去。
⑮ 戾滓：众生的罪垢。
⑯ 睟（suì）：视，看。
⑰ 睇（dì）：斜着眼看。
⑱ 阐提：不信佛法、断绝成佛善根的人。

◎事征

事征（高力士）：呼"二兄"。柯古 呼"阿翁"。善继 呼"将军"。梦复 呼"火老"。柯古 五轮硙①。善继 初施棨戟②。梦复 常卧鹿床。柯古 长六尺五寸。善继 陪葬泰陵③。梦复 咏荠。柯古 齿成印。善继 上国④下国⑤。梦复 梦鞭。柯古 吕氏生髭⑥。善继

◎静域寺

宣阳坊静域寺 原来是太穆皇后的宅第。寺里的和尚说："三阶院门外那个地方，是神尧皇帝射孔雀的地方。"禅院门内外的画作，《游目记》说是王昭隐画的。门西里面，画的是和修吉龙王显灵的事。门内西边，画的是火目夜叉及北方天王，样貌十分奇猛。门东里面，是贤门，上面画的是夜叉鬼头上盘着蛇，让人看了吓得冒汗，十分恐惧。东廊所画古树山石十分险怪，所画的高僧形象也很怪异。西廊万寿菩萨院门里的南面墙壁上，有皇甫轸画的鬼神和大雕，那画的场景好像与墙壁是分离开的。皇甫轸和吴道子是同时代的人，吴道子因皇甫轸画艺高超已威胁到

---

① 五轮硙（wèi）：石磨。
② 棨戟（qǐjǐ）：仪仗之物，设于门前以示威严。
③ 泰陵：唐玄宗李隆基的陵墓，在今陕西蒲城。
④ 上国：京师，指高力士由岭南进京。
⑤ 下国：京师以外的地方，指高力士被贬巫州。
⑥ 吕氏生髭（zī）：指宦官（无须）高力士娶吕氏为妇，故戏以吕氏比如男子（生髭）。髭，胡须。

自己的声望，就雇人杀了皇甫轸。

宣阳坊静域寺　本太穆皇后宅。寺僧云："三阶院门外，是神尧皇帝射孔雀处。"禅院门内外，《游目记》云王昭隐①画。门西里面，和修吉龙王②有灵。门内之西，火目药叉③及北方天王，甚奇猛。门东里面，贤门也，野叉部落鬼首上蟠蛇，汗烟可惧。东廊树石险怪，高僧亦怪。西廊万寿菩萨院门里南壁，皇甫轸画鬼神及雕，形势若脱。轸与吴道玄同时，吴以其艺逼己，募人杀之。

◎万菩萨堂

万菩萨堂里有座宝塔，用几百个小金铜塔装饰着塔身。大历年间，将作监有位姓刘的官员。有个儿子，出生时双手合十，七岁时就会念《法华经》。死时，烧掉遗体，得到几十粒舍利子，被分别藏在这些小金铜塔里。善继说："这些小金铜塔大概是刘某铸造的。"佛殿的东廊有古佛堂，那地方原本是雍村，古佛堂里的佛神全是石头雕刻的，相传隋恭帝就死在这个佛堂里面。

万菩萨堂内有宝塔，以小金铜塔数百饰之。大历中，将作

---

① 王昭隐：唐代画家。
② 和修吉龙王：多头龙王，八龙王之一。和修吉，多头的意思。
③ 药叉：夜叉。

刘监①有子，合手出胎，七岁念《法华经》。及卒，焚之，得舍利数十粒，分藏于金铜塔中。善继云："合是刘铭。"佛殿东廊有古佛堂，其地本雍村，堂中像设②，悉是石作，相传云，隋恭帝终此堂。

◎ 金刚有灵

三门外的画，也是皇甫轸的手迹，其所画金刚在过去很灵验。天宝初年，驸马独孤明的宅第与寺庙邻近。独孤明有个婢女名叫怀春，年轻貌美，曾喜欢西邻一位读书人，两人约定半夜在寺门相会，结果被一条大蛇缠住了，两人都死了。

三门外画，亦皇甫轸迹也，金刚旧有灵。天宝初，驸马独孤明宅与寺相近。独孤有婢名怀春，稚齿俊俏，尝悦西邻一士人，因宵期于寺门，有巨蛇束之，俱卒。

◎ 西座蕃神

佛殿里面，西座的蕃神甚为古雅质朴。贞元以前，吐蕃两度与我朝结盟，每次都把蕃神载于神坛前盟誓，相传当时很是灵验。

---

① 将（jiāng）作监：秦置将作少府，汉景帝时更名将作大匠，职掌宗庙、陵寝、宫室及其他土木工程的营建。唐为将作监，置大匠、少匠，总四署、三监、百工之官属。
② 像设：供奉的神佛塑像。

佛殿内，西座蕃①神甚古质。贞元以前，西蕃两度盟，皆载此神立于坛而誓，相传摩时颇有灵。

◎阶院连句

辞　三阶院连句：密密②助堂堂③，隋人歌檿桑④。双弧摧孔雀⑤，一矢陨贪狼⑥。柯古　百步望云立⑦，九规看月张⑧。获蛟徒破浪⑨，中乙漫如墙⑩。善继　还似贯金鼓⑪，更疑穿石梁。因添挽河力，为灭射天狂⑫。柯古　绝艺却南牧⑬，英声来鬼方⑭。丽龟⑮何足敌，殪⑯豕未为长。善继　龙臂⑰胜猿臂，星芒⑱超箭芒。虚夸绝

---

① 蕃：外国。这里指吐蕃。
② 密密：勤勉谨慎的样子，代指窦皇后。
③ 堂堂：容貌壮伟，代指唐高祖李渊。
④ 檿（yǎn）桑：即檿弧。檿，一种落叶乔木，可制弓、车辕等。
⑤ 双弧摧孔雀：指李渊射孔雀事。
⑥ 一矢陨贪狼：咏赞李渊箭术。
⑦ 百步望云立：用养由基百步穿杨的典故。
⑧ 九规看月张：瞄准箭靶，力挽弯弓，有如满月。
⑨ 获蛟徒破浪：用汉武帝射蛟的典故。
⑩ 中乙漫如墙：用孙权射虎的典故。乙，虎威。这里代指虎。
⑪ 贯金鼓：形容膂力过人。
⑫ 射天狂：喻指隋炀帝之暴虐无道。
⑬ 南牧：征服南方。
⑭ 鬼方：商周时西北部族名。这里代指北方。
⑮ 丽龟：射中猎物背部隆起的中心处。
⑯ 殪（yì）：一箭射死。
⑰ 龙臂：指李渊。
⑱ 星芒：星光，喻指李渊。

高鸟①，垂拱②议明堂③。柯古

◎ 招福寺

崇义坊招福寺　本来叫作正觉寺，开国之初毁掉了，于是就在原址上建起宅第赐给诸王，睿宗在藩时就居住在这里。乾封二年，长宁公主的佛堂被移至此地，故而重建了这座寺院。寺里原本有一处池塘，后从永乐坊东街取了几方土将池塘填平了。如今地底下还常有树根裸露出来。长安二年，宫里颁赐同真人大小的金铜像一尊和九部乐谱。南北两门的匾额，是由玄宗和岐王、薛王亲自送到寺里的，彩车象舆连绵不绝，仪仗护卫前呼后拥，香气散发到街道上，一连几天都还能闻到。景云二年，睿宗又赐真容坐像，并下旨在寺里另外建一处圣容院，这是玄宗在东宫时的真容。先天二年，玄宗下旨从内库拿出两千万钱，召集一千名能工巧匠，将寺院进行重新修缮。

崇义坊招福寺　本曰正觉，国初毁之，以其地立第赐诸王，睿宗在藩居之。乾封二年，移长宁公主佛堂于此，重建此寺。寺内旧有池，下永乐东街数方土填之。今地底下树根多露。长安二

---

① 虚夸绝高鸟：用更羸引弓虚发而下鸟的典故（惊弓之鸟），仍是称颂箭术高超。
② 垂拱：垂衣拱手，无为而治。
③ 明堂：天子理政之所。

年，内出等身金铜像一铺，并九部乐①。南北两门额，上②与岐、薛二王亲送至寺，彩乘象舆③，羽卫四合，街中余香，数日不歇。景云二年，又赐真容④坐像，诏寺中别建圣容院，是玄宗在春宫⑤真容也。先天二年，敕出内库⑥钱二千万，巧匠一千人，重修之。

◎僧伽像

　　睿宗圣容院的门外，有几幅鬼神壁画，是从宫内移至此处的，画法很特别。画上的鬼拿着一只野鸡，鸡毛好像都是竖起来的。库院的鬼子母像，是贞元年间李真画的，时常有周长史的画风，其中拿镜子的形象画得尤为精细。寺院西南角有一尊僧伽和尚像，向来很是灵验，直到现在前来上供幡伞的百姓还不断绝。先前，寺里有一个仆役名叫朝来，常常添加灯油擦拭地面，几十年坚持不懈。李某任府尹时，有个被捕的盗贼诬陷朝来，官府就去将朝来抓捕了，朝来忍受不了这样冤屈，于是爬上钟楼，远远地对僧伽像诉说冤情后坠楼而亡。恍惚间，看见一位与众不同的僧人用如意敲击朝来说："没有苦难了，这事自然会解决的。"等到朝来醒来时，他跳到了离钟楼数尺高的地面，可

---

① 九部乐：唐代宫廷音乐。
② 上：即唐玄宗，其时在藩。
③ 象舆：运载佛像的车舆。
④ 真容：此为睿宗真容。
⑤ 春宫：东宫。太子所居。
⑥ 内库：皇帝的私库。

竟然毫发无损。那盗贼听说了这事，悔恨着，自己主动认了罪，朝来最终平安无事。

睿宗圣容院门外，鬼神数壁，自内移来，画迹甚异。鬼所执野鸡，似觉毛起。库院鬼子母，贞元中李真画，往往得长史①规矩，把镜者犹工。寺西南隅僧伽②像，从来有灵，至今百姓上幡伞不绝。先，寺奴朝来者，常续明涂地，数十年不懈。李某为尹时，有贼引③朝来，吏将收捕，奴不胜其冤，乃上钟楼，遥启④僧伽而碎身焉。恍惚间，见异僧以如意击曰："无苦，自将治也。"奴觉，奴跳下数尺地，一毛不损。囚闻之，悔懊自服，奴竟无事。

◎赠诸上人连句

辞　赠诸上人连句：翻了西天偈⑤，烧余⑥梵宇香。撚眉愁俗客，支颊背残阳。柯古　洲号唯思沃⑦，山名祇记匡⑧。辩⑨中摧世

---

① 周长史：即唐代画家周昉。
② 僧伽：即释僧伽，西域人。唐代高僧，传为观音菩萨化身。
③ 引：这里是诬陷的意思。
④ 启：禀告。
⑤ 西天偈：指佛经，佛法西来，故曰"西天偈"。
⑥ 余：余香袅袅，不绝如缕。
⑦ 洲号唯思沃：这里代指东晋高僧支遁。
⑧ 山名祇记匡：这里代指东晋高僧慧远。慧远，年二十一从释道安于恒山出家，后南游荆襄，转至庐山，居东林寺，创建白莲社，为净土宗之始祖。祇，通"秖"，只，仅。匡，匡庐，即庐山。
⑨ 辩：论辩佛法。

智[1],定里破魔强。善继　许睿禅心彻,汤休诗思长。朗吟疏磬断,久语贯珠妩[2]。柯古　乘兴书芭叶,闲来入豆房。漫题存古壁,怪画匝长廊。善继

◎佛门古今谜字

事征(释门古今谜字):争田书贞字。善继　焉兜知伯叔。柯古　解梦羊负鱼[3]。梦复　问入日下人。善继　塔上书师子。柯古

◎释门佳谱

征前代关释门佳谱[4]:何充[5]志大宇宙。善继　此子疲于津梁[6]。柯古　生天[7]在丈人后。梦复　二何佞于佛。善继　问年,答"小如来五岁"。柯古　答四声,云"天宝寺刹"。梦复　菩萨嚬眉,所以慈悲六道。善继　周妻何肉。柯古

◎崇济寺

招国坊崇济寺　寺里面有天后织成的蛟龙被袱子和绣衣等六样东西。东廊从南起第二个院落,有宣律师制作袈

---

[1] 摧世智:挫败世俗凡人之智。
[2] 朗吟疏磬断,久语贯珠妩:此谓上人诵经,其声清朗有如疏磬;说法滔滔不绝,妙语连珠。
[3] 解梦羊负鱼:用佛图澄事。羊负鱼,为一"鲜"字。
[4] 释门佳谱:佛门的佳话。
[5] 何充:庐江灊(今安徽霍山东北)人。晋穆帝时总揽朝政。
[6] 津梁:渡口和桥梁。这里指旅途奔波。
[7] 生天:死后升天。

裟的殿堂。曼殊堂有松树好几株,真是奇妙啊。

招国坊崇济寺　寺内有天后织成蛟龙披袄子①及绣衣六事。东廊从南第二院,有宣律师制袈裟堂。曼殊堂有松数株,甚奇。

◎袈裟绝句

辞　宣律和尚袈裟绝句:共覆三衣中夜寒,披时不镇尼师坛②。无因盖得龙宫地,畦③里尘飞业相④残。善继　和前:南山⑤披时寒夜中,一角不动毗岚风⑥。何人见此生惭愧,断续犹应护得龙。柯古

◎奇松

奇松二十字:柳桂何相疏,榆枷方迥屑。无人擅谈柄⑦,一枝不敢折。柯古　半庭苔藓深,吹余鸣佛禽。至于摧折枝,凡草犹避阴。善继　僻径根从露,闲房枝任侵。一株风正好,来助碧云吟。梦复　时时扫窗声,重露滴寒砌。风飐⑧一枝遒,闲窥别生势。昪上人　偃盖入楼妨,盘根侵井窄。高僧独惆怅,

---

① 蛟龙披袄子:绣有蛟龙纹的被袄子。
② 披时不镇尼师坛:本句意谓身披袈裟则不得以其为随坐衣而随意坐卧。尼师坛,梵语音译,意为随坐衣。长四广三,坐卧时敷地护身。
③ 畦:因袈裟又名田衣,故此曰"畦"。
④ 业相(xiàng):种种业行之相。
⑤ 南山:即南山大师释道宣。
⑥ 毗岚风:梵语音译,意为迅猛风。
⑦ 谈柄:讲经说法时所执尘尾或如意。
⑧ 飐(zhǎn):风吹颤动。

为与澄岚①隔。柯古

◎ 永寿寺

永安坊永寿寺　三门的东边，有吴道子的画，但好像不是他的得意之作。佛殿名叫会仙殿，本来是宫中的梳洗殿。贞元年间，寺里有位证智禅师，在他身上常常发生很灵异的事，有时证智禅师白天还在张椟寺里种田，到晚上又回到了永寿寺。张椟寺在金山地界，与永寿寺相距有七百里。

永安坊永寿寺　三门东，吴道子画，似不得意。佛殿名会仙，本是内中梳洗殿。贞元中，有证智禅师，往往著灵验，或时在张椟兰若中治田，及夜，归寺。兰若在金山界，相去七百里。

◎ 闲中好

辞　闲中好：闲中好，尽日松为侣。此趣人不知，轻风度僧语。梦复　闲中好，尘务②不萦心。坐对当窗木，看移三面阴。柯古　闲中好，幽磬度声迟。卷上论题肇③，画中僧姓支④。善继

---

① 澄岚：澄净的山林。
② 尘务：世间俗务。
③ 论题肇：将经典所说要义进行解说，称作"论"，这里专指僧肇的《肇论》。肇，即僧肇，京兆（今陕西西安）人。东晋高僧，鸠摩罗什弟子。
④ 僧姓支：即东晋高僧支遁。

◎ 资圣寺

崇仁坊资圣寺　净土院门外的画，相传是吴道子在某天晚上喝醉酒以后点着蜡烛所作，画里的鬼神戟手相向，看上去凶恶得让人害怕。院门里，是卢楞伽的画。他曾经学习吴道子的画法，吴道子也亲手教授给他一些作画的技法，后来卢楞伽为总持三门寺作画，画到一半，吴道子大为叹赏，并对别人说："卢楞伽画画不得要旨，故而用心太苦，这样能活得久吗？"果然，卢楞伽画完以后就去世了。

崇仁坊资圣寺　净土①院门外，相传吴生一夕秉烛醉画，就中戟手，视之恶骇。院门里，卢楞伽②。尝学吴势，吴亦授以手诀，乃画总持三门寺，方半，吴大赏之，谓人曰："楞伽不得心诀，用思太苦，其能久乎？"画毕而卒。

◎ 寺院名画

中门窗之间是吴道子所画的高僧图，上面还有韦述作的赞，赞辞是李严写的。中三门外，两面上层的画不知道是何人所画，画中人物颇有阎令公的画风。

寺院西廊北边的角落，有杨坦的壁画。靠近近塔的天女，她明亮的眼睛就像在眨动一样。

---

① 净土：佛教认为世俗众生所居的世界肮脏污秽，是为秽土，与之相对的是佛所居的世界，是为净土，佛国。
② 卢楞伽：唐代画家，京兆（今陕西西安）人。吴道子弟子。

团塔院北堂有铁观音像,高三丈多。观音院两廊画有四十二幅圣贤像,是韩幹所画,上面还有中书元载的颂赞。东廊北头画有闲散的骏马,不经意间看见,就像是在嘶鸣顿足一样。

圣僧像里的龙树和商那和修画得十分绝妙。团塔上的菩萨像是李真所画。四面的花鸟是边鸾所画。药上菩萨头顶的正上方所画的蜀葵尤其画得精妙。

塔里藏有一千部《法华经》。

中门窗间,吴道子画高僧,韦述赞,李严书。中三门外,两面上层,不知何人画,人物颇类阎令。

寺西廊北隅,杨坦画。近塔天女,明睇将瞬。

团塔院北堂,有铁观音,高三丈余。观音院两廊四十二贤圣,韩幹画,元中书载①赞。东廊北头散马,不意见者,如将嘶蹀②。

圣僧中龙树③、商那和修④,绝妙。团塔上菩萨,李真画。四面花鸟,边鸾画。当药上菩萨顶,茂葵⑤尤佳。

---

① 元中书载:即元载,凤翔岐山(今属陕西)人。历官户部侍郎、中书侍郎、同中书门下平章事。
② 蹀(dié):踏。
③ 龙树:公元二、三世纪间的南印度人,原本是一位婆罗门学者,后来皈依佛教,出家受戒,在雪山从一位老比丘受到大乘经典,由此智慧无碍,当时许多哲学家都被他的雄辩所折服。他对佛教经义有重大的阐明发挥,其学说迅速流布印度各地,从此大乘佛教便大为兴盛。
④ 商那和修:梵语音译。古印度摩突罗人,阿难的弟子,付法藏之第三祖。
⑤ 茂葵:即蜀葵。二年生草本植物。

塔中藏千部《法华经》。

◎诸画连句

辞 诸画连句（柏梁体①）：吴生画勇矛戟攒②。柯古 出奇变势千万端。善继 苍苍鬼怪层壁宽。梦复 睹之忽忽毛发寒。柯古 棱伽③之力所疼瘫④。柯古 李真、周昉优劣难。梦复 活禽生卉推边鸾。柯古 花房嫩彩犹未干。善继 韩幹变态如激湍。梦复 惜哉壁画势未殚。柯古 后人新画何漫汗⑤。善继

◎楚国寺

晋昌坊楚国寺 寺内有楚哀王的等身金铜像，现在寺内尚存楚哀王像的绣袄半幅衣袖。长庆年间，赐给寺里织好的双凤夹黄袄子，并作为镇寺之物放在寺中。寺门内有放生池。

太和年间，赐白毡黄胯衫。

寺庙院墙的西边，曾是朱泚的宅第。

晋昌坊楚国寺 寺内有楚哀王等金身铜像，哀王绣袄半袖犹在。长庆中，赐织成双凤夹黄袄子，镇在寺中。门内有放生池。

---

① 柏梁体：一种特殊的联句诗体。
② 吴生画勇矛戟攒：形容吴道子画风怪奇可怖。
③ 棱伽：即卢楞伽。
④ 疼（tān）瘫：疲殚。
⑤ 漫汗：即汗漫，广大无边。

太和中，赐白毡黄胯衫。

寺墙西，朱洲宅。

◎ 地狱事征

事征（地狱）：等活[1]。约上人　八抹洛伽[2]。义上人　波吒[3]。昇上人　坏从狱不生[4]。柯古　铅河。约上人　剑林。义上人　烊铜。昇上人

◎ 地狱征

诸上人以予该悉内典[5]，请予独征[6]：无中阴[7]。五无间[8]。黑绳[9]。赤树。火厚二百肘[10]。风吹二千年。陁陀罗炭。钵头摩

---

[1] 等活：即等活地狱。
[2] 八抹洛伽：疑为天龙八部之"摩呼洛迦（大蟒神）"。
[3] 波吒：苦难，折磨。
[4] 坏从狱不生：佛教认为，世界生灭周期为成、住、坏、空四劫，坏劫又分二十中劫，有情众生经最初十九劫，次第坏尽，唯器世间空旷而居，至最后一中劫器世间亦坏灭，空劫到来。从"地狱有情不复生"开始，至地狱无一有情存在，总名"地狱坏"。
[5] 诸上人以予该悉内典：各位上人认为我熟知佛典。
[6] 请予独征：请我一人征引。本条仍是征引内典中有关地狱的典故。
[7] 无中阴：佛家以众生死后至转世再生这一段过渡状态所受阴形为中阴身（类似"游魂"之意）。又或为极善极恶之人，或直上极乐，或直下地狱，无中阴。
[8] 五无间："五"字疑衍。无间即无间地狱，也叫"阿鼻地狱"，是地狱之最底层，造极重罪者死后堕入此地狱。
[9] 黑绳：即黑绳地狱。
[10] 肘：古印度长度单位。以三节（人手中指之中节）为一指，二十四指为一肘。

赫。护量五十由旬。舌长三车䮀①。铜鹫。铁蚁。阿鼻。十一义。九千钵头摩。如一裟诃麻，百年除一尽。并柯古

◎慈恩寺

慈恩寺　此寺本为净觉寺故址所在，是就地重新营建而成的，总共有十多个内院院，一千八百九十七间房，奉命剃度三百人入寺为僧。当初，玄奘从西域取经返回长安时，诏令太常卿江夏王李道宗设九部乐，迎请经书、佛像入寺，迎请的彩车共一千多辆，太宗亲自到安福门观看。太宗曾赐给玄奘一件袈裟，大约价值百余金，其做工精细得丝毫看不出针线的痕迹。当初，玄奘法师翻译《因明论》，一个名叫栖玄的译经僧，把译出的《因明论》拿给他的朋友尚药奉御吕才看，吕才就抄录出来贴在大街上，指出其中不足之处，并写了一部《破义图》，他在该书的序言中说："所谓《卦象传》《系辞》，亦开修行法门；物质世界之先，佛法早已弘扬。"其对玄奘所译的《因明论》提出了四十多条反驳意见。于是玄宗诏令吕才到慈恩寺与玄奘当面辩论，玄奘法师对吕才说："施主从未读过《太玄》，皇上的询问您片刻就能解答；您从没看过象戏，尝试着研究一下很快搞清楚。以这种有限的才能，遇到事情就喜欢牵强附会。"于是重新列出吕才的质疑，并一一进行了总结，剖析透彻，连绵不绝，约有数千言之论。吕才难以领会其中的奥妙，终因理屈词穷而拜服。

---

① 车（jū）䮀：即居䮀，长度单位。

佛塔西面画有湿耳狮子，抬头处画有蟠龙，都是尉迟乙僧画的。还有花子钵曼殊画，都是当时的绝妙之作。

慈恩寺　寺本净觉故伽蓝①，因而营建焉，凡十余院，总一千八百九十七间，敕度三百僧。初，三藏自西域回，诏太常卿②江夏王道宗设九部乐，迎经像入寺，彩车凡千余辆，上御安福门观之。太宗尝赐三藏衲③，约直百余金，其工无针缝之迹。初，三藏翻《因明④》，译经僧栖玄，以论示尚药奉御⑤吕才，才遂张之广衢，指其长短，著《破义图》，其序云："岂谓《象》《系》⑥之表，犹开八正之门⑦；形器⑧之先，更弘二知⑨之教。"立难⑩四十余条。诏才就寺对论，三藏谓才云："檀越⑪平生未见《太玄》，诏问须臾即解；由来不窥象戏⑫，试造旬日即成。以此

---

① 伽（qié）蓝：寺院。
② 太常卿：太常寺主官，为九卿之一，职掌礼乐、郊庙、社稷诸事。
③ 衲：僧衣。
④ 因明：佛教的逻辑推理之学。
⑤ 尚药奉御：职官名。掌合御药及诊候之事。
⑥ 《象》《系》：《周易》的《象传》和《系辞》。
⑦ 八正之门：佛教修行的八种基本法门，即正见、正思维、正语、正业、正命、正精进、正念、正定。
⑧ 形器：物质，形体。
⑨ 二知：即二智，如"实智"和"权智"、"理智"和"如量智"，等等。
⑩ 立难：提出反驳意见。难，诘责邪义。
⑪ 檀越：施主。
⑫ 象戏：一种博弈之戏。

有限之心[1],逢事即欲穿凿。"因重申所难,一一收摄,析毫[2]藏耳,衮衮不穷,凡数千言。才屈不能领,辞屈礼拜。

塔西面画湿耳师子,仰摹蟠龙,尉迟画。及花子钵曼殊,皆一时绝妙。

◎ 慈恩寺树

慈恩寺里的柿树和白牡丹是法力上人亲手栽种的。法力上人常常拿香炉沿着各屋墙壁走动,看到有变相的地方,就献上虔诚的祷祝,月月都是如此。此外,大殿庭院里有大娑罗树,是大历年间安西进献的。赐给了慈恩寺四株树桩,这些树桩明显很坚固。由高僧行逢亲手种下,只有一株没有成活。

寺中柿树、白牡丹,是法力上人手植。上人时常执炉循诸屋壁,有变相处,辄献虔祝,年无虚月。又殿庭大莎罗树,大历中,安西所进。其木桩赐此寺四橛,橛皆灼固。其木大德行逢自种之,一株不活。

---

[1] 有限之心:这里是指吕才的此类才智仅为小聪明,不足以参解大智大慧的佛法。
[2] 析毫:剖析毫芒,比喻分析透彻。

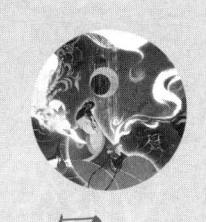

冥迹

幽冥裂缝

本篇以鬼魂、冥婚、冥判及转世再生等事记之，故曰『冥迹』。此等逸事，实属诬造，但恰合志怪之旨，以娱看官耳。

◎ 亡夫探妻

魏韦英死后，他的妻子梁氏再嫁，就嫁给了向子集。结婚那天，韦英回到院子里，呼唤梁氏说："阿梁，你这么快就把我忘了？"向子集听闻非常惊恐，张弓一箭射去，韦英一下子变成了桃木人，所骑的马也变成了茅草扎的马。

魏韦英卒后，妻梁氏嫁向子集。嫁日，英归至庭，呼曰："阿梁，卿忘我耶？"子集惊，张弓射之，即变为桃人、茅马。

◎ 十年之约

长白山的西边有座夫人墓，北齐孝昭帝时，搜罗天下贤才，清河崔罗什，弱冠之年就美名远扬，他被征召到州府去，某天晚上路过夫人墓。罗什忽然看见一座宅第，朱红大门，白色影壁，院内楼台鳞次栉比。不一会儿，有一个穿青衣服的人走出来，对崔罗什说："女郎要见崔郎您。"崔罗什恍恍惚惚就下了马，进入到两重门后，里面又有一个青衣人出来迎面问候，并在前引路。崔罗什说："旅程奔波之中，突然承蒙召唤，平素既然不曾有交流，我是不宜再往里走的。"青衣人说："女郎是平陵刘府君的妻子，侍中吴质的女儿。刘府君先已离去，所以她想见您。"罗什就继续前行，进入室内坐下。那位女郎在门东边站着，和罗什寒暄。里面有两位婢女手持蜡烛，女郎唤来其中一人，吩咐她取来了一个玉夹膝放在罗什面前。罗什素有才华，擅长吟诗，虽然怀疑女郎不是人，倒也喜欢她的美貌。女郎说："刚才见到崔郎在庭前树下休息，很欣赏您的吟啸，所以想见见您。"罗什就问："魏文帝给令尊的书信，称呼令尊为元城令，有这回事吗？"女郎说："家父做元城令的时候，正是我出生那年。"罗什就和她谈论汉魏时事，和曹魏的历史记载全都相符。他们俩说了很多话，不能一一记录下来。罗什说："尊夫刘氏的名讳是什么？"女郎说："先夫是刘孔才的第二个儿子，名瑶，字仲璋。不久前有罪被抓，一去不回了。"罗什于是起身告辞，女郎说："十年以后，我会和您重逢的。"罗什就以玳瑁簪留作纪念，女郎也取下手指上的玉环赠给罗什。罗什跨上马前行几十步，回头一看，只见刚才所见变成了一座大坟。罗什到了历城，心想这事很不吉利，就请和尚做道场，把女郎送的玉环布施给僧人。天统末年，罗什公务缠身，当时他正在垣冢负责指挥修筑河堤，在帐中和济南奚叔布谈起这件事时，他流着泪说："今年正好是第十年，不知这事会如何了结？"罗什在园里吃杏子，忽然见到一个人，只对他说了一句话："我特来向你通报女郎的消息。"不一会儿那人就离开了。罗什一个杏子没吃完就死了。罗什当郡功曹十二年，州府里很看重他才能，现在他突然死了，众人无不伤感惋惜。

长白山西有夫人墓，魏孝昭之世，搜扬天下才俊，清河崔罗什，弱冠有令望，被征诣州，夜经于此。忽见朱门粉壁，楼台相望。俄有一青衣出，语什曰："女郎须见崔郎。"什恍然下马,入两重门,内有一青衣,通问引前。什曰:"行李①之中,忽蒙厚命,素既不叙,无宜深入。"青衣曰:"女郎乃平陵刘府君之妻,侍中吴质之女。府君先行,故欲相见。"什遂前,入就床②坐。其女在户东立,与什叙温凉。室内二婢秉烛,呼一婢,令以玉夹膝③置什前。什素有才藻,颇善风咏,虽疑其非人,亦惬心好也。女曰:"比见崔郎息驾庭树,嘉君吟啸,故欲一叙玉颜。"什遂问曰:"魏帝与尊公书,称尊公为元城令,然否?"女曰:"家君元城之日,妾生之岁。"什乃与论汉魏时事,悉与魏史符合,言多不能备载。什曰:"贵夫刘氏,愿告其名。"女曰:"狂夫刘孔才之第二子,名瑶,字仲璋。比有罪被摄,乃去不返。"什乃下床辞出,女曰:"从此十年,当更相逢。"什遂以玳瑁簪留之,女以指上玉环赠什。什上马行数十步,回顾,乃一大冢。什届历下,以为不祥,遂请僧为斋,以环布施。天统末,什为王事所牵,筑河于垣冢,遂于幕下话斯事于济南奚叔布,因下泣曰:"今岁乃是十年,可如何也作罢?"什在园中食杏,忽见一人唯云:"报女郎信。"俄即去。食一杏未尽而卒。什十二为郡功曹,为州里推重,及死,无不伤叹。

◎ 判冥者

南巨川曾经认识判冥张叔言,因而撰写了《续神异记》

---

① 行李:旅程。
② 床:坐床,一种坐具。
③ 夹膝:古时消暑的器具,多用竹制为长笼,或取整段竹,中间通空,四周开洞以通风,暑天置于床席之间,唐代叫"竹夹膝",宋代叫"竹夫人"或"竹姬"。这里的夹膝是玉制的,故称"玉夹膝"。

一书，详细记载了关于张叔言的灵验之事。张叔言一共审理冥鬼十人，在这十人当里面，其中有两个是妇女。另外，乌龟和狐狸也在阴司审案。

南巨川尝识判冥者张叔言，因撰《续神异记》，具载其灵验。叔言判冥鬼十人，十人数内，两人是妇人。又乌龟、狐亦判冥。

◎举人殡宫

于頔顿坐镇襄阳的时候，选人刘某进京，在去京城的旅途中遇见一位举人，大约二十多岁，言语明快。两人同行几里路后，觉得相互十分投缘，于是在草地上坐下来，刘某带有酒，两人干了几杯。天色渐晚，举人指着一条小路说："从这条路到寒舍不过几里，能屈驾光临吗？"刘某推辞说旅途要赶路时间紧，婉拒才没去。举人于是赋了一首诗："流水涓涓芹努牙，织鸟双飞客还家。荒村无人作寒食，殡宫空对棠梨花。"第二年，刘某回到襄阳，寻访先前遇到的那位举人，结果只有他停放灵枢的房舍还在。

于襄阳頔在镇时，选人[①]刘某入京，逢一举人，年二十许，言语明晤。同行数里，意甚相得，因藉草，刘有酒，倾数杯。日暮，举人指支迳曰："某弊止从此数里，能左顾乎？"刘辞以程

[①] 选人：集于吏部候选入官的人员。

期，举人因赋诗曰："流水涓涓芹努牙①，织鸟双飞客还家。荒村无人作寒食，殡宫②空对棠梨花。"至明旦，刘归襄州，寻访举人，殡宫存焉。

◎托生自家

顾况死了一个儿子，死时年仅十七岁。这儿子死后阴魂游荡，恍惚犹如在梦中一般，他的魂魄始终不愿离开家。顾况悲伤不已，写了一首诗，一边吟诵一边哭泣。诗云："老人丧一子，日暮泣成血。心逐断猿惊，迹随飞鸟灭。老人年七十，不作多时别。"他死去的儿子听了，感慨悲痛，于是暗自发誓："如果来世还能为人，还要继续做顾家的儿子。"过了一天，好像被人带到某个地方，有个县吏模样的人判令他托生顾家，其余的事他都不记得了。忽然，他觉得自己心里清醒了，睁开眼睛一看，房屋、兄弟全都认识，亲人围在身边，只是自己说不出话来。这是刚出生的事，以后又不记得。到七岁时，他哥哥开玩笑用手打他，他忽然说："我是你兄长，你怎么能打我！"一家人听到这话都很惊讶。他这才叙说前生的事情，讲的清清楚楚一点不差，兄弟姊妹的小名，他都能一一喊叫出来。由此可知羊叔子的事情并不奇怪呀。这个孩子就是进士顾非熊，我经常拜访他，听他哭泣着给我讲这件事情。佛教的《处胎经》说人的住胎，和这事只是略有不同。

---

① 努牙：吐芽，发芽。
② 殡宫：停放灵柩的房舍。

顾况丧一子，年十七。其子魂游，恍惚如梦，不离其家。顾悲伤不已，因作诗，吟之且哭。诗云："老人丧一子，日暮泣成血。心逐断猿惊，迹随飞鸟灭。老人年七十，不作多时别。"其子听之感恸，因自誓："忽若作人，当再为顾家子。"经日，如被人执至一处，若县吏者断令托生顾家，复都无所知。忽觉心醒开目，认其屋宇兄弟，亲爱满侧，唯语不得。当其生也，以后又不记。年至七岁，其兄戏批①之，忽曰："我是尔兄，何故批我！"一家惊异。方叙前生事，历历不误，弟妹小名，悉遍呼之。抑知羊叔子事非怪也。即进士顾非熊，成式常访之，涕泣为成式言。释氏《处胎经》言人之住胎，与此稍差。

① 批：用手掌打。

尸夿

盗墓奇谭

夿（xī），埋葬。故本篇所载，皆为丧事、葬礼的诸种异闻传说，其故事情节亦幻亦真，亦真亦幻，望诸君切莫以此为真也。

◎丧礼入殓

近代的丧礼,讲究人死入殓,入殓后再裁下死者衣服的后幅保留下来。又入殓加盖棺材盖板,把肉、饭、黍、酒放在棺材前面,摇动盖板,敲击棺材,呼唤死者的名字,这样做的用意在于请死者起来进食,这样连续三次才能停止。

近代丧礼,初死内棺①,而截亡人衣后幅留之。又内棺加盖,以肉、饭、黍、酒着棺前,摇盖叩棺,呼亡者名字言起食,三度,然后止。

◎漆棺止哭

在给棺材钉上钉子以及上漆的时候,千万不能哭,因为一哭漆就干不了。

琢钉及漆棺,止哭,哭便漆不干也。

◎送死者

出门后,众人就要把它撕裂拿走丢掉。

送死者的陪葬物品不能送皮革、铁物以及铜磨镜奁盖等物品,其用意在于不能让死者见到光明。董勋说:"《礼》:弁服靺韐。"这是用的熟皮。

---

① 内棺:入殓。

铭旌①出门，众人掣裂将去。

送亡人，不可送韦革②、铁物及铜磨镜使盖，言死者不可使见明也。董勋言："《礼》：弁③服韎韐④。"此用韦也。

◎刍灵

用木头刻成房屋、车马、奴婢、抵蛊等作为殉葬品，周代以前是用泥车、刍灵，周代以后用俑。

刻木为屋舍、车马、奴婢、抵蛊等，周之前用涂车⑤刍灵⑥，周以来用俑。

◎送亡者

送给死者的资产主要有经卷、香蜡纸钱、兔毫笔、弩机、纸张、挂树之类。还有制作辌车的，辌车就是古篓，形状像屏挡。

送亡者，又以黄卷⑦、蜡钱⑧、兔毫、弩机⑨、纸疏⑩、挂树之

---

① 铭旌：灵柩前的旗幡，上书死者的官衔、姓名之类。
② 韦革：皮革。韦，经过加工的熟皮。
③ 弁（biàn）：冠名。古代男子穿礼服时所戴的冠称弁。吉礼用冕，常礼用弁。
④ 韎韐（mèi gé）：古祭服上蔽膝，用韦制作而成。
⑤ 涂车：泥车，送葬用的物品。
⑥ 刍灵：茅草扎成的人马，殉葬用品。
⑦ 黄卷：书籍。古代用黄蘖染纸以防蛀，故称"黄卷"。这里应指释道经卷。
⑧ 蜡钱：香蜡纸钱。
⑨ 弩机：弩的部件，青铜制成，装置在弩的木臂后部。
⑩ 纸疏：纸张。

属。又作轜车,车,古䒾①也,䒾似屏。

◎魌头

民间人死了,表演伎乐,这种举办丧事的方式名称叫乐丧。魌头是用来留存死者魂气的东西。魌头又被称之为苏衣被,是因为它让人畏惧不安。又称狂阻,又称触圹。四只眼睛的魌头叫方相,两只眼睛的叫僛。依据费长房辨识李娥从地府带回的药丸,叫作方相脑,这样说来方相脑可能是方相的脑子或鬼怪一类,古代的圣人设方相氏以模仿它的形貌。

世人死者,作伎乐,名为乐丧②。魌头③,所以存亡者之魂气也。一名苏衣被,苏苏④如也。一曰狂阻⑤,一曰触圹⑥。四目曰方相⑦,两目曰僛。据费长房识李娥药丸,谓之方相脑,则方相或鬼物也,前圣设官象之。

◎忌狗见尸

又忌讳让狗看见尸体,因为这样会有重丧。

---

① 䒾:通"篚"。
② 乐(yuè)丧:丧事用乐。
③ 魌(qī)头:也作"僛(qī)头",状貌丑恶的面具。古时用以驱邪避疫。
④ 苏苏:畏惧不安的样子。
⑤ 狂阻:魌头别称。
⑥ 触圹(kuàng):方言称魌头。
⑦ 方相:古代驱疫避邪的巫师。这里指面具。

又忌狗见尸,令有重丧①。

◎上天衣

在死者灵座上摆放陈列的魂衣,名叫上天衣。

亡人坐上作魂衣,谓之上天衣。

◎不赍镜奁盖

为死者送葬,不能带镜匣盖。

送亡者,不赍镜奁盖。

◎发冢弃市

裞,也就是鬼衣。制作桐人始于虞卿,明衣始于左伯桃,挽歌起于执绋者的讴唱。原先的刑律,挖掘坟墓的盗墓者一律处死。冢,就是重,是孝子特别看重的。哪怕掘一点儿坟土都会获罪,不仅是盗出财物才算犯罪。

裞②,鬼衣也。桐人③起虞卿,明衣④起左伯桃,挽歌起绋

---

① 重丧:家属有两人相继死亡。
② 裞(yīng):小殓时,在死者脸上覆盖的巾帕。
③ 桐人:桐木偶,丧葬用品。
④ 明衣:死者入殓前所穿的内衣。

讴[1]。故旧律，发冢[2]弃市[3]。冢者，重也，言为孝子所重。发一茧土则坐，不须物也。

◎ 矢贯弓

"吊（弔）"字，意思是箭搭在弓上。古时候，人死了就把尸体放到荒野去，在葬礼上要用一副弓箭，意思是用来防止鸟兽侵犯打扰并吃尸体。

"吊（弔）"字，矢贯弓也。古者葬弃中野，礼贯弓而吊，以助鸟兽之害。

◎ 竞厚葬

后魏风俗崇尚厚葬，棺木做得都很厚，棺做得很高大，多用柏木制成，棺材两边装有大铜镮钮，不论死者是什么身份，均不分公私贵贱，都用白丝饰帷幔灵车，排列白槊仗，敲打虏鼓，哭声有点类似南朝，据说唱挽歌时不能大声号哭，这点也和京城略有差别。

后魏俗竞厚葬，棺厚高大，多用柏木，两边作大铜镮[4]钮，

---

[1] 讴：唱。
[2] 发冢：盗墓。
[3] 弃市：处死。
[4] 镮（huán）：金属制成的圆圈形物。

不问公私贵贱，悉白油络①幰②辒③车，迾④素稍仗，打虏⑤鼓，哭声欲似南朝，传哭挽歌无破声⑥，亦小异于京师焉。

◎ 驱罔象

《周礼》记载：方相氏驱逐魍魉。魍魉喜欢吃死者的肝，但魍魉都害怕老虎和柏树。故墓地栽种柏树，墓道路口摆上石虎，也就是依据这个说法来做。

《周礼》：方相氏驱罔象⑦。罔象好食亡者肝，而畏虎与柏。墓上树柏，路口致石虎，为此也。

◎ 弗述

早在秦朝时，陈仓有个人猎获一头野兽，外形长得像猪，大家都不知道它叫什么名字。路上碰见两个童子，他们说："这兽名叫弗述，经常在地下吃死人的脑子。要想杀死它，得先用柏枝插在它的头上。"

昔秦时，陈仓人猎得兽，若彘，而不知名。道逢二童子，曰："此名弗述，常在地中，食死人脑。欲杀之，当以柏插其首。"

---

① 油络：车上所垂的丝饰。
② 幰（xiǎn）：车的帷幔。
③ 辒（ér）车：灵车。
④ 迾（liè）：通"列"。
⑤ 虏：对北朝的称呼。
⑥ 破声：放开声音大哭。
⑦ 罔象：又作"方良"，即魍魉，山川中的精怪。

◎ 丧妇面衣

家有丧事的妇女有服丧专用的面纱。而期服之外的妇女只戴帼，不用戴面纱。

遭丧妇人有面衣①。期②以下妇人着帼，不着面衣。

◎ 哭丧

另外，妇女哭丧的时候，需要用扇子遮住脸。也有在帷堂里哭而不用遮脸的。

又妇人哭，以扇掩面。或有帷幄③内哭者。

◎ 墓多狐

汉平陵王墓，墓地处有很多的狐狸。它们这些从洞穴里钻出来的狐狸，身上的毛全都沾满了尘灰。魏朝末年，有人到狐狸洞穴口，拾到了金刀镊、玉唾壶。

汉平陵王墓，墓多狐。狐自穴出者，皆毛上垄灰。魏末，有人至狐穴前，得金刀镊、玉唾壶。

---

① 面衣：这里指妇女服丧用的面纱。
② 期（jī）：期服，凡长辈如祖父母、伯叔父母、在室姑之丧，平辈如兄弟姊妹、妻之丧，小辈如侄、嫡孙等之丧，均着此服。
③ 帷幄：这里指丧家的帷堂。

◎ 齐景公墓

贝丘县东北有齐景公的陵墓，近代有人挖掘过。墓穴深入地下三丈的地方，有一处石函，石函里有一只鹅，鹅扇动翅膀去拨动石块。从这里再往下一丈深处，就有青烟升腾，看上去就像烧制陶器的窑烟，鸟儿从上方飞过都会堕地而死，因而盗墓者不敢再深入墓室。

贝丘县东北有齐景公墓，近世有人开之。下入三丈，石函中得一鹅，鹅回转翅以拨石。复下入一丈，便有青气上腾，望之如陶烟①，飞鸟过之，辄堕死，遂不敢入。

◎ 崔涵谈柏棺

元魏时，洛阳菩提寺的和尚达多掘墓取砖，据说挖出一个人，自称姓崔名涵，字子洪，他讲他自己在地下待了十二年了。他平时看起来整个人就好像醉酒之人，时不时地四处游荡，神志总是模糊不清。他害怕阳光及水、火、兵器。他经常不停地走，实在走不动了才停下来。洛阳的奉终里有很多卖丧葬用品的，崔涵说："制作柏木棺，不要用桑木做里衬。我看见地府里征调鬼兵，有一个鬼称自己所用的为柏棺，可以免于征调，可主管说：'你虽然用的是柏棺，却是桑木里衬，仍不能免。'"

---

① 陶烟：烧制陶器的窑烟。

元魏时，菩提寺僧达多发冢取砖，得一人，自言姓崔名涵，字子洪，在地下十二年。如醉人，时复游行，不甚辨了，畏日及水火兵刃。常走，疲极则止。洛阳奉终里多卖送死之具，涵言："作柏棺，莫作桑㮤①。吾地下见发鬼兵，一鬼称是柏棺，主者曰：'虽是柏棺，乃桑㮤也。'"

◎ 赠予者以密

南朝王侯或高官去世后，赠予死者的东西都是替代品，官印是用蜜蜡制作而成的印章来替代，应该赐貂蝉冠的，用雁翎代替；绶带则用书来代替。

南朝薨卒，赠予者以密②。应着貂蝉③者，以雁代之；绶者以书。

◎ 先贤臣冢

前贤大臣的坟墓，用揭杙题写他们的官职和姓名。职官五品以上的，漆整棺；六品及以下的，只能漆一下棺材缝。

先贤大臣冢墓，揭杙④题其官号姓名。五品以上，漆棺；六

---

① 㮤（xiāng）：木器的里衬。
② 密：通"蜜"。古代有一定身份的人死后要陪葬官印，官印用蜜蜡制成替代。
③ 貂蝉：冠名。以貂尾和蝉为装饰。
④ 揭杙（yì）：用作标志的长方形木牌。揭，小木桩。

品以下，但得漆际①。

◎开棺还家

南阳县县民苏调的女儿，死后三年，自己打开棺材回到家里，说起地府的武将官吏们都害怕红小豆和黄豆，因为她死的时候身上是带有一石赤小豆和黄豆进入地府的，所以不用再做苦工，又说可以用梓木制作棺材。

南阳县民苏调女，死三年，自开棺还家，言夫将军事，赤小豆、黄豆，死有持此二豆一石者，无复作苦，又言可用梓②木为棺。

◎盗墓险遇

刘晏的判官李邈，他的田庄在高陵县，庄客拖欠他的地租累计有五六年了。李邈罢官回到庄园，正打算核查情况对其施以责罚，只见仓库丰实，入库的钱粮却还没运完。李邈很奇怪，就问他们，庄客回答说："我们当端公的庄客有二三年了，长期盗墓。近来发掘了一座古墓，这座古墓的位置就在田庄西边十里远，非常雄伟高大。进入松林，前行两百步，才到墓前，墓侧面有石碑，但断裂倒在草丛中，字迹模糊，已无法认读。起先，从墓旁挖进去几十丈，挖到一座石门，用铁汁水浇铸凝固，连续用了好几天拿羊

---

① 际：交界。这里指棺木合缝之处。
② 梓：一种落叶乔木。

粪浇灌腐蚀才把门打开。门开时,突然乱箭如雨射来,射死了好几个人。大伙儿非常害怕,想要退出去,我想这没有其他原因,必定是触动到了墓中的机关。就让人往里面扔石头,每扔一块石头,箭就射出一次。扔了十多块以后,等机关不再向外发箭了,这才打着火把列队进去。等到打开第二重门的时候,看到了有几十个木偶人,怒目圆睁,挥舞宝剑,又砍伤了我们几个人。大伙儿用棍棒回击,木人手中的兵器全被击落。墓室四壁都画着守卫兵士的画像。南面的墙壁有一口大漆棺,用铁索吊着悬离地面,棺材下面堆满了各种金玉珠宝。大伙儿心里害怕担心又出现什么机关,所以就没有一哄而上去抢。棺材两头忽然飒飒风起,挟带着沙土扑打在大伙儿脸上。不一会儿,风越刮越大,沙粒喷涌如注,很快淹没到人的膝盖,大伙儿惊惶失措,向外奔逃。刚跑出来,门就被沙填塞了,我们中有一个人就被沙埋后窒息而亡了。于是大伙儿洒酒致祭,跪地谢罪,发誓再也不盗墓了。"

刘晏判官李邈,庄在高陵,庄客悬欠租课[1],积五六年。邈因官罢归庄,方欲勘责,见仓库盈羡,输尚未毕。邈怪问,悉曰:"某作端公[2]庄客二三年矣,久为盗。近开一古冢,冢西去庄十里,极高大。入松林二百步,方至墓,墓侧有碑,断倒草中,字磨灭不可读。初,旁掘数十丈,遇一石门,固以铁汁,累日羊

---

[1] 课:租税。
[2] 端公:职官名。唐代侍御史俗称端公。

粪沃之方开。开时，箭出如雨，射杀数人。众惧欲出，某审无他，必机关耳。乃令投石其中，每投，箭辄出。投十余石，箭不复发，因列炬而入。至开第二重门，有木人数十，张目运剑，又伤数人。众以棒击之，兵仗悉落。四壁各画兵卫之像。南壁有大漆棺，悬以铁索，其下金玉珠玑堆积。众惧，未即掠之。棺两角忽飒飒风起，有沙迸扑人面。须臾风甚，沙出如注，遂没至膝，众惊恐走。比出，门已塞矣，一人复为沙埋死。乃同酹①地谢之，誓不发冢。"

◎ 墓中机关

《水经注》记载："越王勾践迁都琅琊，因此也想迁移他父亲允常的陵墓，但刚打开墓室，墓中便风声大作，飞沙走石，人不能靠近，只得作罢。"另按，《汉旧仪》记载："将作大匠建造皇帝陵墓，墓室里用巨大的方石，外部用沙，墓门纵横交错地设置暗剑、伏弩、伏火、弓箭和沙。"原来古时建陵早就有这些机关了。

另外，又有侯白《旌异记》记载："盗墓贼掘白茅冢时，听到由棺材里发出如雷鸣般的巨大声响，吓得野鸡都鸣叫起来。窟洞内突然燃起熊熊大火，火势异常猛烈，盗墓贼也被烧死了。"这大概就是伏火吧？

《水经》言："越王勾践都琅琊，欲移允常②冢，冢中风生，

---

① 酹：以酒浇地，以示祭奠。
② 允常：勾践之父。

飞沙射人，人不得近，遂止。"按《汉旧仪》："将作①营陵地，内方石，外沙演，户交横莫耶，设伏弩、伏火、弓矢与沙。"盖古制有其机也。

又侯白《旌异记》曰："盗发白茅冢，棺内大吼如雷，野雉悉雊。窟内，火起，飞焰赫然，盗被烧死。"得非伏火乎？

◎ 王生入地

永泰初年，有个王生，家在扬州孝感寺的北边。在一个夏天的晚上，他醉酒卧床，手垂在床边上。他妻子担心他受风，就想把他的手臂抬起来。突然，床前冒出一只巨手，抓住王生的手臂把他从床上拉下来，眼看着王生的身体竟渐渐没入地底。他的妻子和奴婢赶紧合力把王生往外拽，却怎么用力也拽不回来，地面像是裂了一道缝，王生先还余有衣带在外面，不一会儿连衣带一起也没入地下不见了。他的家人倾尽全力挖地，挖到约两丈深的地方，挖出一具枯骨，看上去这枯骨已有几百年了。最终也不知道是个什么鬼怪。

永泰初，有王生者，住在扬州孝感寺北。夏月被酒，手垂于床，其妻恐风射②，将举之。忽有巨手出于床前，牵王臂坠床，身渐入地。其妻与奴婢共曳之，不禁，地如裂状，初余衣带，顷

---

① 将（jiāng）作：即将作大匠，职官名。掌管宗庙、陵寝、宫室及其他土木工程的营建。
② 射：被小股的劲风吹。

亦不见。其家并力掘之，深二丈许，得枯骸一具，已如数百年者。竟不知何怪。

◎ 棺中得裈

元和年间，江淮地区有一处百姓的耕地，其地面下陷，原来这个地方是一座古墓。还在古墓的棺材里发现了五十条裤子。

江淮元和中有百姓耕地，地陷，乃古墓也。棺中得裈①五十腰。

◎ 闻乐尸舞

听处士郑宾于说，他曾经客居河北时，有位村正的妻子刚死，还没有入殓。傍晚时分，儿女们忽然听到有乐声响起，越来越近，等乐声来到院里的时候，死尸便开始动了。等到乐声进入房间，这乐声好像是从房梁上发出来的，尸体就随着乐声舞动起来。接着乐声又向着门外走去，尸体马上就倒下了，但随即又站起来也跟着出了门，伴着乐声远去了。家人大为惊恐，当时天色已黑，那晚也没有月光，家人也不敢跟出去寻找。一更时分，村正才回到家，知道这事后，就折了一根手臂粗细的桑树枝，把自己喝得大醉，然后高声叫骂着出外寻找。他进入一处墓林，大约朝里走五六里远，又听见乐声在柏树林上。走近柏树一看，

① 裈（kūn）：裤子。

树下有鬼火闪烁，他妻子的尸体正舞动不停。村正举起桑杖对其猛击，死尸应声倒地，乐声也即刻停止，村正就背起尸体回家去了。

处士郑宾于言：尝客河北，有村正妻新死，未殓。日暮，其儿女忽觉有乐声渐近，至庭宇，尸已动矣。及入房，如在梁栋间，尸遂起舞。乐声复出，尸倒，旋出门，随乐声而去。其家惊惧，时月黑，亦不敢寻逐。一更，村正方归，知之，乃折一桑枝如臂，被酒大骂寻之。入墓林，约五六里，复闻乐声在柏林上。及近树，树下有火荧荧然，尸方舞矣。村正举杖击之，尸倒，乐声亦住，遂负尸而返。

◎ 上人责怪

医僧行儒曾谈起：福州有位弘济上人，持斋守戒，修行清苦。曾在河边沙滩上捡到一个骷髅，就搁在装衣物的篮子里带回寺中。几天后，他在睡觉时忽然发觉有东西在咬他的耳朵，用手一拨，那东西掉在了地上，听声响好像是个几升大的容器，他就怀疑是那个骷髅干的事。天亮一看，骷髅果然掉在床下，弘济就把骷髅碎成六块，零星搁置在屋顶的瓦沟里。当晚半夜时分，有几个鸡蛋大的火球依次透过瓦片照进他的屋里。弘济上人斥骂说："你既然不能求得托生人道或天道，难道还想凭着这几片朽骨作怪吗？"随后，这怪物就消失了。

医僧行儒说：福州有弘济上人，斋戒清苦。尝于沙岸得一颅骨，遂贮衣篮中归寺。数日，忽眠中有物啮其耳，以手拨之落，声如数升物，疑其颅骨所为也。及明，果坠在床下，遂破为六片，零置瓦沟中。夜半，有火如鸡卵，次第入瓦下烛之。弘济责曰："尔不能求生人天①，凭朽骨何也！"于是怪绝。

◎ 蜀先主墓

近来有一伙盗墓贼盗掘惠陵，当这伙人进入墓穴时，他们同时看见有两个人正在灯下下棋，旁边还站着十多名侍卫。盗墓贼惊恐异常，跪地谢罪。对局中的一人回头问道："你们喝酒吗？"随即就给他们每人一杯酒喝，又应他们的讨要，给了几条玉腰带，并让他们快快出去。这一伙盗贼逃出墓穴，相互一看，嘴都变黑了，而那玉腰带竟是几条大蛇。再看看墓穴，已经又恢复如初了。

近有盗发蜀先主墓②，墓穴，盗数人齐见两人张灯对弈，侍卫十余。盗惊惧拜谢。一人顾曰："尔饮乎？"乃各饮以一杯，兼乞与玉腰带数条，命速出。盗至外，口已漆③矣，带乃巨蛇也。视其穴，已如旧矣。

---

① 人天：人道和天道。
② 蜀先主墓：惠陵，在成都。蜀先主，即为蜀汉先主刘备。
③ 漆：黑。

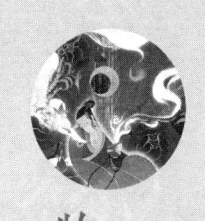

物革

物之奇变

革,变也。本篇涉及的塔影忽倒、石破飞鸟、叶落成鱼等故事,均属异变。

◎ 塔影忽倒

咨议朱景玄听鲍容说，陈司徒在扬州的时候，东边集市上的一座宝塔的影子忽然颠倒呈现。当地老人说，海影翻转就会这样。

咨议^①朱景玄见鲍容说，陈司徒在扬州时，东市塔影忽倒。老人言，海影翻则如此。

◎ 石破鸟飞

崔玄亮常侍洛中的时候，曾在沙滩的岸边散步时拣到了一块石头。这块石头有鸡蛋那么大，颜色黑润，十分惹人喜爱，崔就拿在手里把玩。走了有一里多远，突然石头哗的一声破开了，里面有一只跟巧妇鸟体形大小差不多的鸟儿，嗖地飞走了。

崔玄亮常侍在洛中，尝步沙岸，得一石子，大如鸡卵，黑润可爱，玩之。行一里余，砉然^②而破，有鸟大如巧妇^③，飞去。

◎ 孝廉封刀

进士段硕，曾经认识一位姓南的举孝廉的人，此人特

---

① 咨议：咨议参军。
② 砉（huā）然：象声词，破裂的声音。
③ 巧妇：鸟名，即鹪鹩，早见《庄子》。又有鹩莺、桃虫、黄脰鸟、桃雀等别称。

别擅长切鱼片。切下的鱼片像绉纱一样薄，丝丝缕缕，轻盈得可以吹起来。他用刀的声音响亮轻捷，就好像踩着音乐节奏一样。有一次他宴请宾客想炫耀一下自己的绝技，刚把鱼放在架子上（正要切割），忽然狂风大作，暴雨倾盆，一声巨雷，那些架子上的鱼全都化成蝴蝶飞走了。南孝廉受到惊吓，感到非常害怕，于是封刀，发誓从今往后不再切鱼。

　　进士段硕，尝识南孝廉者，善斫鲙。縠①薄丝缕，轻可吹起，操刀响捷，若合节奏。因会客衒②技，先起鱼架之，忽暴风雨，雷震一声，鲙悉化为蝴蝶飞去。南惊惧，遂折刀，誓不复作。

◎池冰如缬

　　开成末年，河阳黄鱼池中，冰花宛如丝缬一样。

　　开成末，河阳黄鱼池，冰作花如缬③。

◎叶落成鱼

　　河阳城南有户姓王的人家，其庄园中有个自家的小池塘，池塘边有几株高大的柳树。开成末年，只见柳叶落入

---

① 縠（hú）：绉纱一类的丝织品。
② 衒（xuàn）：通"炫"，夸耀、卖弄。
③ 缬（xié）：有花纹的丝织品。

池中，随即就变成了鱼，而且正好就跟叶子一样大小，这鱼吃起来根本就没有鱼的味道。到这年冬天，这家人摊上了大事，遇上了官司。

河阳城南百姓王氏庄，有小池，池边巨柳数株。开成末，叶落池中，旋化为鱼，大小如叶，食之无味。至冬，其家有官事。

◎蔓菁化莲

婺州和尚清简，他家菜园子里原本种的是蔓菁，忽然间却全部变成了莲。

婺州①僧清简，家园蔓菁②，忽变为莲。

---

① 婺（wù）州：今浙江金华。
② 蔓菁：植物名，即芜青，俗称大头菜。

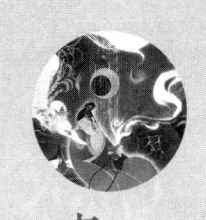

喜兆

大吉大利

喜兆,吉庆的兆头。本篇三则故事俱奇,所记皆为唐人事。

◎ 奇人奇兆

集贤学士张希复曾经说，李揆相公将要拜相的前一个月的某一天傍晚时分，有一只像床那么大的虾蟆出现在他的卧室里，只一会儿工夫便又不见了。还有传闻说，李相国刚到新州任职，正当要拜相的时候，水井忽然涨水，水深了一尺多。

集贤张希复学士尝言，李揆相公①将拜相前一月，日将夕，有虾蟆大如床，见于寝堂中，俄失所在。又言，初授新州，将拜相，井忽涨水，深尺余。

◎ 郑絪拜相

郑絪相公的宅第在昭国坊的南门那片区域，突然有不明之物向他家投掷瓦片，接连五六个晚上都是如此。郑絪就搬到安仁坊西门的房子里去躲避，但瓦片又跟了过来。就这样持续了较长时间，他又只好搬回昭国坊。郑相公信仰佛教，家里有一丈见方的禅室。等回到昭国坊，准备进入禅室时，发现满屋都是数不胜数的小蜘蛛，使得到处都悬着蛛丝网，离地约有两尺高。当晚，扔瓦片的声音消失了。第二天，郑絪就拜相了。

郑絪相公宅，在昭国坊南门，忽有物投瓦砾，五六夜不绝。

---

① 相公：对宰相的尊称，后来也用于尊称级别较高的官员。

乃移于安仁西门宅避之，瓦砾又随而至。经久，复归昭国。郑公归心释门，禅室方丈。及归，将入丈室，蟢子①满室悬丝，去地二尺，不知其数。其夕，瓦砾亦绝。翌日，拜相。

◎烛兆平安

我听大理丞郑复讲过：在平定淮西之乱时，刘沔当时还只是一名小将，长官还很看不起他，每次执行捉俘虏和潜伏等苦差军务时，刘沔必定就会被指派到，多次身受重伤，有四次还是死里逃生，捡回一条命。后来，在一个月黑风高的晚上，长官又指派刘沔去捉俘虏。刘沔心怀愤懑，深入敌方后，他心想这回必死无疑了。走了十多里，坐下歇息正昏昏欲睡时，忽然有人弄醒他，给了他一对蜡烛，说："你将来会成为大福大贵之人的，只要心里想着这对蜡烛，就可以保你平安吉祥的。"刘沔后来升为将军，经常在军旗上看见有对蜡烛的影子。但只要军旗上没有出现烛影的时候，他就假装生病，返回京城避难。

成式见大理丞②郑复说：淮西用兵时，刘沔为小将，军头颇易之，每捉生③踏伏④，沔必在数，前后重创，将死数四。后因月黑风甚，又令沔捉生。沔愤激深入，意必死。行十余里，因坐将睡，忽有人觉之，授以双烛，曰："君方大贵，但心存此烛在，

---

① 蟢（xǐ）子：古书上说的一种长脚小蜘蛛。
② 大理丞：职官名。大理寺为掌管刑狱的机构，大理丞是大理寺属官事。
③ 捉生：捉俘虏。
④ 踏伏：潜伏。

无忧也。"沔后拜将,常见烛影在双旌①上。及不复见烛,乃诈疾归京。

---

① 旌:军旗。

祸兆

血光物怪

祸兆三则,所记与喜兆恰好相反,亦俱为唐人轶事。

◎ 慎矜礼佛

杨慎矜兄弟皆是富贵的人，但他们常常心中忐忑。每天早晨都礼敬佛像，默默祈祷神灵护佑。有一天，佛像前的土榻上积了三堆尘土，像坟墓一样。慎矜对此很厌恶，心想的是小孩子淘气闹着玩的，就让人将其清理掉了。过了一晚，三堆尘土又再次出现，不久杨家就遭遇大祸了。

杨慎矜兄弟富贵，常不自安。每诘朝[1]礼佛像，默祈冥卫。或一日，像前土榻上聚尘三堆，如冢状。慎矜恶之，且虑儿戏，命扫去。一夕如初，寻而祸作。

◎ 妙妓成枯骨

姜楚公姜皎曾经去禅定寺闲游，京兆尹为他专门安排了十分丰盛的饭局。待到饮酒的时候，饭局上有一位妙妓，风姿绝代，但无论是在她敬酒还是在她整理发髻的时候，都没有人看到过她的手，大家都觉得很蹊跷。有位客人喝醉了，开玩笑说："不会是六指吧？"于是强拉她的手要看看。这一牵手，让妙妓立刻倒在地上，瞬间变成了一具枯骨。姜楚公竟因此而遭遇大祸。

---

[1] 诘朝：早晨。

姜楚公皎，尝游禅定寺①，京兆②办局甚盛。及饮酒，座上一妓绝色，献杯整鬟，未尝见手，众怪之。有客被酒，戏曰："勿六指乎？"乃强牵视。妓随牵而倒，乃枯骸也。姜竟及祸焉。

◎萧浣制幡竿

萧浣初到遂州上任遂州刺史的时候，制造了两根幡竿以布施给当地寺庙，并举行斋戒仪式庆祝。斋戒仪式完毕后奏乐，突然天空响起雷声，继而霹雳大作，幡竿被劈成数十截。到第二年，正值雷暴那天，萧浣就死了。

萧浣初至遂州③，造二幡竿④施于寺，设斋庆之。斋毕，作乐，忽暴雷霹雳，竿各成数十片。至来年，当雷霹日，浣死。

---

① 禅定寺：即大庄严寺。
② 京兆：长安。这里代指京兆尹。
③ 遂州：今四川遂宁。
④ 幡竿：寺前悬幡的柱子。

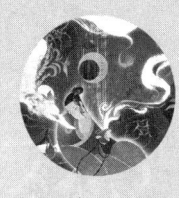

雷

雷雨夜灵异

本篇是关于雷的传奇故事,在今天读来或许有些荒诞不经,但却是当时人们思想观念的一种真实反映,其中有些故事关涉柳公权、元稹等名家,虽只言片语但亦弥足珍贵。

◎ 包超招雷

安丰县尉裴颢是裴士淹的孙子。曾说起过玄宗有年冬月，招来山人包超，要他作法打雷的事。包超回话道："明日午时就会打雷。"玄宗就让高力士前去监督。当晚，包超打醮作法，到第二天早晨，已经是巳时了，天上还是一丝云都没有。高力士有些按耐不住了。包超说："将军往南山看，当有像石盘一样的黑气在空中盘旋了。"高力士向南山眺望，果然如他所言。过了一小会儿，起风了，黑气弥漫，接连响了好几声迅雷。玄宗还时常让包超跟随哥舒翰西征，每次两军对阵时，他常以风相助而让我军大获全胜。

安丰县尉裴颢，士淹孙也，言玄宗尝冬月召山人包超，令致雷声。超对曰："来日及午有雷。"遂令高力士监之。一夕，醮式作法，及明，至巳①矣，天无纤翳②。力士惧之，超曰："将军视南山，当有黑气如盘矣。"力士望之，如其言。有顷，风起，黑气弥漫矣，雷数声。明皇又每令随哥舒翰西征，每阵常得胜风。

◎ 王幹打雷

贞元初年，郑州有一个百姓，他名叫王幹，其人胆大勇猛。有一年夏天，他在田里劳作，忽然暴雨夹杂着雷电袭来，于是他进入蚕室避雨。一会儿，雷电也进入蚕室，

---

① 巳（sì）：上午九至十一时。
② 翳（yì）：遮蔽。这里指云。

一团黑气使屋里突然变暗。王幹干脆关上门窗，挥动锄头一通乱击。雷声慢慢变小了，黑气也渐渐收敛了。王幹大喊大叫，不停地乱击。那团黑气渐渐变得只有半张床那么大了，最后缩小后，变得像只盘子，当的一声掉在地上，变成了熨斗、折刀、小折脚锅等这一类小物件。

贞元初，郑州百姓王幹有胆勇。夏中作田，忽暴雨雷，因入蚕室中避雨。有顷，雷电入室中，黑气陡暗。幹遂掩户，把锄乱击。声渐小，云气亦敛，幹大呼，击之不已。气复如半床，已至如盘，諕然①坠地，变成熨斗、折刀、小折脚铛②焉。

◎ 霹雳车

李廓在北都的时候，介休县有个老百姓递送公文，晚上则投宿在晋祠里。半夜，突然有个人来敲门说："介休王暂时借用霹雳车，某天到介休县收麦子用。"过了很久，才听见有人回答道："大王口谕，说霹雳车正在用，不能外借。"那人再三恳求借用。一会儿，从庙后走出来五六个手持火烛的人，介山使者也骑马跟着他们一起进了门。几个人一起拿着一件东西，像是幢，幢杠上环挂着旗幡，那几人交给骑马者说："请清点收领。"骑马的人就清点旗幡，一共有十八面，每一面旗上都有电光闪烁。这个老百姓赶忙向附近乡村放信，让大家抓紧时间收割麦子，不然很快

---

① 諕（huō）然：东西碎裂的声音。
② 折脚铛（chēng）：断了一只脚的锅。僧侣常用。

会有狂风暴雨。村人都不相信他的话，于是这老百姓就赶紧收割了自家的麦子。到那一天，这位老百姓带着亲友走到高坡上观察天气变化。到中午，介山上冒出一团黑气，像是烧窑的浓烟，不一会儿云雾就遮天蔽日，紧接着大雨如注，风吼雷震，当地的麦子损伤共有一千多顷。这时，邻近几个村的人都怀疑这个百姓是妖怪，于是便把他告到官府。工部员外郎张周封亲眼看到他蒙冤受审。

　　李廓在北都，介休县百姓送解牒①，夜止晋祠宇下。夜半，有人叩门云："介休王暂借霹雳车②，某日至介休收麦。"良久，有人应曰："大王传语，霹雳车正忙，不及借。"其人再三借之。遂见五六人，秉烛自庙后出，介山使者亦自门骑而入。数人共持一物如幢③，杠上环缀旗幡，授与骑者曰："可点领。"骑者即数其幡，凡十八叶④，每叶有光如电起。百姓遂遍报邻村，令速收麦，将有大风雨。村人悉不信，乃自收刈⑤。至其日，百姓率亲情，据高阜⑥，候天色。及午，介山上有黑云气如窑烟，斯须蔽天，注雨如绠⑦，风吼雷震，凡损麦千余顷。数村以百姓为妖，讼之。工部员外郎张周封亲睹其推案。

---

① 送解牒：递送公文。
② 霹雳车：雷神司雷之车。
③ 幢（chuáng）：旗幡。
④ 叶：面。
⑤ 刈（yì）：割。
⑥ 阜：土山。
⑦ 绠（gěng）：绳子。

◎ 栲栳人头

我那位住在至德坊的三堂伯父,他年轻时曾住在阳羡的亲戚家中。晚上遇到雷雨天气,每次闪电他都能看见电光中有几十个人头闪现,每个人头都有栲栳那么大。

成式至德坊三从伯父,少时于阳羡家,乃亲故也。夜遇雷雨,每电起,光中见有人头数十,大如栲栳①。

◎ 运斤造雷车

柳公权柳侍郎曾听他的一位亲友说,在元和末年,他在旅途中投宿到建州的一座寺庙里。半夜,他突然听见门外有喧闹声,于是悄悄透过窗格的空隙向外窥探,他看见几个人正挥动着斧头等工具在制造雷车,就像佛画中的一样。过了好一阵子,他打了个喷嚏,周围立即就变暗了,他便两眼昏花什么也看不见了。

柳公权侍郎尝见亲故说,元和末,止建州山寺中,夜半,觉门外喧闹,因潜于窗棂中观之,见数人运斤造雷车,如图画者。久之,一嚏气,忽陡暗,其人两目遂昏焉。

◎ 坠物如㺄

处士周洪说,在宝历年间,同乡十多人为避暑而约聚

---

① 栲栳(kǎo lǎo):用竹条、柳条等编制的容器,形如斗。

在一起饮酒。突然就起了狂风暴雨,有一个样子长得像貙的怪物从天而降。它两眼金光闪烁。众人被吓得躲到床下。怪物一下就跃上台阶,把众人挨个看了一遍,接着就快速消失了。等到雨停了,众人才慢慢爬起来,彼此对视,耳朵里都塞满了泥土。后来又听乡人说,这次的雷声特别大,把牛都吓得直打颤,把天上的鸟儿吓得都掉落在地头了。这十多个人才仅仅是听到了轰隆隆的雷声罢了。

处士周洪言,宝历中,邑客十余人,逃暑会饮。忽暴风雨,有物坠如貙,两目睒睒。众人惊伏床下。倏忽上阶,历视众人,俄失所在。及雨定,稍稍能起,相顾,耳悉泥矣。邑人言,向来雷震,牛战鸟堕,邑客但觉殷殷[①]而已。

◎油瓮列于梁上

元稹在江夏的时候,在襄州的贾堑有处庄园,计划新建厅堂。新厅堂的栋梁木刚架好,狂风暴雨就来了。当时有庄客送来六七瓮油,突然一声惊雷,油瓮竟然全都摆到房梁上去了,并且一滴油也没洒出来。就在同年,元稹便去世了。

元稹在江夏,襄州贾堑有庄,新起堂。上梁才毕,疾风甚雨。时庄客输油六七瓮,忽震一声,油瓮悉列于梁上,一滴不漏。其年,元卒。

---

① 殷殷:拟声词,形容雷声。

◎猪首怪啮蛇

贞元年间,宣州有一次突然就打大雷下大暴雨,接着有个怪物从天而降,掉到地上。这怪物长着一副猪头脸面,手脚各长有两根指头,手里抓着一条红色的蛇在咀嚼着。没过多会,天色变暗,怪物也消失不见了。当时有很多人把这个场景绘成图后让大家传看。

贞元年中,宣州①忽大雷雨,一物堕地,猪首,手足各两指,执一赤蛇啮之,俄顷,云暗而失。时皆图而传之。

① 宣州:今安徽宣城。

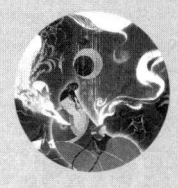

梦

幻里无常

本篇记载了有关梦兆、恶梦、解梦等幽冥灵异事件,可谓唐人对『梦』的看法的重要资料,乃是我们了解唐代知识和风俗的一条重要途径。

◎元慎解梦

元魏杨元慎能解梦。广阳王元渊曾梦见自己身穿衮衣,倚靠着槐树。便请杨元慎给他解这个梦。元慎说:"您要做三公了。"私下里又对别人说:"只不过他是死后当三公罢了。'槐'字,是'木'旁边一个'鬼'。"元渊后来果然被尔朱荣杀害,朝廷追封他为司徒。

魏杨元慎能解梦。广阳王元渊梦着衮衣①,倚槐树,问元慎。元慎言:"当得三公②。"退谓人曰:"死后得三公耳。'槐'字,'木'傍'鬼'。"果为尔朱荣所杀,赠③司徒。

◎梦盗羊入狱

许超梦见自己因为偷了羊而被抓进了监狱。杨元慎给他解梦说:"你要做城阳令了。"后来许超果真被封为城阳侯。

许超梦盗羊入狱。元慎曰:"当得城阳令。"后封城阳侯。

◎于堇占梦

补阙于堇擅长占梦。有一人梦见门前长了一株松树,另一人梦见自家房屋上长了一棵枣树。于堇对他们说:"松

---

① 衮(gǔn)衣:帝王或公侯穿的绣龙的礼服。
② 三公:辅佐君王掌握军政大权的最高官员。
③ 赠:专指为死者追封的官爵。

树,一般栽在墓地。'枣'字有两个'来'字,两个'来'即为叫魂的征兆。"果然,过了没多久这两人都死了。

补阙①于董,善占梦。一人梦松生户前,一人梦枣生屋上。董言:"松,丘垄②间所植。枣③字重'来',重'来',呼魄之象。"二人俱卒。

◎梦失威骨

侯君集跟着李承乾谋反,心中忐忑不安。突然有一天,做梦梦见两名身穿盔甲的士兵把他抓到一个地方,在那里,他看见一个戴着高帽子的人,吹胡子瞪眼似的大声命令左右道:"把侯君集的威骨拆下来!"一会儿便有好几个人手持屠刀,割开他的脑袋和右臂上的皮肉,从两处各取出一片骨头,形状酷似鱼尾巴。侯君集被梦景惊吒而醒,感觉自己脑袋和手臂还在隐隐作痛。从那以后,他心悸不安,身心俱疲,甚至于连三十斤重的弓也拉不开。想自首而又犹豫不决,最后阴谋败露。

侯君集与承乾谋通逆,意不自安。忽梦二甲士录④至一处,

---

① 补阙:职官名。
② 丘垄:墓地。
③ 枣:繁体字作"棗",故曰重"来"。
④ 录:逮捕。

见一人高冠，鼓髯①叱左右："取君集威骨②来！"俄有数人，操屠刀，开其脑上及右臂间，各取骨一片，状如鱼尾。因啽呓③而觉，脑臂间犹痛。自是心悸力耗，至不能引一钧弓。欲自首，不决而败。

◎女道生须

扬州东陵圣母庙的庙主、女道士康紫霞说：年轻时曾梦见被人要挟到了某处，说天书诏令她去代理将军之职，巡视南岳，于是给她披挂金锁甲，随从有一千多人，骑着马腾空向南而去。很快就到了南岳。南岳神在马前施礼迎接她。她恍惚记得梦里还处置了一些事情，南岳的奇峰峻岭、溪涧幽谷，也全都游历了。恍惚间她已返回家中，被鸡叫声惊醒了。从那以后，她的面部就长出了几十根胡须。

扬州东陵圣母④庙主、女道士康紫霞自言：少时，梦中被人录于一处，言天符令摄⑤将军巡南岳，遂擐⑥以金锁甲，令骑，道从千余人，马蹀虚南⑦去。须臾至，岳神拜迎马前。梦中如有处分⑧，岳中峰岭溪谷，无不历也。恍惚而返，鸡鸣惊觉。自是

---

① 鼓髯：吹胡子，形容生气的样子。
② 威骨：古时认为威骨是将军等人所特有的骨头。
③ 啽（án）呓：说梦话。
④ 东陵圣母：传说中的道仙。
⑤ 摄：代理。
⑥ 擐（huàn）：穿。
⑦ 蹀（dié）虚：腾空。蹀，踏，顿足。
⑧ 处分：处理，安排决定。

生须数十根。

◎柳梦欠柴

在司农卿韦正贯当年应举时,他曾到过汝州,汝州刺史柳凌留他担任军事判官。柳凌曾梦到过有一人呈上案卷,案卷上记载着欠他一千七百束柴。柳凌就请韦正贯为他解这个梦。韦正贯说:"柴,就是薪木。您莫非快不久于人世了?"过了一个多月,柳凌生病去世。柳凌一向清贫廉洁,韦正贯为他安排了理完后事,发现柳凌米麦钱帛都已经预支几个月了。唯独公家还欠他一千七百束柴。韦正贯披阅了案卷后才明白先前柳凌的那个梦的寓意所在。

司农卿①韦正贯应举时,尝至汝州,汝州刺史柳凌留署军事判官。柳尝梦有一人呈案,中言欠柴一千七百束。因访韦解之,韦曰:"柴,薪木②也。公将此不久乎?"月余,柳疾卒。素贫,韦为部署,米麦镪帛悉前请于官数月矣,唯官中欠柴一千七百束。韦披案,方省柳前梦。

◎合土尊师

道士秦霞霁年轻时勤于焚香、存想从不懈怠。他曾梦见一棵大树,树上突然开了个洞,有个穿着青色夹衣绾着发髻的小童从树洞中走出来,并对他说:"合土尊师。"秦

---

① 司农卿:职官名。九卿之一,主管钱粮仓储等事。
② 薪木:官员俸禄里有薪木。故有"薪水""薪俸"之名。

霞霁一下子从梦中惊醒。从此好像吉凶祸福之事,那小童都会前来向他通报。就这样过了五年,秦霞霁怀疑是妖魔作祟,在一个偶然的机会,他拿这件事去访问师父。师父一听立即制止他,让他不要再说,也不要对他人讲,并告诫他说:"这是修行有功果的表现。"从那以后那小童再也没有出现,当然也就没有向他通报过任何事情。有老话说梦不要去反复占验,由此看来这句话是真的。

　　道士秦霞霁,少勤香火,存想①不息。尝梦大树,树忽穴,有小儿青褶②髻③发,自穴而出,语秦曰:"合土尊师。"因惊觉。自是休咎之事,小儿仿佛报焉。凡五年,秦意为妖,偶以事访于师,师遽戒勿言:"此修行有功之证。"因此遂绝。旧说梦不欲数占④,信矣。

◎昝殷说梦

　　蜀地的名医昝殷说:"五脏的阴气旺盛梦就多;阳气旺盛梦就少,阳气旺盛的人做了梦也不会记得。"《周礼》有"掌三梦"之说,又说"以日月星辰各占六梦",其解释是说日有甲乙,月有相克,星辰有固定的处所和值守。又说:"草萌芽时发生在郊外,为的是将噩梦留在荒郊。"说的是聚集众人,方相氏分别朝向四郊,并把恶梦驱逐到四郊去。

---

① 存想:道教术语。指想象体内外诸神、诸景。
② 褶:通"褶(zhě)"。夹衣。
③ 髻(qí):马鬃。这里形容小儿的发髻形状。
④ 数占:反复占验。

蜀医昝殷言："藏气[①]阴多则数梦，阳壮则梦少，梦亦不复记。"《周礼》有"掌三梦"，又"以日月星辰各占六梦"[②]，谓日有甲乙，月有建破，星辰有居直[③]，星有扶刻也。又曰："舍萌[④]于四方，以赠恶梦。"谓会民，方相氏[⑤]四面逐送恶梦至四郊也。

◎释道谈梦

《汉仪》记载的大傩侲童唱辞中有"伯奇食梦"的说法。道教说梦是魄妖在作祟，又说是"三尸"在作怪。佛教说有四种梦：一是善恶种子梦，二是四大偏增梦，三是贤圣加持梦，四是善恶征祥梦。我曾听到过首素和尚讲，这种说法出自《藏经》，可我一直没时间去把书找来一探究竟。还说梦不能深究，深究则会陷入其中，一旦陷入，便会招来魔怪。所以，盲人不做梦，由此可知：梦其实是人们日常所见形成的。

《汉仪》大傩[⑥]侲子[⑦]辞，有"伯奇食梦"。道门言梦者魄妖，或谓三尸所为。释门言有四：一善恶种子，二四大偏增，三

---

① 藏气：脏气，五脏之气。
② 以日月星辰各占六梦：《周礼·春官》"占梦"："以日月星辰占六梦之吉凶：一曰正梦，二曰噩梦，三曰思梦，四曰寤梦，五曰喜梦，六曰惧梦。"
③ 居直：居止，值守。
④ 舍萌：类似释菜的一种仪式。释菜，古时初入学时以芹藻之类的植物礼敬先师。舍，释礼。萌，初生的菜。
⑤ 方相氏：古代驱疫避邪的巫师。
⑥ 大傩（nuó）：腊月驱疫逐鬼的祭祀活动。
⑦ 侲（zhèn）子：古代迷信活动中参加驱疫逐鬼的儿童。

贤圣加持，四善恶征祥。成式尝见僧首素言之，言出《藏经》，亦未暇寻讨。又言梦不可取①，取则着②，着则怪入。夫瞽者③无梦，则知梦者习也。

◎ 小弟戏叩门

我的表兄卢有则，梦中看到有人正在打鼓。等到醒来，发现原来是他的小弟弟正在把大门当作街鼓拍着玩。

成式表兄卢有则，梦看击鼓。及觉，小弟戏叩门为街鼓也。

◎ 梦女遗樱桃

我的姑父裴元裕说："我有个侄子钟情于邻居家的女孩，有一次做梦就梦到这个女孩送了两颗樱桃给他吃。等他醒来，发现真有樱桃核掉在了他的枕头边上。"

又成式姑婿④裴元裕言："群从⑤中有悦邻女者，梦女遗⑥二樱桃食之。及觉，核坠枕侧。"

---

① 取：深究。
② 着（zhuó）：附着。
③ 瞽（gǔ）者：盲人。
④ 姑婿：姑父。
⑤ 群从：侄子辈。从，堂房亲属。
⑥ 遗（wèi）：送。

◎至精之梦

李铉著有《李子正辩》一书，书中说至精至诚的梦，能够在梦中看见梦中人的身体。比如刘幽求在梦中就看见了他的妻子，那便是他妻子的梦中身。并且梦是不能一概而论的。蠢笨的人梦很少，不单单是至人的梦少。听仆役说：他们就算是一百个晚上也不会做一个梦。

李铉著《李子正辩》，言至精之梦，则梦中身人可见。如刘幽求见妻，梦中身也。则知梦不可以一事推矣。愚者少梦，不独至人①，闻之驺皂②，百夕无一梦也。

◎韩泉解梦

秘书郎韩泉很善于解梦。在卫中行担任中书舍人时，他有一个朋友的弟子候选，便投献卫中行套近乎，卫中行当时也爽快地答应了。就在驳榜即将公布的时候，那人忽然梦见自己乘着驴子跌进了水里，上岸之后靴子却没打湿。那人和韩泉是旧相识，就去拜访他，请他帮忙解梦。韩泉喝醉了，半开玩笑地说："您候选的事不太顺利呀。据您的梦分析：卫中行肯定不会帮您说话的，因为您的鞋上没有沾水嘛。"等到驳榜出来，那人果然落选了。韩泉很有学问，是韩仆射的侄子。

---

① 至人：体悟天道之人，《庄子》中称作真人。
② 驺皂：仆役。皂，皂隶。

秘书郎[1]韩泉善解梦。卫中行为中书舍人时，有故旧子弟赴选，投卫论属，卫欣然许之。驳[2]榜将出，其人忽梦乘驴蹶，坠水中，登岸而靴不湿焉。选人与韩有旧，访之。韩被酒，半戏曰："公今选事不谐矣。据梦，卫生相负，足下不沾[3]。"及榜出，果驳放。韩有学术，韩仆射犹子[4]也。

◎昼梦洗白马

威远军小将梅伯成，他是一个善于解梦的人。最近有一位名叫李伯怜的戏子到泾州演出挣钱，他挣得了一百斛米。回家后，就让他的兄弟去取，可过了该取回的时间，他兄弟还没取回来。李伯怜竟在白天睡觉时梦见洗白马，于是去拜访梅伯成，请他解梦。伯成站在原地想了很长时间才说道："普通人做梦通常跟现实是相反的，洗白马，就是泻白米。您担心的事情，怕是和行船有关吧？"几天后，他的兄弟回来了，果然说他搭乘的船在渭河中翻船了，一百斛白米一粒没剩。

威远军小将梅伯成善占梦。近有优人李伯怜游泾州乞钱，得米百斛。及归，令弟取之，过期不至。昼梦洗白马，访伯成占之。伯成伫思曰："凡人好反语，洗白马，泻白米也。君所忧，或有风水之虞乎？"数日，弟至，果言渭河中覆舟，一粒无余。

---

[1] 秘书郎：职官名。为秘书省属官，负责管理四库图籍。
[2] 驳（bó）：落选，斥退。
[3] 足下不沾：语义双关。既指梦中靴子不湿，又指落选。
[4] 犹子：侄子。

◎臼炊无妇

算卦先生徐道昇说：在江淮地带有一个王生，张贴招牌广告说自己能解梦。商人张瞻即将回家，梦见自己在石臼中做饭，就拿此梦去请王生给他解梦。王生说："您这次回去恐怕是见不到您的妻子了。您梦在石臼中做饭，定是没有釜（妇）了。"张瞻回到家，才知道妻子果然已经去世几个月了，他这才相信了王生是一个真能解梦的人。

卜人徐道昇言：江淮有王生者，榜言解梦。贾客张瞻将归，梦炊于臼中，问王生。生言："君归不见妻矣。臼中炊，固无釜也。"贾客至家，妻果卒已数月，方知王生之言不诬矣。

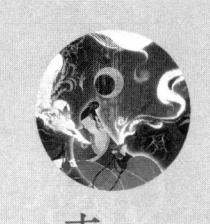

事感

天人感应

『事感』记载精诚感应之事。古人认为：只要人之精诚盛德所感，天地必与之相应，与此同时就会有与之对应的灵怪之事发生。

◎ 坠水之囊

在平原县高苑城的东边有个贩卖鱼的渡口。传说,曹魏末年平原郡潘府君,字惠延,他从白马津乘船赴任,行船途中他拿在手里的算袋不小心掉入水里,算袋里原本装有一两钟乳。潘府君在平原郡任职三年,济水泛滥时捕获到一条鱼,此鱼长达三丈,宽有五尺。剖开鱼腹,里面竟然有三年前他掉入水中的那个算袋,袋里的金针也还在,可钟乳全部融化了。用那条鱼熬制的油脂竟有几十斛,当时的人对此都很惊讶。

平原高苑城东有渔津。传云,魏末平原潘府君,字惠延,自白马①登舟之部,手中算囊②遂坠于水,囊中本有钟乳一两。在郡三年,济水③泛溢,得一鱼,长三丈,广五尺。剖其腹中有得一坠水之囊,金针尚在,钟乳消尽。其鱼得脂数十斛,时人异之。

◎ 功曹涧

谯郡有个功曹涧。在天统初年,济南来府君正出任谯郡,时任济南府功曹的是清河的崔恕,他年方弱冠就有美好的品德和声望。当时春夏连旱,前来为来府君送行的人

---

① 白马:即白马津。
② 算囊:算囊,即算袋。盛装书籍笔砚的布囊。
③ 济(jǐ)水:古河流名。与江、淮、河并称"四渎"。

有一千多，大家走到这条涧上，都口渴难耐，都想要寻找水喝，这时一升水能值一万钱。来府君看样子也非常渴喝水，崔恕看见一只青鸟在山涧中时而飞起，时而停下，觉得有点奇怪，就走近点去看。当他一靠近青鸟停落的地方，那青鸟就飞走了，只见地上有一块五六寸见方的石头。用鞭子拨动石头，清泉就涌了出来。于是用银瓶盛水，待银瓶盛满以后，泉水马上就停流了，接的水仅够来府君和崔恕解渴罢了。人们对此议论纷纷，认为这是他俩高尚的品德感化所致，当时的人都觉得这事颇为奇异，因此便把这条涧命名为功曹涧。

谯郡有功曹峒①。天统初，济南来府君出除谯郡，时功曹②清河崔公恕，弱冠③有令德。于时春夏积旱，送别者千余人，至此峒上，众渴甚思水，升直④万钱矣。来公有思水色，恕独见一青乌，于峒中乍飞乍止，怪而就焉。乌起，见一石，方五六寸。以鞭拨之，清泉涌出。因盛以银瓶，瓶满，水立竭，唯来公与恕供疗而已。议者以为盛德所感致焉，时人异之，故以为目⑤。

---

① 峒：通"涧"。
② 功曹：职官名。州郡佐吏，掌管考查记录功劳，北齐后称功曹参军，唐代在府叫功曹参军，在州叫司功参军。
③ 弱冠：男子二十左右的年龄。古代男子二十岁行冠礼（成人礼），但体格未壮，故称"弱冠"。
④ 直：通"值"。
⑤ 目：名称。

◎酹祝钓诏

太和九年，李彦佐在沧州任职，朝廷下诏书命令浮阳的军队北渡黄河。当时正值农历的十二月，军队到了济南郡，李彦佐让人敲碎河冰，拉纤行船。但行船撞上了一块浮冰，船翻了，诏书也掉进了水里。李彦佐非常害怕，连续六天不吃不睡，两鬓一下子全白了，简直是面容憔悴、形销骨立，连僚属也对他的样貌变化感到惊讶。李彦佐命令河道官员说："找不到诏书，你们都会被处死！"河吏很恐惧，说："先请李公祭祷一下，把祝辞传给河神。我们再凭仗着李公的精诚贤明，拼死搜寻。"李公就让人备好祭品和祝辞和传话质问河伯。他的祝辞大意是说："圣明的天子在上，大川河渎、名山五岳，祝史都是按相应的品级进行祭祀。在我的辖境之内，从未欠缺过祭祀。你河伯身为鱼虾水族之统领，应当护卫好天子的诏书，怎么反而淹溺了它？我现在警告你：如果你找不到诏书，我将禀明上天，上天将会惩处你！"河吏把酒洒在冰上，祝辞刚念完，忽然发出雷鸣一般的声音，河冰从中间裂开约三十丈许。河吏知道李公的精诚已经传达至诸神，就用铁钩沉入水中去搜索诏书。果然，一下就把诏书钩上来了，而且封角一点没变，只有篆印处略微有点潮湿而已。李公每到一处任职，政令务实严明扼要，待人接物开诚布公，官声名扬于当地。就像这次，如果黄河浊水奔流，无论大木小草，顷刻之间就会顺流而下直至千里之外。怎么会有船翻六天之后，酹祝做完就坚冰断裂，钓钩一沉就钩到诏书了呢，这难道不是精诚所至感动了天地么？

　　李彦佐在沧景，太和九年，有诏诏浮阳兵北渡黄河，时冬十二月，至济南郡，使击冰延舟，冰触舟，舟覆诏失。李公惊惧，不寝食六日，鬓发暴白，至貌侵肤削，从事亦讶其仪形也。乃令津吏："不得诏，尽死！"吏惧："且请公一祝，沉浮于河。吏凭公诚明，以死索之。"李公乃令具爵酒言祝，传语诘河伯，其旨曰："明天子在上，川渎山岳，祝史咸秩①。予境之内，祀未尝匮。尔河伯泪鳞之长，当卫天子诏，何返溺之？予或不获，予斋告于天，天将谪尔！"吏酹②冰辞已，忽有声如震，河冰中断，可三十丈。吏知李公精诚已达，乃沉钩索之。一钩而出，封角如旧，唯篆印微湿耳。李公所至，令务严简，推诚于物，著于官下。如河水色浑，驶流大木与纤芥，顷而千里矣。安有舟覆六日，一酹而坚冰陷，一钩而沉诏获，得非精诚之至乎？

---

① 秩：祭祀山川的等级。
② 酹（lèi）：洒酒于地以祭祷。

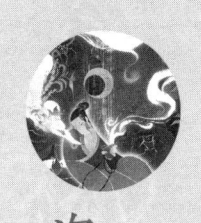

盗侠

侠客行

侠盗篇除了前两条（第一条为曹魏事，第二条为北齐事）外，其余都是唐代的故事。其中所记之侠客或能飞檐走壁，或隐藏秘技，无不充满了神秘、快意恩仇的江湖特征，真可谓是唐人的江湖梦。

◎ 着屐登缘

魏明帝修建的凌云台，高峻耸峙达几十丈高。这也正是韦诞被吓白了头的地方。有名役卒能脚穿木屐，登上凌云台的边缘，而且看上去跟一般人走平地没什么区别。明帝觉得这个役卒十分诡异，于是就杀了他，结果发现这人的腋下长着两只几寸长的肉翅膀。

魏明帝起凌云台，峻峙数十丈，即韦诞白首处。有人铃下能着屐登缘，不异践地，明帝怪而杀之，腋下有两肉翅，长数寸。

◎ 盗跖冢

在高堂县的南边有一处鲜卑城，传说在过去，鲜卑族在这个地方先后建立了五个燕政权，也曾在此地驻留过。据说，该城的旁边有一座盗跖墓，墓身极为宏伟壮观，盗贼经常会偷偷地来此祭拜。齐天保初年，土鼓县县令丁永兴，由于有盗贼团伙在此作案，他就秘密下令让手下在盗跖墓旁守候，果不其然有前来祈祷的，于是丁县令派人把他们抓到县里，审问之后予以处死。从那以后，拜祭盗跖墓的人就几乎绝迹了。

《皇览》上说："盗跖墓在河东。"按，盗跖死于东陵，而此地古名又叫东平陵，我怀疑这里跟真的盗跖墓地点很接近。

高堂县南有鲜卑城，旧传鲜卑聘燕，停于此矣。城傍有盗跖[1]冢，冢极高大，贼盗尝私祈焉。齐天保初，土鼓县令丁永兴，有群贼劫其部内，兴乃密令人冢傍伺之，果有祈祀者，乃执诸县，案杀之，自后祀者颇绝。

《皇览》[2]言："盗跖冢在河东。"按，盗跖死于东陵，此地古名东平陵，疑此近之。

◎年少弄阁

有人说，一般的刺客都会飞天夜叉之奇门秘术。韩晋公在浙西做官时，瓦官寺里有商人正好在布施无遮法会，众人中有个年轻人说要在楼阁上去表演。于是他纵身一跃而上，身着单短袖，脚穿皮鞋，一会儿像猿猴倒挂，一会儿像小鸟站立，动作流畅敏捷，简直是出神入化。紧接着，他又在屋脊处倾倒一瓶水，从屋溜处到屋檐处，悬空一只脚，侧身接住从屋溜流下来的水。围观的人无不紧张得汗毛直立。

或言刺客，飞天夜叉术也。韩晋公在浙西时，瓦官寺因商人无遮斋[3]，众中有一年少请弄阁，乃投盖[4]而上，单练鬝[5]，履膜

---

① 盗跖（zhí）：古时的大盗。
② 《皇览》：曹魏时所编类书，供皇帝阅读，所以有"皇览"之称。
③ 无遮斋：无遮会，佛门布施法会，这种法会无论僧俗、贵贱一切人等均可参加而无限制。无遮，佛教术语。指宽大容物，解免诸恶。
④ 投盖：自投其身以盖物。
⑤ 鬝：音jué。

皮,猿挂鸟跂①,捷若神鬼。复建②罂③水于结脊④下,先溜至檐,空一足,欹身承其溜⑤焉。睹者无不毛戴。

◎玉精碗

马侍中曾经珍藏着一只玉精碗。这只碗的神奇之处在于:夏天的苍蝇不会飞近它,盛上的水放置一个月,水都不会变坏减少。有人眼睛痛,含一点碗里的水,立马就好了。马侍中将碗用匣子装好藏在卧室内,不料有个七八岁的小奴仆,偷偷拿去玩耍,掉在地上摔碎了。当时马侍中外出还没有回来,家中奴仆都非常害怕,突然那个闯祸的小奴仆却不见了。马侍中知道了这事后异常生气,鞭打了其他仆人几百下,还说要杀了闯祸的小奴仆,可寻找了小奴仆三天都没找着人。有个婢女早晨扫地,发现卧床下垂着一条紫衣带,一看,原来是那个小奴仆手脚着地背撑着床,他三天不吃不喝,但他的体力并没有减弱。马侍中看到了大为惊诧,并说:"打破玉精碗仅仅是一个小过错罢了。"立刻让手下人把小奴仆摔死了。

马侍中尝宝一玉精碗,夏蝇不近,盛水经月,不腐不耗。或目痛,含之立愈。尝匣于卧内,有小奴七八岁,偷弄坠破焉。

---

① 跂(qǐ):踮脚站立。
② 建:倾倒。
③ 罂(yīng):盛酒器,小口大腹。
④ 结脊:屋脊。
⑤ 溜:屋檐滴水处。

时马出未归,左右惊惧,忽失小奴。马知之,大怒,鞭左右数百,将杀小奴,三日寻之不获。有婢晨治地,见紫衣带垂于寝床下,视之,乃小奴蹶张①其床而负焉,不食三日而力不衰。马睹之大骇,曰:"破吾碗乃细过也。"即令左右搏②杀之。

◎ 韦行规夜行

韦行规自己讲述过这样一件事。年轻时他游历京西地区,眼看天色已晚,便在一家客店门前停下来,但还想继续赶路。客店前有位老人正在干活,对他说:"客官千万不要赶夜路,这一路强盗多。"韦行规说:"我的箭术不错,您不用担心。"说完又上路了。前行了几十里,天黑了,他觉察到草丛中有人尾随。韦行规厉声呵斥,可并没有回应。韦行规连发数箭都射中了,那人也不退却。箭用完了,韦行规心里害怕,只好策马一路狂奔。不一会儿,风雷交加。韦行规下马背靠着一棵树,看见空中有闪电相逐,就如同用杖击球一样,而且越来越逼近他靠着的这棵树的树梢。韦行规感觉到有东西纷纷坠落在面前,一看,都是些碎木片。很快坠落下来的碎木片堆积起来就要埋到他的膝盖了。韦行规很恐惧,扔下弓,向着空中乞求饶命。连拜了几十下,只见闪电渐渐升高熄灭,风雷也停了下来。韦行规看看大树,枝干都已光秃。再看看四周,自己的马鞍也没了,于是返回先前路过的那家客店。看见那个老人正

---

① 蹶张:手脚着地支撑。
② 搏(bó):揶,击。

在箍桶，韦行规意识到他是位高人，便礼拜老人，并向老人道歉。老人笑着说："客官不要光倚仗箭术，还要学一点剑术。"老人带着韦行规进到后院，指着马鞍说："自己拿去吧，刚才只是试探你的胆识罢了。"又取出一片桶板，正是昨夜韦行规射出的所有的箭。韦行规请求为老人打杂挑水，只要能留在老人身边学剑术就心满意足了，但老人不肯答应，只略给他讲了一点剑术的事，韦行规便从中学到了一二。

韦行规自言：少时游京西，暮止店中，更欲前进，店前老人方工作，谓曰："客勿夜行，此中多盗。"韦曰："某留心弧矢，无所患也。"因进发。行数十里，天黑，有人起草中尾之。韦叱不应。连发矢中之，复不退。矢尽，韦惧，奔马。有顷，风雷总至。韦下马负一树，见空中有电光相逐如鞠杖，势渐逼树杪。觉物纷纷坠其前，韦视之，乃木札①也。须臾，积札埋至膝。韦惊惧，投弓矢，仰空乞命。拜数十，电光渐高而灭，风雷亦息。韦顾大树，枝干童②矣。鞍驮已失，遂返前店。见老人方箍桶，韦意其异人，拜之，且谢有误也。老人笑曰："客勿恃弓矢，须知剑术。"引韦入院后，指鞍驮言："却须取，相试耳。"又出桶板一片，昨夜之箭悉中其上。韦请役力汲汤，不许，微露击剑事，韦亦得其一二焉。

---

① 木札：木片。
② 童：光秃。

◎黎幹杖老者

据说黎幹在担任京兆尹的时候，曾在曲江池制作土龙求雨，围观的民众多达数千人。黎幹来了，有位老人拄着拐杖没有回避。黎幹大怒，下令杖击老人二十下，可就像打在鼓面上一样，打完后老人甩着手臂就走了。黎幹怀疑他不是一般人，就让老坊卒去寻找他。老坊卒看到老人走到兰陵坊内，进了一个小门，只听到老人大声地说："我今天受到了莫大的羞辱，快给我准备热水。"老坊卒急忙返回禀告黎幹，黎幹大惊，于是穿着便衣罩着公服，和老坊卒一起到了老人那里。当时天色已是十分昏暗了，老坊卒径直走进去，通报黎幹的官阶。黎幹只是小步地紧跟其后，拜伏在地，说："先前不识丈人真面目，我罪该万死。"老人吃惊地站起身，问："是谁把你带到这里来的？"老人边说边牵黎幹走上台阶。黎幹自知理亏，只得和他讲道理，于是就缓缓说道："我身为京兆尹，官威稍损就会有失官体。老人家您隐身于市井之中，如果没有证得慧眼，是不能认出您的。您如果因此而怪罪于我，这是以伪诈诱人犯错，这不是正义之士应该做的。"老人笑着说："是老夫的错。"于是盘腿坐在地上摆设酒筵，招呼老坊卒也一起坐下用餐。夜深了，老人谈到养生之术时，我一听，就是内行大家，话语简约明了，黎幹听后对他更为敬重。老人说："老夫有一门技艺，我这就为你表演一番。"于是进入室内。好一会儿，老人身穿紫衣，头系红巾，手持七柄长短不一的剑走出来，并在庭院中舞起来。只见他腾跃挥剑，剑起剑落，疾如雷电，寒光闪闪，横劈似可裂盘，旋舞又如圆环。有一柄长二尺条的短剑不时触及黎幹的衣襟，黎幹向老人叩头乞命，两腿直打抖。大约一顿饭的工夫，老人把七柄剑掷出去，全插在了地上，成了北斗七星的形状，老人看着黎幹说："刚才是试试你的胆量。"黎幹拜谢说："今天以后，我这条命就是丈人赐给的，请让我为您效劳。"老人说："你现在的骨相没有道气，不能现在就教，以后再说吧。"说完对黎幹作了一揖，进入室内。黎幹回家后，看气色就好像是大病了一场的情形。一照镜子，才发现胡须被削掉一寸多。于是，黎幹第二天又去找老人，可已是人去室空了。

相传黎幹①为京兆尹时，曲江涂龙祈雨，观者数千。黎至，独有老人植杖不避。幹怒，杖背二十，如击鞔革②，掉臂而去。黎疑其非常人，命老坊卒寻之。至兰陵里③之内，入小门，大言曰："我今日困辱甚，可具汤也。"坊卒遽返白黎，黎大惧，因弊衣怀公服，与坊卒至其处。时已昏黑，坊卒直入，通黎之官阀④。黎唯而趋入，拜伏曰："向迷丈人物色⑤，罪当十死。"老人惊起，曰："谁引君来此？"即牵上阶。黎知可以理夺，徐曰："某

---

① 黎幹：戎州（今四川宜宾）人。中唐人，曾官京兆尹。
② 鞔（mán）革：鼓皮，把皮革钉在鼓框上。
③ 兰陵里：兰陵坊。唐代长安城坊。
④ 官阀：官阶。
⑤ 物色：形貌。

为京兆尹，威稍损则失官政。丈人埋形杂迹，非证惠眼①，不能知也。若以此罪人，是钓人以贼，非义士之心也。"老人笑曰："老夫之过。"乃具酒设席于地，招坊卒令坐。夜深，语及养生之术，言约理辩，黎转敬惧。因曰："老夫有一伎，请为尹设。"遂入。良久，紫衣朱鬘②，拥剑长短七口，舞于庭中。迭跃挥霍，搦③光电激，或横若裂盘，旋若规尺。有短剑二尺余，时时及黎之衽④，黎叩头股慄。食顷，掷剑植地，如北斗状，顾黎曰："向试黎君胆气。"黎拜曰："今日以后性命，丈人所赐，乞役左右。"老人曰："君骨相无道气，非可遽教，别日更相顾也。"挥黎而入。黎归，气色如病。临镜，方觉须刜⑤落寸余。翌日复往，室已空矣。

◎韦生逢僧

建中初年，有个叫韦生的读书人搬家去了汝州，他在去往汝州的途中遇见一个和尚，和尚和他并驾前行，两人言谈甚欢。太阳将要落山了，和尚指着一条道说："从这个地方前行几里就是贫僧的寺院，您何不屈尊前往？"韦生答应了，于是让家人先走。和尚也吩咐步行的随从先行离开。两人走了十多里，还没到。韦生发问，和尚就指着一

---

① 证惠眼：佛教术语。证，证果，修行得道。惠眼，即慧眼，佛家"五眼"之一，指能看出一切真相之眼。
② 鬘（mà）：头巾。
③ 搦（pī）：通"批"。手击。
④ 衽（rèn）：衣襟。
⑤ 刜（fú）：铲除。

处林烟说:"那里就是。"又前行。太阳已经落山了还没到,韦生起了疑心。韦生平时擅长打弹弓,就悄悄从靴子里取出弹弓和弹丸,又把十多枚铜弹子藏在怀中,又才再次责问道:"弟子赶路时间紧迫,咱俩偶遇又听您高论,才勉强接受了您的邀请。现在已经前行了二十里了,怎么还没到,您这是打算干什么?"和尚只说:"尽管走吧。"这时,和尚走在前面有一百多步远,韦生心想他一定是强盗,就用弹弓射他,正中他的后脑勺。和尚起初没有感觉,总共五弹都击中了,和尚才摸着被打的后脑勺,缓缓地说:"您不要恶作剧。"韦生明白自己眼下拿他也没办法,也就不再弹了。终于同和尚一起来到了一处村庄,只见有几十人点着火把前来迎接。和尚恭请韦生坐在厅中,招呼他说:"郎君您不用担心。"于是问左右仆从:"夫人的住处是照我说的那样安排的吗?"又对韦生说:"郎君请去安慰一下您的家人,等您安抚好了再到这里来。"韦生见到妻子女儿被安排到了别处,用品一应俱全,一家人相视而哭。韦生回到厅堂去见和尚,和尚上前牵着韦生的手说:"贫僧的确是个强盗。我本来是没安好心的,但没想到郎君武艺竟是如此高强,如果换了别人,他肯定是抵挡不了。我现在再也没有其他想法,希望您不要再有疑心。刚才您打中我的弹丸都在这里呢。"于是举起手摸摸后脑勺,五枚弹丸掉在地上。原来他是用后脑勺的肉夹住了弹丸,才没有受伤。正如《列子》说"受鞭打而没有伤痕",《孟子》说"皮肤不怕刺刻",大概就是这样吧。一会儿摆下筵席,端来蒸牛犊,蒸牛犊身上插着十多把刀,四周摆满菜饼。和尚邀请韦生就座，又说道："贫僧有几位义弟，想让他们也来拜谒您。"话音未落，五六个身着红衣、系着宽带的壮汉并排站好在台阶下。和尚招呼他们说："你们来见过郎君。假如今天是你们先遇见郎君，早就粉身碎骨了。"筵席完毕，和尚说："贫僧干这行很有一段时间了，现在老了，打算金盆洗手。可不幸的是贫僧有一个儿子，武艺比我高强，想请郎君替贫僧裁断一下。"于是召唤说："飞飞，出来参见郎君。"飞飞刚十六七岁，身穿长袖绿衣，皮肤看上去宛如凝脂一般光滑。和尚吩咐说："到后堂去等着郎君。"和尚交给韦生一柄剑和五枚弹丸，并说："请郎君使出平生全副武艺杀了他，以免他成为贫僧的拖累。"之后带领韦生进入一间堂屋，反锁上门。堂屋四角，只点着明灯。飞飞在堂中拿着一根短马鞭，韦生拉弓发弹，心想必中无疑，结果弹丸已被飞飞的马鞭敲落，不觉间，飞飞已经跃到梁上，沿着墙壁凌空游走，身形轻捷有如猿猴。韦生弹丸已全部用完，还仍然是一发未中，于是韦生就挥剑追赶。飞飞忽前忽后，逗弄躲闪，他总是距离韦生身体不足一尺远。韦生虽把飞飞的鞭子削成了几节，可总没办法伤到飞飞。和尚许久才开门，问韦生："帮贫僧除害了吗？"韦生把刚才的比试的情况都向他详细说了一遍，和尚马上表现出一副惆怅的面孔，看着飞飞说："郎君适才已经验证你了，你是个真正的强盗了，以后的事情会将如何，这个谁也不好说！"和尚一整晚都在跟韦生谈论剑和弓箭的事。天快亮的时候，和尚把韦生一家送至路口，还赠送他一百匹绢，然后挥泪告别。

建中初，士人韦生移家汝州，中路逢一僧，因与连镳①，言论颇洽。日将衔山，僧指路谓曰："此数里是贫道兰若，郎君岂不能左顾乎？"士人许之，因令家口先行。僧即处分步者先。排比行十余里，不至。韦生问之，即指一处林烟曰："此是矣。"又前进。日已没，韦生疑之。素善弹，乃密于靴中取弓卸弹，怀铜丸十余，方责僧曰："弟子有程期，适偶贪上人清论，勉副相邀。今已行二十里，不至，何也？"僧但言："且行。"至是，僧前行百余步，韦知其盗也，乃弹之，正中其脑。僧初不觉，凡五发中之，僧始扪中处，徐曰："郎君莫恶作剧。"韦知无奈何，亦不复弹。见僧方至一庄，数十人列炬出迎。僧延韦坐一厅中，唤云："郎君勿忧。"因问左右："夫人下处如法无？"复曰："郎君且自慰安之，即就此也。"韦生见妻女别在一处，供帐②甚盛，相顾涕泣。即就僧，僧前执韦生手曰："贫道盗也。本无好意，不知郎君艺若此，非贫道亦不支也。今日固无他，幸不疑也。适来贫道所中郎君弹悉在。"乃举手搦③脑后，五丸坠地焉。盖脑衔弹丸而无伤，虽《列》言"无痕挞"，《孟》称"不肤挠"，不啻过也。有顷，布筵，具蒸犊，犊劄④刀子十余，以齑⑤饼环之。揖韦生就坐，复曰："贫道有义弟数人，欲令伏谒。"言未已，朱衣巨带者五六辈，列于阶下。僧呼曰："拜郎君。汝等向遇郎君，则成齑粉矣。"食毕，僧曰："贫道久为此业，今向迟暮，欲改前

---

① 连镳（biāo）：并骑而行。镳，马嚼子。
② 供帐：日常用品。
③ 搦（nuò）：按。
④ 劄（zhā）：通"扎"。
⑤ 齑（jī）：捣碎的姜、蒜、韭菜等。

非。不幸有一子，技过老僧，欲请郎君为老僧断之。"乃呼："飞飞，出参郎君。"飞飞年才十六七，碧衣长袖，皮肉如脂。僧叱曰："向后堂侍郎君。"僧乃授韦一剑及五丸，且曰："乞郎君尽艺杀之，无为老僧累也。"引韦入一堂中，乃反锁。堂中四隅，明灯而已。飞飞当堂执一短马鞭，韦引弹，意必中，丸已敲落，不觉跳在梁上，循壁虚蹑，捷若猱玃①。弹丸尽，不复中，韦乃运剑逐之。飞飞倏忽逗闪，去韦身不尺。韦断其鞭数节，竟不能伤。僧久乃开门，问韦："与老僧除得害乎？"韦具言之，僧怅然，顾飞飞曰："郎君证成汝为贼也，知复如何！"僧终夕与韦论剑及弧矢之事。天将晓，僧送韦路口，赠绢百匹，垂泣而别。

◎卢生示警

元和年间，在江淮地区有一位唐山人，他广泛阅读史传之书，尤其喜欢道术，所以经常游历名山。唐山人自称会缩锡术，也有不少的人拜他为师。后来他在楚州旅馆遇见一位卢生，二人志气相投。卢生也向唐山人谈起炼丹术，说他的外祖家姓唐，于是称唐山人为舅舅。两人临别之际难舍难分，唐山人于是有意邀约卢生跟他一起去南岳。卢生也说："我的亲朋故旧在阳羡，正有意想去拜访他们，如今暂且陪着舅舅游历名山吧。"行至半道上，在一家寺院里留宿。半夜，两人言谈正欢，卢生说："我知道舅舅会缩锡术，可否大致讲一下。"唐山人笑着说："我几十年来不辞千辛万苦，拜师学艺，才学到这种道术，我又怎么能随

---

① 猱玃（náo jué）：猴子。

便告诉别人呢?"卢生反复央求,无休无止,唐山人只好推辞说师传也要选个吉日,等到达南岳时再行传授。卢生于是马上翻脸说:"舅舅今晚必须得传,别不把我说话不当一回事!"唐山人责备他说:"我与你本为陌路,两不相干,偶然相识于盱眙。原本敬佩你是个君子,谁知你连车夫都还不如呢。"卢生挽起袖子露出手臂,瞪着双眼怒目斜视唐山人,过了好一会才说:"我是一名刺客,如果今晚我得不到缩锡术,舅舅就会被我弄死在这里!"于是从怀中取出黑色皮袋,掏出匕首,利刃形如偃月刀,顺手操起火炉前的熨斗就削,就像是在削木片一般。唐山人害怕极了,就对卢生详细地说了缩锡术,卢生听完后马上笑着对唐山人说:"差点错杀了舅舅。"唐山人将缩锡术讲到十之五六时,卢生才道歉说:"我的师父是位仙人,让我等十人搜寻天下妄传黄白术的人,找到后就把他们杀了。至于添金缩锡之术,随便妄传的也要杀掉。我是一个早就修得了飞行之术的人。"他说完这句话向唐山人拱手作揖后,突然就不见了。唐山人从此以后每次遇见方士之流,便会讲起这件事来警示他们。

元和中,江淮有唐山人者,涉猎史传,好道,常游名山。自言善缩锡①,颇有师之者。后于楚州逆旅②遇一卢生,气相合。

---

① 缩锡:一种炼金术。
② 逆旅:客店。

卢亦语及炉火①，称唐族乃外氏，遂呼唐为舅。唐不能相舍，因邀同之南岳。卢亦言："亲故在阳羡，将访之，今且贪舅山林之程也。"中途，止一兰若。夜半，语笑方酣，卢曰："知舅善缩锡，可以梗概语之。"唐笑曰："某数十年重趼②从师，只得此术，岂可轻道耶？"卢复祈之不已，唐辞以师授有时日，可达岳中相传。卢因作色："舅今夕须传，勿等闲也！"唐责之："某与公风马牛耳，不意盱眙相遇。实慕君子，何至驺卒不若也。"卢攘臂瞋目眄之，良久曰："某刺客也，如不得，舅将死于此！"因怀中探乌韦囊③，出匕首，刃势如偃月，执火前熨斗，削之如札。唐恐惧具述，卢乃笑语唐："几误杀舅。"此术十得五六，方谢曰："某师，仙也，令某等十人索天下妄传黄白术④者杀之。至添金缩锡，传者亦死。某久得乘蹻⑤之道者。"因拱揖唐，忽失所在。唐自后遇道流，辄陈此事戒之。

◎光火贼食人肉

李廓在任颍州刺史的时候，抓捕了七名明火执仗的强盗。这伙强盗先后杀了许多人，每杀完人还要把受害者的肉吃了。等到开堂审理定案的时候，李廓问他们吃人的目的是什么，为首的当堂陈说："我受一个江湖大盗指点，吃了人肉之后，夜晚进入被害者家中，那一家人必定昏睡不

---

① 炉火：这里代指炼丹术。
② 重趼（jiǎn）：手或脚掌上长的硬皮，比喻奔波劳苦。
③ 乌韦囊：黑色的皮袋。
④ 黄白术：即道家炼金术。
⑤ 乘蹻（juē）：道家的飞行术。蹻，草鞋。

醒，梦魇不断，所以才不得不吃。"在长安、洛阳一带的客馆里，画有许多鸜鹆和茶碗的图案。强盗称作"鸜鹆辣"的，这是用来提醒同伙财物所在的标记；称作"碗子辣"的，则是向同位暗示事情的轻重缓急。

李廓在颍州，获光火贼①七人，前后杀人，必食其肉。狱具②，廓问食人之故，其首言："某受教于巨盗，食人肉者夜入，人家必昏沉，或有魇不悟者，故不得不食。"两京③逆旅中，多画鸜鹆④及茶碗。贼谓之"鸜鹆辣"者，记嘴所向；"碗子辣"者，亦示其缓急也。

---

① 光火贼：明火执仗的强盗。
② 狱具：狱讼案卷完备，判罪定案。
③ 两京：长安和洛阳。
④ 鸜鹆（qú yù）：鸟名。即八哥，勤于鸣叫。

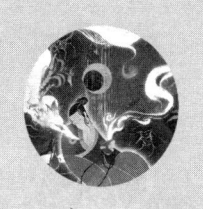

诡习

奇技淫巧

本篇所载俱是民间奇门秘技之类,每则故事都是无『奇』不有。

◎乞儿脚书

大历年间，在东都洛阳的天津桥上有一个乞丐，他没有双手，依靠用右脚夹笔写字，抄写经文来讨钱度日。他在准备抄写经文的时候，先多次把笔抛向天空一尺多高，然后用脚接住，总是屡试不爽。他写的是官方通行的标准楷书，比一般人用手写得还好。

大历中，东都①天津桥②有乞儿，无两手，以右足夹笔写经乞钱。欲书时，先再三掷笔，高尺余，以足接之，未曾失落。书迹官楷，手书不如也。

◎蝇虎列阵

当于頔在襄州做官的时候，曾经有个叫王固的隐士前来拜见他。于頔这个人性格比较容易着急，见王固拜见他时行礼的动作迟缓，于是就不大理会他。另一天举行游宴，他就没有再邀请王固。王固因此心里闷闷不乐。于是到使院，造访判官曾叔政，叔政很客气地接待了他。王固对曾叔政说："我因于頔喜欢奇异之法，所以不辞路远前来，现在却很失望！我有一门绝技，在我之前从来没有人知道过，现在我要回去了，而且承蒙大人您厚待，就为您表演一番。"之后就来到了曾叔政的居所，从怀中取出一节竹筒和

---

① 东都：洛阳。
② 天津桥：洛水上的一座桥梁。

一个小鼓,规格不过一寸多。过了很久,拔去竹筒的塞子,折了一根树枝连续敲击小鼓。竹筒里有几十只蝇虎排成行列跳出来,分成两队,就像两军对垒的阵势。王固每击鼓三下或五下,这些蝇虎就随着鼓点的不同而变换阵形,天衡地轴,鱼丽鹤列,无一不有。各种阵形或进或退,或散或聚,就连军队也比不上。总共变换了几十种阵形后,这些蝇虎才跳进竹筒里。曾叔政看了之后,大为吃惊,正准备向于頔禀报,可王固早已暗自离开了。于頔知道后很懊悔,便让人四处寻访,但始终没有找到。

于頔字率在襄州①,尝有山人王固谒见于。于性快,见其拜伏迟缓,不甚知书生。别日游宴,不复得进,王殊怏怏。因至使院②,造判官曾叔政,颇礼接之。王谓曾曰:"予以相公好奇,故不远而来,今实乖望③矣!予有一艺,自古无者,今将归,且荷公见待之厚,今为一设。"遂诣曾所居,怀中出竹一节及小鼓,规才运寸④。良久,去竹之塞,折枝连击鼓子。筒中有蝇虎⑤子数十,分行而出,为二队,如对阵势。每击鼓或三或五,随鼓音变阵,天衡地轴⑥,鱼丽鹤列⑦,无不备也。进退离附,人所不及。

---

① 襄州:今湖北襄阳。
② 使院:郡守官署。
③ 乖望:失望。乖,违背。
④ 规才运寸:圆周规格才有一寸。规,在古代是用来画圆的。
⑤ 蝇虎:蜘蛛的一种。善跳跃,不结网,善捕苍蝇。
⑥ 天衡地轴:比喻蝇阵之形,列阵有天地排列之象。
⑦ 鱼丽鹤列:比喻蝇阵之形。丽,后作"俪",好像鱼一个挨着一个排列起来。

凡变阵数十，乃行入筒中。曾观之大骇，方言于于公，王已潜去。于悔恨，令物色求之，不获。

◎ 张氏竹弓

张芬曾经担任过韦皋的亲随行军。他的戏曲等技艺超群，力气也特别的大，能举起七尺高的石碑，能定住正在转动的双轮水碾。他常常在福感寺玩蹴鞠的游戏，能将球踢到塔身的一半那么高，还能拉开五斗力的弓。他曾挑选向阳生长的巨笋，编织成竹笼罩住，随其生长，随时培土，通常只留一寸左右露出地面。估计竹笼差不多长到四尺高的时候了，然后任由巨笋生长。深秋，才取掉竹笼并将竹子砍下来，这竹子一尺多高，但却有十个节，颜色金黄，张芬就是用这种竹子制成弓。张芬曾在墙壁上涂抹出一丈见方的地方，弹射出"天下太平"四个字，字体端正大方，就像有人拿着字帖临摹到上面去的。

张芬，曾为韦南康亲随行军，曲艺过人，力举七尺碑，定双轮水硙①。常于福感寺趯鞠②，高及半塔。弹力五斗③。尝拣向阳巨笋，织竹笼之，随长旋培，常留寸许。度竹笼高四尺，然后放长。秋深，方去笼伐之，一尺十节，其色如金，用成弓焉。每涂墙方丈，弹成"天下太平"字，字体端严，如人模成焉。

---

① 硙（wèi）：石磨。
② 趯鞠（tì jū）：即蹴鞠，古代踢球的游戏。
③ 弹力五斗：形容拉弓力气大。

◎纵马击钱

建中初年,有一位姓夏的河北道军将,他能拉开几百斤的弓。他从前还在球场中垒起十多枚钱,然后亲自骑马过去用击球杖打钱币,击一杖就有一枚钱飞起六七丈高,技法竟如此高超奇妙。他又在新抹的泥墙上安插几十枚棘刺,站在一丈远的地方,拿出煮熟的豆子,一颗一颗地朝着墙体投掷过去,将豆贯穿在刺上,每次都百发百中,从来没有失手过。他还能在骑马飞奔之时在地上的纸上写字。

建中初,有河北军将姓夏者,弯弓数百斤。尝于毬场中累钱十余,走马以击鞠杖①击之,一击一钱飞起六七丈,其妙如此。又于新泥墙安棘刺数十,取烂豆,相去一丈,一一掷豆,贯于刺上,百不差一。又能走马书一纸。

◎片瓦成龟

元和年间,江淮地区的术士王琼曾在段君秀家,让宴席上的一位客人取来一块瓦片,并在上面画上龟甲,然后让客人揣在怀里。一顿饭的工夫,叫客人取出来一看,瓦片竟变成了一只乌龟。把这只乌龟放生在庭院中,它沿着墙脚向西爬行。过了一个晚上,它又变回了瓦片。又曾取来一枝花骨朵,并密封在一个容器里,过了一晚,花骨朵居然绽放开花了。

---

① 鞠杖:击毬的杖。

元和中,江淮术士王琼尝在段君秀家,令坐客取一瓦子①,画作龟甲怀之。一食顷,取出,乃一龟。放于庭中,循垣西行。经宿却成瓦子。又取花含②,默封于密器中,一夕开花。

◎ 水獭绕膝

元和末年,均州郧乡县有一个普通的老百姓,他已经七十岁了,他平常靠打鱼为生。他养了十多只水獭,平时把它们关起来,隔一天才把水獭放出来一次。放的时候,先把它们关在深沟的闸门里饿着,然后再放出来。就这样,不用费力地撒网收网,就能捕得与常规办法相当的鱼的数量。老人拍掌呼唤它们,水獭全都跑过来,围在老人身边,靠着他的腿膝,温驯得就好像看家的狗一样。户部郎中李福亲眼见过。

元和末,均州郧乡县③有百姓,年七十,养獭④十余头,捕鱼为业,隔日一放出。放时,先闭于深沟斗门⑤内,令饥,然后放之,无网罟⑥之劳,而获利相若。老人抵掌呼之,群獭皆至,缘衿藉膝,驯若守狗。户部⑦郎中⑧李福亲观之。

---

① 瓦子:瓦片。
② 花含:花骨朵。
③ 均州郧乡县:今湖北郧县。
④ 獭(tǎ):动物名。脚短,趾间有蹼,昼伏夜出,善游水,食鱼、蛙等。
⑤ 斗门:闸门。
⑥ 罟(gǔ):网。
⑦ 户部:六部之一,掌管户口和财赋。
⑧ 郎中:职官名。分掌六部内各司政务。

怪术

术士江湖

本篇和诡习篇资料性质颇为相似,所载内容大多与释、道两家相关。

◎摩诘问疾图

大历年间,荆州有位从南方来的术士,留宿在陟屺寺。他好喝酒,并且逢酒必醉。有一次寺中举行大斋会,参加斋会的僧俗信众多达数千人,这位术士突然说:"我有一门技艺,可以代替投珠掷瓦的游戏。"于是他便把各种颜料混合在一个容器中,踩着马步,抹抹脸,慢慢祝祷了几十句,然后吸吮颜料水喷在墙壁上,转眼的工夫就变成了一幅维摩诘问疾图,五颜六色相互映衬,好像刚画上去的一样。大半天过后,画像的颜色开始慢慢变淡,到傍晚时分差不多都消失了。只有维摩诘的头巾以及舍利弗的袈裟上的一朵花,两天时间过去了还很清晰。我听寺里的惟肃和尚谈过这事,但是忘了这位术士的姓氏名字。

大历中,荆州有术士,从南来,止于陟屺寺①。好酒,少有醒时。因寺中大斋会②,人众数千,术士忽曰:"余有一伎,可代抃瓦礚珠③之欢也。"乃合彩色于一器中,騬步④抓目,徐祝数十言,方歆⑤水再三,噀⑥壁上,成维摩问疾变相,五色相宣,如

---
① 陟屺(qǐ)寺:此寺在荆州。陟屺,登上屺山。
② 大斋会:寺庙里设斋食、供养僧人的大法会。
③ 抃(biàn)瓦礚(kè)珠:投掷瓦片、珠子之类的游戏。抃,鼓掌。礚,磕碰。
④ 騬(diàn)步:马步。騬,黄脊毛的黑马。
⑤ 歆(hē):吸吮。
⑥ 噀(xùn):喷。

新写。逮半日余，色渐薄，至暮都灭。唯金粟①纶巾②、鹙子衣③上一花，经两日犹在。成式见寺僧惟肃说，忘其姓名。

◎ 难陀幻术

丞相魏公张延赏出镇西蜀时，遇到一个名叫难陀的梵僧，其人精通幻术，能入水火、穿越金石，变化无穷。这和尚刚入蜀地时，还带着三个小尼姑同行，一路上醉酒狂歌，当地军将准备阻止他们。等和尚赶到，并对军将说："我虽是和尚，但却会些法术。"于是指着那三个小尼姑说："她们精通歌舞管弦。"军将因此很敬重和尚，就请他们留下并准备宴席招待他们，要和和尚开怀痛饮。和尚向军将借来妇女的服饰，买来化妆的粉黛，把三个小尼姑打扮成歌伎。等她们坐到酒席上，秋波含情，仪态风流，世上少见。酒席快结束时，和尚对小尼姑说："现在为押衙踏歌一曲。"于是小尼姑们缓缓起舞，长袖飘拂，有如雪花回旋，前俯后仰，舞姿快速变化，舞技堪称独一无二。过了很久，舞曲结束了，但是三个小尼姑仍然舞个不停，和尚大喝道："难道这些女人疯啦？"突然起身去拿军将的佩刀，众人都说和尚这是要撒酒疯了，吓得四处逃散。和尚拔出佩刀朝着小尼姑就砍，三个小尼姑全都倒在地上，血流数丈。军将大惊，喝命手下把和尚捆绑起来。和尚笑着说："且慢，

---

① 金粟：即金粟如来，维摩诘大士的前身。
② 纶（guān）巾：头巾。
③ 鹙（qiū）子衣：舍利弗所穿袈裟。鹙子，佛大弟子舍利弗，据说其眼睛似鸲鹆，故名"鹙子"。

莫慌。"说着慢慢地举起小尼姑,原来是三支竹杖而已,而地上的血也只是酒水罢了。这和尚还曾经在宴会上,让人砍掉他的脑袋,钉耳朵挂在柱子上,都没有流血。他的身体仍端坐在席位上,酒来了,就倾倒进脖子的创口中。挂着的头醉得面红耳赤唱着歌,双手打着拍子。宴会结束了,自己起身提着脑袋安放在脖子上,一点也看不出有被砍过的痕迹。他经常预言吉凶祸福,说的话都像是在打谜语一般,人们过后才明白他的意思。成都有个老百姓供养他,几天后,这和尚不愿意住了,主人就关上门挽留他。和尚于是走到墙角,主人赶紧去拉住他,和尚的身体慢慢地就进入墙里去了,只留下袈裟的一点衣角,很快衣角也消失了。第二天,墙壁上就出现了一幅和尚的画像,那样子跟那个梵僧特别像。画像的颜色一天天淡下去,满七天时,就只留下黑色的痕迹。到第八天,连仅有的痕迹也消失了,而听闻那和尚此时已到了彭州。再后来,人们都不清楚他的去向了。

丞相张魏公延赏在蜀时,有梵僧难陀得如幻三昧①,入水火,贯金石,变化无穷。初入蜀,与三少尼俱行,或大醉狂歌,戍将将断之。及僧至,且曰:"某寄迹桑门②,别有药术③。"因指三尼:"此妙于歌管。"戍将反敬之,遂留连为办酒肉,夜会客,与之

---

① 如幻三昧:佛教术语。此处意为变化出种种神奇的幻相。
② 桑门:僧侣。梵语音译,也作"沙门"。
③ 药术:可以造成各种奇幻色相的法术。

剧饮。僧假裲裆①巾帼②,市铅黛,伎其三尼。及坐,含睇③调笑,逸态绝世。饮将阑,僧谓尼曰:"可为押衙④踏某曲⑤也。"因徐进对舞,曳绪回雪⑥,迅赴摩跌⑦,技又绝伦也。良久曲终,而舞不已,僧喝曰:"妇女风⑧邪?"忽起取戍将佩刀,众谓酒狂,各惊走。僧乃拔刀斫之,皆踣⑨于地,血及数丈。戍将大惧,呼左右缚僧。僧笑曰:"无草草。"徐举尼,三支筇杖⑩也,血乃酒耳。又尝在饮会,令人断其头,钉耳于柱,无血。身坐席上,酒至,泻入脰疮⑪中。面赤而歌,手复抵节⑫。会罢,自起提首安之,初无痕也。时时预言人凶衰,皆谜语,事过方晓。成都有百姓供养⑬,数日,僧不欲住,闭关留之。僧因是走入壁角,百姓遽牵,渐入,唯余袈裟角,顷亦不见。来日壁上有画僧焉,其状形似。日日色渐薄,积七日,空有黑迹。至八日,迹亦灭,僧已在彭州矣。后不知所之。

① 裲裆:妇女所穿的背心。
② 巾帼:妇女的妆饰。
③ 含睇:含情脉脉。
④ 押衙:职官名。管理仪仗侍卫。
⑤ 踏曲:即踏歌,以脚踏地为节拍的歌舞形式。
⑥ 曳绪回雪:形容舞姿的飘逸轻盈。曳绪,抽丝。回雪,雪花随风回旋飞舞。
⑦ 迅赴摩跌:形容前俯后仰,舞姿的快速变化。
⑧ 风:后作"疯"。
⑨ 踣(bó):倒。
⑩ 筇(qióng)杖:一种竹杖。
⑪ 脰(dòu)疮:脖颈的伤口。
⑫ 抵节:击掌合拍。
⑬ 供养:敬献奉养佛、法、僧三宝,谓之供养。

◎秀才治僧

元和年间，虞部郎中陆绍曾经去定水寺探望他表兄，顺便给寺里的住持和尚带去一些蜜饯和新鲜水果之类的问候品，陆绍与邻近寺院的和尚也很熟悉，就让身边的人将他们也一起邀请过来。过了很久，邻院和尚和一位姓李的秀才一同来了，大家围圈而坐，相谈甚欢，热闹非凡。住持和尚嘱咐徒弟煮新茶来，斟茶快轮了一圈了，都没有给李秀才倒茶。陆绍心里感到特别不是滋味，说："你们这茶水居然不给李秀才喝，什么意思？"住持和尚笑着说："像他这样的秀才也要品尝新茶吗？就给他喝点残茶吧。"邻院和尚说："秀才可是懂法术的人，座主千万不要小瞧了他。"住持和尚又说："这种不成器的人，有什么可怕的呢！"李秀才顿时发怒了，说："我和上人素不相识，您怎么就知道我是个不学好的人。"住持和尚一听，又大声说："望着酒旗（找酒馆），到变场玩魔术、玩杂耍等的人，难道还是什么好人吗？"李秀才于是对座中客人说："既然是这样的话，我要当着各位贵客的面做有伤大雅的事了。"于是把双手笼在袖子里，顶在膝盖上，呵斥和尚说："你这个粗鄙的和尚怎能如此无礼！柱杖在哪里？给我打他！"和尚的房门后有根竹杖忽然就蹦了出来，接连不断地击打这和尚。这时众人忙团团护住和尚，竹杖就伺机从人缝中伸过去打他，打得那是又快又准呐，就好像有谁拿着这根竹杖似的。李秀才又呵斥道："把这和尚捉到墙边去好好教训！"和尚就乖乖地背靠着墙，拱手作揖，脸色发青，气喘吁吁，口中只叫饶命。李秀才又说："你这和尚下台阶去吧！"和尚又很快地下了台阶，并多次以头碰地，磕得鼻青脸肿，就是停不下来。众人替他求情，李秀才才慢悠悠地说："当着这些雅士，我不能杀了你这和尚连累大家。"说完便拱手而去。住持和尚过了半天才回过神来，方能说话，样子就好像中了邪一样。而在场的众人竟都搞不明白李秀才施了什么法术。

虞部郎中①陆绍，元和中，尝看表兄于定水寺②，因为院僧具蜜饵、时果，邻院僧亦陆所熟也，遂令左右邀之。良久，僧与一李秀才偕至，乃环坐，笑语颇剧。院僧顾弟子煮新茗，巡将匝而不及李秀才。陆不平曰："茶初未及李秀才，何也？"僧笑曰："如此秀才，亦要知茶味？且以余茶饮之。"邻院僧曰："秀才乃术士，座主③不可轻言。"其僧又言："不逞④之子弟，何所惮！"秀才忽怒曰："我与上人⑤素未相识，焉知予不逞徒也？"僧复大言："望酒旗，玩变场⑥者，岂有佳者乎？"李乃白座客："某不免对贵客作造次⑦矣。"因奉手袖中，据两膝，叱其僧曰："粗行⑧阿

---

① 虞部郎中：唐代职官名。属工部，从五品上，职掌京城街巷种植、山泽苑囿、草木薪炭以及供顿畋猎等事。
② 定水寺：唐代寺名。在长安城太平坊西门之北。
③ 座主：这里是对僧人的尊称。
④ 不逞：不成器。
⑤ 上人：佛家称德智善行的人，后用作对僧人的敬称。
⑥ 变场：表演佛经转变故事或杂技魔术的场所。
⑦ 造次：鲁莽，轻率。
⑧ 粗行：言行粗野。

师，争敢辄无礼。柱杖何在，可击之。"其僧房门后有筇杖子，忽跳出，连击其僧。时众亦为蔽护，杖伺人隙捷中，若有物执持也。李复叱曰："捉此僧向墙！"僧乃负墙拱手，色青气短，唯言乞命。李又曰："阿师可下阶！"僧又趋下，自投无数，衄鼻败颡①不已。众为请之，李徐曰："缘对衣冠②，不能杀此为累。"因揖客而去。僧半日方能言，如中恶③状。竟不之测矣。

◎日行八百

元和末年，盐城脚力差役张俨送公文进京。行至宋州时，遇见一个人，张俨请求与他结伴同行。那个人说他打算住在郑州，就对张俨说："您听我指点，可以疾行几百里。"于是挖了两个深五六寸的小坑，让张俨背对着坑站立，用两脚后跟站在坑边，然后用针扎他的两只脚，张俨最初感觉不到疼痛。那人又从张俨的膝盖至小腿处，反复往下捋。就这样，黑血流满坑中。张俨突然一下子就觉得抬脚轻快了许多，刚到中午俩人就到了汴州。那人又想邀请他到陕州住宿，张俨婉拒说脚力不够，那人又说："您不妨试试暂时卸下膝盖骨，这一点也不会痛的，这样便可以一天走八百里了。"张俨害怕了，赶紧推辞了。那人也不再勉强他，就说："我有急事，必须在傍晚到达陕州。"于是辞别离去，疾行似飞，转眼之间就无影无踪了。

---

① 衄（nǜ）鼻败颡（sǎng）：鼻青脸肿。衄，鼻出血。颡，脑门儿。
② 衣冠：有地位有修养的人。
③ 中恶：中邪。

元和末，盐城①脚力②张俨递牒③入京。至宋州，遇一人，因求为伴。其人朝宿④郑州，因谓张曰："君受我料理，可倍行数百。"乃掘二小坑，深五六寸，令张背立，垂踵坑口，针其两足，张初不知痛。又自膝下至骭⑤，再三抒之，黑血满坑中。张大觉举足轻捷，才午至汴⑥。复要于陕州⑦宿，张辞力不能，又曰："君可暂卸膝盖骨，且无所苦，当日行八百里。"张惧，辞之。其人亦不强，乃曰："我有事，须暮及陕。"遂去，行如飞，顷刻不见。

◎费鸡师解难

蜀地有一位费鸡师，红颜色的眼睛，没有黑瞳，本是濮地人氏。长庆初年我见到过他，已经有七十多岁了。他为人化解灾难的时候，一定要用一只鸡在庭院里设祭。又取鸡蛋大小的江石由病人握在手里。然后踏罡步斗，运气叱咤，最后那只鸡旋转而死，那块石头也四分五裂。我先前的家人永安起初不相信，费鸡师有一次对他说："你将大难临头了。"于是把符咒团成圆丸逼着永安吞下去，再让他把左脚鞋袜脱掉一看，符咒竟然平展地贴在了脚心。费鸡师又对家奴沧海说："你要生病。"便让他光着上半身，背

---

① 盐城：今属江苏。
② 脚力：传递文书或运送货物的差役或民丁。
③ 牒：文书。
④ 朝（cháo）宿：本指诸侯朝见天子时所住之地，此处意思为前方住地。
⑤ 骭（gàn）：小腿。
⑥ 汴：即汴州，今河南开封。
⑦ 陕州：在今河南三门峡西。

靠着门，费鸡师自己则站在门外用笔反复地画符，并大声喊道："过！过！"墨迹就透过门板印在了沧海的背上。

　　蜀有费鸡师，目赤，无黑睛，本濮人也。成式长庆初见之，已年七十余。或为人解灾，必用一鸡设祭于庭。又取江石如鸡卵，令疾者握之。乃踏步^①作气嘘叱，鸡旋转而死，石亦四破。成式旧家人永安，初不信，尝谓曰："尔有大厄。"因丸符逼令吞之，复去其左足鞋及袜，符展在足心矣。又谓奴沧海曰："尔将病。"令袒而负户，以笔再三画于户外，大言曰："过！过！"墨遂透背焉。

◎起死回生

　　在长寿寺里，有一个名叫神侃的和尚说：之前我在衡山时遇到一个村民被毒蛇咬伤，并且这个村民很快就死了，他的头发全部脱落，尸体肿起一尺多高。他的儿子说："昝老要是在这里，根本不用担心！"于是他们就把昝老请来。昝老用草灰把尸体围起，在草灰圈上开了四道门。昝老提前告知说："如果从脚头进来，就没救了。"于是踏罡步斗，握固作法，过了很久蛇也不见来。昝老大怒，就将几升饭捣烂捏成蛇的形状诅骂它，突然这条假蛇蠕动着爬出了门。一会儿，假蛇竟引来一条真蛇，从死者头部方向开的门爬进去，直接吸吮他的疮口。肿胀的尸体慢慢地降下来，蛇的身体却起泡蜷缩而死，但那个村民活过来了。

---

① 踏步：踏罡步斗。道教施法时的特殊步伐。

长寿寺僧谞言[1]：他时在衡山，村人为毒蛇所噬，须臾而死，发解[2]，肿起尺余。其子曰："昝[3]老若在，何虑！"遂迎昝至。乃以灰围其尸，开四门。先曰："若从足入，则不救矣。"遂踏步握固[4]，久而蛇不至。昝大怒，乃取饭数升，捣蛇形，诅之，忽蠕动出门。有顷，饭蛇引一蛇，从死者头入，径吸其疮。尸渐低，蛇皰[5]缩而死，村人乃活。

◎七政法术

王潜在荆州时，听说有一个名叫张七政的百姓擅长治疗跌打损伤。有名士兵伤了小腿，恳求张七政为他治疗。张给他喝了药酒后，剖开小腿肉，从中取出一片两根指头大小的碎骨，然后涂上药膏，包扎好，几天后就痊愈如初了。过了两年多，那人的小腿忽然疼痛，又问张七政。张说："上次为您取出的碎骨头，它如果受寒的话则会使您小腿再次疼痛，赶紧找找看。"果然，那人在床下找到了碎骨。赶紧让人用热水洗过，裹在棉絮里，那人的小腿立即就不疼了。王公子弟和张七政狎玩，曾请他表演戏法。于是张随即取来一把马草，反复揉搓，马草全部变成灯蛾飞走了。他又在墙壁上画了一位妇女，并斟满一杯酒给她喝，竟然滴酒不剩。没过多久，画上的妇女脸就红了，过了约

---

① 谞（biàn）言：神侃，天南海北的聊。谞，即为辩。

② 解：这里指头发脱落。

③ 昝：音zǎn。

④ 握固：道教术语，即握拳牢固。指修炼时的一种手势。

⑤ 皰（pào）：皮肤上起的水泡或脓包。

有半天时间红颜消退,那个画变得潮湿起来,然后剥落了。张七政的法术始终不肯传给他人。

王潜在荆州,百姓张七政善止伤折。有军人损胫[1],求张治之。张饮以药酒,破肉,去碎骨一片,大如两指,涂膏封之,数日如旧。经二年余,胫忽痛,复问张。张言:"前为君所出骨,寒则痛,可遽觅也。"果获于床下。令以汤洗,贮于絮中,其痛即愈。王公子弟与之狎[2],尝祈其戏术,张取马草一掬,再三挼之,悉成灯蛾飞。又画一妇人于壁,酌酒满杯饮之,酒无遗滴,逡巡[3],画妇人面赤,半日许可尽,湿起坏落。其术终不肯传人。

◎ 铜佛驱邪

韩佽在桂州时,有个名叫封盈的妖贼,能制造出方圆几里的迷雾。早先,封盈曾在野外闲走时看见了几十只黄蝴蝶,就去追逐,当追到一棵大树下时,蝴蝶突然不见了。就地挖掘,结果挖到了一个石匣子,石匣子里面有一卷粗如手臂的文书,自此,他就入了旁门邪道。他家门庭若市,四方百姓都去归附他。他放出话说:"某天将要攻打桂州,如有紫气出现,我必定获胜。"到那一天,果然天上有紫气像匹布帛一样平滑湿润,从山顶一直蔓延到桂州城。这时有一道白气直冲紫气而去,紫气就散了。天又忽然起了大

---

[1] 胫(jìng):小腿部位。
[2] 狎:狎玩。
[3] 逡(qūn)巡:顷刻,极短的时间。

雾，到中午雾才稍微散开，桂州城里的树上都往下滴小铜佛，铜佛如麦粒大小，数不胜数。当年，韩佽就死了。

韩佽①在桂州，有妖贼封盈，能为数里雾。先是尝行野外，见黄蛱蝶数十，因逐之，至一大树下忽灭。掘之，得石函，素书②大如臂，遂成左道③。百姓归之如市。乃声言："某日将攻桂州，有紫气者，我必胜。"至期，果紫气如疋帛，自山亘于州城。白气直冲之，紫气遂散。天忽大雾，至午稍开霁，州宅诸树滴下小铜佛，大如麦，不知其数。其年韩卒。

◎希遁养生

海州司马韦敷，他曾在前往嘉兴的路上巧遇了希遁和尚。希遁精通养生之道，又能用日辰诀，可以以此来代替医药。希遁见韦敷在拔除白发和白须，就说："贫道挑个日子给您拔。"过了五六天，希遁给韦敷拔掉了一半的白发。新发长出来，颜色近乎黑色。总共拔了三次，鬓发颜色竟不再变白。同座有人请求希遁也给拔一下，希遁说拔取的时机还不到，当即拔了之后，新长的须发果然带着绿色。他的养生术就是这般奇妙。

---

① 韩佽（cì）：字相之，京兆长安人。元和初中进士，累迁桂管观察史。
② 素书：书卷。
③ 左道：邪道。

海州[1]司马韦敷，曾往嘉兴，道遇释子[2]希遁，深于缮生之术[3]，又能用日辰[4]，可代药石。见敷镊白[5]，曰："贫道为公择日拔之。"经五六日，僧请镊其半。及生，色若黳[6]矣。凡三镊之，鬓不复变。座客有祈镊者，僧言取时稍差，别后，髭色果带绿。其妙如此。

◎石旻画符

大家都在说石旻有奇异法术。在扬州时，有好几年我们都是间隔不到十天就会见上一面，他预言的事情极少应验的。我家里人头痛、打喷嚏或是咳嗽，吃他的药也都不见效。到开成初年，在城里的亲朋之间，很多人都说石旻法术玄妙莫测。盛传在宝历年间，石旻跟随钱徽尚书到湖州做幕僚。他曾在州学任职，孩子们都称呼他为文老先生。孩子们向钱可复、可及兄弟要兔汤饼吃。当时正是暑天，猎人好几天才能打到兔子。石旻和钱家的众多弟子一起吃面，笑着说："请留下兔皮，姑且用它记一件事情。"于是把兔皮钉在地上，垒起土砖涂抹一番，用红笔在上面写一道符，并自言自语地说："可惜太晚了，可惜太晚了！"可复、可及两兄弟询问他是什么意思，石旻说："想和大家一

---

[1] 海州：在今江苏连云港西南。
[2] 释子：释迦牟尼的弟子，即僧人。
[3] 缮生之术：即养生术。
[4] 日辰：道教法咒，即日辰诀，代表行法当日地支的诀文。
[5] 镊白：即拔白，拔除白发白须。
[6] 黳（yī）：黑色。

起记住卯年。"太和九年,钱可复在凤翔遇害,那年正是乙卯年。

众言石旻有奇术。在扬州,成式数年不隔旬与之相见,言事十不一中,家人头痛、嚏、咳①者,服其药,未尝效也。至开成初,在城亲故间,往往说石旻术不可测。盛传宝历中,石随钱徽②尚书至湖州。尝在学院③,子弟皆以文丈呼之。于钱氏兄弟④求兔汤饼⑤,时暑月,猎师数日方获。因与子弟共食,笑曰:"可留兔皮,聊志一事。"遂钉皮于地,垒墼涂之,上朱书一符,独言曰:"恨校⑥迟,恨校迟!"钱氏兄弟诘之,石曰:"欲共诸君共记卯年也。"至太和九年,钱可复凤翔遇害,岁在乙卯。

◎ 常人奇艺

江西有一个擅长编织竹器的人,他用几节竹子就能编成一个器物。另外,有个名叫熊葫芦的人,他说踢葫芦比踢球还简单。

江西⑦人有善展竹,数节可成器。又有人熊葫芦,云翻葫芦易于翻鞠。

---

① 嚏(tì)、咳:打喷嚏、咳嗽。
② 钱徽:字蔚章,吴兴(今浙江湖州)人。诗人钱起之子。
③ 学院:这里指湖州州学。
④ 钱氏兄弟:指钱徽之子可复、可及。
⑤ 汤饼:汤煮的面食,类似于今天的面条。
⑥ 校:唐人口语。太、很之义。
⑦ 江西:这里是唐代"江南西道"的简称。

◎厌鼠之法

厌鼠法：在农历每月初七这天，把九只老鼠装在笼子里，埋在地下。称量九百斤的土填坑，坑深二尺五寸，夯实筑牢。《杂五行书》说："用监狱地面上的土和成泥涂灶，家里不会有水火、盗贼之灾；涂抹房屋四角，老鼠不吃蚕；把土涂抹在仓库的墙上，老鼠就不吃稻谷；用来堵塞鼠洞，所有的老鼠都会绝种。"

厌[1]鼠法：七日，以鼠九枚置笼中，埋于地。秤九百斤土覆坎，深各二尺五寸，筑之令坚固。《杂五行书》曰："亭部[2]地上土涂灶，水火盗贼不经；涂屋四角，鼠不食蚕；涂仓，鼠不食稻；以塞坎[3]，百鼠种绝。"

◎主夜神咒

雍益坚说："主夜神咒，持诵它有功德，晚上走路及睡觉时，能阻止恐怖，不做噩梦。咒语是：'婆珊婆演底。'"

雍益坚云：主夜神咒，持之有功德，夜行及寐，可已恐怖恶梦。咒曰："婆珊婆演底。"

---

[1] 厌（yā）：抑制，制服。
[2] 亭部：亭长办事的处所，也指邮亭所在地。
[3] 坎（kǎn）：通"坎"。这里指鼠洞。

◎ 掷骰之咒

宋居士说过，人掷骰子时，默念咒语"伊谛弥谛，弥揭罗谛"，念满一万遍，想要几点就是几点。

宋居士说：掷骰子[1]，咒云"伊谛弥谛，弥揭罗谛"，念满万遍，彩[2]随呼而成。

◎ 乾祐治滩

云安井，自长江上溯支流到此一共三十里。靠近井十五里的地方，江水清澈，江面波平如镜，船只往来平安。靠近长江十五里处，江面滩石险恶，船只下行上溯都很艰险。天师翟乾祐念及往来商旅的劳苦，在汉城山上设坛查考后召令群龙，让他们来商议此事如何处理。共有一十四处险滩的龙都变成老人而应召前来。翟乾祐说明滩涂的险恶劳民伤财，让群龙把险滩全部弄平。一夜之间，风涌雷击，这一十四处险滩江面也全都变成了平湖。只有一处险滩仍旧如前，那里的龙也没有应召前来。乾祐又严令神吏催促这位龙神。过了三天，有一条龙变化成一名女子前来，乾祐就责备她不听从召命。女子说："我之所以迟迟不来，是想协助天师推广救人疾苦之功德。那些行船的富商

---

[1] 掷骰（tóu）子：又称"投琼""投彩"，古代的一种赌博游戏。用象牙或兽骨做成正方体，六面分别刻上一至六个点数，掷到盘中数点数以决胜负。

[2] 彩：赌博的胜色。

巨贾，财力都雄厚有余；而那些出卖劳力搬运的人，家境都很差，物资贫乏而不足。云安县的贫苦民众，从长江口背运货物到靠近盐井的江潭处，借此养家糊口的人实在太多了。现在如果江流平缓，没有险滩，航行畅通无阻，那么这里的穷人就无处可以出卖劳力，这将意味着他们的衣食来源被断绝了，而陷于困窘的人就会很多了。我宁可留着险滩来补给搬运工，也不愿船行通畅让富商获益。之所以没按时前来，道理就在于此。"乾祐认为她的话的确是言之有理，于是让群龙又恢复先前险滩的旧貌，刹那间风雷大作，十四里长滩又变回原来的样子。天宝年间，玄宗下诏让他去长安，他受到了特别优渥的恩宠。过了一年以后，乾祐离开了京城回到故乡，不久他就得道飞升了。

云安井①，自大江溯别派②，凡三十里。近井十五里，澄清如镜，舟楫无虞。近江十五里，皆滩石险恶，难于沿溯。天师翟乾祐念商旅之劳，于汉城山③上结坛考召④，追命群龙。凡一十四处，皆化为老人，应召而至。乾祐谕以滩波之险，害物劳人，使皆平之。一夕之间，风雷震击，一十四里尽为平潭矣，惟一滩仍旧，龙亦不至。乾祐复严敕神吏追之。又三日，有一女子至焉，因责其不伏应召之意。女子曰："某所以不来者，欲助天师广济物之功耳。且富商大贾，力皆有余；而佣力负运者，力皆不足。

---

① 云安井：即云安盐井。云安，唐县，地属夔州，今重庆云阳。
② 自大江溯（sù）别派：从长江上溯支流。派，江河的支流。
③ 汉城山：在云安北。
④ 考召：查考召唤。

云安之贫民，自江口负财货至近井潭，以给衣食者众矣。今若轻舟利涉，平江无虞，即邑之贫民无佣负之所，绝衣食之路，所困者多矣。余宁险滩波以赡佣负，不可利舟楫以安富商。所以不至者，理在此也。"乾祐善其言，因使诸龙皆复其故，风雷顷刻，而长滩如旧。天宝中，诏赴上京，恩遇隆厚。岁余，还故山，寻得道而去。

◎神僧一行

玄宗召见一行，并向一行问道："大师有什么特殊的本领呢？"一行回答说："只是擅长记忆。"玄宗就诏令掖庭官员，取来宫人名册给一行看。一行看完一遍，谙熟记忆，合上名册开始背诵，其熟练程度就好像平常熟读过的书一样熟悉。背诵了几页之后，玄宗不由得走下御榻向他行礼，称他为圣人。在此之前，一行皈依佛门，拜嵩山普寂禅师为师。普寂曾经在寺中设下斋饭，大会各方僧侣，几百里之外的僧侣都如约前来，共聚集了一千多人。当时有个名叫卢鸿的人，道高学富，隐居在嵩山。普寂就请卢鸿写篇文章颂扬这次盛会。到那天，卢鸿带着文章到了寺里，普寂接过文章，放在桌案上。敲钟击鼓，梵呗唱响，卢鸿对普寂说："我的文章长达几千字，生僻字多，言辞又怪异。为何不在这些和尚当中选一个聪明有灵气的，我亲自教他读。"普寂就让人叫来一行。一行到了之后，微笑着展读文稿，只看了一遍，就又放回桌上。卢鸿很看不惯粗率的一行，在心里暗暗责怪起来。一会儿，群僧齐聚禅堂，一行挽起袖子走了进来，高声朗诵写的颂文，一副兴致勃勃的样子，诵完竟是只字不漏。卢鸿非常吃惊，很久才反应过来，并对普寂说："这个人不是您能够教导的，应当任随他四处游学。"一行于是游遍了大衍，从此不远千里寻访名师。曾到天台山国清寺，看见寺中别院苍松成林，门前流水潺潺。一行站在院门和屏风之间，听到院子里有人正在排列算筹，发出簌簌的声响。过一会儿，这人对他的徒弟说："今天会有弟子前来学习我的算法，应该已经到了门口，难道没有人通报吗？"当即拿走一根算筹，又说道："门前溪水正好转向西流，弟子应该到了。"一行应声进入庭院，稽首请教算法，最后全都学到了。院门前溪水本是向东流的，现在突然改变方向朝西流了。邢和璞曾对尹愔说："一行大概是圣人吧。汉代的落下闳创造《太初历》时说：'八百年以后会差一天，那时会出现一位圣人修订它。'今年正好是八百年后，而一行正好创造《大衍历》纠正了《太初历》的误差，这样落下闳的预言也就是真的了。"一行又曾经拜访道士尹崇，借阅扬雄的《太玄经》。几天后，又去见尹崇，把书还给他。尹崇说："这本书意旨深奥，我琢磨了几年时间，仍然不能通晓。您试着再研读探究一番，不用急着把书还回来的。"一行说："我已经看懂了这本书的意旨。"于是拿出撰写的《太衍玄图》和《义诀》一卷给尹崇看。尹崇极为惊叹地说："你这个人就是颜回转世啊。"到开元末年，裴宽任河南尹，深信佛教，拜普寂禅师为师，每天早晚都去造访。有一天，裴宽去造访普寂，普寂说："我正有点小事，没有时间和您畅谈，只好请您稍作休息。"裴宽在一所空房子里坐下来，屏气凝神。只见普寂在清扫正堂，焚香正坐。不一会儿，忽然听见敲门声并且说："天师一行和尚到了。"一行走进来，拜见普寂，行礼，礼毕，贴在普寂耳边悄声说话，表情极为恭敬，只见普寂禅师点头说："都行，都行。"说完又行礼，礼毕又说悄悄话，这样反复了几次，普寂每次都说："是，是，都行。"一行说完，走下台阶进入南屋，自己关上门窗。普寂就平缓地对弟子们说："派人去敲钟，一行和尚灭度了。"左右僧人赶紧跑过去看，一行果然像普寂所说的，已经灭度了。后来裴宽身着丧服，亲自步行出城，送别一行大师。

玄宗既召见一行，谓曰："师何能？"对曰："惟善记览。"玄宗因诏掖庭①，取官人籍以示之。周览既毕，覆其本，记念精熟，如素所习读。数幅之后，玄宗不觉降御榻，为之作礼，呼为圣人。先是，一行既从释氏，师事普寂②于嵩山。师尝设食于寺，大会群僧及沙门，居数百里者，皆如期而至，聚且千余人。时有卢鸿者，道高学富，隐于嵩山。因请鸿为文，赞叹其会。至日，鸿持其文至寺，其师受之，致于几案上。钟梵③既作，鸿请普寂曰："某为文数千言，况其字僻而言怪，盍于群僧中选其聪悟者，鸿当亲为传授。"乃令召一行。既至，伸纸微笑，止于一览，复致于几上。鸿轻其疏脱，而窃怪之。俄而群僧会于堂，一行攘

---

① 掖庭：皇宫中的旁舍，为嫔妃所居。也指宫中掌管宫人事务的职官。
② 普寂：俗姓冯，蒲州河东（今山西永济）人。师从神秀学习禅法，神秀尽传其道。武则天召神秀至东都，神秀因荐普寂，乃度为僧。神秀圆寂后，天下好禅者皆以普寂为师。中宗乃令普寂代神秀统其法众。
③ 钟梵：钟声和僧侣诵唱佛经的声音。

袂①而进，抗音②兴裁，一无遗忘。鸿惊愕久之，谓寂曰："非君所能教导也，当从其游学。"一行因穷大衍③，自此访求师资，不远数千里。尝至天台国清寺，见一院，古松数十步，门有流水。一行立于门屏间，闻院中僧于庭布算④，其声簌簌。既而谓其徒曰："今日当有弟子求吾算法，已合到门，岂无人道达耶？"即除一算，又谓曰："门前水合却西流，弟子当至。"一行承言而入，稽首⑤请法，尽受其术焉。而门水旧东流，今忽改为西流矣。邢和璞尝谓尹愔曰："一行其圣人乎？汉之洛下闳⑥造《太初历》云：'后八百岁当差一日，则有圣人定之。'今年期毕矣，而一行造《大衍历》正在差谬，则洛下闳之言信矣。"一行又尝诣道士尹崇，借扬雄《太玄经》。数日，复诣崇，还其书。崇曰："此书意旨深远，吾寻之数年，尚不能晓。吾子试更研求，何遽还也。"一行曰："究其义矣。"因出所撰《太衍玄图》及《义诀》一卷以示崇。崇大嗟服，曰："此后生颜子也。"至开元末，裴宽为河南尹，深信释氏，师事普寂禅师，日夕造焉。居一日，宽诣寂，寂云："方有小事，未暇欵语⑦，且请迟回休憩也。"宽乃屏息，止于空室。见寂洁正堂，焚香端坐。坐未久，忽闻叩门，连云："天

---

① 攘袂（rǎng mèi）：捋起袖子，振奋而进。
② 抗音：高声。
③ 大衍：用大数以演卦。大，大数。衍，演。
④ 布算：陈列算式，推求计算。
⑤ 稽（qǐ）首：古代跪拜礼。两膝跪地，两手拱至地，垂头至手，不触地。
⑥ 洛下闳：即落下闳，汉代巴郡阆中（今属四川）人。武帝时，与邓平、唐都合作创制《太初历》，该历法以夏历正月为岁首，以没有中气的月份为闰月，是我国第一部有完整文字记载的历法。
⑦ 欵（kuǎn）语：亲切交谈。

师一行和尚至矣。"一行入,诣寂作礼,礼讫,附耳密语,其貌绝恭,但颔云:"无不可者。"语讫礼,礼讫又语,如是者三,寂惟云:"是,是,无不可者。"一行语讫,降阶入南室,自阖其户。寂乃徐命弟子云:"遣钟,一行和尚灭度①矣。"左右疾走视之,一行如其言灭度。后宽乃服衰绖②葬之,自徒步出城送之。

---

① 灭度:佛教术语。梵语涅槃的意译,命终证果,灭烦恼,度苦海。
② 衰绖(cuī dié):丧服。衰,通"缞"。用麻布制成,披在胸前。绖,丧服中的麻带,系在腰间或头上。

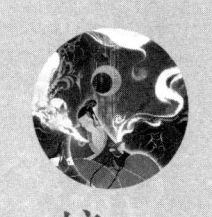

境异

绝国殊俗

本篇载四境部族及外国之异人异事、异风异俗,四境之异,故以境异为名。此篇乃是研究古代地理、博物、志怪文化之重要资料。

◎ 五方之民

东方人鼻子大，体窍都跟眼睛相通，筋力强健。南方人嘴巴大，体窍都跟耳朵相通。西方人脸大，体窍都跟鼻子相通。北方人，体窍都和阴部相通，脖子短。中央地区的人，体窍都和嘴巴相通。

东方之人鼻大，窍[①]通于目，筋力属焉。南方之人口大，窍通于耳。西方之人面大，窍通于鼻。北方之人，窍通于阴，短颈。中央之人，窍通于口。

◎ 死而再生

无启国的人住在洞穴里，他们以土为食。那里的人死后，心脏不腐烂，埋葬后，经过百年又变成人。录民死后肺不腐烂，埋葬后，经过一百二十年又变成人。细国人死后肝不腐烂，埋葬后，经过八年又变成人。

无启民，居穴食土。其人死，其心不朽，埋之，百年化为人。录民，肺不朽，埋之，百二十年化为人。细民，肝不朽，埋之，八年化为人。

◎ 土别人迥

在肥沃的土地上生活的人会长得特别的美丽；而生活

---

① 窍：身体眼、耳、口、鼻诸器官的孔洞。

在贫瘠的土地上的人则会长得很丑陋。

息土①人美,耗土②人丑。

◎四方之名

帝君的女儿名叫子泽,她天生就好嫉妒,她把自己随嫁的婢女都驱赶到四方之山里去了,这些婢女跑到山林后无依无靠。到了东面的婢女与狐狸偶合,生下儿子叫殃。到了南面的婢女和猴子交配,生的儿子叫溪。到了北面的和玃猳交配,生育的孩子叫伧。

帝女子泽,性妒,有从婢,散逐四山,无所依托。东偶狐狸,生子曰殃。南交猴,有子曰溪。北通玃猳③,所育为伧。

◎射摩缘绝

突厥的祖先名叫射摩。舍利海神在阿史德窟的西边。射摩天生异禀,海神的女儿每到黄昏,骑着白鹿迎接射摩进入海中,天亮时又送他出海,这样一直过了几十年。后来突厥部落将要进行大规模狩猎,到半夜时,海神的女儿对射摩说:"明天打猎的时候,在你的祖先出生的洞窟中会有一头金角白鹿跑出来,你如果射中这头鹿,就可以终

---

① 息土:肥沃的土地。
② 耗土:贫瘠的土地。
③ 玃猳(jué jiā):野兽名。玃,类似猕猴的野兽。猳,公猪。

生和我来往，要是射不中，我们的缘分就尽了。"到天亮开始围猎时，果然在其祖先出生的洞窟有一只金角白鹿出现，射摩派遣手下加强包围，就在白鹿将要跃出包围圈时，却被手下杀死。射摩大怒，于是亲手斩杀了呵嚩部落的首领，并且立誓说："从杀了这头白鹿起，必须用人祭天，就把呵嚩部落的子孙全部杀死来祭祀。"所以到现在突厥以人祭旗，还常用呵嚩部落的人。射摩斩杀呵嚩部落首领之后，到黄昏回去，海神的女儿对他说："你的手杀了人，血气腥秽，我们的缘分就此了断了。"

突厥①之先曰射摩。舍利海神在阿史德②窟西。射摩有神异，海神女每日暮，以白鹿迎射摩入海，至明送出，经数十年。后部落将大猎，至夜中，海神女谓射摩曰："明日猎时，尔上代所生之窟，当有金角白鹿出，尔若射中此鹿，毕形③与吾来往，或射不中，即缘绝矣。"至明入围，果所生窟中有金角白鹿起，射摩遣其左右固其围，将跳出围，遂杀之。射摩怒，遂手斩呵嚩首领，仍誓之曰："自杀此之后，须人祭天，即取呵嚩部落子孙斩之以祭也。"至今突厥以人祭纛④，常取呵灡部落用之。射摩既斩呵嚩，至暮还，海神女报射摩曰："尔手斩人，血气腥秽，因缘绝矣。"

---

① 突厥：古代阿尔泰山一带的游牧民族。
② 阿史德：突厥如善可汗之后裔，别号阿史德，因以为氏。
③ 毕形：毕生，终生。
④ 纛（dào）：军中的大旗。

◎突厥事神

突厥奉祀祆神，没有祠庙，用毛毡制成祆神形象，装在皮袋里。每次祭祀的时候，就用奶脂酥油涂抹，也有把神像系在竿上，一年四季都进行祭祀的。

突厥事祆①神，无祠庙，刻毡为形，盛于皮袋。行动之处，以脂酥涂之，或系之竿上，四时祀之。

◎坚昆部落

坚昆部落之人并非狼族的后裔，其部落祖先出生的洞窟在曲漫山以北。他们自称上代有神和母牛在这个洞窟中交配繁衍。坚昆人的头发是黄色的，眼睛是绿色的，胡须是红色的。那些胡须全黑的人，则是汉代大将李陵以及他的那些士兵的后代。

坚昆②部落，非狼种，其先所生之窟，在曲漫山北，自谓上代有神与牸③牛交于此窟。其人发黄，目绿，赤髭④髯。其髭髯俱黑者，汉将李陵及其兵众之胤⑤也。

---

① 祆（xiān）：拜火教之神名。其教源于古波斯，传为琐罗亚斯德创立。
② 坚昆：古部落名，又称"鬲昆""结骨"。
③ 牸（zì）：雌性牲畜。
④ 髭（zī）：上嘴唇的胡子。
⑤ 胤（yìn）：后代。

◎西屠染齿

在西屠国里有一种风俗，那就是他们会把牙齿染黑。

西屠①俗，染齿令黑。

◎牂牁獠族

獠族居住在牂牁。这里的妇女怀胎七月就生孩子。人死了采用竖棺埋葬。

獠②在牂牁③。其妇人七月生子。死则竖棺埋之。

◎木耳夷人

木耳夷人生活在废旧牢州的西边，他们用鹿角制作器具。当地的人死了，先把尸体蜷曲起来火化，然后埋葬骨灰。

木耳夷的人皮肤黑得像漆一般，天气稍冷，他们就捧起沙土把自己围起来，只露出脸部。

木耳夷④，旧牢⑤西，以鹿角为器。其死则屈而烧之，埋其骨。

---

① 西屠：南方古国名。其地在今越南。
② 獠（liáo）：古代西南少数民族。
③ 牂牁（zāng kē）：汉代郡名。其地在今贵州、云南一带。
④ 木耳夷：古代西南族名。
⑤ 旧牢：废旧的牢州。

木耳夷人，黑如漆，小寒则掊①沙自处，但出其面。

◎天泉之州

木饮州是隶属于珠崖郡的一个州，这里没有泉水，当地人也不打井，全都是依靠饮用树汁来获取水分。

木饮州，珠崖一州，其地无泉，民不作井，皆仰树汁为用。

◎木濮龟尾

木濮人有着乌龟一样的尾巴，仅有几寸长。他们住在树上，会吃人。

木濮②，尾若龟，长数寸。居木上，食人。

◎阿萨部落

阿萨部落的人猎获很多动物，将猎获的动物的肉解剖好，重叠堆放在一起，用石头压榨成肉汁，又将从波斯、拂林等国买来的米和草籽同肉汁放在一起发酵，几天之后肉汁就变成酒了，喝了还会醉。

---

① 掊（póu）：用手捧土。
② 木濮：古代西南族名。

阿萨[1]部，多猎虫鹿[2]，剖其肉，重叠之，以石压沥汁，税[3]波斯、拂林[4]等国米及草子，酿于肉汁之中，经数日，即变成酒，饮之可醉。

◎孝亿国

孝亿国的国境线长达三千多里。在平原上，该国人用木头做成栅栏，长十多里，栅栏内居住有两千多户人家。全国像这样的大栅栏有五百多所。这里气候宜人，四季如春，冬天草木也不凋零，适宜养羊和马，但没有长颈鹿。当地人生性质朴坦诚，热情好客。他们的身材十分高大，鼻子朝上，黄色头发，绿色眼珠，红色髭须，披头散发，面色如血。只有槊这一种武器。这里的水土适宜五谷生长，盛产金、铁矿，人们穿着麻布衣服。老百姓信奉祆神而不知佛法。有祆神祠庙三百多所，马兵、步兵、甲兵一万人。当地人不看重商贩，自称为孝亿人。男女身上都佩戴着各种饰物。花一天时间做的饭要吃一个月，常吃过夜饭。

孝亿国[5]界，周三千余里。在平川中，以木为栅，周十余里，栅内百姓二千余家。周国大栅五百余所。气候常暖，冬不

---

[1] 阿萨：即可萨，突厥部落名。
[2] 虫鹿：泛指动物。虫，古代对动物的通称。
[3] 税：征收税费，这里是买入的意思。
[4] 拂林：罗马之讹音，西域古国名。汉代称大秦，隋唐时称作拂林，在今西亚及地中海沿岸一带。
[5] 孝亿国：西域古国名。在今非洲北部地区。

凋落，宜羊马，无驼牛[1]。俗性质直，好客侣。躯貌长大，搴鼻[2]黄发，绿眼赤髭，被[3]发，面如血色。战具唯矟[4]一色。宜五谷，出金铁。衣麻布。举俗事祆，不识佛法。有祆祠三百余所，马、步、甲兵一万。不尚商贩，自称孝亿人。丈夫、妇人俱佩带。每一日造食，一月食之，常吃宿食。

◎ 仍建国

仍建国没有水井和河流小溪，所有种植的农作物都靠天下雨而生长。该国人用紫矿涂刷地面，收集雨水以供饮用。这里挖出的井水就像海水一样，也是咸的。当地风俗是：待海水落潮之后，在平地上建造一些水池，用来捕鱼当作食物。

仍建国[5]，无井及河涧，所有种植，待雨而生。以紫矿[6]泥地，承雨水用之。穿井即若海水，又咸。土俗俟海潮落之后，平地为池，收鱼以作食。

◎ 婆弥烂国

婆弥烂国距离京城有二万五千五百五十里。在这个

---

[1] 驼牛：长颈鹿。
[2] 搴（qiān）鼻：鼻朝上。
[3] 被：通"披"。
[4] 矟（shuò）：即槊，长矛。
[5] 仍建国：北非古国名。
[6] 紫矿：一种树脂。

国家的西部有一座山，山势非常险峻，山上有很多猿猴，体形特别高大，经常毁坏田间作物，猿猴数量每年多达二三十万只。每当开春以后，这个国家就会集中兵力与猿猴作战。虽然每年能杀掉几万只猿猴，但仍不能将其赶尽杀绝。

婆弥烂①国，去京师二万五千五百五十里。此国西有山，巉岩②峻险，上多猿，猿形绝长大，常暴田种，每年有二三十万。国中起春以后，屯集甲兵与猿战。虽岁杀数万，不能尽其巢穴。

◎拨拔力国

拨拔力国地处西南海，该国人不吃五谷粮食，只吃肉。习惯用针扎牛畜的血管采血，和着奶生喝。不穿衣服，仅用羊皮遮住腰部以下。那里的妇女皮肤白皙，五官端正，本国人就抢妇女卖给外国商人，价钱比国内要翻好几倍。当地只出产象牙和阿末香，波斯商人想要进入这个国家交易，聚集了几千人，带着彩布，不管男女老少都刺血立誓，才能买到该国的东西。该国自古以来不附属于他国。他们作战时用象牙排、野牛角制作长矛、铠甲、弓矢等器具，步兵有二十万人。大食国经常侵袭该国。

---

① 婆弥烂：一作"波迷罗"，西域古国名。其地在今帕米尔。
② 巉（chán）岩：险峻的山岩。

拨拔力[1]国，在西南海中，不食五谷，食肉而已。常针牛畜脉取血，和乳生食。无衣服，唯腰下用羊皮掩之。其妇人洁白端正，国人自掠，卖与外国商人，其价数倍。土地唯有象牙及阿末香[2]，波斯商人欲入此国，团集数千，赍彩布，没老幼共刺血立誓，乃市其物。自古不属外国。战用象牙排、野牛角为稍、衣甲、弓矢之器。步兵二十万。大食[3]频讨袭之。

◎昆吾国

昆吾国的人把土坯堆砌成小山丘，小山丘酷似佛塔，分三层。尸体干了就放在上层，尸体未干就放在下层。在他们看来就近埋葬先人是最孝的行为。人们聚集在大毡屋里，中间悬挂着衣服和彩色的丝织品，哭着拜祭逝者。

昆吾国[4]，累墼[5]为丘，象浮屠，有三层，尸干居上，尸湿居下。以近葬为至孝。集大毡，居中悬衣服、彩缯，哭祀之。

◎龟兹国

龟兹国人正月初一举行斗牛、斗马、斗骆驼的娱乐活动，持续七天以决胜负，以此来预测一年中牲畜损耗或繁

---

[1] 拨拔力：古国名。在今非洲索马里北岸的柏培拉。
[2] 阿末香：阿拉伯语音译，即龙涎香。抹香鲸病胃的一种分泌物，以得于海外，故称"龙涎"。
[3] 大食：古国名。即穆罕默德所建立的阿拉伯帝国。
[4] 昆吾国：西域古国名。唐时为伊州，今新疆哈密。
[5] 墼（jī）：土坯。

衍情况。

龟兹国，元日斗牛、马、驼为戏，七日观胜负，以占一年羊马减耗繁息也。

◎婆罗遮舞

跳婆罗遮舞时，人们都戴上狗头、猴脸面具，男女不分昼夜地唱歌跳舞。八月十五这天，便抬着佛像在大街上游行，并以玩跳绳为乐。

婆罗遮[①]，并服狗头、猴面，男女无昼夜歌舞。八月十五日，行像[②]及透索[③]为戏。

◎焉耆国

焉耆国人在正月初一、二月初八会举行婆摩遮舞会；三日野外祭祀；四月十五日游玩树林；五月五日庆祝弥勒菩萨生日；七月七日祭祀祖先；九月九日床撒；十月十日国王做厌胜法事，国王去部落首领家，部落首领骑国王的马，为时一天一夜，负责处理国事；从十月十四日起，每天娱乐，一直到年末才结束。

---

① 婆罗遮：梵语音译，又称"飒磨遮""苏摩遮""苏幕遮"。本西域乞寒戏（一种面具舞），后来传入中原，唐时为教坊曲，盛行于两京地区。
② 行像：也称"行城"。用车载佛像巡行大街的一种宗教仪式，多在佛诞日举行。
③ 透索：即今之跳绳。

焉耆国①，元日、二月八日，婆摩遮；三日野祀；四月十五日游林；五月五日弥勒②下生；七月七日祀先祖；九月九日床撒；十月十日王为厌法③，王出酋家，酋领骑王马，一日一夜，处分王事；十月十四日作乐至岁穷。

◎拔汗那国

在拔汗那国，十二月十九日，国王和部落首领会分成两队，每队出一人，身穿铠甲，众人拿着瓦块、石头、棍棒攻击对方穿铠甲的人，直到有一方穿铠甲的人被打死，攻击停止，活动才宣告结束。他们用这种办法来预测来年的收成。

拔汗那④，十二月十九日，王及首领分为两朋，各出一人着甲，众人执瓦石棒杖，东西互击，甲人先死即止，以占当年丰俭。

◎夜叉洞窟

在苏都识匿国有座夜叉城。当年城里住着夜叉，夜叉

---

① 焉耆国：又作"阿耆尼"，西域古国名，在今新疆焉耆。
② 弥勒：菩萨名。"弥勒"本是其姓氏的音译，其名为阿逸多，意为无能胜。姓名合起来，意思是慈悲无人能胜过。佛教预言，将来释迦牟尼佛的教法灭尽之后，经过极为久远的时间，弥勒菩萨将在这个世界上成佛说法。在汉族地区的佛寺中，弥勒佛像为笑容可掬的大肚和尚，这是因为五代时期有个名叫契此的和尚，经常背着一个布袋，人称布袋和尚，相传为弥勒化身。
③ 厌法：即厌胜法，巫术之法。
④ 拔汗那：西域古国名。汉代称大宛，隋代称钹汗。在今中亚费尔干纳盆地，分属乌兹别克斯坦和吉尔吉斯斯坦。

住过的洞窟还在。靠近洞窟居住的百姓有五百多家。洞窟口就是房间的入口，安装了门锁。每年祭祀两次。如果有人靠近洞口，洞中的烟气就会冒出来，最先被熏着的就会丧命，于是人们就把尸体扔进去。谁也不知道那个洞窟有多深。

苏都识匿国[①]，有夜叉城。城旧有野叉[②]，其窟见在。人近窟住者五百余家。窟口作舍，设关籥[③]。一年再祭。人有逼窟口，烟气出，先触者死，因以尸掷窟口。其窟不知深浅。

◎ 马留人

马伏波将军（马援）当年奉命南征时，留下了十家士兵没有北返中原，他们留居在了寿泠县。他们采取内部通婚方式，发展到现在有两百户人家。因为他们流寓南方，以"马留"为号，服饰及饮食习惯都与中原相同。历时久远，山河变迁，马援当年立作界标的铜柱已没入海中，只有这些马留人才知道它的位置。所以，他们也被称作马留。

马伏波有余兵十家不返，居寿泠县，自相婚姻，有二百户。以其流寓，号马留，衣食与华同。山川移易，铜柱入海，以此民为识耳。亦曰马留。

[①] 苏都识匿国：又名"东曹国"，西域古国名。在今塔吉克斯坦西北部。
[②] 野叉：即夜叉。
[③] 关籥（yuè）：门和钥匙。

◎刺北斗

三峡一带仍沿袭旧夷风俗。武陵当地人喜欢戴芒心草帽,名叫苧绥。他们曾用水稻的生长周期来纪年月。人死安葬时,把束发的簪子指向天空,叫作刺北斗。相传始祖盘瓠死的时候是在树上,人们用竹竿把他的尸体拨弄下来,之后就逐渐演变成现在刺北斗的样子。

峡①中俗,夷风不改。武宁②蛮好着芒心接离③,名曰苧绥。尝以稻记年月。葬时以笄④向天,谓之刺北斗。相传盘瓠初死,置于树,以笄刺之下,其后化为象。

◎雁翅泊

临邑县有个雁翅泊,在它的周围没有树木。当地人到了春夏季节,经常到这里布网,以此法子来捕捉大雁,割下大雁的翅膀当扇子,用来应对暑热。

临邑县⑤有雁翅泊,泊傍无树木。土人至春夏,常于此泽罗雁鸟,取其翅以御暑。

---

① 峡:这里特指三峡。
② 武宁:应即武陵,今湖南、湖北、贵州及重庆四地交界地区。
③ 接离:也作"接篱",帽子。
④ 笄(jī):古代男女盘头发或是男子别帽子用的簪子。
⑤ 临邑县:唐属齐州济南郡,今属山东。

◎乌耗国

乌耗国西边有悬渡国，这里溪谷阻隔，人们就在两山之间架起溜索以用于交通往来，用过的旧绳子连接起来有两千里长。当地人在石头间种植粮食，用石头垒成房子，用手捧着水喝，这种喝水的方式，就是人们所说的猿饮。

乌耗西有悬渡国，山溪不通，引绳而渡，朽索相引二千里。其土人佃①于石间，垒石为室，接手②而饮，所谓猿饮也。

◎千里盐田

在鄯善的东面，龙城的西南，方圆千里的土地上都是盐田。行人所经过的地方，牲畜都是躺卧在布毡之上的。

鄯善③之东，龙城之西南，地广千里，皆为盐田。行人所经，牛马皆布毡卧焉。

◎飞头獠子

岭南的溪涧山洞中，时常出现有头会飞的人，所以有飞头獠子的称号。这种人的头将要飞走的前一天，颈部会有痕迹，好像有红线绕在脖子上，妻子儿女便看守着他。

---

① 佃（tián）：耕作。
② 接手：捧手。
③ 鄯善：西域古国名。本名楼兰，西汉元凤四年（前77）改名鄯善。隋大业五年（609）置鄯善郡，治所在鄯善城（今新疆若羌）。

那人到了黑夜,从表面上看起来他像是生病了,头上忽然长出翅膀,离开身体就飞走了。然后到河岸边的淤泥中寻找螃蟹、蚯蚓之类的东西来吃。快天亮时头便飞回来,就像他只是做了一场梦刚醒来一样,而肚子却是饱饱的。

梵僧菩萨胜又说,阇婆国有头会飞的人,这种人没有瞳仁,头飞回来时要有一个人帮他安放好,才能恢复如初。

于氏《志怪》中说:"南方有落民,头会飞。当地祀奉的神名叫虫落,所以这里的人便被称作落民。晋国朱桓有一个婢女,她的头夜晚会飞。"

岭①南溪洞中,往往有飞头者,故有飞头獠子之号。头将飞一日前,颈有痕,匝项如红缕,妻子遂看守之。其人及夜,状如病,头忽生翼,脱身而去,乃于岸泥寻蟹蚓之类食之。将晓飞还,如梦觉,其腹实矣。

梵僧菩萨胜又言,阇婆国②中有飞头者,其人目无瞳子,聚落时有一人据。

于氏《志怪》:"南方落民,其头能飞。其俗所祠,名曰虫落,因号落民。晋朱桓有一婢,其头夜飞。"

◎ 解形之民

王子年《拾遗记》上说:"汉武帝的时候,因墀国使者说,南方有能分解形体的人,能先让头飞到南海,左手飞

---

① 岭:五岭。
② 阇(shé)婆国:南海古国名。

到东海，右手飞到西边大泽中。到了晚上，头又飞回到脖子上，但两只手遇到了狂风，飘飞流落到了海外。"

王子年①《拾遗记》言："汉武时，因墀国②使言，南方有解形③之民，能先使头飞南海，左手飞东海，右手飞西泽。至暮，头还肩上，两手遇疾风，飘于海水外。"

◎黑漆匙箸

近来有出海的人到新罗去，却被风吹到一座海岛上，岛上全是黑漆的汤匙和筷子。那里有很多大树，那人抬头仰望那些黑漆汤匙、筷子，原来是大树的花和木须。于是捡了一百多双带回，试用了一下，太肥硕了，不好使。后来偶然间用它来搅拌茶水，搅着搅着就完全融解消失了。

近有海客往新罗，吹至一岛上，满岛悉是黑漆匙箸。其处多大木，客仰窥匙箸，乃木之花与须也。因拾百余双还，用之，肥不能使。后偶取搅茶，随搅而消焉。

---

① 王子年：即王嘉，字子年，陇西安阳人。著有《拾遗记》，其书述各代逸事，上自庖牺，下至石赵，尽为神话和传说之类。
② 因墀（chí）国：古国名。
③ 解形：身体分解。

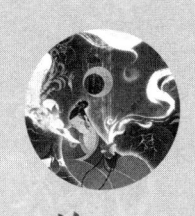

物异

诡物档案

本篇内容多记录四方之奇异事物，记载唐前之事多出于《洞冥记》《论衡》《西京杂记》等。其中记录西域之事也有，多出于《洛阳伽蓝记》《大唐西域记》等。

◎照骨宝

秦镜　在僙溪古岸的石窟中有一面镜子，直径有一丈多，能照见人的五脏，在秦始皇的那个朝代人把它称之为"照骨宝"。秦镜所在之地在无劳县的境山上。

秦镜　僙溪古岸石窟有方镜，径丈余，照人五脏，秦皇世号为照骨宝。在无劳县境山。

◎风声木枝

风声木　东方朔从西那汗国出使回来，带回了风声木枝献给汉武大帝，汉武帝把它赐给了大臣。人如果生病，这木枝就会出汗；人如果快要死了，这木枝就会折断。俗话说："年寿未过半，木枝不会汗。"

风声木　东方朔西那汗国回，得风声木枝，帝以赐大臣。人有疾则枝汗，将死则折。里语曰："生年未半，枝不汗。"

◎青玉灯

汉高祖刘邦入住咸阳宫。宫里的藏宝物中有一种青玉灯最为奇特，灯架高七尺五寸。灯架下端处有一条盘龙，张口衔灯。点燃灯时龙身上的鳞甲全都会动，使屋内华光闪耀，灿若星辰。

汉高祖入咸阳宫，宝中尤异者，有青玉灯，檠①高七尺五寸。下作蟠螭②，以口衔灯。灯燃则鳞甲皆动，炳焕若列星。

◎烽火树

珊瑚　在汉代的上林苑的积草池中有一株珊瑚，高一丈二尺，主干分出三根枝干，每根枝干上有四百六十二条小枝。它是南越王赵佗进献的，名叫烽火树。它一到夜晚就会发出光亮，宛如一团燃烧的火焰。

珊瑚　汉积草池③中珊瑚，高一丈二尺，一本三柯，上有四百六十二条。是南越王赵佗所献，号为烽火树。夜有光影，常似欲燃。

◎无劳石墨

石墨　在无劳县的山里盛产石墨，一旦把石墨烧制好之后，它的颜色一年之后也不会消失。

石墨　无劳县山出石墨，爨④之，弥年不消。

◎黄色蝌蚪文

异字　在境山的西边有一处石壁，石壁上有一千余字，

---

① 檠（qíng）：灯架。
② 蟠螭（pán chī）：盘曲的龙。
③ 积草池：西汉上林苑十池之一。
④ 爨（cuàn）：烧火做饭。

字迹呈黄颜色，这些字不像是镌刻上去的，因字体的形状酷似蝌蚪，故称之为蝌蚪文，也没有人能认识这些字。

异字　境山西有石壁，壁间千余字，色黄，不似镌刻，状如蝌蚪，莫有识者。

◎田公泉

田公泉　在华阳县的雷平山中有一处田公泉。据说饮用了这里的水之后，能消除肠道里的寄生虫。人们用它来洗衣服，效果竟好过灰汁。

田公泉　华阳雷平山有田公泉。饮之，除肠中三虫[①]。用以浣衣，胜灰汁。

◎萤火芝

萤火芝　良常山出产萤火芝，它的叶子像草一样，果实大如豆粒，开紫色的花朵，晚上看到它时，它有光亮。吃一枚它的果实，心中一窍通明。人们如果吃上七枚它的果实，人的七窍都会洞晓光明，可以在黑夜里读文章了。

萤火芝　良常山有萤火芝，其叶似草，实大如豆，紫花，夜视有光。食一枚，心中一孔明。食至七，心七窍洞彻，可以夜书。

[①] 三虫：指体内各种寄生虫。

◎ 虎倒石人前

石人　寻阳山上有一座石人像，高有一丈多。老虎到了这个地方，则会倒在石人面前。

石人　寻阳①山上有石人，高丈余。虎至此，辄倒石人前。

◎ 冬瓜眼

冬瓜　晋代高衡任魏郡太守时，他负责戍守石头城。他的孙子高雅之在马厩中玩时，有一位神仙降临，他自称白头公，这个神仙挂的拐杖能发光照亮整个房间。他还有一件宝物，外形上看有点像冬瓜，它上面布满了眼孔。

冬瓜　晋高衡为魏郡太守，戍石头。其孙雅之在厩中，有神来降，自称白头公，所挂杖光照一室。又有一物如冬瓜，眼遍其上也。

◎ 豫章千人船

豫章船　在汉代长安的昆明池中有一艘豫章船，这艘船能承载一千人。

豫章船　昆明池汉时有豫章船，一艘载一千人。

---

① 寻阳：也作"浔阳"，即今江西九江。

◎铜驼生毛开花

铜驼　在汉元帝竟宁元年的时候,长陵的铜驼身上竟然长出毛,毛的末端还开出了花朵。

铜驼　汉元帝竟宁元年,长陵①铜驼生毛,毛端开花。

◎万匠篊

篊　晋朝时,钱塘有人制作出了用来专门捕鱼的篊,用这篊来捕鱼,每年捕鱼数量可达数以亿计,号称万匠篊。

篊②　晋时,钱塘有人作篊,年收鱼亿计,号万匠篊。

◎趺龟负碑入水

碑龟　在临邑县的北边有一座华公墓,墓碑刚立好,没过多长时间便不见了踪影,只剩下趺龟还在。后赵那会儿,这只趺龟常常在夜晚驮着墓碑下水,到天亮后又出来回到原地,碑上时不时还有些萍藻等。有人偷偷地观察,果然看见了趺龟驮着墓碑正要下水,于是大声叫喊,趺龟被吓跑了,墓碑就从龟背上掉下来摔断了。

---

① 长陵:汉高祖刘邦的陵墓。在今陕西咸阳东北。
② 篊(hóng):用竹篾编制成的捕鱼器具。

碑龟[1]　临邑县北有华公墓，碑寻失，唯趺龟存焉。石赵世，此龟夜常负碑入水，至晓方出，其上常有萍藻。有伺之者，果见龟将入水，因叫呼，龟乃走，坠折碑焉。

◎陆盐

陆盐　昆吾国的陆盐池方圆十余里只有盐没有水，这里出产的是细盐。月盈之时盐多如积雪，而且味道是甜的；月亏之时盐少如薄霜，并且味道是苦的；而没有月亮之时盐也就没有。

陆盐　昆吾国陆盐周十余里无水，自生末盐。月满则如积雪，味甘；月亏则如薄霜，味苦；月尽亦全尽。

◎六字生金

颍阳碑　魏文帝曹丕受禅即位的地方有一块颍阳碑，碑上早先刻有"魏曹丕受禅处"六个字。后来，碑文后六个字变成了金色。司马氏五行属金，现在六字变成金色，这就预示着曹魏六世后将会被取代。

颍阳碑　魏曹丕受禅处。后六字生金。司马氏金行，明六世迁魏也。

---

[1] 碑龟：石碑下面的乌龟，即趺龟，刻作龟形的碑台。

◎ 盘龙泉

泉　元街县有一眼泉水。泉眼里的水回旋流动犹如盘龙一般。有人试着去搅乱打破它的规律，结果它很快又恢复成龙的形状。驴马等动物来这里饮水看到这种情况，都被吓跑了。

泉　元街县有泉，泉眼中水交旋如盘龙。或试挠破之，寻手成龙状。驴马饮之，皆惊走。

◎ 水腻如漆

石漆　高奴县有石油流出，石油浮在水面上如同黑漆一般，可以将其采来润滑车轴。还可以用它来点灯照明，发出的光非常明亮。

石漆[①]　高奴县石脂水，水腻浮水上如漆，采以膏车，及燃灯，极明。

◎ 五色虫

麝幐　晋朝时，有一个名叫徐景的人在宣阳门外拾得一个锦麝幐。到家打开一看，里面有只像蝉一样的虫子，身体呈现出五种艳丽的颜色，虫子的两条后腿分别点缀着一枚五铢钱。

---

① 石漆：石油。

麝氅[1]　晋时，有徐景于宣阳门外，得一锦麝氅。至家开视，有虫如蝉，五色，后两足各缀一五铢钱[2]。

◎玉龙之声

玉龙　梁大同八年，戍主杨光欣获得一枚玉龙，它长一尺二寸，高五寸，其雕刻精妙，好像不是出自凡人之手，倒像是那位仙家做出来的一般，简直是精美绝伦。玉龙肚腹容量可达一斗多，颈部是中空而弯曲的。把它放在水里灌满水，然后向外倾倒，水就从口里流出，发出的声音如琴瑟般美妙。等水流完乐声也就停止了。

玉龙　梁大同八年，戍主[3]杨光欣，获玉龙一枚，长一尺二寸，高五寸，雕镂精妙，不似人作。腹中容斗余，颈亦空曲。置水中，令水满，倒之，水从口出，水声如琴瑟。水尽方止。

◎古树木字

木字　齐永明九年，在秣陵安明寺中有一棵古树，人们将其砍伐用来当柴禾，发现它的木质纹理天然，上面撰写着"法大德"三个字。

木字　齐永明九年，秣陵安明寺有古树，伐以为薪，木理[4]

---

[1] 麝氅（dēng）：麝香袋。氅，毛织的带子。
[2] 五铢钱：古代钱币，始铸于汉武帝时，重量五铢。铢，古代重量单位。
[3] 戍主：驻守边防要塞的长官。
[4] 木理：木纹。

自然，有"法①大德②"三字。

◎涌井木简

木简　齐建元初年，在延陵季子庙里原有一口涌井，井的北边突然发出金石撞击之声。挖了有两尺深，发现一眼沸泉。又在沸泉里看见一片木简，长约一尺，宽约一寸二分，细看它隐约凸起的地方似有字迹，经辨认识得上面写的是："庐山道士张陵再拜谒。"这块木简木质坚硬，呈白色，上面的字迹是黄色的。

木简　齐建元初，延陵季子庙旧有涌井，井北忽有金石声。掘深二尺，得沸泉。泉中得木简，长一尺，广一寸二分，隐起③字曰："庐山道士张陵④再拜谒。"木坚而白，字色黄。

◎宗庙赤木

赤木　宗庙的地上如果长出了红树，这说明国家礼制名副其实，都是很合时宜的。

赤木　宗庙地中生赤木，人君礼名得其宜也。

---

① 法：效法，取法。
② 大德：佛教术语。本为称佛之名，也多指道德高尚而又精通佛法的高僧。
③ 隐起：微微凸起。
④ 张陵：即为张道陵，本名陵，东汉沛国丰（今江苏丰县）人。天师道的创始者，跟从学道的人出五斗米，故又称"五斗米道"。

◎红沫浸石

红沫　炼丹砂是金黄色的,把它研碎之后,用毛笔蘸着它在石头上写字,颜色会浸没石头中。用刀去削,削得越深反而越明显,这种颜料被命名为红沫。

红沫　练丹砂为黄金,碎以染笔,书入石中,削去逾明,名曰红沫。

◎镜石照物

镜石　济南郡有一座名叫方山的名山,相传有一个叫奂生的人就是在那个地方得道成仙的。方山南面有处山崖名叫明镜崖,崖石三丈见方,各种妖怪潜藏在那里,但通过镜石可以将它们看得一清二楚。南燕时,镜石就被涂上了漆。老百姓传说:因为山神厌恶镜石上呈现的东西,所以给它涂上漆来掩盖。

镜石　济南郡有方山,相传有奂生得仙于此。山南有明镜崖,石方三丈,魑魅①行伏,了了然在镜中。南燕时,镜上遂使漆焉。俗言山神恶其照物,故漆之。

◎承受石

承受石　在筑阳县的一条河潭中,有块独石挺立着,

---

① 魑魅（chī mèi）:传说中山林里能害人的精怪。

独石下面是一方清澈见底的潭水，有些时候人们还能看见石头的根部，石头根部就像竹根一样，呈黄色。然而见到石根的人往往会不吉利，当地人称它为承受石。

承受石　筑阳县水中，有孤石挺出，其下澄潭，时有见此石根，如竹根，色黄。见者多凶，俗号承受石。

◎汉锥

锥　中牟县有曹魏任城王建筑的台阁，阁下的水池中有一根汉代的铁锥，共长六尺，插入地下有三尺深，锥头指向西南方，（据说）是不能将它移动的。

锥　中牟县魏任城王台下池中，有汉时铁锥，长六尺，入地三尺，头西南指，不可动。

◎实心釜石

釜石　夷道县有一处釜濑，这里的石头大的像锅，小的像斗。石头的形状、颜色甚至能以假乱真，只是它里面是实心的罢了。

釜石　夷道县有釜濑①，其石大者如釜，小者如斗。形色乱真，唯实中耳。

---

① 濑（lài）：从沙石上流过的水。

◎石鱼山

鱼石　衡阳湘乡县有一座石鱼山，山上的石头全是黑色的，它们的纹理就像长了雌黄一样。凿开一层，可以看见上面有鱼的形状：鱼鳞、鱼鳍、鱼头、鱼尾就像是人为画在石头上的一般，每条"鱼"有几寸长，用火来烧还会散发出鱼腥味。

鱼石[1]　衡阳湘乡县有石鱼山，山石色黑，理若生雌黄[2]。开发一重，辄有鱼形，鳞鳍首尾有若画，长数寸，烧之作鱼腥。

◎略塘铜神

铜神　衡阳唐安县东有一个略塘，塘里有铜神，经常有铜声激起塘水，则使塘水变为绿色，并散发出铜腥气味，塘中的鱼闻到这种腥味就会全部死光。

铜神　衡阳唐安县东有略塘，塘有铜神，往往铜声激水，水为变绿，作铜腥，鱼尽死。

◎河伯纳材

材　中宿县山下有一座神庙，当溱水流到这里时，水流澎湃汹涌，咆哮怒吼。木筏划到这里则会沉没，并且再

---

[1] 鱼石：鱼类化石。
[2] 雌黄：矿物名。橙黄色晶体，可制颜料。

也不能浮起，世人觉得这是在给河伯送木材。

材　中宿县山下有神宇，溱水至此，沸腾鼓怒，槎木①泛至此沦没，竟无出者，世人以为河伯下材。

◎阳山鼓杖

鼓槌　含洭县翁水口下东岸有一个圣鼓槌，也就是常说的阳山圣鼓的鼓槌。鼓槌横在河流一侧，即便长年累月被水流冲激也不曾移动。群鸟在鼓槌上方飞翔鸣叫，但从来没有鸟儿在上面聚集的。船夫的竹篙一旦误触鼓槌，就必定会患疟疾。

鼓杖　含洭县翁水②口下东岸，有圣鼓杖③，即阳山之鼓杖也。横在川侧，冲波所激，未尝移动。众鸟飞鸣，莫有萃者。船人误以篙触，必患疟。

◎黄井金粥

井　石阳县有一口井，井水一半是青色一半是黄色。黄色的水如同灰汁，汲取来煮粥，粥则全部变成金色，气味非常芳香怡人。

---

① 槎（chá）木：木筏。
② 翁水：即今瀚江，珠江支流。
③ 鼓杖：鼓槌。

井　石阳县有井，水半青半黄。黄者如灰汁，取作粥饮，悉作金色，气甚芬馥。

◎建城燃石

燃石　建城县盛产燃石，其色呈黄颜色，它的纹理清晰而疏朗。如果用水浇在它上面，它就会发热，把锅放在它上面立即就可以煮饭。

燃石　建城县出燃石，色黄，理疏。以水灌之则热，安鼎[①]其上，可以炊也。

◎石鼓鸣殃

石鼓　冀县有一座天鼓山，山上有像大鼓一样的石头。河鼓星一旦动摇，石鼓就会鸣响，而石鼓一响，关中地区就会有灾祸发生。

石鼓　冀县有天鼓山，山有石如鼓。河鼓星[②]摇动，则石鼓鸣，鸣则秦土[③]有殃。

◎半汤湖

半汤湖　句容县吴渎塘有一个半汤湖，湖水一半是凉

[①] 鼎：这里泛指炊具。
[②] 河鼓星：又名"黄姑""天鼓"，星名。或说河鼓星即牵牛星。
[③] 秦土：关中地区。

的一半是热的，热的那半边可以用来煮鸡。半汤湖的冷热两边都有鱼，但两边的鱼不能交错对游，一旦越界游到另一边去，就会死掉。

半汤湖　句容县吴渎塘有半汤湖，湖水半冷半热，热可以瀹①鸡。皆有鱼，鱼交入辄死。

◎伞子盐

盐　从朐䏰县的盐井出产的盐块一寸见方，中间隆起，其形状就像撑起来的伞一样，所以给它取名为伞子盐。

盐　朐䏰县②盐井，有盐方寸，中央隆起，如张伞，名曰伞子盐。

◎芦萯泉

泉　在玉门军这个地方有一处芦萯泉，它周长两丈，深一丈，即使有一千头骆驼和马匹来此处饮水，也喝不完泉中之水。

泉　玉门军③有芦萯泉，周二丈，深一丈，驼马千头饮之不竭。

---

① 瀹（yuè）：煮。
② 朐䏰（qú rěn）县：在今重庆云阳县南面。
③ 玉门军：在今甘肃玉门西北。

◎伏苓

伏苓　沈约感谢始安王赐给他伏苓，其中一枚重达十二斤八两，有当时沈约写的谢表留传下来。

伏苓　沈约谢始安王赐伏苓，一枚重十二斤八两，有表。

◎古镬

古镬　虢州陵县石城岗有一口上了年代的大古锅，锅里面长出了一棵树，这棵树的腰围有几个人围起来那么粗壮。

古镬　虢州陵县石城岗有古镬一口，树生其内，大数围[①]。

◎君王盐

君王盐　白盐崖出产一种盐，这种盐就像水晶一样晶莹剔透，它的名字叫君王盐。

君王盐　白盐崖有盐如水精，名为君王盐。

◎道敏相板

手板　刘宋山阳王刘休祐，他经常言语不够谨慎，从而触忤皇帝。有一个叫庾道敏的人，善于相看朝臣们上朝拿在手上的手板的优劣。休祐把自己的手板拿给他看，并

---

① 围：两臂合抱为一围。

谎称是别人的。庾道敏说:"这个手板很贵重,但它会让它的主人经常触忤皇帝。"休祐想到褚渊是一个做事周详的人,于是就和他换了一副手板。有一天,褚渊在皇帝面前自称"下官",皇帝为此很不愉快。

手板 宋山阳王休祐,屡以言语忤颜①。有庾道敏者,善相手板,休祐以己手板托言他人者,庾曰:"此板乃贵,然使人多忤。"休祐以褚渊详密,乃换其手板。别日,褚于帝前称"下官",帝甚不悦。

◎逐鼠丸

鼠丸 王肃自己制造了一种驱鼠丸,他的驱鼠丸用铜制成,它会夜以继日地自转不停。

鼠丸 王肃造逐鼠丸,以铜为之,昼夜自转。

◎梧桐木囚

木囚 《论衡》里记载说:"李子长为官,想要弄清楚案情如何,常用梧桐木雕刻成人形,桐木人的长相就跟囚犯差不多,又在地上挖个深坑,并在四周和底部铺上芦苇,把木囚平放到坑里。如果囚犯是有罪的,木囚就会一动不动。如果囚犯确有冤情,木囚就会一下子站起来。"

---

① 忤颜:触忤皇帝。

木囚 《论衡》言:"李子长为政,欲知囚情,以梧桐为人,象囚之形,凿地为白,以芦苇为郭藉,卧木囚于其中。囚当罪,木囚不动。囚或冤,木囚乃奋起。"

◎苏秦金

苏秦金 北魏时期,洛阳令史高显从地里无意间发掘出一百斤黄金,金上的铭文写着"苏秦金"。

苏秦金 魏时,洛阳令史①高显掘得黄金百斤,铭曰"苏秦金"。

◎报德寺梨

梨 洛阳报德寺的梨,一个梨可重达六斤。

梨 洛阳报德寺梨,重六斤。

◎甑上生花

甑花 滕景真曾在广州七层寺这个地方为官,永徽年间罢官回家。婢女正在做饭,锅里突然发出跟打雷一样的响声,米粒蓬蓬隆起。滕景真上前去看,这声音变得更大了,饭甑上开出了几十朵花,越长越像莲花,颜色呈红色,散发着金光,没过多会又全部凋谢了。十天后,滕景真突然生病死了。

---

① 令史:职官名。汉代设有兰台令史、尚书令史,掌文书。

甑①花　滕景真在广州七层寺，永徽中罢职归家。婢炊，釜中忽有声如雷，米上芃芃②隆起。滕就视，声转壮，甑上花生数十，渐长似莲花，色赤，有光似金，俄顷萎灭。旬日，滕得病卒。

◎官金

在官府的金锭品类中，以蝼顶金品质为最佳，六两重算作一锭，金锭上有形同蝼蛄的气孔和水皋形状。其当中凹陷的地方叫趾腹；又因为凹处呈紫色，故也叫它为紫胆。开元年间，有所谓的大唐金，便是指由官府来负责铸造的金锭。

官金中，蝼顶金最上，六两为一垛，有卧蝼蛄穴及水皋形③。当中陷处，名曰趾腹；又铤④上凹处有紫色，名紫胆。开元中，有大唐金，即官金也。

◎玄金

玄金　在唐太宗时，有汾州的奏书奏报说：天空中出现了青龙和白龙在吐出东西，吐出来的东西光亮如火，垂落下来，砸陷到地下足有两尺深。就地挖掘，找到一块黑金，它宽有一尺多，高有七寸。

---

① 甑（zèng）：蒸饭用的器具。
② 芃（péng）芃：繁茂的样子。
③ 水皋（gāo）形：指中间低周围高的形状。皋，水边高地。
④ 铤（dìng）：通"锭"。条块状金银。

玄金[1]　太宗时，汾州言，青龙、白龙吐物在空中，有光如火，坠地，陷入二尺。掘之，得玄金，广尺余，高七寸。

◎柱生芝草

芝　天宝初年，临川人李嘉胤的房屋柱子上长出了灵芝仙草，形状如同天尊。太守张景佚让人将灵芝仙草连同柱子一起拔走，用来进献朝廷。

芝[2]　天宝初，临川人李嘉胤，所居柱上生芝草，状如天尊[3]。太守张景佚拔柱献焉。

◎棠梨三龟

龟　建中四年，在赵州宁晋县沙河北岸，有一棵大棠梨树，当地百姓经常在它下面祈祷。突然有一天，几十条蛇成群结队地从东南方向而来，渡过沙河的北岸，聚集在大棠梨树下又分成两堆，而留在沙河南岸的蛇也盘成一堆。不一会儿，出现了三只直径寸许的龟，各在这三个蛇堆周围绕行，就这样所有的蛇全死了，三只龟又各自爬上死蛇堆。人们查看那些死蛇，腹部都有伤口，看起来像是中了箭一样。赵州刺史康日知赶紧绘出甘棠梨树的形状，并带上三只龟一起进献朝廷。

---

[1] 玄金：黑金。大概是我们今天所知的黑色的陨石。
[2] 芝：灵芝，古人认为是仙草。
[3] 天尊：道教对最尊贵之神的敬称。佛教对佛也称天尊。

龟　建中四年，赵州宁晋县沙河北，有大棠梨①树，百姓常祈祷。忽有群蛇数十，自东南来，渡北岸集棠梨树下为二积，留南岸者为一积。俄见三龟径寸，绕行积傍，积蛇尽死，乃各登其积。视蛇腹，悉有疮，若矢所中。刺史康日知图甘棠梨、三龟来献。

◎长安薰雪

雪　贞元二年，长安突然天降大雪，平地积雪达一尺多深，并且积雪上有薰黑色。

雪　贞元二年，长安大雪，平地深尺余，雪上有薰黑色。

◎陈留雨木

雨木　贞元四年，陈留天上像下雨一样降下木头，这些木头粗细如同手指，长约一寸多，每根木头中间有小孔贯通。下的木头就像种植在地上一样直立着，遍及周围十多里。

雨②木　贞元四年，雨木于陈留，大如指，长寸许，每木有孔通中。所下其立如植，遍十余里。

---

① 棠梨：又名"甘棠""野梨"，树名。
② 雨：作动词，下雨。

◎ 金轮王齿

齿　在梵那衍国中,有金轮王的牙齿长达三寸。

齿　梵那衍国有金轮王[1]齿,长三寸。

◎ 劫比他国石柱

石柱　劫比他国有一根石柱。石柱高达七十多尺,由无忧王所建。石柱的颜色青中透红,色泽光润,它会依据个人的祸福,在柱子上显现不同的影子。

石柱　劫比他国有石柱,高七十余尺,无忧王[2]所建。色绀[3]光润,随人罪福,影其上。

◎ 白马驮鼓

旃檀鼓　在于阗城的东南面有条大河,于阗国全靠它灌溉着本国所有的田地,忽然在某天它就断流了。于阗国王问罗洪僧是怎么回事,回答说是龙干的,国王于是举行仪式来祭祀龙。这时水面上出现了一位女子踏着水波前来,

---

[1] 金轮王:拥有金轮宝的圣王,是佛教四大转轮王之一。佛教认为世界最底层为风轮,风轮之上有水轮,水轮之上有金轮。
[2] 无忧王:即阿育王,古印度摩揭陀国孔雀王朝第三代国王,他在征服南印度羯陵伽国的过程中,看到了战争的残酷,从此放弃了武力征服,皈依了佛教。
[3] 绀(gàn):青中透红的颜色。

礼拜道："我的丈夫死了，希望您派一位大臣做我的丈夫，这样一来河流就会流淌如初。"有位大臣主动请求前去，全国人都来为他送行。那位大臣驾着白马车，即便进入水中也没有被淹，到河里后白马浮出水面，驮着一面旃檀鼓和一封信。拆开信一看，说只要把大鼓悬挂在于阗城的东南，假如有敌寇来，鼓就会自动响起。后来每有敌寇入侵，鼓果真会自动鸣响。

旃檀①鼓　于阗城东南有大河，溉一国之田，忽然绝流。其国王问罗洪僧，言龙所为也，王乃祠龙。水中有一女子，凌波而来，拜曰："妾夫死，愿得大臣为夫，水当复旧。"有大臣请行，举国送之。其臣车驾白马，入水不溺，中河而后白马浮出，负一旃檀鼓及书一函。发书言大鼓悬城东南，寇至鼓当自鸣。后寇至，鼓辄自鸣。

◎刹利寺石靴

石靴　在于阗国的刹利寺里有一双石头做成的靴子。

石靴　于阗国刹利寺有石靴。

◎石有禄马迹

石阜石　河目县有石阜石，将石头打破，看到里面有禄马的痕迹。

---

① 旃（zhān）檀：檀香。

石阜石　河目县有石阜石，破之，有禄马①迹。

◎舍利

舍利　在东迦毕试国有（不少）佛塔，在那里舍利子是常见之物，就如同用来装饰着白珠的旗帜一样，围绕着表柱。

舍利②　东迦毕试国③有窣堵波，舍利常见，如缀珠幡，循绕表柱。

◎啮石成佛

虮像　健驮罗国的石壁上有佛像。先前，石壁上有金色的虮子，大的如手指头，小的如米粒，它们啃咬石壁就像是在石壁上雕刻一样，最后竟然会形成站立的佛像形状。

虮像　健驮罗国石壁上有佛像。初，石壁有金色虮，大者如指，小者如米，啮石壁如雕镂，成立佛状。

◎粳米焦者

焦米　从前乾陀国尸毗王的粮仓被火烧了，其中烧焦的粳米到现在还有留存下来的，吃上一粒，永远不会患疟疾。

---

① 禄马：禄命。古代相术术语。
② 舍利：释迦牟尼佛遗体火化之后结成的珠状颗粒。
③ 迦毕试国：西域古国名。其地在今阿富汗西部兴都库什山以南的喀布尔河流域。

焦米　乾陀国昔尸毗王①仓库为火所烧，其中粳米焦者，于今尚存，服一粒，永不患疟。

◎辟支佛靴

辟支佛靴　在于阗国赞摩寺有一双辟支佛的靴子，这双靴子既非皮革做的，也并非彩色丝绸做成的，但历时多年也未破烂。

辟支佛②靴　于阗国赞摩寺有辟支佛靴，非皮非彩，岁久不烂。

◎石驼溺水

石驼溺　相传，在拘夷国北山上有石驼撒尿，尿液流下，用金、银、铜、铁、瓦、木等材质的容器盛接都会漏，用手掌捧着去接也会漏，只有用瓢接不会漏。喝了它，会让人身上臭毛落光，成为仙人。这个故事出自《论衡》。

石驼溺　拘夷国北山有石驼溺水，溺下，以金、银、铜、铁、瓦、木等器盛之皆漏，掌承之亦透，唯瓢不漏。服之，令人身上臭毛落尽，得仙。出《论衡》。

---

① 尸毗王：即为尸毗迦王。佛的前身。
② 辟支佛："辟支迦佛陀"的简称，意译为缘觉，或独觉。因观飞花落叶或十二因缘而开悟证道，故名"缘觉"；又因无师友教导而靠自己觉悟成道，故又名"独觉"。

◎枝上化生人首

人木　在大食国西南方向两千里远的地方有一个国家,国中的山谷间树枝枝头上会长出人头,像花一样,听不懂人说的话。因此有人问话,它就只是笑笑罢了,但是老是笑,那"人头"就会掉下来。

人木　大食西南二千里有国,山谷间,树枝上化生人首,如花,不解语。人借问,笑而已,频笑辄落。

◎异域奇马

马　俱位国的人用马来耕种,大食国的马能听懂人说话。

马　俱位国以马种莳①,大食国马解人语。

◎海上石人

石人　在莱子国的海上有石人。石人高一丈五尺,身躯有十抱粗。当年秦始皇派这尊石人去追劳山道士,结果石人没能追上劳山,最后就让它立在了这里。

石人　莱子国海上有石人,长一丈五尺,大十围。昔秦始皇遣此石人追劳山,不得,遂立于此。

---

① 莳(shí):栽种。

◎天降铜马

铜马 在俱德建国乌浒河中的沙洲上有火祆祠,相传祆神借助神通从波斯国来到这里,他常常能看见灵异之类,于是就立了祆祠。这个祠里面没有供神像,只在大屋下摆设大小祭炉,房子的屋檐向西,人则面向东方礼拜。有一匹铜马,它比普通马略小,该国人都说这匹铜马是从天而降的,屈曲前腿,腾跃向空,面对着神祠,后腿则没入土中。自古以来有很多人往下深挖,挖了几十丈深也没能挖到马蹄的位置。在西域以五月为一年之首,每到新年第一天,都会从乌浒河里跃出一匹金色的马和这匹铜马相互嘶鸣,然后很快又回到河里。近年来有大食王不相信这些事,进入祆祠,准备搞破坏,忽然间有火要烧他的士兵,于是就不敢破坏铜马了。

铜马 俱德建国乌浒河中,滩派①中有火祆祠,相传祆神本自波斯国乘神通来此,常见灵异,因立祆祠。内无像,于大屋下置大小炉,舍檐向西,人向东礼。有一铜马,大如次马,国人言自天下,屈前脚在空中而对神立,后脚入土。自古数有穿视者,深数十丈,竟不及其蹄。西域以五月为岁,每岁日②,乌浒河中有马出,其色金,与此铜马嘶相应,俄复入水。近有大食王不信,入祆祠,将坏之,忽有火烧其兵,遂不敢毁。

---

① 滩派:河中沙洲。派,支流。
② 岁日:新年第一天。

◎蛇原五百里

蛇碛　在苏都瑟匿国的西北部有蛇碛，它南北纵横五百多里，这个地方的中间地带遍地都是蛇，毒气如烟，鸟儿飞过这里都会坠落下去，蛇就将其吞食。在这里既有大蛇吃小蛇的，也有蛇吃草的。

蛇碛[①]　苏都瑟匿国西北有蛇碛，南北蛇原五百余里，中间遍地毒气如烟，飞鸟悉坠地，蛇吞食。或大小相噬及食生草。

◎众僧礼石鼍

石鼍　在私诃条国的金辽山寺庙中有一个石鼍，寺里的和尚在食物快要吃光时，只要向石鼍行礼，食物就又全都有了。

石鼍[②]　私诃条国金辽山寺中，有石鼍，众僧饮食将尽，向石鼍作礼，于是饮食悉具。

◎神厨出物

神厨　俱振提国的人十分崇信鬼神，据说在都城北边过珍珠江二十里的地方有一位神灵，人们在春、秋季节举行祭祀来祭拜他。当时国王所用的各类日常用品、金银器

---

① 碛（qì）：不长草木的沙石之地。
② 鼍（tuó）：爬行动物，鳄鱼的一种。

具,神厨里都会自动出现,等到祭祀完毕后便会立即消失。天后武则天让人去查验真假,果然是传说不假。

神厨　俱振提国尚鬼神,城北隔珍珠江二十里有神,春秋祠之。时国王所须什物金银器,神厨中自然而出,祠毕亦灭。天后①使验之,不妄。

◎天降毒槊

毒槊　南蛮有一支毒槊,槊上没有利刃,看上去就像一根废铁,可是一旦刺中人,不见血就死了。据说这支毒槊是从天上掉下来的,坠入地下有一丈多深,是祭地之后才从地里挖掘出来的。

毒槊　南蛮有毒槊,无刃,状如朽铁,中人无血而死。言从天雨下,入地丈余,祭地,方撅得之。

◎锁子甲

甲　辽城东边有一幅锁子甲,高丽人说:在前燕时,这副锁子甲从天而降。

甲　辽城东有锁甲②,高丽言:前燕时,自天而落。

---

① 天后:即武则天。
② 锁甲:即锁子甲,古代的一种铠甲,五环相扣,一环受箭,诸环拱护,箭不能入。

◎蟾蜍屎

土槟榔　形状酷似槟榔,可在洞穴中找到,新的土槟榔摸上去是软的,相传它是蟾蜍的大便。这东西并不常见。主治恶疮。

土槟榔　状如槟榔,在孔穴间得之,新者犹软,相传蟾蜍矢[①]也。不常有之。主治恶疮。

◎鬼屎

鬼屎　生在阴暗潮湿的地方,颜色呈浅黄白色,偶而才能碰见。主治疮。

鬼矢　生阴湿地,浅黄白色,或时见之。主疮。

◎石栏干

石栏干　它生长在海底,高有一尺多,它有根,其根茎上有像小点一样的小孔。渔夫下网打捞就能得到,刚出水时它身体的颜色是鲜红色的,见风后就慢慢变成青色了。主治尿路结石。

石栏干　生大海底,高尺余,有根,茎上有孔如物点。渔

---

① 矢:通"屎"。

人网罟①取之，初出水正红色，见风渐渐青色。主石淋②。

◎影透壁上

壁影　在高邮县有一座寺院，我记不清这座寺院的名字了。寺院的讲堂西壁紧临槐道。每天晚上，道路上的人马车驾的影子全都透过墙壁映现出来，隐约可以从中分辨出身穿红紫官服的人。墙壁厚达几尺，出现这种现象没有办法以常理推断。上半天则没有这种现象发生。据说像这种情形已经持续了二十多年了，有时也会一年半载不出现影子。太和初年，我在扬州时听庙中的寄宿客人和僧人们说起过。

壁影　高邮县有一寺，不记名。讲堂③西壁槐道，每日晚，人马车舆影悉透壁上，衣红紫者影中卤莽④可辨。壁厚数尺，难以理究。辰午之时⑤则无。相传如此二十余年矣，或一年半年不见。成式太和初，扬州见寄客及僧说。

◎毁巢得醯石

醯石　我的堂兄弟们曾跟我讲起过：他们小时候曾捣毁过一个鸟巢，并从中得到了一枚黑色的石头，这块黑石

---

① 罟（juàn）：网。
② 石淋：病名。尿路结石。
③ 讲堂：佛家讲经说法的殿堂。
④ 卤莽：隐约。
⑤ 辰午之时：上半天。

是圆形的,像鸟蛋一样圆滑可爱。后来偶然放在醋器里,突然感觉到石头在动,故而小心翼翼地靠近后仔细观察,看见石头有四只脚,脚像蛣蜍,把石头从醋器中拿出来,它的脚也就随之缩回去了。

醢石[1]　成式群从[2]有言:少时尝毁鸟巢,得一黑石,如雀卵,圆滑可爱。后偶置醋器中,忽觉石动,徐视之,有四足如蜓,举之,足亦随缩。

◎桃核扇量米

桃核　水部的员外郎杜陟经常看见江淮地方的商人用桃核扇称量米,桃核扇正好装下一升的量。据说这桃核是从九嶷山的溪谷中得到的。

桃核　水部[3]员外郎杜陟常见江淮市人,以桃核扇量米,正容一升。言于九嶷山溪中得。

◎断足如新

人脚　听处士元固说:在唐朝贞元初年,他曾和道友一起游华山,他们在华山的山谷中发现了一条人腿,腿上的鞋袜都还是崭新的,断腿处却像膝盖一样,根本看不出

---

[1] 醢(hǎi)石:颜色像肉酱的石头。
[2] 群从:各位堂兄弟。
[3] 水部:职掌有关水道的事务,唐代隶属于工部。

有一点伤痕。

人足　处士元固言：贞元初，尝与道侣游华山，谷中见一人股，袜履甚新，断如膝头，初无疮迹。

◎瓯中小人

瓷碗　江淮地区有一个读书人，住在村庄里。他的儿子二十多岁了，还常说梦话。一天，当父亲品茶时，茶杯里突然冒起水泡，水泡高出茶杯，晶莹明净，仿佛琉璃一般。在水泡中间有一人，身长一寸，站在水泡中，高出茶杯之外。仔细一看他的相貌服饰，竟是他的儿子。一顿饭的工夫，水泡破裂了，什么都没看到了。茶碗还是原来的样子，只是出现了一点小小的裂纹。几天后，他儿子则神灵附体了，能够通晓传译神灵的话，可以占卜研判吉凶，并且从无差错。

瓷碗　江淮有士人庄居，其子年二十余，常病魇①。其父一日饮茗，瓯②中忽靤③起如沤④，高出瓯外，莹净若琉璃。中有一人，长一寸，立于沤，高出瓯中。细视之，衣服状貌，乃其子也。食顷爆破，一无所见。茶碗如旧，但有微璺⑤耳。数日，其

---

① 病魇：说梦话。
② 瓯：杯。
③ 靤（pào）：通"疱"。皮肤上起的水泡。
④ 沤：水泡。
⑤ 璺（wèn）：裂纹。

子遂着神,译神言,断人休咎不差谬。

◎ 铁镜照人

铁镜　有一个叫荀讽的人熟知各种药物的药性,还喜欢阅读道书,讲解道家经义。樊晃经常送给他棉布帛。他有一面铁镜,直径五寸多,镜鼻如拳头大小,说是从道士手里得来的。这面铁镜子其实也没有其他特别之处,只是几个人同时照镜,各自只能从中看见自己,而看不见别人的影子。

铁镜　荀讽者,善药性,好读道书,能言名理,樊晃常给其絮帛。有铁镜,径五寸余,鼻①大如拳,言于道者处传得。亦无他异,但数人同照,各自见其影,不见别人影。

◎ 蝶螈皮

蝶螈皮　永宁有一个叫王盐铁的人先前有一张蝶螈皮,约有一只手掌大小,它的须尾上有斑点,样子像狗。

大虫②皮　永宁王盐铁旧有大虫皮,大如一掌,须尾斑点如犬者。

---

① 鼻:器物上突出如鼻状的部分,用以拴系。
② 大虫:这里是说一种小型两栖动物,蝶螈。

◎僬侥人腊

人腊　李章武有一件人腊,长三尺多,头、脖子、脊骨、筋等都有,据说这人腊是僬侥国人。

人腊[1]　李章武有人腊,长三尺余,头、项、中骨、筋成就,云是僬侥国[2]人。

◎牛黄

牛黄　牛黄长在牛胆中。生病的牛长了牛黄,有时会吐出来咀玩。集贤校理张希复说:"曾经有人得到病牛吐出的牛黄,用刀剖开牛黄后,竟然从中飞出一只蝴蝶一样的虫子。"

牛黄　牛黄在胆中。牛有黄者,或吐弄之。集贤校理张希复言:"尝有人得其所吐黄,剖之,中有物如蝶飞去。"

◎罽宾国上清珠

上清珠　在肃宗幼年时,很受玄宗的器重。他每次坐在玄宗面前,玄宗都会仔细端详他的相貌,并对武惠妃说:"这孩子的相貌特别,将来也会是我们家的一位有福气的皇帝。"于是让人取来上清玉珠,并用绛纱包好,亲自将上清

---

[1] 人腊:干尸。
[2] 僬侥(jiāo yáo)国:《山海经·海外南经》里记载的矮人国。

玉珠系在肃宗的脖子上。这上清玉珠是开元年间罽宾国的贡品，洁白明亮，发出的光能照亮整间屋子。仔细观察珠子里面，仙人、玉女、祥云、仙鹤、绛节等，都在其中晃动。后来肃宗即位，宝库里常常发出光芒。有一天，管宝库的人把这事奏报给肃宗。肃宗说："莫非是上清珠么？"就让人取出来一看，玉珠外面的绛纱也还在，于是肃宗泪流满面，让近臣们都过来看看，说："这是我幼年时父皇所赐。"于是赶紧命人把它珍藏在翠玉盒中，并放在自己的寝宫内。天下四方如遇水旱战乱等灾难时，肃宗就对着上清玉珠虔诚地祝祷，没有不灵验的。

上清珠　肃宗为儿时，常为玄宗所器①，每坐于前，熟视其貌，谓武惠妃曰："此儿甚有异相，他日亦吾家一有福天子。"因命取上清玉珠，以绛纱裹之，系于颈。是开元中罽宾国②所贡，光明洁白，可照一室。视之，则仙人、玉女、云鹤、绛节之形，摇动于其中。及即位，宝库中往往有神光，异日，掌库者具以事告。帝曰："岂非上清珠耶？"遂令出之。绛纱犹在，因流泣，遍示近臣曰："此我为儿时，明皇所赐也。"遂令贮之以翠玉函，置之于卧内。四方忽有水旱兵革之灾，则虔恳祝之，无不应验也。

◎ 高祖斩白蛇剑

汉代皇帝把秦王子婴献出的白玉玺和高祖斩白蛇的那

---

① 器：器重。
② 罽（jì）宾国：西域古国名。在今克什米尔一带。

柄剑当作传国之宝。斩白蛇的那柄宝剑的剑身上有七彩珠和九华玉做装饰，用各种五色琉璃制成剑匣。宝剑放在匣里，剑影还能映照到外面，跟握剑在手没有什么两样。每隔十二年新磨一次，剑刃上如有霜雪。打开剑匣拔出宝剑，则有剑风气息，光彩夺目。

汉帝相传以秦王子婴所奉白玉玺、高祖斩白蛇剑。剑上有七彩珠、九华玉以为饰，杂厕五色琉璃为剑匣。剑在室中，光景犹照于外，与挺剑不殊。十二年一加磨莹，刃上常若霜雪。开匣拔鞘，辄有风气，光彩射人。

◎智一得玉

楚州境内有座小山，山上盖有房屋但却无水。智一和尚在山上打井，深掘三丈，挖到了一块石头，打穿石头继续向下挖了五十尺，竟然挖到了一块玉。玉长一尺二寸，宽四寸，色泽艳丽如同石榴花。每一面都有六只紫色的小龟，样子十分惹人喜爱。玉的中间好像装有水，智一和尚偶然间撞到了玉的一角，一看，玉石开始滴血，半个多月才停止。

楚州界有小山，山上有室而无水。僧智一掘井，深三丈遇石，凿石穴及土，又深五十尺，得一玉，长尺二，阔四寸，赤如榴花。每面有六龟子，紫色可爱。中若可贮水状，僧偶击一角，视之，遂沥血，半月日方止。

◎ 金兔

虞乡山间有一处道观，道观环境非常幽静，有一位涤阳道士住在这里。太和年间，涤阳道士曾在一天傍晚独自登上醮坛，突然看见庭院里有奇异的光芒从井泉里发射出来。不一会儿，有一个东西，看样子像是一只兔子，颜色如同纯金，伴随着异光跑出来，围绕着醮坛跑动。过了很久，它才又回到井里。从此以后这一现象每天傍晚都能看见。涤阳道士觉得这事实在太奇异了，不敢告诉别人。后来因为淘井，淘得一只金兔，体形特别的小，异光灿烂，就把它放在巾箱里。当时御史李戎在蒲州当职，和这位涤阳道士颇有些交情，道士就把金兔送给了他。后来李戎自奉先县令升为忻州刺史时，那只金兔却突然不见了，过了一个多月后，李戎也去世了。

虞乡有山观，甚幽寂，有涤阳道士居焉。太和中，道士尝一夕独登坛，望见庭忽有异光，自井泉中发。俄有一物，状若兔，其色若精金，随光而出，环绕醮坛。久之，复入于井。自是每夕辄见。道士异其事，不敢告于人。后因淘井，得一金兔，甚小，奇光烂然，即置于巾箱中。时御史李戎职于蒲津，与道士友善，道士因以遗之。其后戎自奉先县令为忻州刺史，其金兔忽亡去，后月余而戎卒。

◎ 师古得禁物

李师古建造山亭时，挖到一件东西，看样子就像是一把铁斧头。当时李章武在东平游玩，李师古便把这件东西拿给他看，李章武看后吃惊地说道："这可是禁物啊，它能够喝三斗血。"李师古验证了一下，果真如李章武所言。

李师古治山亭，掘得一物，类铁斧头。时李章武游东平，师古示之，武惊曰："此禁①物也，可饮血三斗。"验之而信。

---

① 禁：以咒语等施于外物以禁制邪祟、禳除灾害的方术。